LE VIEUX
QUI VOULAIT SAUVER LE MONDE

Jonas Jonasson

LE VIEUX QUI VOULAIT SAUVER LE MONDE

Roman

Traduit du suédois par Laurence Mennerich

PRESSES
DE LA CITÉ

Titre original : *Hundraåringen som fyllde hundraett och försvann*
L'édition originale de cet ouvrage a paru chez Pirat Förlaget, Suède.

© Jonas Jonasson, 2018
© Presses de la Cité, 2018 pour la traduction française
ISBN 978-2-258-15345-5
Dépôt légal : octobre 2018

Presses de la Cité | un département **place des éditeurs**

place des éditeurs

Préface

Je m'appelle Jonas Jonasson et je ressens le besoin de m'expliquer.

Jamais je n'avais prévu d'écrire une suite au *Vieux qui ne voulait pas fêter son anniversaire*. Beaucoup en souhaitaient une, y compris le héros lui-même, Allan Karlsson, qui revenait me trotter dans la tête quand cela lui chantait.

« Monsieur Jonasson, lançait-il parfois, alors que j'étais plongé dans mes pensées. Avez-vous changé d'avis ? Ne pourrions-nous pas retourner en balade avant que je sois vraiment vieux ? »

Ce n'était pas au programme. J'avais déjà dit tout ce que j'avais à dire sur le siècle qui fut peut-être le plus lamentable de l'histoire. Je pensais alors que, en nous remémorant tous ensemble les vices du XXe siècle, nous aurions moins tendance à répéter ses erreurs. J'avais entouré mon message de chaleur et d'humour. Le livre s'est vite diffusé sur toute la planète.

Le monde n'en est pourtant pas devenu meilleur.

Le temps a passé. Mon Allan intérieur avait arrêté de se manifester, tandis que l'humanité se traînait en avant, ou dans toute autre direction. Les événements qui se succédaient m'emplissaient du sentiment que le monde était plus imparfait que jamais. Et je restais simple spectateur.

C'est là, quelque part, que naquit le besoin de reprendre la parole. À ma manière, ou à celle d'Allan. Un jour, je m'entendis lui demander s'il était encore à mes côtés.

« Je suis là, répondit-il. Que peut-il bien se passer pour que vous reveniez vers moi après tout ce temps, monsieur Jonasson ?

— J'ai besoin de toi, expliquai-je.

— Pour quoi faire ?

— Pour dire les choses telles qu'elles sont et, indirectement, comment elles devraient être.

— À propos de tout ?

— D'à peu près tout.

— Vous savez que ça ne servira à rien, n'est-ce pas ?

— Je le sais.

— Bien. Je suis partant », dit le centenaire.

***

Ah, encore une chose. Le texte qui suit est un roman sur les événements de notre présent et de notre avenir proche. Je fais intervenir un certain nombre de dirigeants politiques et de personnes issues de leur entourage immédiat. La plupart portent dans le

livre leurs noms réels. J'ai accordé plus de clémence
à d'autres.

Nos dirigeants ayant tendance à regarder de haut
les gens normaux plutôt qu'à leur prêter l'oreille, il
est bien naturel de les asticoter un peu. Cela dit, ce
ne sont que des humains, tous autant qu'ils sont,
et ils méritent en cette qualité un certain respect.
À tous ces potentats, je voudrais dire : Pardon. Et
aussi : Ne vous plaignez pas. Ça aurait pu être pire.
En même temps : Et si ça l'était déjà ?

Jonas Jonasson

Indonésie

Une vie de luxe sur une île paradisiaque remplirait n'importe qui de félicité. Mais Allan Karlsson n'était pas n'importe qui et n'avait pas formé le projet de le devenir lors de sa cent unième année d'existence.

Pendant un temps, il avait été satisfait de s'asseoir sur un transat à l'ombre d'un parasol, et de siroter des boissons de toutes les couleurs. En particulier en compagnie de son meilleur et seul ami, l'incurable petit escroc Julius Jonsson.

Pourtant, le vieux Julius et l'encore plus vieux Allan se lassèrent bientôt de leur unique occupation : profiter des millions rapportés de Suède dans la fameuse valise.

Il n'y avait rien de mal à cela, non, mais c'était devenu si monotone. Julius loua un yacht de cent cinquante pieds, équipage complet compris, afin qu'Allan et lui puissent s'installer tous deux sur le pont avant, une canne à pêche à la main. L'idée aurait été distrayante si seulement ils avaient aimé la pêche à la ligne. Ou le poisson. Résultat, les sorties en yacht leur offrirent de reproduire au large ce qu'ils avaient déjà perfectionné sur la plage. À savoir : rien.

Puis Allan se débrouilla pour faire venir Harry Belafonte des États-Unis, afin qu'il chante trois chansons à l'anniversaire de Julius (tant qu'on parle de trop d'argent et de rien à faire). Harry resta à dîner, bien qu'il n'ait pas été payé pour cela. Dans l'ensemble, ils passèrent une agréable soirée qui brisa la routine.

Allan expliqua avoir choisi Belafonte en raison du goût de Julius pour la nouvelle musique de jeunes. Julius apprécia le geste à sa juste valeur et s'abstint de mentionner que le présent artiste n'était plus jeune depuis la fin de la Seconde Guerre mondiale. Mais comparé à Allan, ce n'était qu'un enfant.

Même si le passage à Bali de la star mondiale n'était qu'une tache de couleur dans l'insipidité de leur existence, il allait bouleverser profondément les vies d'Allan et de Julius. Pas en raison des chansons interprétées par l'artiste, non. Mais à cause de l'objet non identifié qu'il avait apporté et dont il ne pouvait détacher les yeux pendant le petit déjeuner précédant son départ. C'était une plaque rectangulaire noire avec une pomme entamée sur une face et, sur l'autre, un écran qui s'illuminait quand on le touchait. Harry tapotait, encore et encore. De temps à autre, il poussait un grognement. Avant de pouffer de rire. Pour ensuite maugréer de nouveau. Allan n'avait jamais été du genre à se mêler de ce qui ne le regardait pas, mais il y avait des limites.

— Loin de moi l'idée de fouiner dans vos affaires, mon jeune Belafonte, mais puis-je vous demander ce que vous faites ? Est-ce qu'il se passe des choses dans ce... euh, là-dedans ?

Harry Belafonte comprit qu'Allan n'avait encore jamais vu de tablette et fut tout content de lui faire une petite démonstration de son usage. L'appareil avait le pouvoir de montrer ce qui se produisait dans le monde, ce qui avait déjà eu lieu et, avec plus ou moins de fiabilité, ce qui allait arriver sous peu. En fonction de l'endroit où on appuyait, il apparaissait des images et des films de tous les genres imaginables. Et quelques-uns inimaginables. Si on touchait certains symboles, de la musique s'élevait. D'autres encore, et la tablette se mettait à parler. À en juger par sa voix, c'était une femme. Siri.

Après le petit déjeuner, Belafonte prit sa valise cabine, sa tablette noire et le chemin de l'aéroport. Allan, Julius et le directeur de l'hôtel agitaient les bras en signe d'adieu. À peine le taxi de l'artiste fut-il hors de vue qu'Allan se tourna vers le directeur et lui demanda de lui procurer une tablette comme celle d'Harry Belafonte. Le contenu varié avait diverti le centenaire, ce qui était plus qu'on ne pouvait dire de beaucoup de choses.

Le directeur rentrait tout juste d'une conférence à Djakarta dédiée au service hôtelier, où il avait appris que la tâche principale du personnel n'était pas d'exaucer les désirs de la clientèle mais de les anticiper. Ajoutons à cela que MM. Karlsson et Jonsson

13

étaient deux des meilleurs clients de l'histoire du tourisme de Bali. Rien d'étonnant, donc, à ce que le directeur fournît dès le lendemain une tablette tactile à Karlsson. Ainsi qu'un téléphone mobile en bonus.

Afin de ne pas se montrer ingrat, Allan garda pour lui que tous ceux qu'il aurait voulu contacter étaient morts depuis belle lurette, cinquante ans ou plus. Sauf Julius, bien sûr. Qui n'avait pas de téléphone pour prendre ses communications. Toutefois, il y avait une solution.

— Tiens, voilà pour toi, dit Allan à son ami. C'est un cadeau du directeur, mais je n'ai personne à appeler à part toi, et comme tu n'as aucune manière de me répondre...

Julius le remercia pour sa générosité, sans faire observer à Allan qu'ils ne pouvaient toujours pas s'appeler, mais à présent pour la raison inverse.

— Ne le perds pas, lui recommanda Allan. Il a l'air cher. C'était mieux avant, quand les téléphones étaient accrochés au mur. On savait toujours où ils se trouvaient.

La tablette noire devint le joujou préféré d'Allan. En plus, elle ne lui coûtait rien, car le directeur de l'hôtel avait demandé aux employés de la boutique d'informatique de Denpasar de paramétrer la tablette et le portable selon les règles de l'art. Cela signifiait entre autres que les cartes SIM se connectaient au réseau de l'hôtel, lequel vit ses frais téléphoniques doubler sans que personne comprenne pourquoi.

Le centenaire assimila vite le fonctionnement du curieux appareil. À peine réveillé, il l'allumait pour voir ce qu'il avait raté pendant la nuit. C'étaient les piquantes petites informations des quatre coins du monde qui l'amusaient. Comme l'histoire de cette centaine de médecins et infirmières napolitains qui s'étaient relayés pour poinçonner les cartes de leurs collègues, afin que tous soient payés sans être venus travailler. Ou celle des politiciens roumains dont un si grand nombre avaient été arrêtés pour corruption que les prisons du pays étaient à présent surchargées. Et la solution de leurs confrères encore en liberté : légaliser la corruption pour éviter de devoir construire de nouveaux établissements pénitentiaires.

Allan et Julius établirent une nouvelle routine matinale. Auparavant, Allan entamait le petit déjeuner en se plaignant des ronflements sonores de son ami de l'autre côté de la cloison. Désormais, il commençait de la même manière, puis racontait ce qu'il avait lu sur sa tablette depuis la fois précédente. Au début, Julius apprécia ces brefs bulletins d'informations, ne serait-ce que parce qu'ils détournaient l'esprit d'Allan de son sommeil bruyant. Il adora l'idée des Roumains d'autoriser les comportements illégaux. Imaginez comme il serait facile de vivre en escroc dans une société comme celle-là ! Cependant, Allan écarta vite cette pensée : par définition, une escroquerie rendue légale n'en est plus une. Julius, qui aurait bien quitté Bali pour s'établir à Bucarest, fut découragé. Pour le consoler, Allan ajouta que la population avait défilé pour protester contre les projets des politiciens et fonctionnaires. Le Roumain de la rue n'avait pas la même philosophie que ses dirigeants. Selon son raisonnement, quiconque se rendait coupable de vol devait finir sous les verrous, indépendamment de son titre ou de sa fonction, qu'il y ait encore de la place en prison ou non.

Les petits déjeuners d'Allan et de Julius à l'hôtel à Bali étaient de plus en plus souvent consacrés à la question du lieu où s'installer, maintenant que celui où ils se trouvaient était devenu si peu divertissant. Le matin où les gros titres des journaux annoncèrent la hausse de vingt degrés des températures du pôle Nord par rapport à la normale, Allan demanda à son ami si l'endroit pouvait être envisagé. Julius porta des nouilles sautées à sa bouche et mâcha consciencieusement avant de répondre. S'agissant de la recherche d'un point de chute, le pôle Nord ne le convainquait pas. Surtout si la banquise fondait – Julius s'enrhumait dès qu'il avait les pieds mouillés. En plus, il y avait des ours blancs. Tout ce que Julius savait sur eux, c'était qu'ils se levaient du pied gauche tous les matins dès leur naissance. Au moins, les serpents de Bali étaient craintifs. Pas étonnant, selon Allan, que les ours polaires aient mauvais caractère si le sol leur fondait sous les pattes. À ce rythme, ils devraient se dépêcher de rejoindre la terre ferme. Le Canada, en l'occurrence, car les États-Unis avaient encore changé de président – est-ce qu'Allan l'avait raconté à Julius ? –, et le nouveau n'autorisait pas n'importe qui à franchir la frontière. Oui, Julius avait entendu parler de Trump, car c'était son nom. Les ours polaires avaient beau être blancs, ils n'en restaient pas moins étrangers. Mieux valait donc ne pas trop espérer.

Les nouvelles sur la tablette noire d'Allan avaient la particularité d'être à la fois grandes et petites. Et, pour la plupart, assez ennuyeuses. Allan recherchait les anecdotes pittoresques mais trouvait aussi les autres, par la même occasion. Impossible de séparer le bon grain de l'ivraie.

Au cours des cent premières années de sa vie, Allan n'avait jamais médité sur l'existence au sens large. À présent, son nouveau jouet lui racontait l'horreur du monde, et ce pourquoi il avait, par le passé, fait le choix judicieux de lui tourner le dos pour se mêler de ses seules affaires.

Il se remémora ses jours comme garçon de courses à l'usine de poudre noire de Flen. La moitié des ouvriers passaient leur temps libre à rêver de révolution rouge, tandis que les autres s'enflammaient contre la menace chinoise ou japonaise. Les avis sur le péril jaune étaient alimentés par des romans et des écrits de toutes sortes suivant toujours un même scénario selon lequel le monde blanc était dévoré par son voisin oriental.

Allan, lui, ne s'occupait pas de ce genre de nuances et continua à s'en désintéresser après la Seconde Guerre mondiale, quand la couleur brune était devenue la plus hideuse de toutes. Ce dont il s'était à peine aperçu, pas plus que de la nouvelle idéologie qui rassembla les foules. Celle-là exprimait un désir plutôt qu'un rejet. La mode était à la paix sur la terre, aux minibus Volkswagen à fleurs et, si besoin, au hasch. Tout le monde aimait tout le monde, sauf Allan qui n'appréciait rien ni personne. À l'exception de son chat. Ce n'était pas qu'il était aigri, il était juste comme ça.

L'ère des fleurs perdura jusqu'à l'arrivée au pouvoir de Margaret Thatcher et de Ronald Reagan, chacun dans son pays. Ils trouvaient plus commode de s'aimer eux-mêmes et de louer leurs propres succès. S'il y avait quelqu'un à détester, c'étaient les Russes. Il n'y avait pas d'autre menace significative. Et quand Reagan acheva le communisme soviétique juste en parlant d'envoyer des missiles depuis l'espace, tout alla pour le mieux dans le meilleur des mondes – excepté pour ceux qui étaient restés le ventre vide toute la journée (une petite moitié de l'humanité), et pour les quelques milliers de mineurs britanniques qui n'avaient plus de mine dans laquelle descendre. La nouveauté ? Il n'y avait plus besoin de se soucier de son prochain plus que de raison, il suffisait de le tolérer. Jusqu'à ce que le vent tourne une nouvelle fois.

D'une façon peut-être un peu inattendue, la couleur brune fit son retour en douce. Pas à partir de l'Allemagne cette fois, du moins pas en premier lieu. Ni même en deuxième, mais dans plusieurs autres pays. Si les États-Unis n'étaient pas les initiateurs de cette renaissance, ils en devinrent rapidement le principal foyer grâce à leur président récemment élu.

Impossible de dire à quel point son âme était brune, cela variait d'un jour à l'autre. Mais une chose était sûre : il ne suffisait pas de clamer qu'on n'est jamais mieux servi que par soi-même, il fallait désigner une menace extérieure qui planait sur les vies occidentales et blanches que nous méritions tous de vivre.

Allan ne voulait voir dans sa tablette noire qu'une pure source de divertissement, toutefois il avait discerné les relations de cause à effet et savait comment s'en protéger. Il envisagea de se débarrasser de l'appareil. Du moins, de s'en passer une journée entière. Puis une deuxième. Il dut vite s'avouer qu'il était trop tard. L'homme qui, plus que quiconque, s'était abstenu de s'intéresser à l'état du monde, avait commencé à s'en soucier.

— Et merde, marmonna-t-il pour lui-même.
— Qu'est-ce qu'il y a ? s'étonna Julius.
— Ce n'est rien. Seulement ce que j'ai dit.
— Et merde ?
— Oui.

Indonésie

Quand Allan s'accommoda de son relatif et récent intérêt pour l'humanité, sa tablette noire lui permit de rattraper le temps perdu. Elle le salua avec un article sur un Norvégien qui nourrissait de granules à la carotte les gardons et les brèmes de son lac. Ensuite, lorsque les brochets du lac mangeaient ces poissons, leur propre chair prenait une teinte rose. Le Norvégien les pêchait, les filetait et les vendait comme du saumon. Il avait tenté de limiter les risques en exportant sa contrefaçon exclusivement en Namibie. Mais, bien sûr, le hasard voulut qu'un retraité de la santé publique originaire d'Oslo habitât là. L'ancien inspecteur sonna l'alarme, l'éleveur fut arrêté et le prix du saumon dans le sud-ouest de l'Afrique reprit son cours normal.

Et ainsi de suite. La tablette noire d'Allan lui permettait d'apprécier de nouveau l'existence. Julius, en revanche, avait encore du vague à l'âme. Des mois entiers s'étaient écoulés sans qu'il ait accompli un seul acte malhonnête. Ces dernières années, en sa qualité de délinquant, il s'était consacré dans sa Suède natale à une variante à petite échelle de la combine du brochet-saumon norvégien. Il importait des légumes de pays lointains et les faisait reconditionner pour les revendre sous un nom suédois. L'affaire aurait pu rapporter beaucoup d'argent. Le climat frais du Nord couplé au soleil qui ne se couchait jamais faisait mûrir lentement tomates et concombres, et leur donnait une saveur de première classe. Ou, comme l'avait joliment dit le poète du XIXe siècle Carl Jonas Love Almqvist : « Seule la Suède a des groseilles suédoises. »

Les petites baies rouges n'intéressaient pas Julius, la demande était trop faible. Quand le printemps cédait la place à l'été, les gens payaient quatre ou cinq fois plus pour une botte d'asperges, pourvu qu'elles soient locales.

Les asperges suédoises de Julius Jonsson arrivaient droit du Pérou en bateau. Les affaires marchaient bien. Mais un jour, un détaillant de Jonsson, trop cupide, commença à vendre une variété de gotland sur la place Hötorget à Stockholm au moins cinq semaines avant le début des récoltes sur l'île dont cette variété tirait son nom. Cela entraîna des rumeurs d'irrégularité et les autorités de sécurité des aliments se réveillèrent. Après quelques contrôles à des endroits et des moments inappropriés, Julius perdit en peu de temps trois livraisons péruviennes, saisies et détruites au nom de la loi. En prime, son revendeur fut arrêté – contrairement à Julius. Tel est le lot des intermédiaires.

Même si le long bras de la justice n'atteignit pas le cerveau de la combine, Julius perdit tout enthousiasme. Il était las de cette bienséance disproportionnée qu'affichait la Suède. Comme si une asperge péruvienne avait jamais tué qui que ce soit.

Non, les honnêtes escrocs ne prenaient plus leur métier au sérieux. Aussi Julius avait-il décidé de se mettre à la retraite. Il distillait un peu, braconnait un ou deux élans, taxait l'électricité du voisin, pas beaucoup d'ailleurs. Jusqu'à ce qu'un inconnu de cent ans vienne frapper à sa porte à l'improviste. Le bonhomme avait déclaré s'appeler Allan et avoir volé une valise, qu'ils ouvrirent après un sympathique dîner accompagné d'un petit verre de schnaps. Elle contenait plusieurs millions de dollars.

De fil en aiguille, Julius et Allan se débarrassèrent des individus qui voulaient obstinément récupérer cet argent, et ils atterrirent à Bali où ils le dépensaient depuis lors à un rythme régulier.

Allan se rendait compte que Julius était déprimé. Il essaya de donner des idées à son ami désœuvré, lisant à voix haute le contenu de la tablette noire sur les immoralités variées aux quatre coins du monde. Ils avaient déjà passé en revue la Roumanie, l'Italie et la Norvège. Le président sud-africain Zuma les captiva un petit déjeuner entier avec sa piscine et son amphithéâtre privés construits avec l'argent du contribuable. Ils accordèrent une attention toute particulière à cette chanteuse d'un groupe de *dansband* suédois qui avait déclaré au fisc sept robes et dix-huit paires de chaussures pour un seul déplacement professionnel.

Julius continuait à faire triste mine. Il devait se trouver un hobby avant d'être vraiment démoralisé. Allan, qui en l'espace de cent ans s'était rarement fait du mouron, était contrarié de voir son ami s'éteindre à petit feu. Il devait forcément y avoir une façon de lui occuper l'esprit et les mains.

Il n'eut pas le temps d'aller plus loin dans ses réflexions. Un soir, alors qu'il avait regagné son lit et que Julius avait trouvé encore quelques soucis à noyer, le hasard s'en mêla. Installé au bar de l'hôtel, Julius commanda un verre d'arak local. Cet alcool à base de riz et de sucre de canne et au goût de rhum était si fort qu'il faisait monter les larmes aux yeux. Julius avait appris qu'une ration occultait les chagrins et qu'une deuxième les chassait. Par précaution, il en prenait toujours une troisième avant d'aller se coucher.

Le premier verre de la soirée était déjà vide et le suivant bien entamé, quand les sens de Julius s'éveillèrent suffisamment pour qu'il remarque qu'il n'était pas seul. Trois tabourets plus loin, il découvrit un homme aux traits asiatiques, d'âge moyen, qui avait lui aussi un verre d'arak à la main.

— À la vôtre, lança Julius d'un ton digne en levant son verre.

L'homme lui sourit, et ils burent leur arak d'une traite avant de faire la grimace.

— Ça commence à aller mieux, dit l'inconnu, les yeux aussi larmoyants que ceux de Julius.

— C'était le premier ou le deuxième ?

— Le deuxième.

— Pareil pour moi.

Julius et l'étranger se rapprochèrent et commandèrent chacun leur troisième verre. Ils bavardèrent un moment avant que l'autre buveur décide de se présenter :

— Simran Aryabhat Chakrabarty Gopaldas. Enchanté !

Julius regarda fixement son voisin de tabouret. Il avait assez d'arak dans le sang pour dire tout haut ce qu'il pensait tout bas.

— C'est pas un nom, ça !

Eh bien, si. D'origine indienne, plus précisément. Simran-Machin avait échoué en Indonésie après un fâcheux incident impliquant la fille d'un homme extrêmement peu compréhensif. Julius hocha la tête. Les pères de filles tendaient à être moins tolérants que la plupart des gens. Ce qui n'était pourtant pas une raison pour porter un nom qu'on mettait une matinée entière à prononcer.

Il s'avéra que l'homme qui s'appelait comme on sait avait un point de vue pragmatique sur la signification de son identité. Ou bien il avait simplement de l'humour.

— Comment devrais-je m'appeler, alors ?

Julius saisit sa chance.

— Gustav Svensson. Un bon nom, facile à prononcer et à retenir.

L'étranger répondit qu'il n'avait jamais eu de difficulté à se souvenir de Simran Aryabhat Chakrabarty Gopaldas, mais que Gustav Svensson sonnait bien.

— Suédois, hein ?

— Oui, acquiesça Julius.

On ne pouvait pas faire plus suédois.

C'est à cet instant et en ce lieu précis que sa nouvelle idée d'activité germa.

Julius Jonsson et Simran-Machin devinrent copains comme cochons tandis que le troisième verre d'arak faisait effet. La soirée n'était pas finie qu'ils avaient décidé de se revoir au même endroit, à la même heure, le lendemain. Les deux hommes se retrouvèrent plusieurs soirs de suite. L'Indien s'habitua à son pseudonyme, son ancien nom ne lui ayant pas spécialement porté chance. Il s'était enregistré à l'hôtel le jour où il avait fait la connaissance de Julius et il y resta le temps qu'ils forgent les plans de leur future collaboration. Quand le directeur de l'hôtel exigea de plus en plus fort un paiement pour le séjour dans son établissement, Gustav annonça à Julius son intention de s'absenter de façon permanente. Sans payer. Ni s'expliquer. De toute manière, le directeur ne comprendrait jamais que Gustav ne pouvait pas être tenu pour responsable de l'ardoise de Simran.

Julius, lui, voyait très bien. Quand Gustav voulait-il s'en aller ?

— Dans un quart d'heure maximum.

Julius comprit aussi cela. Mais, pour ne pas perdre son nouvel ami, il lui offrit le téléphone portable qu'il avait lui-même reçu d'Allan.

— Tiens, histoire qu'on puisse te joindre. Je t'appellerai depuis ma chambre. Maintenant, décampe. Je passerais par les cuisines, si j'étais toi.

Ce soir-là, alors que Julius et Allan contemplaient le coucher du soleil sur la plage, chacun sur un transat confortable, un cocktail à la main, le directeur s'approcha d'eux et s'excusa platement de les déranger. Il avait arpenté l'établissement pendant plus d'une heure à la recherche du client indien.

— Monsieur Jonsson, est-ce que par hasard vous auriez vu notre client du nom de Simran Aryabhat Chakrabarty Gopaldas ? Je l'ai aperçu plusieurs fois en votre compagnie, ces derniers temps.

— Simra quoi ? fit Julius.

Le directeur ne pouvait naturellement pas imputer la disparition de l'Indien à Jonsson, mais il nourrissait une extrême méfiance envers les deux Suédois. S'agissant de ces deux-là, il y avait beaucoup plus d'argent à perdre. Jusqu'ici, ils avaient payé rubis sur l'ongle, mais leur note actuelle avait atteint une somme plus élevée que les mois précédents. À présent, la prudence était de mise.

Jonsson et Svensson se retrouvaient dans un bar miteux dans le centre de Denpasar quand ils avaient besoin de parler affaires. Il s'avéra que Gustav était à peu près aussi filou que Julius. En Inde, il avait mené pendant de longues années une vie confortable en louant des voitures dont il échangeait les moteurs avant de les restituer. Généralement, l'entreprise de location mettait plusieurs mois à s'apercevoir que le véhicule avait brusquement vieilli de sept ans. À ce moment-là, impossible de déterminer le coupable parmi les plusieurs centaines de clients. À moins que ce ne fût tout simplement un employé.

Les belles voitures devinrent partie prenante du quotidien de Gustav. En bonus, il découvrit que plus la voiture était belle, plus grande était la chance de dégoter une jolie fille. L'équation se confirma plus d'une fois, jusqu'au jour où il dut abandonner sa dernière amie en date, son activité et son pays lorsque la fille tomba enceinte. Quand Gustav, pour des raisons stratégiques, alla demander la main de la jeune fille à son père, l'homme, qui se trouvait être à la fois un député et un officier haut gradé, menaça de lui envoyer le septième régiment d'infanterie.

— Une brute obstinée, commenta Julius. Il n'aurait pas pu penser au bien de sa fille ?

C'était aussi l'avis de Gustav. Le père avait cependant des circonstances atténuantes : il venait de remarquer que sa BMW six cylindres en avait perdu deux pendant qu'il était pour affaires à Singapour.

— Et il t'a accusé ?

— Oui. Sans preuves.

— Tu étais innocent ?

— Ça n'a aucun rapport.

En conclusion, Gustav Svensson se déclara soulagé que Simran Aryabhat Chakrabarty Gopaldas ait quitté ce monde.

— Quel dommage qu'il n'ait pas eu le temps de payer sa note à l'hôtel ! À la tienne, mon ami.

Quelque temps après leur rencontre fortuite au bar, Julius Jonsson racheta un champ d'asperges dans la montagne, avec une quantité non négligeable de l'argent restant dans la valise et l'aval de son nouvel associé. Julius était la tête pensante, Gustav dirigeant une large équipe de Balinais démunis qui travaillaient la terre.

Grâce à ses anciens contacts en Suède, Julius et son partenaire exportaient à présent les « asperges de pays de Gustav Svensson », en belles bottes décorées de jaune et bleu. Ils n'affirmaient nulle part qu'elles venaient d'Europe. Elles n'avaient de suédois que le prix et le nom de leur producteur indien. Julius regrettait que l'opération ne fût pas aussi illégale que le Projet Pérou, mais on ne pouvait pas tout avoir. En plus, Gustav et lui réussirent à établir une activité complémentaire, plus obscure. Les asperges suédoises étaient si renommées que leur variante balinaise était expédiée vers la Suède, où elle était conditionnée dans de nouveaux cartons et vendue dans de nombreux hôtels de luxe de la terre entière. Dont certains de Bali. Les établissements prestigieux de l'île, soucieux de tenir leur rang, étaient prêts à débourser les roupies qu'il fallait pour éviter de servir à leurs clients les turions aqueux de la région.

Allan était heureux que son ami Julius ait retrouvé tout son allant. La chance aurait pu sourire à nouveau aux deux compères, n'eût été l'argent intarissable de la valise qui commençait à se tarir. La ferme dans la montagne fournissait des revenus respectables, mais l'hôtel de luxe où ils résidaient n'était pas gratuit. Par exemple, les asperges importées de Suède par le restaurant coûtaient une fortune.

Cela faisait un moment que Julius voulait parler à Allan du mauvais état de leurs finances, sans en trouver l'occasion. Elle était enfin arrivée ce matin au petit déjeuner. Allan apportait sa tablette noire et l'info du jour, une histoire d'amour fraternel. Le dirigeant nord-coréen Kim Jong-un aurait fait empoisonner son frère dans un aéroport de Malaisie. Allan n'était qu'à moitié étonné, car il avait déjà eu affaire au père de Kim Jong-un. Et à son grand-père.

— L'un comme l'autre avaient l'intention de me tuer, se remémora-t-il. À présent, ils sont morts tous les deux, et moi je suis toujours là. C'est la vie.

Julius s'était habitué aux anecdotes d'Allan sur son passé, et elles avaient cessé de le surprendre. Il avait sans doute déjà entendu cette histoire aussi, mais l'avait oubliée.

— Tu as rencontré le père du dirigeant nord-coréen ? Et son grand-père ? Mais t'as quel âge, franchement ?

— Cent ans, presque cent un. Au cas où ça t'a échappé. Ils s'appelaient Kim Jong-il et Kim Il-sung. Le premier n'était qu'un enfant, mais déjà colérique.

Julius résista à la tentation de chercher à en savoir plus. Au lieu de cela, il orienta la discussion vers le sujet qu'il souhaitait aborder : la mutation de la valise pleine d'argent en valise sans argent. En plus, cela faisait deux mois et demi qu'ils n'avaient pas réglé leur note d'hôtel. Julius n'osait pas penser à son montant.

— N'y pense pas, alors, lui suggéra Allan en mangeant une bouchée de son *nasi goreng* sans piment.

Restait une chose, plus urgente. Le propriétaire du bateau avait annoncé sans préavis qu'il leur avait coupé le crédit et comptait faire subir le même sort aux têtes de ces MM. Karlsson et Jonsson s'ils ne payaient pas la location du navire de plaisance sous une semaine.

— Le propriétaire du bateau ? s'étonna Allan. On en a loué un ?

— Le yacht de luxe.

— Ah oui, en effet, ça compte comme un bateau, ça.

Julius avoua ensuite qu'il voulait organiser une fête-surprise pour le cent unième anniversaire d'Allan mais que, au vu de leur situation financière, elle ne pourrait inclure une nouvelle visite d'Harry Belafonte.

— On l'a déjà rencontré une fois, de toute façon, le consola Allan. Et les fêtes d'anniversaire et moi n'avons jamais fait bon ménage, alors ne t'en fais pas.

Julius s'en faisait quand même. Il tenait à montrer à Allan qu'il avait énormément apprécié son initiative d'inviter Belafonte. Julius non plus n'était pas un perdreau de l'année, mais, au cours de toute son existence, jamais on n'avait eu une telle gentillesse à son égard.

— Et pourtant ce n'était pas moi qui chantais, lui rappela Allan.

Une fête était absolument impérative, affirmait Julius. Il avait déjà commandé un gâteau à la première pâtisserie qui lui avait accordé un crédit. Ensuite, il planifiait une excursion en montgolfière au-dessus de la belle île verdoyante avec deux bouteilles de champagne. Allan trouvait l'idée plaisante, mais peut-être pourraient-ils se passer du gâteau si leurs finances étaient tellement serrées. Les cent une bougies devaient coûter une fortune. Malheureusement, ils n'étaient plus à cent une bougies près, déplora Julius. Après inspection de la valise le soir précédent, il avait fait une estimation de la somme qui leur restait, puis de celle que l'hôtel leur réclamait. Il n'avait pas eu à calculer les frais de location du yacht, le propriétaire ayant eu l'amabilité de les chiffrer.

— En tout, j'ai bien peur qu'il nous manque au moins cent mille dollars.

— Avec ou sans les bougies ?

Indonésie

Le centenaire avait toujours eu un effet apaisant sur son entourage, en dehors de rares occasions au cours de l'histoire où il avait énervé des gens plus que de raison. Comme Staline, en 1948. L'entrevue avait débouché sur cinq ans de goulag. Les Nord-Coréens n'avaient pas été ravis non plus de faire sa connaissance quelques années plus tard. Mais bon, c'était du passé. Il avait à présent convaincu Julius de lui fêter son cent unième anniversaire (puisque son ami en avait tellement envie), et ensuite seulement de parler argent. Tout allait s'arranger. Avec un peu de chance, une nouvelle valise pleine de billets croiserait leur route. Julius n'y croyait pas trop, même si on ne savait jamais avec Allan. Si critique la situation fût-elle, il avait accepté d'emporter quatre bouteilles de champagne dans la montgolfière au lieu de deux. Le vent pouvait faiblir en altitude et, dans ce cas, ils auraient besoin de quelque chose pour passer le temps.

— Et aussi quelques sandwichs, peut-être, suggéra Julius.

— Pour quoi faire ?

Ces derniers temps, le directeur de l'hôtel gardait un œil vigilant sur le vieil homme et son camarade encore plus vieux, dont le montant des factures impayées dépassait cent cinquante mille dollars. Cela ne représentait qu'une fraction de ce qu'il avait gagné au cours de l'année précédente grâce à ces Scandinaves dépensiers, mais la somme était tout de même trop élevée pour la laisser filer. Depuis quelques jours, ou plutôt quelques nuits, sur ses ordres, un homme surveillait discrètement le bungalow de luxe des deux messieurs, au cas où l'envie leur prendrait de s'éclipser par la fenêtre. Mais la relation du directeur avec MM. Jonsson et Karlsson était empreinte d'une certaine gratitude. Le premier avait expliqué d'une façon vaguement crédible qu'il allait toucher de l'argent avant la fin de la semaine. De plus, ce n'était pas la première fois qu'il tardait à ouvrir son porte-monnaie. Peut-être ce client aimait-il simplement trop ses biffetons, et cela n'allait-il pas plus loin. Qui ne les aimait pas ?

Dans l'ensemble, le directeur jugeait sage d'un point de vue stratégique de rester discret et de participer à la fête d'anniversaire du plus vieux des deux hommes sur la plage, avec un gâteau et quelques mots bien choisis.

Autour d'Allan, Julius, le directeur de l'hôtel et le pilote de la montgolfière étaient de la partie. Gustav

Svensson aurait aimé être présent, mais il avait assez de bon sens pour garder ses distances.

La montgolfière était prête. Seul un cordage enroulé autour d'un palmier empêchait le ballon de s'élever dans les airs. C'était le fils de neuf ans du pilote, profondément malheureux, qui réglait la chaleur dans le ballon : il aurait de loin préféré se trouver près du gâteau, à quelques mètres de là.

Allan lançait des regards contrariés aux cent une bougies indésirables. Quel gâchis d'argent. Et de temps ! Julius avait mis plusieurs minutes à les allumer toutes avec le briquet en or du directeur (qui finit dans la poche de Julius). Au moins, le gâteau était bon. Et le champagne était du vrai champagne, même si ça ne valait pas un cocktail. Ça aurait pu être pire.

C'est à cet instant que la situation prit une tournure imprévue. Le directeur tapota sur son verre pour annoncer son intention de prendre la parole.

— Mon cher monsieur Karlsson…

Allan l'interrompit :

— Voilà un bien beau discours, monsieur le directeur. Très aimable. Mais nous n'allons tout de même pas rester plantés là jusqu'à mon prochain anniversaire ! Et si on montait plutôt dans la nacelle ?

Le directeur perdit le fil, Julius donna le feu vert au pilote, qui reposa immédiatement sa part de gâteau.

— Compris ! Je vais appeler la station météorologique de l'aéroport pour m'assurer que les vents sont toujours favorables. Je reviens tout de suite.

Monter dans la nacelle était aisé, même pour un homme de cent un ans. Un escalier amovible de six marches était arrimé à l'extérieur, plus un autre de trois marches à l'intérieur.

— Bien le bonjour, jeune homme, lança Allan en ébouriffant les cheveux du copilote de neuf ans.

Le garçon répondit par un « bonjour » timide. Il savait se tenir et connaissait son métier. Avec le poids des étrangers, l'ancrage n'était plus nécessaire. Julius le pria de lui faire une démonstration du pilotage du ballon. On ajustait la chaleur, et par là même l'altitude, à l'aide d'une manette rouge en haut de la bonbonne de propane. À l'heure du décollage, il suffisait de la tourner vers la droite. Et, pour se préparer à atterrir, à gauche.

— D'abord à droite, ensuite à gauche, répéta Julius.

— Tout à fait, monsieur.

Soudain, trois événements se produisirent en l'espace de quelques secondes.

Un : Allan, notant les longs regards d'envie que le garçon jetait au gâteau, lui suggéra d'aller rapidement se servir. Les assiettes et couverts étaient sur la table. Le garçon n'eut pas besoin de se le faire dire deux fois. À peine Allan avait-il fini de parler qu'il avait déjà bondi de la nacelle.

Deux : Julius décida d'imprimer à la manette un mouvement de gauche à droite, de manière si brutale qu'elle lui resta dans la main.

Trois : le pilote de la montgolfière ressortit de l'hôtel, la mine désolée, et secoua la tête en annonçant que l'excursion devrait attendre. Le vent allait bientôt tourner au sud, ce qui mettrait le ballon en mauvaise position.

Sur ce, trois autres événements survinrent, également simultanés.

Un : le pilote aperçut son fils de neuf ans, le nez dans le gâteau, et lui aboya dessus pour avoir quitté son poste.

Deux : Julius se mit à jurer contre la manette rouge qui venait de se décrocher, juste comme ça. À présent, la chaleur affluait dans le ballon, qui...

Trois : ... commença à se soulever du sol.

— Stop, qu'est-ce vous faites ? cria le pilote.

— C'est pas moi, c'est cette foutue manette ! lui répondit Julius.

La montgolfière était désormais à trois mètres du sol. Quatre. Cinq.

— Voilà, c'est mieux ! lança Allan. Maintenant, on peut appeler ça une fête.

Océan Indien

La montgolfière mit un bon moment à dériver assez loin au-dessus de l'océan pour que Karlsson et Jonsson n'entendent plus les cris du pilote resté à terre. Il avait le vent dans le dos. En revanche, ils le voyaient encore agiter les bras. Près de lui, le directeur de l'hôtel ne gesticulait pas autant, mais sans doute était-il tout aussi malheureux. Voire plus. Après tout, c'étaient cent cinquante mille dollars qui s'envolaient là sous son nez. Quant au garçon de neuf ans, il était retourné au gâteau. Quelques minutes plus tard, il n'y avait plus aucune terre en vue. Julius cessa de jurer après la manette rouge, et la jeta par-dessus bord quand ses tentatives pour la réparer échouèrent.

Le gaz et la flamme étaient irrémédiablement allumés. Ce qui valait mieux, dans un sens, sans quoi l'appareil s'abîmerait en mer, passagers compris. Julius regarda autour de lui. Il dénicha un appareil GPS derrière une bouteille de gaz. Hé ! excellente nouvelle ! S'ils ne pouvaient pas diriger leur embarcation, au moins sauraient-ils quand espérer apercevoir des terres.

Tandis que Julius se plongeait dans la topographie, Allan ouvrit la première des quatre bouteilles de champagne.

— Oups ! dit-il, quand le bouchon fila par-dessus le bastingage.

Julius se désolait de voir qu'Allan ne prenait pas leur situation au sérieux, alors qu'ils n'avaient pas la moindre idée de leur route. Allan objecta :

— J'ai fait tant de fois le tour du monde que je commence à savoir à quoi il ressemble. Si le vent continue à souffler dans cette direction, nous arriverons en Australie d'ici quelques semaines. S'il vire un peu, nous devrons patienter davantage.

— Pour arriver où ?

— Eh bien, pas au pôle Nord. De toute façon, on ne veut pas y aller. Mais sûrement au pôle Sud.

— Merde, qu'est-ce que…, pesta Julius.

— Là, là, l'interrompit Allan. Prends un verre. Maintenant, trinquons à mon anniversaire. Et surtout, ne t'inquiète pas. La bouteille de gaz sera vide bien avant le pôle Sud. Assieds-toi.

Obtempérant, Julius s'installa, stoïque, sur le tabouret près de son camarade, le regard morne. Allan s'aperçut de son inquiétude. Il fallait trouver une petite consolation.

— Allez, je sais qu'en ce moment tout semble noir, mon ami. Mais cela m'est déjà arrivé auparavant et je suis encore là. Tu vas voir, le vent va tourner. Ça ou autre chose.

Le calme inexplicable d'Allan apaisa un petit peu Julius. Le champagne ferait sans doute le reste.

— Passe-moi la bouteille, s'il te plaît, murmura-t-il.

Et il but quatre grandes lampées directement au goulot.

Allan avait eu raison. Le propane fut épuisé avant qu'aucune terre ne fût en vue. Le brûleur commença à crachoter, la flamme se mit à vaciller, avant de s'éteindre tout à fait, le temps que les amis éclusent la bouteille numéro un.

Ils entamèrent une descente tranquille vers l'océan Indien, ce jour-là aussi pacifique que son voisin.

— Tu crois que la nacelle flotte ? demanda Julius, tandis que l'eau se rapprochait.

— Nous n'allons pas tarder à le savoir, répondit Allan. Hé, regarde un peu ça !

Le centenaire avait fouillé la caisse en bois du pilote de montgolfière. Il brandissait une fixation toute neuve pour la manette rouge.

— Dommage qu'on ne l'ait pas trouvée plus tôt. Et ça aussi !

Deux fusées de détresse.

L'amerrissage se passa mieux que Julius n'avait osé l'espérer. La nacelle toucha l'eau, s'enfonça de cinquante centimètres sous l'effet de la vitesse et de son propre poids, s'inclina à quarante-cinq degrés, se redressa et rebondit à la surface comme un énorme flotteur avant de s'immobiliser peu à peu. Les deux hommes firent la culbute sous l'impact et l'inclinaison, et se retrouvèrent bras et jambes entremêlés contre la paroi de l'habitacle. Julius se remit vite sur pied, canif en main, pour trancher les liens de l'enveloppe à présent inutile, étalée à la surface de l'eau, avant qu'elle ne coule en entraînant la nacelle et ses deux passagers.

— Bon travail, le complimenta Allan, affalé sur le plancher.

— Merci, dit Julius en aidant son camarade à se hisser sur son tabouret.

Il entreprit ensuite de démonter le lourd brûleur et le balança à la mer avec ses quatre montants. Cela soulagea instantanément la nacelle d'au moins cinquante kilos. Julius s'essuya le front et s'assit sur le siège auprès de son ami.

— Et maintenant, on fait quoi ?

— Maintenant, je trouve qu'on devrait ouvrir une autre bouteille de champagne pour ne pas dessoûler. Pourquoi t'enverrais pas une des fusées de détresse pendant que je fais sauter le bouchon ?

L'eau s'infiltrait déjà par un côté de leur embarcation, mais à cette vitesse, jugea Allan, il leur restait une paire d'heures avant de sombrer. Davantage encore s'ils avaient un récipient pour écoper.

— En deux heures, il peut se passer beaucoup de choses.

— Comme quoi ? demanda Julius.

— Bah, il peut aussi se passer très peu de choses. Voire rien du tout.

Julius déballa la première fusée et tenta de décrypter les instructions en indonésien. Éméché, il n'avait pas l'énergie d'être aussi désespéré qu'il l'aurait dû. D'un côté, il avait conscience qu'il allait bientôt mourir. D'un autre, il se trouvait en compagnie d'un homme potentiellement immortel. Un homme qui n'avait pas été fusillé par le général Franco, ni emprisonné à vie par les services d'immigration américains, ni étranglé par Staline (même si ç'avait été à un poil près), ni exécuté par Kim Il-sung ou Mao Zedong, ni pris pour cible par l'arquebuse des gardes-frontières iraniens, ni décoiffé d'un seul cheveu en vingt-cinq ans de service comme agent double pendant la guerre froide, ni achevé par l'haleine de Brejnev, ni entraîné dans la chute de Nixon.

La seule donnée qui pouvait faire croire un instant qu'Allan allait mourir, après tant d'années sans y parvenir, était sa présence dans une nacelle en osier qui prenait l'eau, au milieu de l'océan, quelque part entre l'Indonésie, l'Australie et l'Antarctique. Cependant, si l'homme aux cent un ans fraîchement révolus survivait à cette nouvelle aventure, Julius avait bon espoir d'emboîter le pas à son ami.

— On dirait qu'il suffit de tirer ici, dit-il, joignant le geste à la parole.

C'était certes le bon cordon, mais Julius pointait la fusée dans la mauvaise direction, ce qui eut pour effet de la propulser dans l'eau, où elle s'enfonça avant de s'éteindre, selon toute vraisemblance, à une centaine de mètres de profondeur. Julius avait envie de capituler, mais Allan fit sauter le bouchon de la troisième bouteille, qu'il tendit à son ami en lui disant de boire quelques gorgées de champagne. Avec ou sans verre. Il avait l'air d'en avoir besoin.

— Ensuite, je te propose d'essayer de lancer la deuxième fusée. Mais dirige-la plutôt vers le haut, je pense qu'elle se verra mieux.

Océan Indien

Officiellement, le vraquier nord-coréen *Honneur et Vigueur* transportait trente mille tonnes de céréales de La Havane jusqu'à Pyongyang. Sa mission secondaire, bien moins officielle, était de couper les moteurs au sud-est de Madagascar et, sous le couvert de la nuit, de procéder au chargement de quatre kilos d'uranium enrichi. Le métal avait été acheminé par les soins de coursiers successifs du Congo au Burundi, puis en Tanzanie, au Mozambique, et enfin sur l'île située à l'est du continent africain.

Les Nord-Coréens savaient qu'ils étaient étroitement surveillés. Quelques années plus tôt, un bâtiment identique s'était retrouvé bloqué dans un port libyen aux mains des rebelles, avant que le capitaine parvienne à acheter sa liberté et à repartir, ses cales remplies de pétrole. Une escale en Somalie, en Iran ou en tout endroit de réputation comparable ne servirait vraisemblablement qu'à justifier une inspection en pleine mer par les forces de l'ONU. Cela leur était déjà arrivé. La dernière fois, au large de Panamá. Les militaires avaient alors trouvé, planqués sous du sucre roux, des moteurs d'avion et des composants électroniques de pointe, en violation de l'embargo de l'ONU contre la fière République populaire démocratique de Corée. Scandalisés, les Nord-Coréens avaient fait savoir au monde que ce n'était pas eux, mais justement le monde, qui avaient placé les moteurs et composants à cet endroit.

Cette fois-ci, le retour depuis Cuba s'effectuait dans l'autre sens, après tout la Terre est ronde. Officiellement, la République populaire démocratique refusait de se laisser à nouveau insulter à Panamá. Ce qu'on ne disait pas, c'était que le cargo avait une course à faire en route.

Jusque-là, le capitaine Park Chong-un n'avait rien à déplorer. Les citernes de son navire étaient remplies de céréales de bonne qualité, dont le Chef suprême n'avait que faire puisqu'il mangeait à sa faim. Mais il transportait aussi quatre kilos d'uranium enrichi enveloppé de plomb, dans une mallette nord-coréenne. Le métal radioactif était une nécessité dans la lutte toujours cruciale contre ces chiens d'Américains et leurs alliés au sud du trente-huitième parallèle. Quatre kilos, cela ne changerait pas l'avenir de la nation, bien sûr, mais ce n'était pas le but. La Corée du Nord souhaitait tester le circuit de distribution. Si tout se passait bien, la mise serait multipliée – et pas qu'une fois, les Russes l'avaient promis.

Le capitaine Park sentait de manière viscérale les satellites impérialistes suivre la route du navire vers Pyongyang, guettant comme toujours le premier prétexte pour aborder, humilier et harceler. Park avait bouclé la mallette dans le coffre-fort de sa cabine, mais les scélérats la trouveraient s'ils montaient à bord. Jusqu'ici, ils ne s'étaient pas encore manifestés. Le navire n'avait commis aucune erreur. Bientôt, plus rien ne pourrait empêcher le retour triomphal du capitaine.

Park Chong-un fut interrompu dans ses réflexions par son second qui entra sans frapper.

— Capitaine ! Nous avons aperçu une fusée de détresse à quatre milles au nord. Que devons-nous faire ? Nous l'ignorons ?

Et merde ! Quand tout se passait si bien. Plusieurs pensées se télescopèrent dans l'esprit du capitaine. Un piège ? Pour mettre la main sur l'uranium ? Mieux valait prétendre ne rien avoir remarqué, bien sûr, comme venait de le suggérer son second. Mais si quelqu'un avait vu la fusée de détresse, c'étaient forcément ces foutus Américains. Ils avaient dû prendre des photos satellite. Un bâtiment nord-coréen qui tournait le dos à des naufragés, cela constituerait un crime contre le droit maritime et porterait un coup énorme à l'image du Chef suprême (tandis que le capitaine Park serait passé par les armes). De tous ces maux, le moindre serait de vérifier de quoi il retournait.

— Surveille tes paroles, second ! s'exclama le capitaine Park Chong-un. La République populaire démocratique de Corée n'abandonne pas des personnes en détresse. Modifiez le cap et préparez l'opération de sauvetage. Exécution !

Terrifié, le second leva la main à la tempe et fila. Il se maudissait de n'avoir pas tenu sa langue. Si le capitaine mentionnait ses propos dans son rapport, c'en était fini de sa carrière. Dans le meilleur des cas.

Les deux compères dans leur nacelle avaient à présent de l'eau jusqu'aux chevilles. Allan, absorbé par sa tablette noire, s'étonnait que l'appareil fonctionnât encore au milieu de nulle part.

— Écoute un peu ça !

Robert Mugabe, au Zimbabwe, avait déclaré l'homosexualité contraire aux valeurs africaines et décidé qu'il en coûterait dix ans de prison à tout homosexuel, pour lui apprendre. Toutefois, les présidents n'avaient pas le monopole du ridicule. La femme de Mugabe s'était défoulée à coups de rallonge électrique sur une fille qui frayait avec leur fils dans une chambre d'hôtel. Visiblement, cette famille avait aussi un problème avec l'hétérosexualité.

Julius était trop abattu pour exprimer un quelconque avis sur les dernières nouvelles que lui lisait son ami. Il s'apprêtait à lui demander de se taire et de le laisser mourir en paix quand le son lointain d'une corne de brume retentit. À l'horizon, un bateau. Se dirigeant droit vers leur nacelle.

— C'est pas croyable, fit Julius. Tu vas encore survivre, Allan.

— Toi aussi, on dirait.

Lorsque les deux hommes firent la connaissance du capitaine Park sur le pont avant du navire, Allan tenait la tablette noire dans une main et la bouteille de champagne dans l'autre.

— Bonjour, capitaine, dit Allan, d'abord en anglais, puis en russe, en mandarin et en espagnol.

— Bonjour, répondit le capitaine, stupéfait, en anglais.

Il maîtrisait également le russe et le mandarin et, à force d'aller à Cuba, il connaissait assez l'espagnol. En revanche, il était le seul de l'équipage à parler anglais, et il jugea préférable que le moins d'oreilles possible suivent leur conversation. En tout cas jusqu'à ce que la situation soit clarifiée.

Le capitaine Park apprit aux naufragés qu'ils avaient été secourus par la République populaire démocratique de Corée, pour la gloire du Chef suprême.

— Passez le bonjour au chef et remerciez-le de notre part si vous le croisez, dit Allan. Vous croyez que vous pourriez nous déposer quelque part en chemin ? L'Indonésie nous arrangerait, si ça ne vous embête pas trop. C'est que nous n'avons pas nos papiers sur nous, alors quitter le pays peut causer des problèmes, pas vrai ?

Oui, le capitaine Park était au courant. Là d'où il venait, on ne passait pas les frontières comme on change de chemise. Pour autant, il n'avait pas du tout l'intention de fraterniser avec ces inconnus repêchés dans un panier en pleine mer. Et surtout pas devant ses hommes, peu importe dans quelle langue.

— En tant que commandant, le droit maritime me dicte de protéger scrupuleusement la cargaison du navire pendant le voyage, ainsi que de veiller aux intérêts du propriétaire de ladite cargaison. En vertu du même droit, je suis tenu de ramener le navire à bon port sans délai.

— Qu'est-ce que ça veut dire ? s'inquiéta Julius.

— Simplement ce que je viens de vous expliquer.

— Ça veut dire qu'il ne prévoit pas de nous débarquer avant Pyongyang, le renseigna Allan.

Julius n'avait pas spécialement envie d'aller en Corée du Nord.

— S'il vous plaît, capitaine, protesta-t-il. Nous avons apporté une bouteille de champagne. Nous pensions qu'elle nous serait utile si quelqu'un nous repêchait. Il n'est pas aussi frais qu'on pourrait l'espérer, mais nous serions ravis de le partager avec vous. Nous pourrions faire connaissance et réfléchir à une éventuelle solution qui nous aurait échappé.

Voilà qui était bien parlé, songea Allan en montrant la bouteille. Le capitaine s'en empara et déclara qu'elle était confisquée, l'alcool étant interdit à bord.

— Interdit ? répéta Julius.

Allan se retint de demander à redescendre dans ce qu'il restait de la montgolfière.

— Vous serez interrogés dans deux heures. Jusqu'à nouvel ordre, vous n'êtes pas considérés comme suspects, mais cela peut changer. J'ai l'intention de mener l'interrogatoire. La première question portera sur votre identité et la raison de votre déplacement en pleine mer dans une nacelle en osier. Avec une bouteille de champagne. Mais nous verrons cela plus tard.

Le capitaine Park ordonna ensuite à son second de prendre ses affaires et de rejoindre l'équipage, après avoir conduit les deux étrangers dans la cabine qui venait de lui être confisquée. Ensuite, à moins de vouloir monter la garde lui-même, il mettrait en place une surveillance constante devant la porte, pour éviter qu'il arrive malheur aux deux hommes ou qu'il leur vienne une idée malheureuse. Le second salua, mécontent de la tournure des événements. Devoir se mêler à l'équipage à cause de deux Blancs décrépits… Non, le capitaine aurait mieux fait de les laisser dans l'eau. Cette histoire finirait mal, c'est certain.

Le capitaine Park Chong-un pressentait des problèmes. Il vérifia encore une fois le contenu de son coffre-fort, dont il portait la clé au cou. Il y conservait tous les journaux de bord obligatoires, un exemplaire du droit maritime ainsi que son chargement secret.

La mission qu'il avait reçue du Chef suprême en personne serait remplie dans trois jours. Il n'y avait pas un nuage dans le ciel. Au sens propre. Ce qui signifiait que les satellites américains avaient en permanence un œil sur lui. C'était en soi un nuage, quoique imagé. Les deux étrangers dans la cabine de l'autre côté de la paroi en étaient un autre.

Il résuma la situation d'un « zut » bien senti avant de rejoindre la cabine voisine. Il fixa le matelot de garde d'un air peu amène, jusqu'à ce que l'homme comprenne qu'il était censé ouvrir la porte à son capitaine. Après quoi, il le dévisagea encore, jusqu'à ce que le garde referme la porte.

— Messieurs, c'est l'heure de l'interrogatoire, déclara le capitaine Park Chong-un.

— Super, dit Allan.

Congo

Le Congo est le deuxième plus grand pays d'Afrique et possède depuis toujours deux particularités : les ressources naturelles et la misère. La seconde fut à son apogée quand le roi des Belges Léopold II fit du pays son champ de caoutchouc personnel. Il réduisit en esclavage tous ceux qu'il pouvait et fit massacrer plus de dix millions de personnes. L'équivalent de la Suède. Ou de la Belgique, si vous préférez. Quand le Congo obtint son indépendance, de nombreuses et rudes années plus tard, c'est un certain Joseph Désiré Mobutu qui s'assit dans le fauteuil présidentiel. Il se rendit particulièrement célèbre en vendant les biens de son pays à quiconque lui offrait les meilleurs dessous-de-table et en se faisant appeler « le Guerrier qui va de victoire en victoire sans que personne puisse l'arrêter ». De l'avis des États-Unis, l'homme était l'avenir du Congo et de l'Afrique.

Grâce à l'aide généreuse de la CIA, le Guerrier resta au pouvoir pendant plusieurs décennies. Détrônant le caoutchouc, l'uranium devint la plus intéressante des ressources du pays. C'est justement le Congo qui fournit aux États-Unis le métal nécessaire à la fabrication des bombes atomiques d'Hiroshima et de Nagasaki. Les Américains exprimèrent leur gratitude en créant un centre congolais de recherche nucléaire sous la direction du Guerrier qui va de victoire en victoire. Pas sûr que cette décision politique ait été la plus judicieuse de l'histoire des États-Unis. D'énormes quantités d'uranium enrichi disparurent de ce pays où tout, sans exception, était corrompu. Une partie refaisait parfois surface ici ou là et pouvait être mise en sûreté, tandis qu'un volume inconnu disparut pour de bon.

Le temps passa. Les principaux services de sécurité du monde occidental abandonnèrent la recherche du métal introuvable. Restait alors à empêcher d'autres chargements de prendre le chemin du marché noir. Au sein des unités opérationnelles, on se consolait en songeant que l'uranium disparu se désintégrait au fil des années.

La chancelière fédérale allemande Angela Merkel avait toutefois reçu des informations qui tempéraient son optimisme. Elle était au pouvoir depuis plus longtemps que la plupart des dirigeants du monde et misait sur sa réélection à l'automne suivant. Physicienne de formation, elle pressentait qu'elle perdrait son poste le jour où les isotopes envolés ne constitueraient plus une menace potentielle contre son pays. Elle avait encore beaucoup à offrir, à soixante-trois ans, dont vingt-huit en politique. Il n'empêche que sa propre demi-vie était nettement plus courte que celle de l'uranium enrichi, qui s'élevait à 4,5 milliards d'années.

Corée du Nord

Kim Jong-un n'avait jamais demandé à devenir celui qu'il était. Il avait deux grands frères, mais l'un avait mis fin à son destin présidentiel en emmenant sa famille à l'étranger sous un faux nom, pour aller s'amuser à Tokyo. À Disneyland, en plus. Deux décisions, deux erreurs. Et l'autre était bien trop faible aux yeux de leur père Kim Jong-il. Ce qui signifiait avant tout qu'il le soupçonnait d'être homosexuel. Ici comme ailleurs, aimer qui on voulait posait problème.

Papa Kim était déjà âgé lorsqu'il succéda au Président éternel Kim Il-sung, et il projetait sans doute pour son plus jeune fils une période de transition équivalente. Le problème avec la vie, c'est que, que l'on soit roi ou mendiant, la mort vient quand elle l'a décidé. Soudain, le jeune homme d'une petite vingtaine d'années dut perpétuer l'œuvre de son père à peine décédé. Ou plutôt faire le contraire, car Kim Jong-il était entré dans l'histoire comme celui qui, alors que son peuple se serrait déjà la ceinture, l'affama gravement.

En quelques mois, le jeune Kim, passionné de Game Boy, devint un général portant insigne à quatre étoiles. Les analystes internationaux ne lui donnaient pas beaucoup de chances. Un bleu à la tête d'une bande d'officiers couverts de cicatrices, dont son oncle paternel, ça ne pouvait que mal finir... Ce fut le cas. Pour l'oncle et les généraux. Sans doute ourdissaient-ils des plans, mais ils furent tous éliminés avant même d'avoir fini d'ourdir. Le jeune Kim n'était pas homme à se laisser mener par le bout du nez. L'oncle fut condamné à mort, entre autres pour adultère. Nulle part la feuille de motivation ne mentionnait que le père du jeune Kim avait eu cinq enfants de trois femmes différentes...

Quelques années plus tôt, le jeune Kim avait achevé son éducation en Suisse, sous pseudonyme, tandis que sa mère achetait en virées shopping des produits que la majorité des Nord-Coréens ne verraient jamais qu'en photo. Kim s'intéressait plus au basket-ball et aux jeux vidéo qu'aux filles, mais n'avait pas à rougir de ses notes – en maths et en arts plastiques, tout du moins. Quand il prit précipitamment et avec un enthousiasme modéré la tête de la nation que son grand-père avait créée et son père partiellement ruinée, il suivit plutôt les traces du fondateur. Extraverti, il se mêlait à son peuple, il lui arrivait de donner des tapes dans le dos à ses compatriotes quand il était de bonne humeur, et même de parler avec eux. Surtout, il redressa un peu la barre de ce système communiste bidouillé maison, après quoi les assiettes sur les tables se remplirent un peu plus qu'auparavant. Alors que le reste de la planète ébahi ricanait encore aux dépens du bleu, il comprit que le pays dont il avait hérité avait le choix de creuser sa tombe ou de provoquer le monde qui œuvrait précisément dans ce but.

Il choisit la provocation.

Seulement voilà, il devait composer avec les maigres finances de la Corée du Nord. Changer tous les chars et toutes les pièces d'artillerie soviétiques vétustes coûterait bien plus que ce qu'il restait dans les caisses de l'État. Autant accélérer la mise en œuvre du projet que son père avait mené avec un certain succès. Il n'avait pas besoin de milliers de bombes. Juste de quelques-unes. Avec une puissance correcte.

En bref, l'arme nucléaire.

Avec le programme nucléaire et un nombre infini d'essais de missiles, il clama à la face du monde qui affichait encore un sourire méprisant que la Corée du Nord était prête à se battre. La réaction internationale – terreur, sanctions et blâmes répétés – convenait plutôt bien au jeune Kim. Qui entre-temps était devenu Chef suprême.

Tel un don du ciel, les États-Unis remplacèrent leur président pacifiste contre un autre qui tombait sans arrêt dans les pièges de Kim Jong-un. Chaque fois que Donald Trump beuglait que la Corée du Nord serait ravagée par « le feu et la fureur », il ne faisait que renforcer la position du Chef suprême. Au cours de ses premières années au pouvoir, Kim

Jong-un avait accompli davantage que son père pendant toute sa vie. Une seule chose l'inquiétait : le plutonium, que ses usines avaient tant de mal à fabriquer. Le métal avait l'inconvénient d'être introuvable dans la nature. Si quelqu'un en veut pour s'amuser – à bricoler des armes nucléaires par exemple –, il doit d'abord se débrouiller pour le produire lui-même. Ce qui n'a rien d'un jeu d'enfant.

Pour obtenir cinq malheureux grammes de plutonium 239 de qualité militaire, c'est déjà la croix et la bannière. Mais supposons que quelqu'un y arrive. Il devra alors le stabiliser à quatre-vingt-dix-neuf pour cent ou plus en utilisant du gallium, élément chimique qui a la propriété ennuyeuse de fondre aussi facilement que le chocolat. Pour ne pas voir le résultat filer comme du sable entre les doigts, il faudra une centrifugeuse à la pointe de la technologie, ce qui est aussi ardu à obtenir que le processus auquel elle doit contribuer. Or, pour une détonation digne de ce nom, c'est plutôt cinq *kilos* de plutonium qu'il faut produire.

Il n'y aurait pas de problème si les Russes arrêtaient de se défiler. Ils avaient promis en secret de livrer une centrifugeuse, mais à présent ils ne tenaient pas parole et en rejetaient la responsabilité sur tout ce qui bougeait entre ciel et terre. La République populaire démocratique ne pouvait pas attendre jusqu'à la fin des temps qu'ils se décident. Kim Jong-un détestait dépendre de quiconque. Les Russes étaient par ailleurs les maîtres du double jeu. Ils étaient capables de voter des sanctions contre la Corée du Nord le lundi, de promettre une centrifugeuse le mardi… et de donner les noms de fournisseurs du précieux uranium avant le week-end.

Car l'uranium enrichi était la solution idéale pour remplacer le plutonium maison. On pouvait s'en procurer au marché noir, dans les recoins les plus reculés d'Afrique. Néanmoins, la fière République démocratique avait nombre d'ennemis de par le monde. Les schizophrènes de Moscou avaient tuyauté les Nord-Coréens sur le métal extrait au Congo, mais on n'expédiait pas par DHL une demi-tonne de métal radioactif militaire d'un continent à l'autre.

Mais pouvait-on se fier à l'expéditeur ?

Et le circuit de livraison serait-il praticable ?

Ces deux questions étaient à l'étude en ce moment même.

États-Unis, Corée du Nord

Le nouveau dirigeant des États-Unis avait fini par renvoyer son conseiller à la sécurité, un véritable danger public. En dehors de cela, il avait consacré le début de son mandat à tenter d'intimider les médias. Avec un succès très mitigé. Aussi le président Trump fut-il presque heureux de la diversion que fournit le Chef suprême depuis Pyongyang en déployant le missile à moyenne portée Pukguksong-2 à cinq cents kilomètres en mer du Japon.

Sur initiative américaine, japonaise et sud-coréenne, le Conseil de sécurité de l'ONU fut convoqué et condamna d'une même voix les essais nucléaires. La représentante des États-Unis y déclara qu'il était « temps de demander des comptes à la Corée du Nord – pas seulement en paroles, mais aussi en actes ». Sous quelle forme ? Elle en laissait volontiers la décision au Président, qui fit quelques suggestions sur Twitter.

Cette année, la petite Suède était redevenue membre du Conseil de sécurité. La ministre suédoise des Affaires étrangères Margot Wallström s'était rendue célèbre par son franc-parler et son dynamisme. On prétendait que Benyamin Netanyahou avait affiché, dans son bureau à Jérusalem, une photo d'elle sur laquelle il lançait des fléchettes quand il avait besoin de se calmer les nerfs. Car la Suède, à l'initiative de Margot Wallström, avait reconnu la Palestine – un État sans frontières ni gouvernement et, selon Netanyahou et tant d'autres, plein de terroristes.

Mais Wallström continuait à se battre. Et à présent, au Conseil de sécurité, elle visait haut. Elle fanfaronnait dans les couloirs, affirmant qu'en tant que représentante de la Suède elle allait se rendre à Pyongyang pour s'entretenir en personne avec le Chef suprême sur la gravité de la situation. La visite devait d'abord être approuvée par la Corée du Nord et rester complètement officieuse. Un jeu diplomatique de haut vol, mais aussi une tentative sérieuse d'apaiser la rhétorique martiale dans chaque camp.

Aucun pays occidental n'avait une relation diplomatique aussi authentique que la Suède avec la Corée du Nord. Le Conseil de sécurité donna le feu vert à Wallström. Il ne restait plus qu'à convaincre le Chef suprême de la recevoir.

Si Torsten Lövenstierna avait été un sportif professionnel, il aurait été riche et célèbre. Mais il était simple diplomate, aussi personne n'avait-il jamais entendu parler de lui. Appartenant depuis près de trente ans à l'organisation suédoise extra-frontalière, il avait exercé ses compétences en Égypte, en Iraq, en Turquie et en Afghanistan. Au nombre de ses mérites comptaient ses services rendus à l'ONU à New York ; sa mission de conseiller spécial lors des inspections en Iraq ; son rôle déterminant à Mazar-e Charif et son poste de consul général de Suède à Istanbul. Si Torsten Lövenstierna ignorait un détail sur la diplomatie de haut niveau, le sujet était forcément insignifiant. À présent, il était ambassadeur de Suède à Pyongyang, sans doute l'affectation la plus complexe de toutes. De l'avis de certains, c'était un génie. Quoi qu'il en soit, cet homme-là avait reçu la délicate mission de conduire les Nord-Coréens sur la voie discrète de la médiation.

La paix dans le monde était en jeu. Torsten Lövenstierna se prépara avec sa minutie coutumière avant de requérir – et d'obtenir – une audience avec le Chef suprême. L'ambassadeur n'éprouvait aucune nervosité, il avait trop d'expérience pour cela, mais il était super concentré. Avec une grande finesse et chaque mot bien à sa place, il expliqua pourquoi, selon l'ONU, une intervention discrète à Pyongyang était dans le meilleur intérêt de la paix sur terre. Il parlait avec tant de virtuosité qu'il réussit à réciter son texte au Chef suprême sans être interrompu une seule fois : ce que Torsten Lövenstierna venait d'accomplir n'était rien de moins qu'un exploit.

Ensuite, il remercia le dirigeant nord-coréen de lui avoir accordé un peu de son précieux temps et attendit la réponse. Celui-ci regarda le diplomate de haut niveau dans les yeux et rétorqua :

— Une rencontre secrète pour la paix ? Ici ? Je n'ai jamais rien entendu d'aussi stupide.

L'audience était close.

— En ce cas, je demande la permission de me retirer, dit l'ambassadeur Lövenstierna en sortant à reculons de l'immense bureau du Chef suprême.

Les choses en seraient sans doute restées là. C'était compter sans Allan Karlsson.

Océan Indien

Le capitaine Park Chong-un s'assit sur la dernière chaise vide autour de la table, face à Allan et Julius. Dégainant papier et stylo, il commença par demander comment les deux hommes s'appelaient, d'où ils venaient et ce qu'ils faisaient dans une nacelle en osier à cinquante milles marins de la côte la plus proche. Allan était le plus doué des deux pour ce genre de choses, décida Julius. Le centenaire ne pensait pas beaucoup, mais il parlait d'autant plus.

— Je m'appelle Allan, et voici mon meilleur ami Julius, producteur d'asperges. Je ne suis pas grand-chose, si ce n'est vieux. J'ai cent un ans aujourd'hui, vous vous rendez compte ?

Le capitaine se rendait surtout compte que l'interrogatoire avait mal démarré. Cet étranger, qui prétendait être plus âgé que ce qui était raisonnablement possible, avait une attitude frivole. Cela rendait Park Chong-un à la fois nerveux et vigilant.

— Hum, votre âge ne m'intéresse pas, répondit-il. D'où venez-vous et que faites-vous ici ?

— Mais voyons, capitaine, c'est vous qui ne voulez pas nous laisser débarquer.

— Ne faites pas le malin, menaça le capitaine. Sinon, je pourrais vous laisser partir plus vite que vous le croyez. Il ne faut pas plus de dix ou douze jours pour rejoindre le Timor oriental à la nage, si vous y tenez.

Allan expliqua que tout était la faute d'une fête d'anniversaire qui avait mal tourné sur une plage de Bali. Allan voulait bien croire qu'ils avaient l'air louches, mais il y avait une explication à tout, pas vrai ?

— Comment ? s'étonna le capitaine.

— Il y a une explication à tout. N'êtes-vous pas aussi de cet avis, capitaine ?

Julius jeta un coup d'œil inquiet à Allan. Il tenta de lui faire comprendre qu'un peu plus de retenue dans ses paroles serait judicieux.

— Voulez-vous dire que vous êtes originaires d'Indonésie ? demanda Park, sceptique.

— Non, de Suède. Un pays charmant. Y êtes-vous déjà allé, capitaine ? Non ? Vous devriez absolument y passer des vacances. Neige en hiver et longues journées en été. Les locaux sont sympathiques. Enfin, dans l'ensemble. Évidemment, il se trouve toujours une ou deux personnes dont on se passerait bien, même chez nous. J'avais une directrice vachement hargneuse à la maison de retraite où je vivais avant d'atterrir ici – enfin, à Bali, je veux dire. Quand je repense à elle, j'ai des frissons. Vous comprenez peut-être de quoi je parle, capitaine ?

Park Chong-un n'appréciait pas que l'ancêtre lui pose des questions. S'il ne prenait pas garde, il allait perdre le contrôle de la situation.

— Maintenant, commençons par le commencement.

Enfin, il obtint noir sur blanc les noms complets d'Allan et de Julius, leur nationalité et le but de leur voyage, inexistant. Quand le capitaine Park décida de croire à leur histoire, il se mit aussi peu à peu à croire qu'il survivrait à cet incident.

L'interrogatoire fut interrompu par un coup à la porte. Le garde terrifié avait reçu l'ordre de demander si les deux étrangers dîneraient. Le capitaine trouva l'idée opportune. Qu'on leur apporte un repas d'ici quinze à vingt minutes.

— L'alcool est toujours interdit ? demanda Allan quand le matelot ressortit.

Le capitaine le lui confirma. À table, on proposait de l'eau et du thé.

— Du thé…, répéta Allan. Capitaine, vous êtes vraiment sûr de ne pas vouloir nous débarquer quelque part sur votre route ?

— Cela mettrait en danger la cargaison et ma vie. Si vous vous tenez tranquilles, vous pourrez nous accompagner jusqu'en République populaire démocratique.

— Si nous nous tenons tranquilles ?

— Parfaitement. Ensuite, le Chef suprême s'occupera de vous.

— Comme il s'est occupé de son frère l'autre jour ?

Julius jura intérieurement. Allan voulait-il vraiment nourrir les requins ?

Si le capitaine Park ne possédait pas de tablette noire, il avait malgré tout accès aux nouvelles du monde entier tant qu'il était en mer. Il répondit avec colère que M. Karlsson s'était laissé aveugler par la propagande impérialiste.

— Un dirigeant coréen ne tue ni les membres de sa famille ni les visiteurs d'autres pays !

Un instant, Julius eut le bref espoir que le centenaire lâcherait prise. Mais Allan répliqua :

— C'est ça. Si je suis ici aujourd'hui, c'est parce que Mao Zedong m'a sauvé la vie un jour que Kim Il-sung voulait me faire fusiller, il y a une paire d'années. Même si ça avait été une idée de dernière minute.

Park Chong-un n'en croyait pas ses oreilles. Ce Caucasien injuriait la mémoire du Président éternel, qui l'était devenu vingt-trois ans plus tôt !

— Une paire d'années ? dit le capitaine Park, tâchant de réorganiser ses pensées.

— Ma foi, c'est que le temps passe vite. Ça devait être en 1954, je crois. Quand Staline fanfaronnait. Ou bien en 53 ?

— Est-ce que vous... vous avez rencontré le Président éternel ?

— Oui, lui et son gosse colérique. Mais depuis, ils sont partis pour le grand voyage. Ce n'est pas donné à tout le monde d'être de plus en plus en forme avec les années. Si on laisse de côté la mémoire. Et l'ouïe.

Et les genoux. Et autre chose que j'ai oublié. Quand on parle de la mémoire…

Le capitaine Park comprit qu'il n'était pas encore hors de danger. Ramener à Pyongyang un étranger qui avait peut-être insulté le Président éternel ne pourrait conduire qu'à… ce qui était arrivé, selon les impérialistes, au frère du Chef suprême. D'un autre côté, supprimer un homme qui avait rencontré le Président éternel sans en référer à son petit-fils…

Peste et choléra ! Park était indécis. Julius s'étonnait de ne pas s'être encore évanoui. Allan comprenait-il quel jeu risqué il jouait, ou était-il seulement sénile ? Le centenaire avait tant bavardé que le capitaine envisageait plus sérieusement que jamais de les balancer à la mer. Julius cherchait un moyen de sauver la situation quand il s'entendit dire :

— Allan est un grand partisan de la République populaire démocratique. Et un expert en armes nucléaires. Pas vrai, Allan ?

Le capitaine Park en eut le souffle coupé. Dans un geste inconscient, il porta la main à son cou pour s'assurer que la clé du coffre-fort était toujours là. Allan était tout aussi surpris. Il sentit qu'il avait été un peu trop offensif envers le prétendu abstinent. Mieux valait entrer dans le jeu que venait d'inventer son ami, comme toujours.

— Merci, Julius. Oui, nous sommes un peu experts en différentes matières. Ma spécialité est le bricolage de ce qu'on appelait, au bon vieux temps, des bombes atomiques. Je suis presque aussi doué pour ça que pour fabriquer de l'alcool à partir de lait de chèvre. Mais l'alcool n'est pas le bienvenu sur ce bateau. Et de toute façon, vous n'avez pas de chèvres à bord, si ?

Allan s'aperçut que le capitaine palpait son cou quand on prononçait les mots « arme nucléaire ». Cela pouvait être un simple hasard, bien sûr. Ou alors cela expliquait son air angoissé. Le centenaire avait beaucoup lu sur le programme nucléaire de la Corée du Nord. Il s'était passé beaucoup de choses en matière atomique, au cours des soixante-dix dernières années et depuis qu'Allan avait eu une raison d'approfondir le sujet. Cependant, les Nord-Coréens semblaient loin de maîtriser la technique. Des débutants, voilà ce qu'ils étaient. Les donneurs de leçons internationaux estimaient que les usines à plutonium du régime n'arrivaient pas encore à produire ce pour quoi elles avaient été construites.

Et si Allan le mentionnait au capitaine afin d'observer sa réaction ? En incluant une petite promesse, pour plus de sûreté. Julius et lui n'avaient plus le choix entre l'Indonésie et la Corée du Nord, si jamais ils l'avaient eu. Mais plutôt entre débarquer à Pyongyang et être jetés par-dessus le bastingage. La Corée du Nord semblait plus attrayante.

— Eh bien, voilà. Les armes nucléaires et moi sommes les meilleurs amis du monde. Et vous avez l'air d'avoir des problèmes... alors ma petite personne pourrait vous être utile.

Park porta presque instantanément la main à la clé. Allan poursuivit :

— À en juger par le résultat de vos premiers essais nucléaires, soit vous n'avez pas le coup de main pour produire du plutonium, soit vous n'avez pas assez d'uranium. Peut-être les deux à la fois. Ou alors vous ne savez pas comment optimiser l'uranium. C'est généralement le problème des empotés du nucléaire. Pas étonnant que les gens se moquent de vous.

— Qui se moque de nous ? s'emporta le capitaine Park.

— Qui ne se moque pas ? rétorqua Allan.

Julius l'implora par la pensée de ne pas aller plus loin. Pourtant, Allan avait vu juste. Le capitaine n'avait pas démenti son interprétation, il avait seulement tenté une faible diversion. Allan montrait-il encore une fois un flair qu'il ne soupçonnait pas lui-même ?

— L'uranium, répéta Julius, pour voir.

Juste ce mot. Allan récidiva :

— L'uranium.

À présent, la main que le capitaine portait à sa gorge avait presque blêmi.

— Pourquoi répétez-vous sans arrêt « l'uranium » ? demanda-t-il avec colère et indécision.

— Parce que celui qui a des installations nucléaires et qui ne fait exploser que des pétards mouillés a vraisemblablement un problème. Qui ne peut produire son propre plutonium doit rechercher la consolation, justement, dans l'uranium.

Le capitaine Park rapprocha sa main de la clé, s'aperçut qu'elle y était bien. Allan lui dit de ne pas avoir l'air si terrifié. Le capitaine devait se douter que le plus grand expert mondial en armes nucléaires – cela en toute modestie – tirerait les bonnes conclusions. Celui qui ne comprenait pas, c'était Julius. Allan savait-il soudain lire dans les pensées ?

— Quelles conclusions ? demanda le capitaine Park, tout en redoutant la réponse.

Allan était à deux doigts d'avancer que le bateau était rempli d'uranium de contrebande. Mais si son intuition le trompait, leur situation ne ferait qu'empirer.

— Ne nous attardons pas sur des réponses si évidentes, éluda-t-il. Il faut de la discrétion pour traiter de ce genre de choses. Mais vous allez bientôt devoir vous décider, capitaine. Soit Julius et moi vous accompagnons à Pyongyang pour mettre de l'ordre dans votre piètre programme nucléaire, soit vous expliquez au Chef suprême pourquoi vous nous avez jetés par-dessus bord.

Park Chong-un mourait d'envie d'envoyer les deux hommes par plus de mille mètres de fond. Cependant, le plus vieux semblait bien renseigné. Peut-être plus que les experts de la République eux-mêmes… Serait-il patriotique de nourrir les poissons avec ce savoir ?

Allan sentait que le capitaine n'avait pas encore pris sa décision. Pour plus de sécurité, il en rajouta une couche.

— Je pense que c'est votre jour de chance, monsieur le capitaine. Faisons comme ça, dans l'intérêt de tous.

Il promit alors de révéler tout ce qu'il savait au Chef suprême de la République populaire démocratique sur la nouvelle technique de l'isostapression à chaud.

— L'istosa... ? tenta le capitaine Park.

— Presque, dit Allan. Une puissance doublée, avec quatre fois moins d'uranium, pour faire court. Ou multipliée par huit, pour la même quantité de matériau fissile. Avec mon aide, vous pourrez faire sauter la moitié du Japon avec seulement quelques kilos. Quoique je ne le recommande pas. Les survivants seraient vachement en colère, je peux vous le dire tout de suite. Les Américains aussi, même s'ils ont fait la même chose il y a longtemps. Avec un certain succès.

— L'isosa..., essaya à nouveau Park.

— Ce n'est pas un mot à dire tout haut, capitaine, même si vous arriviez à le prononcer correctement.

Le capitaine Park se tut, attendant qu'Allan l'informe du prochain point au programme.

Eh bien, pour commencer, il fallait immédiatement lever cette interdiction ridicule de l'alcool à bord. Le capitaine pouvait se joindre à Allan et Julius pour ouvrir la bouteille de champagne, mais on ne le forcerait pas. Et si par hasard il y avait, caché dans la cabine du capitaine, quelque chose de bon à boire, pourquoi n'irait-il pas en chercher une bouteille, afin que le champagne ne se sente pas orphelin ?

— Lever l'interdiction de boire ? répéta le capitaine.

— Ne m'interrompez pas.

71

Julius ferma les yeux : Allan était en train de réprimander l'homme qui tenait leurs vies entre ses mains ! Allan entreprit alors d'expliquer que, personnellement, il aurait veillé en premier lieu à ce que Julius et lui reçoivent des cabines séparées – son camarade avait tendance à faire un raffut du tonnerre pendant son sommeil –, mais, au nom de leur future collaboration, tous deux acceptaient de s'en passer. Ensuite, une fois réglée la question des boissons, le capitaine pourrait envoyer un message au Chef suprême, en langage crypté bien sûr.

— Dites-lui que vous avez trouvé la solution à tous ses problèmes, que la République populaire démocratique fleurira comme jamais grâce à l'isostapression à chaud et à vos efforts. Le programme nucléaire nord-coréen atteindra des sommets impensables jusque-là. À condition de régler la question du champagne, bien sûr. Et de l'autre truc.

Park prit des notes.

— I-so-sta-pres-sion à chaud, dicta Allan. L'isostapression à chaud 1200 donne entre soixante et quatre-vingts DPG de plus que ce que parviennent à obtenir les États-Unis. Et c'est le double, par rapport à la Russie.

— DPG, dit le capitaine Park en écrivant.

— Le double, monsieur le capitaine ! Vous voyez un peu ?

Non, le capitaine ne voyait pas. Ni Julius. Ni même Allan, avoua celui-ci quand les amis furent à nouveau seuls.

— J'ai inventé un peu plus que nécessaire.

— Ah bon ? Quelle partie ? demanda Julius.

— Tout.

Le capitaine Park quitta les deux hommes sans faire de promesse, si ce n'est celle de « réfléchir ». Au fond, il avait déjà réfléchi. La situation représentait encore un danger pour sa vie, mais les avantages potentiels pour la République populaire démocratique, et donc lui-même, étaient trop importants. Défriser le moindre cheveu de l'homme qui détenait la clé de l'isosta-truc, ou simplement le contrarier, serait probablement très stupide.

Le capitaine sentait que sa décision était prise. Autant que faire se peut. Bientôt, il allait rédiger le message « crypté bien sûr » à l'intention de son Chef suprême. Mais d'abord, il avait une dernière chose à régler.

Dix minutes après le départ du capitaine, on frappa prudemment à la porte de la cabine. C'était le matelot chargé de garder Allan et Julius. Il leur tendit d'abord leur bouteille de champagne de la part du capitaine Park Chong-un, ainsi qu'un rhum cubain ambré, puis il demanda en russe ce que ces messieurs voulaient boire d'autre au repas.

— Je crois que nous avons tout ce qu'il nous faut pour le moment, merci, répondit Allan. Si vous voulez, vous pouvez reprendre la théière.

Le matelot s'inclina et ressortit en leur laissant le thé. Quelques minutes plus tard, il était de retour avec un ragoût de viande accompagné de riz. Les amis mangèrent de bon appétit. La question était de savoir avec quoi faire descendre le repas.

— Je crois que nous allons commencer par le rhum, trancha Allan. Et conserver le champagne pour le dessert. Nous aurions pu utiliser le thé pour nous laver les dents, si seulement nous avions emporté nos brosses. Nous nous occuperons demain d'inventer une histoire crédible sur l'isostapression à chaud et les DPG.

— Nous ? répéta Julius.

Océan Indien

Le rapport crypté envoyé par le capitaine de l'*Honneur et Vigueur* était sensationnel. Kim Jong-un le lut lui-même et tira ses propres conclusions. Il avait ceci de commun avec son homologue à Washington qu'il n'aimait pas déléguer les tâches à ses subordonnés. À la différence près que Trump tranchait probablement sans même avoir lu. Park avait réussi à orthographier correctement le terme fictif d'isostapression à chaud et à écrire dans le bon ordre le sigle fantaisiste DPG. En revanche, l'expert mondial Allan Karlsson était devenu suisse.

Une chance pour la suite. Une ministre suédoise qui voulait parler armes nucléaires et un expert également suédois desdites armes à quelques jours d'écart, ç'aurait été trop pour un cerveau qui voyait des complots partout. Par cette erreur, la coïncidence fut ramenée dans les limites du raisonnable et Kim Jong-un commença à entrevoir des possibilités.

L'*Honneur et Vigueur* devait atteindre le port de Pyongyang quelques jours plus tard. Peut-être serait-il possible de…, se dit Kim Jong-un. Et il tomba entièrement d'accord avec lui-même. Une guerre médiatique restait une guerre. Avec l'aide de l'ONU et de l'expert suisse, la République pourrait remporter une bataille extraordinaire sur ce plan.

Le Chef suprême appela son secrétaire pour lui donner un ordre bref :

— Fais venir l'ambassadeur de Suède.

— Oui, Chef suprême. Quand, Chef suprême ?

— Maintenant.

— Vous souhaitiez vous entretenir avec moi, Chef suprême ? demanda l'ambassadeur Lövenstierna, moins d'une heure plus tard, au palais de Kim Jong-un.

— Pas tout à fait, plutôt vous dire quelque chose. J'ai décidé d'inviter le Conseil de sécurité de l'ONU à une entrevue informelle. Comment s'appelait-elle, déjà, la femme qui voulait venir ?

— Margot Wallström, la ministre des Affaires étrangères.

— Voilà. Faites-la venir, alors. Tout de suite.

— En ce cas, je demande la permission de me retirer, dit l'ambassadeur pour la deuxième fois de la journée.

Il sortit de nouveau à reculons du bureau du Chef suprême. Ce qu'il pensait de tout ça, il le garda pour lui.

Tanzanie

Contrairement aux Américains, les Allemands n'étaient pas spécialement bons dans l'espace. Mais à terre, ils étaient forts, notamment sur le sol africain. L'équivalent allemand de la CIA, le Bundesnachrichtendienst, avait établi un de ses nombreux bureaux fantômes en Tanzanie, dans un salon de coiffure du centre de Dar es-Salaam, sous la direction d'un agent égocentrique, antipathique mais compétent. Il était assisté par une subordonnée docile, déprimée et un peu plus compétente que lui. Grâce au travail de plusieurs mois d'un laborantin douteux au Congo, ainsi qu'au tissage patient d'un réseau dans les milieux où l'on veillait à se présenter sous une fausse identité, le BND glana des informations unanimes selon lesquelles une petite quantité d'uranium enrichi allait bientôt quitter le Congo, traverser la Tanzanie et poursuivre vers le sud.

Mais une des rares choses plus importantes que sauver le monde, aux yeux de l'arrogant agent A, était de rentrer en Allemagne pour les fêtes de fin d'année, et sauver ce qu'il pouvait de sa propre famille.

La docile agente B accepta cet état de fait, et passa Noël et le nouvel an seule au salon de coiffure à Dar es-Salaam. Elle n'avait pas de famille à rejoindre, car son époux, dentiste à Rödelheim, l'avait remplacée depuis peu par une femme plus jeune avec de plus jolies dents.

L'enquête reprit après les vacances, jour après jour, semaine après semaine. L'uranium semblait avoir quitté le Congo pour le Mozambique. C'était extrêmement préoccupant, car le pays était dirigé par un ancien rebelle marxiste-léniniste, copain avec Kim Jong-un. L'arrogant et la docile brûlaient. Le colis avait été acheminé sur un bateau de pêche jusqu'à Madagascar, île qui avait eu autrefois des liens étroits avec la défunte Union soviétique. Là-bas, la piste refroidit. Et il n'y avait pas d'autres informateurs à contacter.

En sa qualité de chef, l'agent A ordonna à l'agent B de découvrir ce qui s'était passé. Après une brève analyse, la docile agente présenta trois scénarios. Selon le moins vraisemblable, l'isotope se trouvait toujours à Madagascar. Sinon, il avait poursuivi sa route par les airs ou par la mer. Dans ce cas-là, un avion signifiait obligatoirement un déplacement international. Impossible d'emporter plusieurs kilos d'uranium dans ses bagages. Restait le moyen de transport par lequel l'uranium était arrivé sur l'île… Or, changer de bateau de pêche pour refaire le chemin en sens inverse serait illogique. La docile en conclut que l'uranium avait probablement quitté Madagascar sur un bateau de taille assez imposante pour traverser un océan. Soit l'Indien, soit l'Atlantique. L'arrogant acquiesça et s'attribua le raisonnement dans le rapport qu'il envoya à Berlin, sans que sa subordonnée proteste.

La phase suivante consistait à dresser la liste de tous les bateaux de marchandises récemment passés par le port de Toamasina. N'obtenant aucun résultat probant, A et B élargirent la recherche aux bâtiments éventuellement suspects qui s'étaient trouvés à proximité immédiate de Madagascar pendant la période concernée. La nouvelle liste ne comportait qu'un nom : le vraquier nord-coréen *Honneur et Vigueur*.

Le cargo, faisant route de La Havane à Pyongyang, était passé juste au sud de Madagascar quinze jours plus tôt.

Les relations entre les Allemands et les Américains n'étaient pas au beau fixe depuis qu'on avait appris que les seconds avaient mis sur écoute le mobile de la chancelière fédérale Angela Merkel. Celle-ci avait saisi le téléphone en question et déclaré au président Obama qu'elle espérait que les services secrets écoutaient cette conversation.

En raison des rapports diplomatiques tendus mais aussi de sa seule personnalité, le plus haut représentant du BND en Afrique de l'Est n'eut pas le moindre scrupule à mentir à son collègue américain, qui lui demandait pourquoi il devait l'aider à retracer la route exacte de l'*Honneur et Vigueur* et à déterminer sa position actuelle. « Informée » par l'agent A d'un soupçon d'espionnage industriel visant les usines Volkswagen au Brésil, la CIA révéla tout ce qu'elle savait. Sans traîner les pieds, en plus. Elle leur était et serait pendant longtemps encore redevable, du fait de la gaffe avec le téléphone de la chancelière.

Le cargo nord-coréen s'était rapproché des côtes malgaches un peu plus que nécessaire au vu de sa destination officielle. Les données fournies par le satellite américain suggéraient que le bâtiment avait en outre ralenti en contournant l'île. Les agents allemands conclurent que l'uranium était sur le point d'arriver en Corée du Nord, pour contribuer au programme nucléaire que l'Allemagne et le monde entier condamnaient. Il y avait urgence !

Ou plutôt non, tout compte fait : l'*Honneur et Vigueur* avait pénétré dans les eaux territoriales nord-coréennes deux heures plus tôt et accosterait dans la journée à Nampo.

Corée du Nord

Uranium ou plutonium ? Plutonium ou uranium ? Kim Jong-un souhaitait que la réponse soit « plutonium », ce qui aurait été le cas si les Russes avaient tenu leur promesse d'envoyer une centrifugeuse. Ou si, au moins, la seule personne encore plus empotée que le directeur de l'institut d'énergie atomique de Pyongyang n'avait été son confrère des installations de production de plutonium de Yongbyon, cent kilomètres plus au nord. Ce qu'ils avaient accompli, à un prix très lourd pour la République populaire démocratique, avait permis de marquer un petit point contre les Américains et leurs pantins, mais était loin d'apporter une réelle démonstration de force. Kim Jong-un s'était donc débarrassé du directeur du laboratoire de plutonium au nord en avançant son incompétence, en d'autres termes sa haute trahison. La décision était juste, comme toutes celles du Chef suprême, mais dans les faits cela n'avait abouti qu'à remplacer l'incapable par un autre, qui aurait mérité le même sort. Et maintenant, on se demandait bien pourquoi le type de Pyongyang rasait les murs, terrifié.

Il fallait tout faire soi-même. Le Chef suprême donna l'ordre d'acheter de l'uranium enrichi au marché noir. Trois ou quatre kilos pour commencer. Le fournisseur recommandé par les Russes devait faire ses preuves, et l'itinéraire être testé avant de passer à des livraisons plus importantes. Le Chef suprême ne voulait pas voir des millions de dollars d'uranium saisis par le mal incarné. Quelques malheureux kilos (et même une demi-tonne) ne suffiraient jamais à gagner un conflit à grande échelle, mais là n'était pas le but. Kim Jong-un savait bien qu'attaquer la Corée du Sud ou le Japon reviendrait à détruire le monde entier. Et plus encore s'il parvenait à toucher les États-Unis, ou simplement l'île de Guam. Quatre kilos (contrairement à une demi-tonne) étaient également trop peu pour atteindre le véritable objectif de la manœuvre : démontrer la puissance du Chef suprême et faire oublier aux chiens à Washington toute velléité de reproduire en Corée du Nord la stratégie appliquée en Iraq, en Afghanistan et en Libye. L'histoire avait montré que les pays incapables de mordre se faisaient dévorer tout crus. Le programme d'armement avait aussi cet avantage d'autoriser une rhétorique plus bruyante, ce qui fit monter encore d'un cran la combativité de ses propres troupes. Le Chef suprême le devint plus encore.

Kim Jong-un ne croyait qu'en lui-même, son papa et son papi. La pratique d'une religion était interdite en Corée du Nord, pourtant Kim était à deux doigts de penser qu'une puissance supérieure s'en était mêlée lorsque la personne plus essentielle que quiconque à ses objectifs avait été découverte, dérivant dans une nacelle en pleine mer, et repêchée, entre mille autres, par le vraquier qui participait à l'essai de livraison d'uranium. Si cette personne était bien ce qu'elle prétendait être… Ce détail restait à clarifier. Quoi qu'il en soit, elle avait été récupérée par un capitaine visiblement capable de réfléchir par lui-même. L'homme serait décoré. Et le chef de la sécurité intérieure, lui, chargé de le surveiller. Il était capable de réfléchir par lui-même…, de là à planifier un coup d'État, il n'y avait qu'un pas.

Pour se procurer de l'uranium, il suffisait de connaître les bonnes personnes. Kim Jong-un trouvait désopilant que le principal fournisseur de l'uranium requis fût le chef d'installations établies au Congo par les Américains.

L'idéal aurait été une bombe à hydrogène, mais cela exigeait d'abord une production de plutonium qui fonctionne (et, manifestement, c'était au-delà des compétences de ces empotés), puis quelque chose d'incroyablement complexe pour faire fusionner du deutérium et du tritium en atomes d'hélium en même temps que… Qu'importe ! Le cerveau de Kim Jong-un était trop précieux à la nation pour l'appesantir de broutilles que ses chercheurs auraient dû régler en un après-midi.

La bombe H avait un avantage : une seule suffirait à rayer le Japon et la Corée du Sud de la carte. L'inconvénient, c'était que la République populaire démocratique subirait le même sort trente secondes plus tard. Mais tant que ces Américains, Japonais et Sud-Coréens malfaisants ne comprenaient pas que Kim Jong-un en avait conscience, la bombe remplirait sa fonction. Bon, il fallait d'abord parvenir à la fabriquer. Pour ce faire, Kim Jong-un avait une cargaison d'uranium en route – et peut-être l'homme qui savait comment l'employer au mieux. Il n'y avait plus qu'à en informer le reste du monde.

Corée du Nord

Kim Jong-un étant infaillible, il n'avait pas cédé à un enthousiasme puéril après avoir reçu le message du capitaine de l'*Honneur et Vigueur* selon lequel la solution à tous ses problèmes d'armement nucléaire était âgée de cent un ans et débarquerait bientôt au port de Nampo, à soixante kilomètres au sud de Pyongyang. Au contraire, il employa l'heure du thé du soir à réfléchir un peu. Qu'est-ce qui lui disait que le Suisse Karlsson était celui qu'il prétendait être ? Selon le second rapport, plus complet, du capitaine de l'*Honneur et Vigueur*, Karlsson avait montré une intuition stupéfiante au sujet des difficultés de la République populaire avec la production du plutonium. C'était un bon signe. Sa nationalité en était un autre. Plus jeune, Kim Jong-un avait lui-même vécu et étudié en Suisse. On pouvait dire beaucoup au sujet des Helvètes. Bien sûr, on parlait là de méprisables capitalistes, comme presque tous les autres, et même un peu plus que les autres. Ils idolâtraient leur fichu franc suisse, comme si leur devise avait un truc en plus par rapport au won nord-coréen. Sans parler de leur ponctualité, à croire qu'ils avaient tous un coucou greffé au cerveau. Et ils réussissaient tout ce qu'ils entreprenaient. Un expert suisse en armement nucléaire, ça ne pouvait tout simplement pas être du bluff. N'est-ce pas ?

Il faudrait procéder à un double contrôle avant de laisser passer l'homme. Kim Jong-un contacta le directeur du laboratoire de plutonium à Yongbyon, le remplaçant du scientifique récemment disparu. Le nouveau ne pouvait être tenu pour responsable des défauts du centre – une simple question de temps. Pour le moment, il devait intercepter le Suisse à peine poserait-il le pied sur le sol nord-coréen et s'assurer que l'étranger était bien ce qu'il disait être, avant de l'amener au Chef suprême.

À Nampo, un comité d'accueil composé d'un homme d'âge moyen en civil et de six jeunes soldats nerveux attendait Allan et Julius à leur descente du bateau.

— Messieurs Karlsson et Jonsson, je présume ? demanda l'inconnu en anglais.

— Vous présumez bien, dit Allan. Je suis Karls-son. Et vous ? Nous devions rencontrer le Chef suprême pour lui offrir nos services. Je ne crois pas que vous soyez le Chef. Et dans ce cas, le Chef n'est pas vous, j'imagine.

L'homme en civil était trop focalisé sur sa tâche pour se laisser distraire par les bavardages d'Allan.

— C'est exact, je ne suis pas le Chef suprême. Je suis directeur d'un laboratoire de développement de la République populaire démocratique. Laissons mon nom de côté pour le moment. J'ai demandé qu'on nous ouvre une pièce où nous pourrons parler sans être dérangés. Si la conversation se déroule comme prévu, vous serez ensuite conduits au Chef suprême. Les circonstances étant pressantes, je vous prie de me suivre.

Sans attendre de réponse, le chercheur prit le chemin de la capitainerie, tandis que les six jeunes soldats encerclaient Allan et Julius pour les escorter. Le trio prit place dans une salle de réunion que les autorités portuaires avaient aimablement mise à leur disposition à la suggestion du staff du Chef suprême. Les soldats restèrent à la porte.

— Commençons. Je me tourne vers vous, monsieur Karlsson, puisque c'est vous qui vous dites expert en armement nucléaire et désireux de proposer vos talents à la République populaire. J'ai quelques questions quant à votre engagement pour notre cause, ainsi que sur la nature exacte de la contribution que vous pensez pouvoir apporter. En bref, ma mission est de déterminer si vous êtes ou non un charlatan.

Un charlatan ? songea Allan. Juste parce qu'on s'invente un passé quand la situation l'exige ?

— Non, je ne suis pas un charlatan. Je suis simplement vieux. Fatigué par le voyage. Et affamé et assoiffé. Et tout un tas d'autres choses, encore. Au fait, Julius est producteur d'asperges. Surtout les vertes.

87

Jusqu'ici, Julius n'avait pas prononcé un seul mot. Qu'aurait-il bien pu dire ? Il acquiesça prudemment, tout en faisant le vœu d'être à des lieues de là.

— Des asperges vertes, parfaitement.

La spécialité de Julius n'avait aucun intérêt pour le scientifique. Il se pencha au-dessus de la table et regarda Allan dans les yeux.

— Ravi d'apprendre que vous êtes un honnête homme. Je voudrais simplement rappeler à M. l'expert en armes nucléaires que je le suis aussi. Des fadaises et autres paroles creuses à propos d'asperges ne vous serviront à rien. Préparez-vous à répondre à mes questions. Voici la première : jusqu'où êtes-vous disposé à aller pour la République populaire démocratique ?

Julius adressa des prières au dieu auquel il ne croyait sans doute pas assez sincèrement. Par pitié, qu'Allan n'aille pas trop loin !

— Hum, pour être franc, vous ne pouvez pas être si expert que ça, monsieur le directeur, sinon, vous n'auriez pas besoin de mes services. Je suppose que par « laboratoire de recherche » vous faites référence à la centrale à plutonium ? C'est au nord que vous bossez ? Ça n'a peut-être pas d'importance, car il est impossible que vous ayez réussi à extraire des quantités mesurables de plutonium de qualité militaire.

En quelques secondes, le directeur du laboratoire avait perdu sa superbe et le contrôle de la conversation.

— Mais ne soyez pas trop triste, poursuivit Allan. Le plutonium, c'est drôlement compliqué. Je pense que vous devriez plutôt explorer la piste de l'uranium. Et vous l'avez déjà compris tout seuls, je crois.

Les charlatans dignes de ce nom parlent avec un tel aplomb qu'il est difficile d'y résister. Le directeur n'avait plus grand-chose de son assurance initiale.

— Je vous prie de répondre à la question, dit-il succinctement.

— Avec plaisir. Seulement voilà, je ne suis plus de première jeunesse et je dois vous avouer que je ne me souviens plus de la question.

Le directeur l'avait presque oubliée, lui aussi, mais il parvint à la répéter après avoir fouillé sa mémoire. En réalité, Allan n'avait aucune envie d'aider la Corée du Nord. En revanche, il n'avait rien contre l'idée de survivre à sa deuxième visite dans cette région. Peut-être ferait-il mieux de changer de ton.

— Il suffit de regarder autour de vous, monsieur le directeur, dit Allan en indiquant la fenêtre de la capitainerie.

À l'extérieur s'étendait une zone industrielle délabrée. En guise d'espace vert, un érable mort se dressait à gauche du hangar le plus rouillé.

— Votre République démocratique est d'une beauté rude. Une nature ondoyante, un peuple dévoué, votre lutte contre un monde toujours plus malfaisant. Quelqu'un doit avoir le courage de s'engager pour la paix et l'amour. Il y a quelques jours, votre nation nous a secourus, mon ami Julius et moi. Rembourser notre dette est la moindre des choses. Nous sommes à votre entière disposition. Si vous souhaitez des conseils pour optimiser la culture des asperges, vous ne trouverez pas mieux que Julius. Si vous voulez savoir comment optimiser l'uranium enrichi que vous pourriez avoir en stock, c'est vers moi qu'il faut vous tourner.

Parfois, les gens n'entendent et ne croient que ce qui leur convient. Le directeur du laboratoire hocha la tête, assez satisfait de cette description élogieuse de sa patrie, et dit que la République populaire comptait recourir aux services de M. Karlsson. Plus concrètement ? Les rapports disaient que Karlsson était un spécialiste de l'isostapression à chaud ? En dépit de ses efforts, le directeur n'avait trouvé aucune information là-dessus. Encore moins sur son fonctionnement. Julius adressa de nouvelles prières à Dieu.

— Ça me rappelle ma relative jeunesse à Los Alamos, répondit Allan. Les Américains bûchaient jour et nuit sur la bombe atomique. À la fin, j'ai dû y mettre mon grain de sel. Mais il n'y a pas un mot là-dessus sur Internet, n'est-ce pas ?

Non, le directeur devait l'admettre. Et il sentait que cela ne tenait pas seulement au fait qu'Internet n'avait été inventé que quarante ans plus tard.

— L'isostapression à chaud est ma propre technique, reprit Allan, développée dans un laboratoire secret près de Genève – et qui ne le sera plus quand je vous aurai tout raconté. Vous le savez, le niveau actuel de la masse critique de l'uranium enrichi est de vingt-cinq kilos, 25,2 pour être précis. Grâce à ma pression, les neutrons restent en place bien plus longtemps, la réaction en chaîne gagne en vitesse jusqu'à ce que la cible soit anéantie avec une quantité de l'isotope nécessaire beaucoup plus restreinte. Extrêmement pratique quand on préfère monter une charge nucléaire dans un missile autopropulsé plutôt que de devoir larguer par avion une bombe de quelques tonnes.

Allan avait lu ces chiffres quelque part et s'exprimait avec assez de sang-froid pour rassurer le directeur.

— Et en détail… ? tenta celui-ci.

— En détail ? De combien de semaines disposons-nous ? Après tout, le Chef suprême ne verra peut-être pas d'inconvénient à attendre… Dans ce cas, je parle aussi au nom du producteur d'asperges ici présent quand je dis qu'il va falloir commencer par une collation et un lit – ou plutôt deux, même si nous sommes de bons amis, Julius et moi. Ensuite, je serai désireux, heureux même, de vous expliquer tout ce que vous voudrez, monsieur le directeur de laboratoire.

Le centenaire parlait bien. Le scientifique savait ce qu'Allan ne pouvait que soupçonner, à savoir que Kim Jong-un n'avait aucune envie de patienter une ou deux semaines. Ni plus d'une heure. Il fallait trancher. Le directeur avait autorité pour pourvoir les deux Suisses d'une balle dans la nuque au lieu du gîte et du couvert si les circonstances l'exigeaient. Ou pour donner l'ordre de les laisser passer si cela pouvait profiter à la nation. Que faire ? Le vieux parlait sans discontinuer, parfaitement à l'aise, et il était tombé juste sur la masse critique de l'uranium, à la décimale près.

Le directeur prit une cigarette et se mit à chercher son briquet. Julius lui tendit celui qu'il avait piqué à Bali. Le directeur le remercia et tira une longue bouffée. Après une deuxième, il prit sa décision hâtive. C'était le mot. Le Chef suprême avait invité un émissaire des Nations unies : il voulait s'entretenir en même temps avec elle et avec les Suisses. Or, elle pouvait atterrir à tout moment.

— Nous allons examiner scrupuleusement chaque détail de votre système de pression. Et d'autres choses. Mais d'abord, je vais demander qu'on vous escorte auprès du Chef suprême.

Le directeur du laboratoire était contrarié d'avoir égaré son briquet, mais satisfait d'entendre sa voix assurée, bien plus que lui ne l'était. Et qu'il ne le serait jamais pour le restant de ses jours. Sur ces entrefaites, il ordonna aux six soldats nerveux de conduire les étrangers à la voiture qui les attendait.

Allan et Julius étaient encore en vie après l'entre-vue avec la menace numéro un de Corée du Nord. Restait la suite. Ils étaient à présent assis de part et d'autre d'un soldat nord-coréen, à l'arrière d'une GAZ-3111 de 2004, un des neuf exemplaires pro-duits cette année-là par les Russes avant qu'ils aban-donnent le modèle, envoient ces tas de ferraille en Corée du Nord et signent un contrat avec Chrysler.

— Bonjour, je m'appelle Allan, dit Allan en russe au soldat, sans obtenir de réponse.

Il répéta les présentations auprès des deux soldats à l'avant, sans plus de succès, avant de se tourner vers

Julius et de lui confier qu'il espérait que l'après-midi avec le Chef suprême serait moins barbant. Julius ne dit rien. Un homme capable d'employer le mot « barbant » dans leur situation devait avoir perdu une grande partie de ses facultés mentales. La stratégie de Julius, remettre sa vie entre les mains d'un centenaire insouciant, était éprouvante. Il inspira profondément tout en comptant en silence, à rebours, en partant de 999. Il avait remarqué que ça le calmait.

Allan sentait que Julius en avait gros sur le cœur, mais il ne savait pas pourquoi. Son ami venait juste d'atteindre 200 quand Allan proposa de le distraire en lui faisant la lecture sur sa tablette noire. 187, 186… Non, cette fois, la coupe était pleine. Julius s'interrompit et ouvrit les yeux.

— Bordel de merde ! s'écria-t-il. C'est nous qui allons bientôt faire les gros titres si on ne fait pas attention. Qu'est-ce que tu dirais de te concentrer sur ton isostapression à la con ? Dans dix minutes, tu vas devoir en parler à l'homme qui a droit de vie ou de mort sur nous. Tu ne pourrais pas poser ta foutue tablette une seconde et réfléchir aux trucs vraiment importants ?

Allan avait tourné les yeux légèrement vers la gauche, vers la vitre derrière Julius.

— Dix minutes ? Tu te trompes. Je crois qu'on est arrivés.

Allan et Julius furent conduits dans le saint des saints, une pièce de trois cents mètres carrés et aux murs de seize mètres de haut. Au fond, un bureau en chêne accueillant une mallette, un Interphone, une plume d'oie et quelques documents. Aux murs, quatre portraits du Président éternel, rien d'autre. Le Chef suprême lui-même n'était nulle part. Les deux hommes se retrouvèrent seuls quelques minutes quand leurs guides repartirent à la hâte en refermant la porte à double battant.

— On pourrait jouer au cerf-volant, si on arrivait à créer un courant d'air, observa Allan. Il y a presque assez de place pour une montgolfière.

— Concentre-toi sur l'isostapression à chaud, le rabroua Julius. Tu as entendu ? L'isostapression à chaud !

Allan trouvait difficile de réfléchir à une chose qui n'existait pas, mais il ne voulait pas inquiéter son ami, déjà passablement agité.

À cet instant, une petite porte s'ouvrit derrière le bureau. Un soldat, un pistolet dans son holster, entra et se posta près de la porte. Il était suivi par le Chef suprême, qui, malgré son titre, était court sur pattes, songea Allan.

— Asseyez-vous, dit Kim Jong-un en indiquant deux sièges face au bureau, tandis qu'il prenait place dans le fauteuil de l'autre côté.

— Merci, Chef suprême, dit Julius, aussi nerveux que poli.

— Pareil, dit Allan. Vous n'auriez pas quelque chose de sympa à boire, histoire de briser la glace ? Le repas peut attendre, si c'est trop compliqué.

Kim Jong-un ne ressentait aucun besoin de briser la glace, mais il commanda tout de même du thé via son Interphone soviétique des années soixante-dix. Moins d'une minute plus tard, un soldat nord-coréen entra, la démarche raide en raison du plateau qu'il essayait de tenir à l'horizontale. Il prononça quelques mots dans sa langue, peut-être des excuses au sujet de l'attente. Le Chef suprême le congédia et leva sa tasse vers ses hôtes.

— À notre longue et fructueuse collaboration. Ou bien à son contraire.

Allan fit mine de vider sa tasse. Julius but, alarmé par le sous-entendu auquel ils venaient de trinquer. Mais quand l'immonde thé arriva à son âme, il décida de laisser à Allan le soin de continuer à leur sauver la vie. Le centenaire était certes plein de défauts, mais s'il avait un talent, c'était celui de survivre. Deux précautions valaient mieux qu'une. Julius devait s'atteler à déléguer activement la suite à Allan.

— Chef suprême, dit-il. Je m'appelle Julius Jonsson. Je suis le premier assistant du plus grand expert mondial en armement nucléaire, mon cher ami Allan Karlsson, à qui je laisse volontiers la parole.

— Pas si vite, répliqua Kim Jong-un avec un sourire. Nous sommes dans mon bureau et c'est moi qui décide de qui parle. Vous êtes le premier assistant, vous dites ? Alors où sont les autres ?

Julius perdit sa faculté de parole aussi vite qu'elle lui était venue. Allan vola à son secours.

— Chef suprême, je requiers votre permission de dire quelques mots pendant que mon premier assistant remet de l'ordre dans ses pensées. C'est très important. Si vous vous souciez de l'avenir de votre pays, bien sûr.

Kim Jong-un portait à ce sujet un profond intérêt. Ne serait-ce que parce qu'il était étroitement lié au sien.

— Accordé, dit-il en relâchant sa prise sur le pauvre Julius.

— Bien. Je voudrais d'abord vous féliciter pour la lutte acharnée que vous menez contre les puissances malfaisantes qui vous entourent. Vous perpétuez brillamment l'œuvre de votre père et de votre grand-père.

Julius sentit renaître un espoir diffus. Allan était disposé à brosser leur interlocuteur dans le sens du poil !

— Que savez-vous à ce sujet ? demanda Kim Jong-un, sur la défensive.

En vérité, Allan ne savait que ce qu'il avait lu sur sa tablette noire. Et ce n'était pas toujours joli joli.

— Je sais tout. Mais faire l'éloge de vos exploits nous coûterait beaucoup de votre précieux temps.

Voilà qui était vrai. En ce qui concernait le temps, du moins. La ministre suédoise devait atterrir d'un moment à l'autre à l'aéroport international de Sunan. Le plan marketing du Chef suprême passait dans sa phase critique.

— Bien, dit Kim Jong-un. Qu'avez-vous de si important à me dire ? Je présume que c'est en rapport avec l'isostapression à chaud.

— Exactement. Je suggère humblement que mon assistant et moi vous transmettions tout notre savoir

96

sur l'isostapression à chaud et que, en contrepartie, vous nous aidiez à rentrer en Europe une fois notre mission accomplie. La Corée du Nord est absolument fantastique, mais… voilà, rien ne vaut le pays natal.

Kim Jong-un hocha la tête. Signer un accord de ce genre lui posait d'autant moins problème qu'il n'avait pas l'intention de s'y tenir. Si cet homme était aussi compétent que vieux, sa place était en République populaire démocratique, de façon permanente. Un point c'est tout.

— Entendu ! dit le Chef suprême.

Puis il révéla à Karlsson et à son assistant qu'ils avaient quatre kilos d'uranium enrichi pour s'amuser et que cinq cents kilos de plus étaient en route. Les quatre kilos avaient voyagé sur le même bateau qu'eux.

— Emballés comme il faut dans du plomb, précisa Kim Jong-un avec un sourire, en posant la main sur la mallette marron devant lui.

Malheureusement, il n'eut pas le temps de demander ce que pouvait accomplir l'isostapression. Un secrétaire venait de se faufiler dans la pièce et murmurait quelques mots à l'oreille du Chef suprême.

— Merci, dit Kim Jong-un. J'aurais aimé en savoir plus sur votre invention, mais nous devons nous mettre en route tous les trois pour la KCNA. Ou plutôt, que votre premier assistant aille directement à l'hôtel, nous n'avons pas besoin de lui.

Se levant, il fit signe aux deux hommes de le suivre. Julius ne savait pas ce qui était le pire : accompagner

Kim Jong-un à un sigle mystérieux, ou ne pas y être invité.

— La KCNA ? chuchota-t-il anxieusement à Allan. C'est quoi ?

— Nous verrons bien. J'espère juste que, contrairement au thé, c'est buvable. Ou mangeable.

Corée du Nord

Pendant mille deux cent soixante-quatorze ans, la Corée avait été un seul et même royaume. Ensuite, les choses s'étaient gâtées. Après la Seconde Guerre mondiale, les Américains et les Russes n'arrivèrent pas à s'entendre sur les souhaits des Coréens, et ne jugèrent pas utile de consulter les principaux intéressés. Les Russes installèrent un communiste au pouvoir au nord, les Américains un anticommuniste au sud. Le dirigeant du Nord trouvait que le pays entier lui revenait. Celui du Sud éprouvait le même sentiment, à son propre crédit. Cela conduisit aux violences que les manuels d'histoire nomment « la guerre de Corée ». Bien sûr, il y avait eu d'autres conflits dans la péninsule, mais les hommes ont la mémoire courte.

Quand les affrontements eurent fait deux millions de victimes coréennes (plus un ou deux étrangers), on estima que cela suffisait. On choisit une ligne au sol (celle qui avait été tracée avant le début de la guerre) et on décida que chacun resterait de son côté jusqu'à nouvel ordre. Le communiste au nord inventa l'« autocratie », tandis que son homologue au sud, plus judicieux, ne donna aucun nom honorable à la dictature qu'il mit en place.

Les années passèrent et les dirigeants aussi, comme ils ont coutume de le faire. La dictature au sud se désagrégea peu à peu, tandis que le régime auto-cratique au nord prospérait si bien que le peuple n'eut bientôt plus de quoi manger à sa faim.

Souvent, les personnes qui ne comptent que sur elles-mêmes en viennent à éprouver de la méfiance envers les autres. Quand le Sud réfléchit au déploie-ment d'armes nucléaires tactiques américaines de son côté de la frontière, le Nord le prit très mal. Du moins dans la perspective du désarmement.

Malgré tout, des discussions eurent lieu par-delà la frontière. Il y avait forcément une solution. Pen-dant un temps, dans le tout début du XXIᵉ siècle, les choses semblaient plutôt prometteuses. Seulement voilà, les leaders ont cette manie d'aller et venir. Les derniers arrivants s'appelaient Kim Jong-un et Donald J. Trump. En 2017, les tensions étaient plus vives que jamais entre le Nord et la plus grande partie du monde. Margot Wallström, l'émissaire de l'ONU, ne se faisait aucune illusion sur la difficulté de sa tâche.

L'avion de la ministre suédoise atterrit à l'aéroport international de Sunan dix minutes avant l'heure pré-vue. Wallström fut informée que le Chef suprême l'attendait et escortée jusqu'à une limousine. Ses bagages seraient transportés à l'hôtel où une chambre lui avait été réservée, ou à l'ambassade suédoise, selon ses préférences. Le trajet la mena au sud, vers Pyongyang. Quarante minutes plus tard, la voiture dépassa la résidence de Kim Jong-un et poursuivit vers le centre-ville.

— Excusez-moi, ne devions-nous pas nous rendre auprès du Chef suprême ? s'étonna Wallström.

— C'est exact, répondit succinctement le chauffeur.

Dix minutes plus tard, la limousine s'arrêta et la ministre fut conduite dans un édifice de huit étages.

— Où sommes-nous ? demanda-t-elle, confuse, à sa guide souriante.

— Au siège central de l'agence de presse KCNA. Le Chef suprême vous attend.

Une agence de presse ? Margot Wallström n'était pas à l'aise. La visite était censée avoir lieu dans la plus grande discrétion afin de ne pas exacerber les antagonismes. D'un autre côté, aucune agence de presse du pays n'oserait mentionner sa venue sans l'accord du dirigeant. Peut-être s'inquiétait-elle pour rien. Elle fut conduite au troisième étage, prit un long couloir, tourna à gauche, à droite et encore à gauche.

— Vous êtes arrivée, annonça la guide. Entrez, je vous prie.

Si Margot Wallström s'attendait à des lustres en cristal et des fauteuils en velours, elle fut déçue. L'endroit évoquait plutôt… bonne question. Un auditorium ? Un plateau télé ? Il y avait des câbles sur les côtés, de vieux projecteurs dans un coin et… Kim Jong-un.

— Soyez la bienvenue, madame la ministre, lança chaleureusement le Chef suprême. Le voyage s'est bien passé ?

— Oui, merci. Je suis ravie de vous rencontrer, mais j'aimerais vous poser deux questions... Où sommes-nous et que faisons-nous ici ?

— Nous allons sauver le monde ensemble. Mais d'abord, vous devez absolument faire la connaissance de l'homme que je n'ai moi-même eu que le temps de saluer.

Allan Karlsson fut poussé hors des coulisses et se dirigea vers Margot Wallström.

— Voici M. Karlsson, originaire de Suisse. Cet homme est peut-être le plus grand expert actuel en armement nucléaire. Il est venu en République populaire démocratique par amour pour notre cause commune.

Margot Wallström n'avait aucun contrôle sur la situation. Elle serra la main du vieux Suisse, sur un signe de Kim Jong-un.

— Bonjour, dit la ministre, légèrement méfiante, en anglais.

— Bonjour à vous aussi, répondit Allan dans un suédois parfait, avec un léger accent du Södermanland.

Kim Jong-un ne réagit pas au salut incompréhensible de l'expert en armement nucléaire, mais Margot Wallström comprit avec terreur que celui qui voulait améliorer l'arsenal nucléaire de la Corée du Nord était un compatriote. Que se passait-il ? Karlsson, c'était bien son nom ? La ministre Wallström se retint de poursuivre en suédois. L'homme s'était présenté comme suisse. Pour l'instant, le plus sage était d'analyser la situation. Le Chef suprême donna une légère tape dans le dos à Allan et à l'émissaire de l'ONU, déclarant qu'il attendait avec impatience leur dîner dans sa résidence ce soir-là. Le premier assistant de Karlsson, Jonsson, y était également convié.

Jonsson ? Ça ne sonnait pas spécialement helvétique non plus.

— Mais nous allons commencer par la conférence de presse, dit Kim Jong-un en adressant un signe à un homme coiffé d'un casque, qui dit quelques mots dans son propre micro.

Soudain, des applaudissements éclatèrent. Ils se trouvaient donc vraiment à l'arrière d'une scène. Une conférence de presse ?

— Mais, Chef suprême, nous ne pouvons pas nous adresser aux médias en veillant à la discrétion de notre conversation. Cela n'est pas ce dont nous étions convenus, protesta Margot Wallström.

Kim Jong-un eut un petit rire.

— Nous n'allons pas révéler un seul mot de notre conversation. Évidemment. Elle n'a pas encore eu lieu.

Dans ces termes, la conférence respectait les ambitions communes des partenaires. Le Chef suprême de la République populaire démocratique devait à son peuple une intégrité dont la ministre des Affaires étrangères n'avait peut-être pas totalement idée.

— Cela s'appelle la transparence, madame Wallström.

— Ouais, lança Allan en suédois.

Qui était cet homme vieux comme Mathusalem, manifestement suédois mais qui se disait suisse, si dévoué à l'avenir nucléaire de la Corée du Nord ? Et il éprouvait, semblait-il, un respect très relatif envers son employeur.

Sur scène, une femme s'exprimait en coréen devant le public, qui avait provisoirement cessé d'applaudir. Ensuite, elle reprit en anglais.

— Je souhaite la bienvenue à l'émissaire des Nations unies et ministre des Affaires étrangères du royaume de Suède, Mme Wallström, ainsi qu'au plus grand expert mondial en armement nucléaire, l'authentique ami de la République populaire démocratique, qui nous vient directement de Suisse : M. Allan Karlsson.

Kim Jong-un conduisit Wallström et Karlsson au bord de la scène, où il s'arrêta. Ses hôtes n'eurent pas d'autre choix que de s'avancer sous la lumière des quatre projecteurs disposés sur le plateau. On leur indiqua leur place à chaque extrémité d'une table et le public les applaudit poliment. Margot Wallström n'aimait pas du tout cela. Allan, qui regardait autour de lui, remarqua au moins trois caméras braquées sur eux.

— C'est la première fois que je passe à la télé pour de vrai ! dit-il en suédois avant qu'ils aient atteint la table pourvue de micros.

La présentatrice se tourna vers l'émissaire des Nations unies.

— Vous êtes ici, madame Wallström, parce que les Nations unies et la République populaire démocratique éprouvent une même inquiétude sur le développement de l'armement nucléaire mondial, et sur les paroles dures qui ont fusé depuis l'autre côté de l'océan.

Jusqu'ici, Margot Wallström était plus ou moins d'accord.

— Et de ce côté-ci aussi, précisa-t-elle. C'est un problème mutuel.

— Ditcs-nous, madame Wallström : que pensez-vous de notre pays, de ce que vous en avez vu ?

À vrai dire, Margot Wallström n'avait pas vraiment d'avis sur la question. Depuis l'aéroport vers le centre de Pyongyang, elle avait vu défiler par la fenêtre de la limousine quelques scènes rurales et urbaines. La campagne semblait pauvre mais pas miséreuse. En ville, les rues étaient larges, désertes, bordées de différents types de monuments. Le culte de la personnalité était manifeste. En bonne diplomate, elle répondit qu'elle espérait avoir l'occasion, avant son départ, d'admirer le pays, qui lui paraissait vert et splendide et qui bénéficiait d'une météo également accueillante. En général, ce qualificatif dans la bouche d'un Suédois signifie simplement que les températures sont positives. La présentatrice acquiesça.

— Oui. « Un pays puissant et prospère », telle est notre devise.

Sans laisser à Mme Wallström le temps de répondre, elle se tourna vers Allan.

— Et voici M. Allan Karlsson, le plus grand expert mondial en isostapression 1200. Il souhaite offrir ses connaissances à la République populaire démocratique au nom de la paix. Que dites-vous de notre beau pays ?

— Eh bien, ce n'est pas ma première visite, dit Allan. Je suis déjà venu pour affaires à l'époque du Président éternel. On dirait que les barrages routiers sont moins nombreux qu'avant.

Kim Jong-un signala qu'il voulait être appelé sur scène. La présentatrice avait préparé une autre question pour le Suisse, mais le Chef suprême se méfiait du vieux. Des barrages routiers ? Qu'est-ce qu'il racontait comme bêtises ?

L'intervention du Chef suprême semblait magnifique. Impossible à quiconque ne comprenait pas le coréen de deviner ce qu'il disait, mais le public auparavant circonspect se leva en applaudissant à tout rompre. Kim Jong-un salua de la tête la ministre suédoise, puis le Suisse, et les rejoignit autour de la table.

Le public applaudissait toujours. Il ne s'arrêta que lorsque le Chef suprême leva la main. La présentatrice pouvait reprendre la parole.

— Chef suprême, vous êtes le plus grand pacifiste de notre temps. À quoi ressemblera un monde meilleur sous votre conduite ?

Kim Jong-un hocha la tête, songeur. Excellente question. Comme s'il l'avait écrite lui-même. Ce qui était le cas.

— La paix entre plusieurs parties présuppose
la coopération de tous. Je ne peux l'instaurer seul,
j'ai besoin d'aide. Il n'y aura de paix que lorsque
tous la souhaiteront. C'est avec une grande tristesse
que je constate que les États-Unis d'Amérique et
leurs alliés tentent de nous mener à la ruine. Mais
je fais de mon mieux. Le peuple de Corée du Nord
ne perdra l'espoir qu'en dernier recours. Et je suis
heureux que nous puissions compter à nos côtés les
Nations unies, représentées par Mme Wallström,
ministre des Affaires étrangères de la Suède neutre.
Avec l'aide de la Suisse également neutre – en la
personne de M. Karlsson –, la puissance nucléaire
ultime, épouvantail de Washington, Tokyo et Séoul,
nous apportera en un clin d'œil l'assurance de la
paix et de l'amour.

La ministre Wallström était à deux doigts de péter
un plomb. Kim Jong-un venait-il vraiment de déclarer
la Suède et la Suisse alliées du réarmement nucléaire
nord-coréen ? Si l'enregistrement de cette conférence
venait à franchir les frontières de la Corée du Nord,
l'information ferait la une de tous les médias dans
le monde entier...

— Pourrais-je dire quelques mots ? intervint-elle.

— Bien sûr, c'est le but de votre visite, répondit le
Chef suprême. Nous allons tous ensemble nous atteler dès ce soir à notre tâche délicate : nous, la République populaire démocratique, les Nations unies,
la Suède et la Suisse, qui avons fièrement refusé de
suivre la voie des Américains bellicistes.

La présentatrice comprit que la conférence était terminée. Elle remercia son Chef d'une profonde révérence et dit qu'elle ne ferait pas plus longtemps obstacle au travail crucial qui les attendait.

— Allez, Chef suprême, au nom de la paix. Que l'amour de votre peuple vous accompagne. Emmenez vos amis, auxquels notre amour s'étend.

En coulisse, Kim Jong-un déclara avec satisfaction que la conférence s'était bien passée. La ministre des Affaires étrangères Wallström n'était-elle pas de cet avis ?

Non, pas du tout.

— Avec tout le respect que je vous dois, Chef suprême, ce qui vient de se passer n'était pas convenu et ne fera que compliquer nos prochaines entrevues.

Kim Jong-un sourit.

— Notre entrevue, oui. Je pense qu'une seule suffira. Comme je l'ai dit, vous êtes conviée à un dîner au palais. Pour l'heure, on va vous escorter jusqu'à votre hôtel, où l'on viendra vous chercher ensuite aux alentours de dix-sept heures. D'ici là, ne manquez pas de profiter du confort du fantastique Ryugyong. Selon de nombreux critiques, c'est le plus bel établissement du monde.

Aussi irritée que confuse, la ministre des Affaires étrangères fut conduite vers la sortie en compagnie du Suédo-Suisse Karlsson. Ils prirent place à l'arrière de la limousine de Wallström, où le chauffeur ne pourrait ni entendre ni comprendre leurs paroles.

Au bout de quelques centaines de mètres, la ministre se lança.

— Je dois vous avouer que je me pose certaines questions, chuchota-t-elle en suédois.

— Ça se comprend, dit Allan. Quelle est la plus pressante ? Ou peut-être préférez-vous commencer par les moins importantes.

Margot Wallström avait projeté de séjourner à l'ambassade, mais elle avait besoin de temps pour interroger l'homme à côté d'elle.

— Je voudrais d'abord savoir pourquoi un Suédois se faisant passer pour un Suisse se trouve à Pyongyang pour des affaires diamétralement opposées aux miennes.

— Bonne question, la complimenta Allan. Et joliment tournée. Je ne vais pas commencer par le commencement, sinon, vu mon âge, nous n'en finirons jamais. Permettez-moi de débuter plutôt par mon cent unième anniversaire, sur une belle plage de sable blanc à Bali.

Et il raconta la montgolfière à la dérive, le sauvetage, le petit mensonge nécessaire sur l'isostapression à chaud et l'arrivée à Pyongyang, à peine quelques heures avant la ministre. Comment il était devenu suisse, il n'en savait rien. Si sa mémoire lui était fidèle, il n'avait jamais mis les pieds là-bas.

— Mais on dit que c'est très joli. Et que les Suisses sont de braves gens.

— Oui, dit Wallström. Mais ces braves gens se réjouissent-ils d'avoir un traître présumé sur les bras ?

— Quel traître ?

— Vous, monsieur Karlsson.

— Ah oui, vous croyez ?

L'hôtel Ryugyong était un édifice impressionnant de trois cent trente mètres de haut et cent cinq étages. Sa construction avait commencé en 1987 mais, les caisses de l'État étant consacrées au premier chef à l'armement nucléaire et aux parades militaires, les travaux avançaient lentement. Au bout de trente ans, seuls le hall et le premier étage étaient achevés. À ce rythme, il faudrait encore mille cinq cents ans pour poser la dernière pierre.

L'entrée était très élégante : sur la droite, un comptoir doré qui pouvait enregistrer simultanément douze arrivées et départs, et, sur la gauche, un piano-bar aménagé avec beaucoup de goût. Trois pianistes avaient été engagés pour animer le lieu la plus grande partie de la journée. Le budget n'avait pas encore permis l'acquisition dudit instrument, mais il était sur la liste des priorités.

Assis au bord de son lit dans la chambre 104, Julius attendait le retour d'Allan du KCNA. Ne pouvant deviner ce qui s'y passait, il avait réussi à oublier momentanément leur situation. Il pensait à son associé en asperges resté à Bali, ce qui n'était guère plus réjouissant. Gustav devait coordonner seul leur activité. Comment allaient tourner les affaires ?

Il y avait un téléphone sur la table de chevet. Se pouvait-il que l'appareil fonctionnât, à la différence des huit ascenseurs de l'hôtel ? Ça valait le coup d'essayer. La communication fut établie, mais, au lieu de la tonalité de retour suivie de la voix de Gustav, un répondeur prit le relais. Julius laissa un bref message irrité. Dans sa hâte, il oublia d'annoncer qu'il était encore en vie, mais son associé s'en douterait peut-être.

Ensuite, Julius retira ses chaussures et s'étendit sur le lit. Il bâilla et ferma les yeux. Il tenta de penser à autre chose qu'aux asperges et aux sigles mystérieux.

Sans succès.

Corée du Sud

Tout va bien avec les asperges ?
Encore trois livraisons ce mois-ci ?
Des chargements retournés ?
Les cinq cents millions seront-ils atteints avant le milieu de l'année ?

Tout en haut d'un immeuble de quatorze étages qui se dressait à Goyang, au nord-est de la capitale sud-coréenne, un homme et une femme coiffés d'écouteurs étaient assis face à quatre moniteurs et divers appareils. Tous deux étaient fonctionnaires d'État. Rien de remarquable jusque-là, n'eût été le cadre, un trois-pièces à l'agencement simple. Et le fait que les deux agents ne servaient pas la République de Corée, mais l'Allemagne.

La femme était une diplomate de rang inférieur, l'homme encore un peu plus. Officiellement, ils travaillaient à différents projets immobiliers entre les deux pays, mais se montraient rarement dans les milieux concernés. De l'endroit où ils se trouvaient, ils effectuaient une mission pour le Bundesnachrichtendienst, le BND en abrégé. Ils étaient les lointains collègues d'un arrogant chef et de sa docile subordonnée à Dar es-Salaam.

Les deux diplomates étaient avant tout chargés d'enregistrer les écoutes américaines en Corée du Nord. Cela leur mâchait le travail, et ils s'amusaient aux frais des services secrets américains, une manière parmi d'autres de pimenter l'existence.

Le prétentieux hôtel Ryugyong éternellement inachevé était l'une des sources les plus faciles, mais ils en tiraient rarement, voire jamais, quoi que ce soit d'intéressant. À l'exception de ce jour-là. Le client de la chambre 104, inconnu du BND, avait laissé un message sur la boîte vocale d'un téléphone portable éteint, localisé en Indonésie, dont le propriétaire était également inconnu. La communication était en anglais, cryptée et composée de quatre questions :

« Tout va bien avec les asperges ?

Encore trois livraisons ce mois-ci ?

Des chargements retournés ?

Les cinq cents millions seront-ils atteints avant le milieu de l'année ? »

Les deux diplomates auraient été bien incapables de dire à quoi correspondait le nom de code « asperges », mais la somme annoncée pouvait indiquer qu'il s'agissait de stupéfiants, ou pire. Les Allemands savaient qu'un petit chargement d'uranium enrichi venait d'arriver à Pyongyang. Sûrement pas payé un demi-milliard. Pouvait-il alors s'agir de plusieurs livraisons du même produit ? Par exemple trois par mois.

Que manigançait Kim Jong-un ? Avait-il l'intention de déclarer la guerre au monde entier ? Et d'où venait l'argent ? Cinq cents foutus millions de dollars ! Et cent quatre étages inachevés dans le seul hôtel de luxe du pays.

Autre mystère : les chargements retournés. Que pouvait bien expédier la Corée du Nord ? Comment ? Vers quelle destination ? L'Indonésie ? Merde alors !

Corée du Nord

Julius regrettait la tranquillité et l'escroquerie à Bali. L'objectif des cinq cents millions de roupies – presque quarante mille dollars – était réaliste au départ, mais ce n'était peut-être plus le cas sans lui pour tout superviser. Et puis leur dette envers l'hôtel et le propriétaire du yacht étant plus lourde que jamais, Allan et lui feraient mieux de garder leurs distances. Mais la Corée du Nord, c'était trop. Quand tout serait arrangé, peut-être pourraient-ils établir leur production d'asperges dans une région où ils ne devaient d'argent à personne.

— En Thaïlande ? réfléchissait Julius tout haut à l'instant où la porte de sa chambre s'ouvrit.

Allan retint courtoisement le battant pour laisser passer la ministre des Affaires étrangères, Margot Wallström.

— Permettez-moi de vous présenter mon ami Julius Jonsson, dit Allan. Il est célibataire, dans le cas où vous seriez intéressée.

Margot Wallström lui lança un regard courroucé.

— Non merci. Je suis heureuse en ménage depuis plus de trente ans.

Julius pria la ministre d'excuser Allan. C'était sans doute son grand âge qui lui faisait parfois dire des bêtises. Souvent, en fait.

La ministre Wallström acquiesça. Elle s'en était aperçue.

Dans la limousine, elle s'était fait une idée approximative de l'identité de Karlsson et Jonsson. Le centenaire semblait réellement être, ou du moins avoir été autrefois, expert en armement nucléaire. Seule bonne nouvelle du jour : son ambition de ne pas aider Kim Jong-un. La vraie mauvaise nouvelle était qu'il n'avait aucun plan.

Au siège de l'ONU, on estimait que la Corée du Nord disposait de la puissance nucléaire, mais limitée, et que le Chef suprême criait le plus fort possible pour qu'on ne remarque pas cette faiblesse. Cependant, la menace était sérieuse. Cette technologie était si puissante que même une faible charge mal conçue pouvait détruire une ville comme Séoul ou Tokyo. Ou bien une île comme Guam.

Margot Wallström frissonna à cette perspective. Et aussi à la pensée que l'homme capable de redresser le programme nucléaire nord-coréen se trouvait dans la même pièce qu'elle, en train de fouiller dans le minibar de la chambre d'hôtel. En outre, il était suédois. Leur pays allait-il entraîner un bouleversement des rapports de force actuels ? Non, elle devait à tout prix l'empêcher. De préférence sans finir emprisonnée pendant trente ans ou plus pour espionnage ou pour tout autre crime qu'inventerait le Chef suprême.

— Pensez-vous pouvoir monter avec moi dans l'avion pour repartir d'ici ? demanda-t-elle. Sur les trente places en cabine, vingt-neuf sont vides.

Le visage de Julius s'illumina. Allan interrompit sa recherche.

— Aussi vides que le minibar de cette chambre. De tout l'hôtel, en fait.

— Je peux essayer de vous procurer des passeports diplomatiques, continua la ministre. Pour le reste, vous devrez vous débrouiller seuls, j'en ai peur.

— Le reste ? fit Julius.

— Atteindre l'avion à l'heure pour le décollage.

Allan n'avait écouté qu'à moitié.

— Un passeport diplomatique ? La dernière fois que j'en ai eu un, c'était en 1948, quand Churchill et moi sommes rentrés de Téhéran. Ou bien 1947. Ou 48.

— Winston Churchill ? s'étonna Wallström.

— C'est son nom, oui. Ou plutôt, ça l'était. Il est mort depuis longtemps, comme presque tous les autres.

La ministre eut soudain l'impression de se trouver dans un film. Son estomac se noua à l'idée de ce qu'elle s'apprêtait à faire. Elle prit tout de même des photographies individuelles d'Allan et de Julius sur son smartphone en leur promettant des passeports valides quelques jours plus tard.

— Apposez vos signatures au dos de ma carte de visite, pour qu'ils aient quelque chose à utiliser, chez nous.

Voilà une femme très déterminée, songea Julius. Absolument charmante. Dommage qu'elle soit déjà mariée.

L'émissaire suédois des Nations unies avait reçu la chambre 105, adjacente à celle d'Allan et de Julius. Tandis qu'elle se préparait pour le dîner officiel, elle réfléchissait à un moyen de faire échapper les deux Suédois et, ce faisant, de voler à Kim Jong-un un savoir qu'il ne devait à aucun prix obtenir. Il lui semblait que le Chef suprême avait hâte qu'elle reparte, mais elle devait laisser à Karlsson et Jonsson le temps d'échafauder un plan. Et aux passeports diplomatiques, celui d'arriver. Elle ne pourrait pas adresser sa demande à l'ambassade avant plusieurs heures. En cet instant, le temps était son pire ennemi. Sérieusement concurrencé par tout le reste.

Elle prit une douche, enfila des vêtements propres, puis s'approcha d'un miroir placé près de la porte de sa chambre. Elle observa un instant son image et dit :

— Qu'est-ce que je fais ici ?

Son reflet lui rendit son regard, muet.

Debout à l'extrémité de la longue table, les mains sur le dossier de son siège, Kim Jong-un invita ses hôtes à s'asseoir. Il semblait avoir quelque chose à dire. Deux serveurs chargés d'assiettes entrèrent dans la salle, suivis d'un troisième qui portait deux bouteilles de vin. Mais ils ressortirent après un coup d'œil du Chef suprême. Allan, voyant mets et boissons arriver et repartir en l'espace d'une seconde, fut déçu.

— Mes amis, commença Kim Jong-un.

— On pourrait peut-être parler tout en mangeant, suggéra Allan.

Le Chef suprême fit mine de n'avoir rien entendu. Il se lança dans un discours sur la paix et la liberté. À l'en croire, la première consistait en l'acquisition d'un nombre croissant d'armes létales. En ce qui concernait la seconde, c'était moins clair. Mis à part la liberté de chaque citoyen d'aimer son Chef, doublée du devoir de s'abstenir du contraire. Ensuite, il remercia la providence qui lui avait envoyé M. Karlsson depuis la Suisse, pour s'associer au combat contre l'impérialisme américain, et l'émissaire de l'ONU Wallström, qui s'était joint à leur cause.

— Eh bien, comme vous le savez, monsieur Kim, rétorqua Margot Wallström, l'objet de ma visite est le dialogue entre les peuples, comme en cet instant, plutôt que le chacun pour soi, comme un peu plus tôt face aux caméras. J'ai déjà exprimé mon mécontentement à ce sujet, n'est-ce pas ?

Elle n'était pas seulement charmante mais aussi courageuse, songea Julius. Pourvu qu'Allan se tienne tranquille.

Kim Jong-un écouta distraitement l'émissaire de l'ONU. Puis il reprit son discours. Il évoqua la félicité des citoyens de la République populaire démocratique, l'abondance des moissons et le temps bien plus radieux que dans le sud de la péninsule. Pas étonnant que des milliers de Coréens rejoignent le Nord chaque année.

Les assiettes et les bouteilles refirent une brève incursion dans la salle. Allan trouvait cette parade lassante. Tenir sa langue avait parfois du bon, mais à présent il fallait agir avant que tout le monde meure de faim. Julius, pressentant ce qu'Allan avait l'intention d'entreprendre, tenta désespérément d'attirer l'attention de son ami, avec force grimaces et moult gestes : « Non, Allan, ne fais pas ça ! » Sans succès.

— Excusez-moi, monsieur le Chef suprême. Vous avez prononcé mon nom un peu plus tôt. Et me voici, vieux et décrépit, mais toujours à votre service. Cependant, je crois que je vous serai peu utile si je succombe à l'inanition. Est-ce que vous pourriez vous dépêcher de conclure ?

Le fier sourire de Kim Jong-un s'effaça.

— Vous mangerez bientôt, Karlsson. Votre expertise en technologie nucléaire ne vous autorise pas à dire ce que bon vous semble dans le palais du peuple.

Bon, s'il le prenait comme ça.

— Je ne pensais absolument pas à mal, ô Chef suprême. Peut-être ai-je mal dormi ces derniers temps, en plus du reste. Voyez-vous, mon ami le producteur d'asperges a des difficultés à observer le silence nocturne de rigueur.

— C'est-à-dire ?

— Rien du tout, lança Julius.

— Il ronfle, expliqua Allan. Oh là là ! vous devriez l'entendre, Chef suprême. Le bateau qui nous a secourus faisait la taille d'une galerie marchande mais n'avait pas assez de place pour nous offrir des cabines séparées. Alors oui, voilà, je n'ai pas dormi comme je l'aurais voulu. Mais de quoi parlions-nous ? Ah oui, du repas. Et peut-être des boissons. Est-ce que ça viendrait, par hasard ?

Après toutes ces explications, Kim Jong-un avait perdu le fil. Quand les serveurs pointèrent de nouveau le nez hors des cuisines, il leur fit signe d'approcher. On servit de l'entrecôte avec une sauce aux morilles. Pas spécialement asiatique, mais du goût des convives. En accompagnement, ils burent un cabernet sauvignon australien.

L'atmosphère se détendit. Allan décida qu'il supporterait d'écouter le Chef suprême parler de tout et de rien. Mais quand celui-ci affirma qu'il avait testé une bombe à hydrogène l'année précédente, Allan dut protester. Selon sa tablette noire, la prétendue bombe H avait à peine fait pschitt.

— Si vous importez quatre malheureux kilos d'uranium depuis Dieu sait où dans un bateau capable d'en transporter trente tonnes, c'est la preuve que 1) vous êtes à des lieues d'obtenir une bombe H, 2) vous ne sauriez pas épeler « plutonium », et 3) votre stock entier d'uranium tient dans une mallette. En bref, vous n'avez dans votre manche que vos quatre petits kilos et, grâce au ciel, moi. Et mon verre est vide.

Kim Jong-un fit signe aux serveurs. L'insolence du Suisse lui déplaisait fortement. Bon, il y avait deux options : soit l'homme se rendait utile et le Chef suprême n'avait aucune raison de le renvoyer en Europe, soit il n'avait rien à leur apprendre et il serait expédié ailleurs pour l'éternité. Dans les deux cas, il allait regretter son impudence. Mais pour le moment Kim Jong-un était fermement résolu à se montrer bon prince.

— Vous ne mâchez pas vos mots, monsieur Karlsson. Votre âge avancé vous y autorise. Vous êtes ici avant tout pour travailler, mais j'aimerais que vous voyiez notre splendide capitale. Que diriez-vous de visiter le centre commercial le plus huppé de la ville demain soir, après votre travail ? Je ne pourrai malheureusement pas vous accompagner, mais je suis sûr que vous vous débrouillerez avec le guide que je mets à votre disposition.

Le « centre commercial le plus huppé » signifiait en réalité le seul de la ville. Allan n'en demandait pas tant. Mais au vu de l'expression désespérée qu'arborait Julius, il décida de jouer le jeu.

— C'est très aimable à vous. Cela sera sûrement très agréable après une longue journée au laboratoire. Vous n'auriez pas une ou deux petites piécettes à nous prêter ? Dans la précipitation, nous n'avions emporté avec nous que quelques bouteilles de champagne, hélas déjà vides.

Kim Jong-un lui répondit de ne pas s'inquiéter. Si Karlsson et son assistant trouvaient un souvenir à leur goût, qu'ils le considèrent comme un cadeau.

En ce qui concernait sa mission de paix, Karlsson disposait de six jours au laboratoire. Les délais brefs rendaient souvent créatif. Le Chef suprême promit de leur offrir, dès qu'ils auraient montré des résultats, une médaille de la bravoure et un billet de première classe pour la Suisse. Julius n'osait plus rien dire depuis son fiasco dans le bureau du Chef suprême. Allan parlait d'autant plus.

— En six jours, on peut accomplir beaucoup. À condition de rester en vie, car cela fait un bon moment que je suis plutôt décrépit. Ces trente ou quarante dernières années, en fait. J'ai un pied dans la tombe, comme on dit. Noé a vécu jusqu'à neuf cent cinquante ans, mais la différence, c'est que je ne suis pas un personnage de fiction.

— Qui ça ? s'étonna Kim Jong-un.

— Noé. Dans la Bible. Bon bouquin. Oups, mauvais exemple. Je suppose que vous ne l'avez pas lu, sinon vous auriez dû vous exécuter vous-même, si j'ai bien compris vos lois sur la religion.

Ce maudit Suisse venait-il de mentionner un livre interdit en plein dîner au palais de la République populaire ? Cette fois, la coupe était pleine.

Margot Wallström vint alors à la rescousse, remerciant le Chef suprême pour la possibilité d'une entrevue prochaine. Kim Jong-un acquiesça, même s'il n'avait rien promis de tel.

— Demain, je suis très occupé, mais nous pourrons nous entretenir au déjeuner d'après-demain. Ensuite, madame Wallström, vous pourrez annoncer au monde que le plus grand expert en armement nucléaire est à mes côtés. Cela devrait susciter quelque humilité en Amérique. Si seulement ce pays en est capable.

Margot Wallström but une large gorgée de vin pour se calmer. Elle se demanda ce qui arriverait si on enfermait Kim Jong-un et Benyamin Netanyahou dans la même pièce. Humour et sens de l'autocritique inexistants de part et d'autre. Ne manquerait plus que Donald Trump comme médiateur.

Julius passa tout le trajet de retour à l'hôtel à sermonner Allan. Pourquoi au nom du ciel avait-il embêté comme ça le Chef suprême ?

— Embêté ? Un peu de franchise ne peut pas faire de mal.

— Les gens tombent comme des mouches depuis toujours pour cause de franchise ! Quel est l'intérêt de finir de cette façon ?

Allan reconnut qu'il n'en voyait aucun.

— Mais, s'il te plaît, tu pourrais arrêter de te faire du mouron pour tout et n'importe quoi ? Tout va s'arranger, tu vas voir.

— Et comment, bon Dieu ? Tu y as réfléchi ? Après ce soir, il ne nous laissera jamais partir !

— Il n'en a jamais eu l'intention ! Hors de question pour moi d'aider un tant soit peu ce moulin à paroles. Quand il s'en rendra compte, mieux vaut que nous soyons loin. Avec cette mallette dont il est si fier.

— Et comment suggères-tu de filer ?

— Avec l'aide de notre charmante ministre, bien sûr. Tu as déjà oublié ?

— Précise un peu, Allan.

— Bah, les détails, les détails…

Après ce dîner quasi surréaliste, Margot Wallström se rendit à l'ambassade suédoise dans sa limousine pour lancer la demande de passeports. Il ne s'agissait pas de les bidouiller sur place. La Suède était la Suède et les règles étaient les règles.

Le directeur du bureau des passeports de la police suédoise ne fut pas enchanté par l'appel reçu depuis Pyongyang. Il protesta avec véhémence, avançant une ribambelle d'arguments contre cette requête d'une légalité plus que douteuse. Il ne comprenait pas pourquoi la ministre le mettait dans une telle position.

Bien sûr, Margot Wallström ne pouvait pas dire qu'elle devait faire sortir deux Suédois de Corée du Nord afin d'éviter une troisième guerre mondiale. Elle répondit au chef de la police des passeports qu'il n'avait pas besoin de comprendre, tant qu'il obtempérait. Quand il demanda en retour si la ministre exigeait sérieusement que ses services à Stockholm imitent deux signatures et établissent des documents officiels aux noms d'hommes qu'ils n'avaient jamais vus, elle répondit simplement « oui ».

— Des passeports diplomatiques, ajouta-t-elle.

— Diplomatiques, pourquoi pas. Mais pour le reste…

— Pour le reste, vous faites ce que je vous dis. S'il le faut, je peux demander au Premier ministre de vous appeler. Au roi aussi, si vous voulez, je suis dans les petits papiers de la Cour. Et au président du Parlement. À qui d'autre souhaitez-vous parler ? Au secrétaire général Guterres ?

Le directeur de la police des passeports garda le silence. Que venait faire le roi là-dedans ?

— S'il vous plaît, monsieur le directeur. C'est urgent. Les vies de citoyens suédois sont en jeu. Et plus encore.

Finalement, il céda, à condition que la requête soit formulée par écrit et accompagnée de l'envoi électronique des photos et signatures.

— Oui, oui, dit la ministre Wallström. Mais les passeports doivent être établis et expédiés pour Pyongyang par courrier diplomatique dans les soixante minutes.

— Dans les soixante minutes ? Mais c'est bientôt l'heure du déjeuner...

— Pas du tout.

États-Unis

— Qu'est-ce que c'est que ce bordel ? lança le président Trump à son nouveau conseiller à la sécurité H. R. McMaster.

La Fox Television venait de diffuser la vidéo d'une prétendue conférence de presse nord-coréenne, et Breitbart News avait suivi avec un article à ce sujet. Le Président savait donc tout ce qu'il fallait savoir, sauf les circonstances.

Cette foutue gonzesse de Wallström s'était débrouillée pour obtenir une entrevue confidentielle avec Kim Jong-machin à… Dieu sait comment s'appelait la capitale de la Corée du Nord. Et ensuite, elle était passée à la télé avec lui ! Elle trouvait ça confidentiel, cette quiche ? Pour couronner le tout, elle avait fait la bise en direct à un communiste suisse venu booster le programme nucléaire nord-coréen.

— Non non, objecta le lieutenant-général McMaster, elle ne lui a pas vraiment fait la bise, Breitbart a sans doute forcé le trait.

Le Président balaya d'un geste le commentaire de son conseiller. Il passerait un savon à Wallström quand elle reviendrait. Mais qui était ce Suisse à qui elle avait fait la bise ?

— Elle ne lui a pas fait la bise, justement.

Le président Trump poussa une ribambelle de jurons sur ces Suisses si arrogants. Attrapant son téléphone, il ordonna à sa secrétaire de le mettre immédiatement en liaison avec le président helvétique.

— Et vérifiez comment il s'appelle, dit Trump à sa secrétaire, qui lui apprit que son homologue, nommé Doris Leuthard, était probablement une présidente.

— Encore une gonzesse ? J'aurais dû m'en douter. Allez-y, passez l'appel !

— En Europe, il est deux heures du matin, monsieur, signala la secrétaire.

— Parfait.

Suisse, États-Unis

La présidente Leuthard avait eu une rude journée, suivie d'une soirée et d'une nuit tout aussi mouvementées. Elle s'obligea à se coucher vers une heure du matin afin d'être à peu près reposée quand elle se lèverait à six heures. Elle dormit trois quarts d'heure avant que son assistant la réveille. Il s'agissait d'un appel de la Maison-Blanche.

Doris Leuthard se leva, un peu vaseuse, mais se secoua. Quand le président des États-Unis vous téléphone, on ne reste pas sous la couette.

— Bonjour, *mister President*, dit Doris Leuthard. Si vous me réveillez ? Non, non, ne vous en faites pas.

— Tant mieux, dit le président Trump. Il fait déjà nuit à Zurich, n'est-ce pas ?

La présidente Leuthard le lui confirma. Exactement comme à Berne, où elle résidait. Mais de quoi voulait s'entretenir le Président ? Doris Leuthard se doutait de la réponse. Depuis cet après-midi, la Confédération qu'elle gouvernait s'affolait au sujet de ce ressortissant non identifié, censé se trouver à Pyongyang. Le Conseil fédéral et elle-même collaboraient assidûment avec leurs propres services secrets pour faire la lumière sur cette question.

En revanche, au lieu de collaborer, le président Trump préférait hurler sur son homologue suisse. Que fichaient-ils ? Comprenait-elle la provocation que représentait une coopération à des fins nucléaires avec la Corée du Nord ? C'était une violation pure et simple des sanctions ratifiées par l'Union européenne contre la République populaire ! Doris Leuthard inspira un peu trop longtemps avant de répondre, ce qui permettait à Donald Trump de poursuivre : si elle ne condamnait pas immédiatement le comportement du dément de l'autre côté du globe, il s'assurerait que l'Union européenne exclue la Suisse de ses rangs.

La présidente Leuthard ne savait plus par où commencer. Comment son homologue pouvait-il dire autant d'âneries en si peu de temps ?

— Eh bien, la Suisse ne faisant pas partie de l'Union européenne, cela risque d'être difficile, *mister President*. De toute façon, je doute que les pouvoirs du président américain s'étendent jusqu'au choix des membres de l'Union européenne. En outre, les sanctions contre la Corée du Nord ont été décidées par les Nations unies, dont la Suisse est membre. Si vous souhaitez changer cela, je vous suggère de réveiller plutôt le secrétaire général Guterres.

— Vous avez dit que vous ne dormiez pas encore, rétorqua Trump.

Doris Leuthard eut la sagesse de ne pas s'engager dans une discussion sur ses horaires de coucher avec le président des États-Unis. Elle répondit qu'elle comprenait son inquiétude.

— Nous n'avons pas la moindre idée de l'identité de ce prétendu Suisse, mais nous travaillons d'arrache-pied à la découvrir. Je peux vous l'assurer.

— J'espère bien, répliqua le président Trump. Et vous m'appelez à la seconde où vous le savez, compris ?

Après cette conversation de deux minutes avec le président américain, Doris Leuthard passa de la fatigue à l'épuisement.

— Quand nous le saurons, nous prendrons les mesures appropriées. Je ne peux ni promettre ni exclure de vous informer personnellement, d'autant moins que vous en émettez le vœu. Cependant, la Confédération helvétique se réserve le droit de décider comment garantir sa sécurité nationale.

Le président Trump raccrocha sans dire au revoir. Il grommela en ouvrant son navigateur pour voir si les Suisses en savaient plus que leur présidente n'avait voulu l'admettre. Mais même Breitbart ne semblait pas avoir des oreilles partout.

Pendant que Donald Trump téléphonait à la harpie suisse, plusieurs choses s'étaient passées derrière sa porte. L'ex-agent de la CIA Ryan Hutton avait appelé la Maison-Blanche et réussi à être mis en liaison avec le conseiller à la sécurité nationale McMaster. L'agent Hutton avait près de quatre-vingts ans, mais il affirmait avoir encore toute sa tête, une bonne vue, et pouvoir révéler l'identité de l'expert suisse en armement nucléaire présenté par Pyongyang.

— Faites donc, répondit H. R. McMaster.

Eh bien, premièrement, le Suisse était en réalité suédois. Répondant au nom d'Allan Karlsson, il devait aujourd'hui avoir près de cent ans. Pendant les années soixante-dix et quatre-vingt, il avait été appointé comme agent à Moscou par les États-Unis et dans les années cinquante, il était passé par un camp de travail soviétique en Sibérie pour avoir prodigieusement énervé Staline. Encore avant, il avait reçu du président américain la médaille de la Liberté pour sa contribution décisive à l'élaboration de la première bombe atomique mondiale.

— Encore un Suédois ? s'écria le président Trump. Il y en a combien, à la fin ? Et c'est quoi, leur problème ?

— Mais il a reçu la médaille de la Liberté, *mister President*.

— Il y a soixante ans. Il a eu tout le temps d'oublier ce qu'est la liberté. Sinon, qu'est-ce qu'il ficherait à Pyoi… Piong… Pigon…

— Pyongyang, monsieur. Nous l'ignorons. Nous ne connaissons que le contenu de cette conférence de presse, et les éléments apportés par l'ancien agent Hutton.

— Deux Suédois et un Nord-Coréen, trois communistes d'un coup, dit le président Trump. Amenez-moi immédiatement cette foutue Wallström, avant que la Suède asservisse le monde. Autre chose ? Sinon, qu'on me laisse en paix un moment.

Le conseiller à la sécurité avait encore une chose à mentionner. La NSA avait mis sur écoute un hôtel de Pyongyang. L'établissement étant peu fréquenté, il n'y avait pas grand-chose à enregistrer, mais récemment elle avait fait bonne pioche. Un produit désigné par le nom de code « asperges » ferait l'objet d'une livraison régulière vers la Corée du Nord. La cible avait évoqué la somme de cinq cents millions. De dollars, sans doute.

Le président Trump, qui aimait les asperges, avait le bonheur d'ignorer que la variété hors de prix servie dans ses hôtels était importée de Suède sous la marque « Gustav Svensson ».

— Cinq cents millions de dollars pour des asperges ? C'est bon, mais pas à ce point. Trouvez-moi ce que signifie ce code.

Corée du Nord

Allan et Julius retrouvèrent la ministre des Affaires étrangères autour d'une table de petit déjeuner, avant leur première journée de travail dans la centrale à plutonium, dans le nord du pays. Wallström annonça que les passeports diplomatiques promis étaient en route, via Pékin. Si tout se passait bien, elle pourrait les leur remettre le lendemain matin.

— J'ai beaucoup réfléchi, et je crois que je ne peux rien faire de plus.

— Ce que vous avez fait est inestimable, un rayon de soleil dans notre situation, la remercia Allan.

Julius acquiesça. Margot Wallström était toujours aussi admirable, mais personne au monde n'était assez fantastique pour empêcher notre ami de ruminer sur la vie et ses chères asperges qu'il ne reverrait plus. Pas plus que l'argent qu'elles généraient.

— J'ai une entrevue avec le Chef suprême demain, reprit Margot Wallström. Il m'a fait comprendre que je devrais partir après ce rendez-vous, au plus tard dans deux jours. Avez-vous réfléchi à un moyen de vous échapper ?

— Oui, Allan, avons-nous réfléchi ? intervint Julius.

Le centenaire avait eu autre chose à faire. Sa tablette noire semblait d'humeur plus enjouée que jamais. Il parla de ce député polonais au Parlement européen qui jugeait normal que les femmes soient moins bien payées que les hommes, au vu de leur intelligence inférieure. Comme pour illustrer les capacités du cerveau masculin, Trump avait publié un tweet dans lequel il qualifiait de surcotée une des actrices les plus populaires et les plus récompensées au monde. Ensuite, le président brésilien Temer s'était trouvé accusé de versement de pots-de-vin ; il succédait à une Rousseff destituée pour avoir imité Lula, qui attendait lui-même d'être emprisonné pour corruption.

— Il n'y a pas quelqu'un qui a écrit que les hommes sont à plaindre ? demanda Allan, avant d'ajouter qu'il ne comprenait pas le mot « tweeter ».

Julius lança à son ami un regard vide. La ministre Wallström promit, à l'occasion, d'expliquer le phénomène Twitter à Allan, et, pourquoi pas, d'approfondir avec lui l'histoire de la littérature suédoise. Pour l'heure, il était plus pressant de savoir si ces messieurs avaient un plan pour quitter le pays vivants.

— Puisque Mme la ministre change si brusquement de sujet, parler de plan est exagéré.

— Qu'avez-vous donc alors, monsieur Karlsson ?

— Rien du tout. Si ce n'est des problèmes. Ou une certaine confiance en notre bonne étoile. Cela dépend à qui vous posez la question.

Margot Wallström s'adressait aux deux amis mais, Julius ayant visiblement sombré dans le désespoir, Allan dut parler pour deux : pour que la situation se clarifie, il fallait d'abord surmonter l'épreuve du premier jour à la centrale à plutonium. Parfois, la solution tombe du ciel quand on s'y attend le moins. Comme l'autre jour, quand Julius et lui s'enfonçaient jusqu'aux genoux dans l'océan. L'eau était bonne, mais ils n'avaient pas beaucoup d'autres raisons de se réjouir.

— Quelle chance ! Un bateau nous est venu en aide !

— Ah oui ? le coupa Julius, sortant de sa léthargie. Et ce putain de bateau n'aurait pas pu venir de n'importe quel autre pays du monde ?

— Mange, Julius. Il y a des pays bien pires. En fait, je n'en sais rien, mais quoi qu'il en soit nous sommes ici. Et si la nourriture est un peu bizarre, elle est plutôt savoureuse.

Sur la table étaient servis du riz, du poisson, une soupe jaune non identifiée et une préparation appelée *kimchi*. Le tout accompagné de café occidental et de croissants français... Une alliance curieuse.

— Ça me rappelle mon passage en Chine juste après la guerre, pour faire sauter des ponts. À l'époque, il n'était pas question de café. En revanche, ils avaient de l'alcool de riz. Il n'y a pas pire façon de commencer la journée.

La ministre se demanda si elle devait admirer l'insouciance de Karlsson ou se joindre à l'anxiété de Jonsson. Aucune de ces attitudes ne changerait la situation des deux hommes, aussi ne s'y attarda-t-elle pas plus longtemps.

— Quand mon départ approchera, je vous communiquerai l'heure exacte. Si vous venez, parfait. Sinon, je promets de provoquer le plus gros raffut diplomatique possible dès que j'aurai atterri en Occident. Ici, je ne parviendrai pas à tirer plus de ficelles. Si notre ami dans son palais se met en tête que j'enfreins une loi, il est capable de me faire arrêter. Une représentante du Conseil de sécurité de l'ONU détenue en Corée du Nord ! Cela causerait une crise sans précédent. Vous comprenez ma position ?

Allan nota que Margot Wallström s'apprêtait à se lever.

— Je peux avoir votre croissant ? Je veux dire, si vous avez terminé ?

— Allan, bordel ! siffla Julius.

La ministre souhaita bon appétit à Allan et prit congé. Elle devait se rendre à l'ambassade pour préparer son entrevue avec Kim Jong-un. À quoi bon, on pouvait s'interroger, mais qu'importe.

De l'entrée, tandis qu'elle attendait sa limousine, elle entendit Karlsson raconter à son ami que le président turc Erdogan avait traité l'ensemble des habitants des Pays-Bas de fascistes, la chancelière fédérale allemande de nazie et Israël d'État terroriste qui passait son temps à massacrer des enfants.

— J'en ai rien à foutre, de son nom ! s'énerva Julius.

— Moi non plus, renchérit Allan. Mais il y va un peu fort, le Turc, non ?

En s'asseyant sur la banquette arrière de sa limousine, Margot Wallström se demanda si c'était le monde qui avait rendu Karlsson fou ou l'inverse.

Allan n'éprouvant d'intérêt que pour sa tablette noire, Julius décida de tenter d'augmenter leurs chances de survie. Élargir ses connaissances n'était peut-être pas une mauvaise idée. Il alla donc se dégourdir les jambes à des fins d'étude.

Le Ryugyong avait quatre issues apparentes, chacune surveillée par deux gardes – appelés guides – prêts à reconduire le Suisse et son assistant à leur chambre s'ils essayaient de sortir seuls. S'éclipser de cet hôtel ne serait pas aussi facile qu'à Bali, avec ou sans montgolfière. De plus, que feraient-ils ensuite ? Traverser Pyongyang à pied jusqu'à l'aéroport ? Appeler un taxi ? À quel numéro ? Dans quelle langue ? Comment paieraient-ils ? Qu'est-ce qui leur faisait croire que l'alerte ne serait pas immédiatement donnée ? Et leur chauffeur, chargé de les conduire à la centrale les six prochains jours, peut-être aurait-il l'amabilité d'effectuer un détour, si Allan l'en persuadait, comme lui seul en avait le talent...

Julius rejoignit le centenaire toujours attablé. Il était presque neuf heures. Allan avait vidé son assiette de *kimchi* et avalé tous les croissants qu'il avait trouvés, sauf un, qu'il glissa dans la poche de son manteau, au cas où il aurait un petit creux. À l'approche de son ami, il annonça que le coût de construction du mur entre le Mexique et les États-Unis suffirait à résoudre le problème de la famine en Afrique de l'Est, et pas qu'une fois : quatre.

— La famine en Afrique de l'Est ?

Julius détestait la tablette noire d'Allan. Il regrettait l'homme qu'avait été son ami avant qu'il ouvre les yeux sur la misère du monde.

— Écoute un peu ça, poursuivit Allan.

Le nouvel hôpital du Grand Stockholm était pourvu de cent soixante-cinq salles de bains au sol de douche mal conçu, où l'eau ne s'écoulait pas. Il fallait tout reconstruire, ce qui coûterait sans doute autant que régler la moitié d'une famine en Afrique.

Julius s'emporta.

— Ça commence à bien faire ! Je suis triste pour les enfants affamés et les salles de bains de travers, mais que dirais-tu de revoir l'ordre de tes priorités ? Nous allons être exécutés dans les prochains jours !

Allan prit un air blessé.

— Et toi, tu as réfléchi à une solution, pendant que je m'informe de l'état du monde ? Ou est-ce que tu as passé ton temps à te plaindre ?

Julius parla des issues gardées et rappela à Allan les consignes qu'ils devaient respecter. D'ailleurs, dans moins d'une minute ils allaient monter dans une voiture. Qui serait peut-être la solution à leur problème de déplacement. De même que l'homme qui la conduirait.

— Dans ce cas, allons lui dire bonjour. J'adore les rencontres. Viens, mon ami. Courage !

Le chauffeur accueillit les deux étrangers d'un salut à la tempe, puis les pria de s'installer à l'arrière, si possible sans marcher auparavant dans les flaques de boue.

— Je préfère m'asseoir à l'avant pour papoter avec lui, annonça Allan. Son anglais est fantastique !

Julius monta à l'arrière. Allan fut trop rapide pour que le chauffeur puisse l'écarter.

— Ce n'est pas le protocole normal, se plaignit ce dernier en s'asseyant au volant.

— Je m'appelle Allan, se présenta le centenaire. Et vous, c'est quoi votre nom ? Kim est assez courant, à ce que j'ai compris.

Le chauffeur répondit que son nom était aussi insignifiant que sa personne. En revanche, il prenait sa mission très au sérieux. Ces messieurs devaient être prêts à se rendre au laboratoire chaque matin à neuf heures et à en repartir à dix-huit heures. Lui-même attendrait devant la centrale toute la journée, en cas d'imprévu.

— Il paraît que l'aéroport est très joli, lança Allan. Vous croyez qu'on pourrait aller y jeter un coup d'œil, monsieur l'anonyme ? Demain, par exemple ?

Non, impossible. Le seul détour aurait lieu ce soir même, le chauffeur ayant reçu l'ordre de conduire ses passagers au plus grand centre commercial de Pyongyang.

— Mais un petit crochet ne peut tout de même…

— Si, le coupa le chauffeur.

Voilà qui n'était pas très aimable. Allan sortit son dernier croissant de la poche de son manteau. Le chauffeur eut une réaction horrifiée. Pilant net, il se mit à glapir que la nourriture était strictement interdite dans sa voiture.

— Jetez ça tout de suite dehors !

Gaspiller des aliments ? Ça va pas la tête ? À ce qu'Allan avait compris, la nourriture était plus rare que les parades militaires dans ce pays.

— Personne ne meurt de faim dans le pays du Président éternel ! rétorqua le chauffeur. Jetez ça tout de suite !

Allan obéit.

— Mais il y a quand même des gens qui se serrent la ceinture, marmonna-t-il.

Il n'ouvrit plus la bouche jusqu'au laboratoire.

— Nous sommes arrivés.

— Merci pour cet agréable voyage, lança Allan.

À la centrale de plutonium comme à l'hôtel, les allées et venues étaient surveillées. La sécurité était assurée par un unique vigile à l'air sévère, qui contrôlait les personnes et les véhicules, dans les deux sens.

— Bonjour, le salua Allan. Je m'appelle Allan Karlsson et j'aimerais savoir si, contrairement à notre chauffeur, vous avez un nom.

Le gardien répondit que oui. Mais d'abord, il voulait inspecter les poches d'Allan. Le règlement défendait d'introduire des objets inappropriés dans l'enceinte de la centrale, ainsi que d'en sortir avec quoi que ce soit. Allan espéra que son ami Julius et lui-même ne seraient pas jugés inappropriés, car cela causerait des difficultés pour eux tous. Cependant, il n'apprit jamais le nom de l'homme.

— C'est bon, dit le vigile en faisant signe aux prétendus Suisses de passer.

Pendant la majeure partie de la première journée, Allan entendait raconter des bêtises au directeur du laboratoire, qui avait récemment remplacé son confrère déchu. C'était le même homme qui les avait interrogés au port de Nampo la veille. Allan s'entêtait à demander leur nom aux gens, mais les Nord-Coréens n'étaient pas faciles à amadouer.

— Vous pouvez m'appeler M. l'ingénieur.

— Ah bon, d'accord. Si c'est comme ça, je veux qu'on m'appelle M. Karlsson.

— C'est votre nom, rétorqua l'ingénieur, platement.

Ensuite, Allan consacra une bonne partie du temps à ne rien faire. Il prononça un discours sur l'importance de l'hygiène dans les locaux, un deuxième sur le sérieux de l'arme nucléaire et un troisième sur sa hâte de voir advenir le printemps.

L'ingénieur s'impatienta.

— Vous ne croyez pas qu'il faudrait se mettre au travail ?

— Exactement ce que j'allais dire, acquiesça Allan. Je trouvais qu'il était bien temps.

Le plan profondément lacunaire d'Allan prévoyait simplement que Julius et lui quitteraient le pays avec les quatre kilos d'uranium arrivés avec eux. Leur situation présentait un avantage : ils n'auraient pas à chercher la mallette partout, elle était à la vue de tous, contre un mur du laboratoire.

— Tout d'abord, je voudrais examiner de mes yeux l'uranium que je suis chargé d'optimiser, déclara Allan.

— Pour quoi faire ? s'étonna l'ingénieur.

Allan se le demandait aussi, mais savoir à quoi ressemblait ce qu'on avait l'intention de voler n'était sans doute pas inutile.

— Pour m'assurer que vous ne vous êtes pas fait rouler. Si vous saviez quelles quantités de faux uranium on trouve sur le marché, monsieur l'ingénieur, vous seriez terrifié. Mais peut-être l'êtes-vous déjà ?

— Quoi donc ?

— Terrifié.

L'ingénieur secoua la tête face au comportement sénile de l'expert. Il alla chercher la mallette, la posa sur la paillasse et l'ouvrit. L'uranium enrichi a une densité élevée et son rayonnement n'est pas spécialement nocif. Allan ne voyait qu'un bloc de la taille d'une brique, enveloppé d'une épaisse couche de plomb. Il le mesura dans la longueur et la largeur.

— Vingt-huit centimètres sur douze. Ce qui doit signifier au moins vingt-sept centimètres sur onze sous l'emballage. C'est parfait ! Je vous félicite, monsieur l'ingénieur.

Celui-ci fut surpris. Pas seulement par la rapidité de l'examen.

— C'est tout ? Vous ne retirez pas le plomb ?

— Non, pourquoi ? Les mesures sont correctes. Mais pesons-le, pour plus de sûreté.

Allan posa le bloc sur la balance de laboratoire, quelques mètres plus loin.

— Combien doit-il peser pour être convenable ? demanda le chercheur.

Allan ne répondit pas avant de voir ce qu'affichait la balance.

— Cinq kilos et vingt-deux grammes, tout à fait convenable en comptant l'enveloppe de plomb de huit millimètres d'épaisseur. Je vous félicite encore une fois, monsieur l'ingénieur. De toute évidence, vous connaissez votre affaire.

Le scientifique était perdu.

— De toute évidence ?

— Ne pinaillons pas sur les mots. Remettez plutôt la mallette à sa place et nous pourrons peut-être enfin reprendre. Nous avons beaucoup à faire et trop peu de temps.

L'ingénieur se demanda pourquoi il était soudain la cause de leur lenteur.

— Bon, où en étions-nous ? fit Allan. Avons-nous déjà parlé de l'importance de l'hygiène ?

— Oui. Deux fois.

— Et du poids requis de l'uranium ?

— N'est-ce pas ce que vous venez de contrôler ?

Julius observait la scène en silence. Il n'y avait pas plus naturel qu'Allan.

La situation n'était pas simple pour le nouveau directeur. Son avenir dépendait entièrement des résultats de Karlsson, d'autant plus qu'il s'était porté garant du Suisse auprès du Chef suprême.

Jusqu'ici, la centrale à plutonium n'avait pas produit ce qu'on en attendait et les Russes tardaient à livrer la centrifugeuse promise. Devant changer de stratégie et, surtout, satisfaire le Chef suprême, l'ingénieur avait réclamé de l'uranium enrichi. À son grand effroi, les Russes lui avaient transmis le nom d'un fournisseur en Afrique, et à présent il avait entre les mains une livraison d'essai avec laquelle faire ses preuves. Il disposait en prime d'un expert d'un âge canonique, qui disait savoir comment quintupler, voire décupler les résultats pour la même quantité de matériau brut. Isostapression à chaud 1200 ? Le directeur du laboratoire n'était certes pas un imbécile, mais il ne parvenait pas à associer une notion compréhensible à ces termes. Bah, il avait encore cinq jours. Il avait l'intention d'aiguiller dès le lendemain la conversation dans le bon sens.

Sur la route du centre commercial, Julius somnola à l'arrière tandis qu'Allan réfléchissait à l'avant. De toute façon, il n'avait personne avec qui papoter. Au bout d'un moment, il lança à Julius :

— Tu sais quoi ?

Julius entrouvrit les paupières.

— Non, je ne sais pas. Qu'est-ce qu'il y a ?

— J'ai un plan.

Julius se réveilla tout à fait.

— Pour fuir ?

— Oui. Tu n'as pas changé d'avis ?

Son ami le détrompa. Il voulait en savoir plus tout de suite.

Allan suggérait de distraire l'ingénieur afin de filer du laboratoire, passer le contrôle de sécurité avec la mallette d'uranium et s'arranger pour que leur chauffeur descende de voiture, puisqu'il n'accepterait jamais de les déposer à l'aéroport. Julius assimila ces paroles.

— C'est ça, ton plan ?

— Pour faire court, oui.

— Sans parler de la version longue, comment allons-nous emporter l'uranium sous le nez du vigile ? Comment allons-nous convaincre le chauffeur de descendre ? Et comment monterons-nous dans l'avion de la ministre sans être arrêtés à l'aéroport ?

Allan répondit que cela faisait trop de questions à la fois pour son vieux cerveau.

Le plus grand centre commercial de Pyongyang – et le seul digne de ce nom – était rempli d'articles répartis sur quatre niveaux, et vide de clients pour les acheter. Le chauffeur anonyme guida Allan et Julius d'étage en étage.

Au premier, on trouvait des vêtements pour hommes et pour femmes. Les deux amis avaient déjà les uns et n'auraient su que faire des autres.

Le deuxième étage proposait chaussures, manteaux, gants et sacs à main. Les températures étant un peu fraîches, ils choisirent chacun un manteau. De toute façon, le Chef suprême payait la note. Sur une étagère voisine étaient alignées une quarantaine de mallettes, parfaitement identiques à celle qui renfermait le bloc d'uranium. Visiblement, la Corée du Nord ne fabriquait qu'un modèle.

— Le communisme a ses avantages, fit Allan en en soulevant une.

Le troisième étage ne les intéressait pas. On y vendait des jouets et des fournitures de papeterie et de dessin. Allan marchait en tête, Julius quelques pas derrière lui, et le chauffeur, mort d'ennui, encore plus à la traîne.

Au quatrième étage, Julius attrapa un rouleau de ruban de plomb adhésif.

— Qu'est-ce que tu penses de ça, Allan ?

— Brave garçon. Je crois que nous avons fini nos emplettes.

Au premier étage, Allan et Julius déposèrent manteaux, mallette et ruban adhésif devant une caisse à laquelle une jeune femme attendait les clients. Quand leur guide lui dit d'envoyer la note au Chef suprême, la caissière s'évanouit. Le chauffeur alla la relever en s'excusant auprès des Suisses – il aurait dû se douter d'un tel incident.

Pendant le bref trajet de retour à l'hôtel, il interdit formellement à Julius et à Allan, qui s'entêtait à monter à l'avant, d'emporter quoi que ce soit de la table du petit déjeuner le lendemain.

— Même pas du *kimchi* ? demanda Allan.

— Surtout pas du *kimchi*.

— C'est compris, monsieur l'anonyme. Nous nous lèverons tôt afin d'être rassasiés et fin prêts pour notre rendez-vous.

Allan passa le reste de la soirée le nez sur sa tablette noire, au bureau de leur chambre. Pour une fois, il était armé d'un crayon et de papier et recopiait des formules chimiques. Parfois, il émettait un petit « hum hum » de satisfaction. Pendant ce temps, Julius inspectait la pièce à la recherche d'un objet à emballer de ruban de plomb. Finalement, il opta pour la boîte en carton noir proposant des produits de toilette, placée à côté du lavabo.

— Bon choix, le complimenta Allan. Même taille et tout.

Évidemment, la boîte était beaucoup plus légère que le bloc d'uranium enrichi, mais comment le vigile le saurait-il ?

Il était près de minuit quand Allan cessa sa prise de notes.

— Voilà. M. l'ingénieur et moi aurons de quoi ne pas travailler demain.

Corée du Nord

De toute évidence, Allan avait échafaudé une sorte de plan. En plus, Julius avait compris en quoi il consistait. En partie.

Le lendemain, dans la salle de petit déjeuner, Allan dénicha sous l'un des buffets une boîte en plastique renfermant des petites cuillères. Lorsqu'il la vida sur le meuble, une serveuse attirée par le bruit lui demanda ce qu'il faisait. Allan chargea Julius de la soudoyer avec le briquet en or fauché au directeur de l'hôtel à Bali.

— Je l'ai pas fauché, protesta Julius tout en négociant rondement avec l'employée. Il est tombé dans ma poche.

Allan n'avait pas envie de débattre sur la définition de la cleptomanie. Il dit à la serveuse folle de joie :

— Remplissez la boîte de muesli et de lait, s'il vous plaît. Ensuite, revissez bien le couvercle et donnez-la à mon ami.

La jeune femme finit d'admirer son reflet dans son nouveau briquet et s'éclipsa.

— Une bouillie de muesli et de lait, c'est la dernière chose dont le chauffeur voudra dans sa voiture, non ? lança Julius.

— Nous sommes d'accord.

Ni Allan ni Julius n'avaient assez de force pour extraire le chauffeur du véhicule, et deux choses étaient manifestes : l'homme n'en descendrait jamais de son plein gré et il n'avait aucune intention de les conduire à l'aéroport, peu importe leur insistance.

La ministre Wallström s'approcha et prit rapidement une tasse de café et un croissant franco-coréen à leur table. Les passeports diplomatiques étaient arrivés, comme prévu. Elle leur glissa les documents, dissimulés dans une serviette en papier.

— Très aimable à vous, madame la ministre, dit Allan. À quelle heure est programmé le décollage ? Nous avons des petites choses à régler aujourd'hui, ce serait idiot de manquer l'avion.

Kim Jong-un avait fait savoir à Margot Wallström que leur première et dernière entrevue serait suivie du départ de l'émissaire des Nations unies, l'après-midi même.

— Il ne veut rien entendre, contrairement au président Trump, dont le staff m'a convoquée afin que je vienne m'expliquer. L'aéroport a confirmé le décollage à quinze heures trente.

— Aujourd'hui ? s'inquiéta Julius.

— Le président américain s'imagine que vous allez lui expliquer quoi ? s'étonna Allan.

— Je n'exclus pas qu'il soit question de vous, monsieur Karlsson.

La ministre avait l'air triste. Julius était désolé pour elle, bien qu'il s'en fasse surtout pour son propre sort.

— N'oubliez pas, quinze heures trente, répéta la ministre. Le ciel fasse que vous soyez là.

Elle n'était pas certaine qu'ils se reverraient un jour. Julius non plus.

— Aujourd'hui ? répéta-t-il. Bon Dieu ! comment allons-nous…

— Ne commence pas, Jules, l'interrompit Allan. Soit ça s'arrange, soit non. Allez, viens. Il est déjà neuf heures, nous avons un boulot à saboter. N'oublie pas le muesli.

— Je m'appelle pas Jules, grogna Julius.

Le deuxième jour, MM. Karlsson et Jonsson arrivèrent à la centrale à plutonium dans leurs nouveaux manteaux. Le vigile avait des instructions strictes et précises. Il inspecta toutes les poches et coutures, mais ne trouva rien de particulier.

Karlsson transportait une mallette contenant un paquet argenté et quelques feuilles de papier couvertes de formules manuscrites.

— Qu'est-ce que c'est ? demanda le vigile en parcourant les notes.

— L'avenir de la fière République démocratique.

Effaré, le garde reposa les papiers, puis souleva le paquet.

— Et ça ?

151

— Des articles de toilette, dit Allan, parfaitement sincère. Nous souhaitons les offrir au directeur. Ne lui racontez rien s'il vous plaît, c'est une surprise.

C'était à la fois énorme et insignifiant. D'un côté, l'avenir de la nation, et de l'autre… qu'est-ce que c'était que cette histoire ?

Le vigile se permit d'être méfiant. Il déroula prudemment le ruban adhésif et put constater que le carton noir contenait un rasoir, de la mousse à raser, du savon, du shampooing, de la pommade, un peigne, une brosse à dents et du dentifrice. Il dévissa quelques bouchons pour renifler les produits.

— Vous croyez que ça lui fera plaisir ? demanda Allan.

Le dentifrice sentait le dentifrice, le shampooing sentait le shampooing. Le rasoir avait l'air normal.

— Je ne sais pas…, hésita le garde.

Était-on autorisé à entrer avec des liquides non identifiés ?

— Maintenant, pourriez-vous remettre le ruban en place ? demanda Allan. Le directeur peut arriver à tout instant et il serait fâcheux que…

C'est alors que l'ingénieur se pointa. Il était furieux.

— Qu'est-ce que vous fabriquez ? Ça fait dix minutes qu'on aurait dû commencer.

Tandis que le vigile remballait en toute hâte le paquet, Allan expliqua au directeur que l'homme avait simplement fait son travail, avec application, qui plus est. Peut-être était-il temps de réfléchir à un avancement. Le vigile semblait prêt pour de plus grandes responsabilités. Chef de la sécurité, au minimum. Cela exigerait d'augmenter l'équipe d'au moins un garde, sans quoi le nouveau chef n'aurait personne à diriger. Ce Karlsson avait-il l'intention de passer une journée de plus à bavarder à propos de tout et de rien ? Le directeur ne pouvait pas l'autoriser.

— Suivez-moi !

Pendant qu'Allan jacassait, le garde avait eu le temps de ranger le cadeau dans la mallette, qu'il tendit à l'expert suisse. Il n'avait rien remarqué d'autre (la bouillie de muesli était restée par terre à l'arrière de la voiture). Le vigile suivit longuement Allan, Julius et le directeur du regard.

Chef de la sécurité. Ça sonnait bien.

L'ingénieur précéda Karlsson et Jonsson au laboratoire. Après le travail de la veille, il avait écrit dans son rapport au Chef suprême qu'il recueillait lentement mais sûrement les connaissances du vieux Suisse. Le bonhomme ayant plus de cent ans, un peu de ménagement était sans doute nécessaire pour obtenir les meilleurs résultats. Le Chef suprême approuvait. L'ingénieur avait encore cinq jours. C'était amplement suffisant.

— Bien, voyons cela, dit Allan en posant ses feuilles de formules sur le bureau du directeur. De mon temps, la fission était la solution universelle. Aujourd'hui, elle va de pair avec la fusion, mais vous le saviez peut-être déjà.

Le chercheur se tortilla. La fusion, c'était l'évidence même. Bah, au moins, l'ancêtre avait apporté des notes qui méritaient peut-être un examen.

— On ne triche pas, monsieur l'ingénieur. Si nous brûlons les étapes, tout ira de travers.

Le scientifique songea qu'il n'y avait aucun risque d'aller trop vite.

Allan poursuivit :

— La question est : à quel degré pouvons-nous comprimer l'uranium que vous avez obtenu ?

— Je sais que c'est la question, intervint l'ingénieur. Et que vous êtes censé avoir la réponse. Elle est dans vos papiers ?

Allan le dévisagea d'un air offensé. Bien sûr que oui. Mais M. l'ingénieur avait-il déjà oublié qu'il ne fallait pas aller trop vite en besogne ? Sa plus grande crainte était que son élève ait des difficultés à suivre les explications préalables. Le chercheur lui répondit de ne pas s'inquiéter : un enfant y parviendrait. Et lui-même travaillait dans ce domaine depuis près de dix ans.

— Avec les résultats qu'on sait, rétorqua Allan.

Puis, il s'excusa : il avait quelque chose à dire à leur chauffeur.

— Je reviens dans un instant.

Julius comprit que l'opération Confusion venait de commencer. Il haussa les épaules d'un air impuissant lorsqu'il croisa le regard du directeur.

— Il a ses petites manies, mais ça se termine toujours bien, expliqua Julius.

Du moins j'espère, songea-t-il.

Le centenaire passa avec manteau et mallette devant le vigile, qui bondit de sa chaise en criant « Stop ! ».

— Où allez-vous, monsieur Karlsson ?

— Voir mon chauffeur. C'est très important.

Le garde était reconnaissant à Karlsson pour sa suggestion au directeur, mais il n'avait pas l'intention de bâcler son travail. Allan dut se soumettre à une nouvelle inspection. La mallette contenait la même chose que quelques minutes plus tôt, moins les feuilles couvertes de notes. C'était bon : les formules pouvaient entrer, mais pas ressortir.

Le chauffeur était occupé à astiquer le tableau de bord de la voiture avec un chiffon blanc quand Allan toqua à la vitre.

— Vous rentrez déjà à l'hôtel, monsieur ?

— Non, je voulais juste voir si vous alliez bien. Vous n'avez pas trop chaud ? Sinon, ouvrez les vitres.

Le chauffeur dévisagea un instant le vieil homme.

— Il fait trois degrés Celsius, répondit-il.

— Pas trop chaud ?

— Non.

La tablette noire d'Allan était posée sur le siège passager.

— Si vous voulez, vous pouvez vous en servir pour passer le temps. J'ai remarqué qu'il y a beaucoup de femmes légèrement vêtues, là-dedans.

Le chauffeur répliqua, épouvanté, qu'il n'avait aucune intention de ce genre.

— Bon, je voulais juste m'en assurer, dit Allan en retournant vers l'entrée.

Il crut pouvoir passer ni vu ni connu devant le garde.

— Stop ! Montrez-moi votre manteau, s'il vous plaît. Et votre mallette.

Allan répondit que, si sa mémoire était bonne, il n'avait rien emporté de la voiture, mais que le vigile faisait bien de ne pas le croire sur parole.

— J'ai remarqué qu'à mon âge, ça va vite mal quand je me dis que tout ira bien, mais que ça ne va pas toujours bien quand je pense que ça ira mal. Vérifiez, s'il le faut, la minutie est une vertu. Je sais que le Chef suprême est aussi de cet avis.

Le vigile était nerveux quand on mentionnait Kim Jong-un.

De retour dans le laboratoire, Alla lança :

— Dites, je viens de penser à une chose.

— Quoi donc ? demanda l'ingénieur.

Allan prit une grande inspiration et débita à toute vitesse :

— $MgSO_4 7H_2O \ CaCO_3 \ Na_2B_4O_7 10H_2O$.

— Répétez-moi ça, dit l'ingénieur.

— À condition, bien sûr, de nous satisfaire du double de la force d'explosion. Je serais partisan de la décupler.

— Redites-moi ça.

— Bien sûr. Mais n'ai-je pas dit qu'il faut prendre les choses dans l'ordre ? Mon expérience m'a appris qu'en allant trop vite, on fait des erreurs. Ce que nous voulons éviter, n'est-ce pas ?

L'ingénieur marmonna qu'il était d'accord, tandis que Julius observait l'échange, muet. D'où Allan sortait-il tout cela ? Pour une oreille peu entraînée (Julius) ou pas préparée (le directeur), la formule aurait très bien pu être la solution aux problèmes nucléaires de la fière nation nord-coréenne.

En réalité, il s'agissait des formules d'un sel de bain, du dentifrice et d'un agent blanchissant. Allan avait cherché sur sa tablette quelque chose en rapport avec la technologie nucléaire, mais il était tombé sur un site canadien tenu par un chimiste amateur, lequel éprouvait le désir de raconter au monde entier ce qu'il y avait dans sa salle de bains et son placard à balais. Contrairement à ce qu'il affirmait haut et fort, Allan n'avait aucun problème de mémoire et il gardait d'autres formules dans sa manche, comme celle des cachets d'aspirine, de la levure chimique ou du nettoyant pour four domestique. Tout cela grâce à un jeune homme de Mississauga, au bord du lac Ontario.

L'ingénieur aurait sans doute eu bien besoin d'un cachet d'aspirine (mais sûrement pas de levure chimique ni de nettoyant pour four). Il était à nouveau de mauvaise humeur.

— Est-ce que nous pourrions enfin nous y mettre ?

— Certainement, fit Allan. Il faut juste que j'aille…

Et il fila aux toilettes, où il resta un quart d'heure.

Avant que n'arrive le moment de se faire la belle, Allan avait rendu une autre visite au chauffeur (pour lui demander s'il n'avait pas trop froid, vu qu'il ne faisait que trois degrés Celsius) et poursuivi plus avant la conversation avec l'ingénieur – ou plutôt pris des chemins de traverse. Pendant ce temps, Julius

157

s'efforçait de garder l'humeur du scientifique et la sienne au beau fixe.

Dans sa hâte, Allan avait oublié d'informer Julius de sa mission cruciale : détourner l'attention de leur surveillant pour lui permettre d'intervertir les mallettes. Le centenaire inventa un prétexte pour envoyer l'ingénieur dans la chambre froide attenante au laboratoire, et en profita pour donner une brève instruction à son camarade.

— Quand il revient, distrais-le.

— Le distraire ? répéta Julius. Mais comment ?

— Fais juste ce que je te dis. Pour que j'échange les mallettes.

— Pourquoi tu ne le fais pas maintenant ?

Allan regarda fixement son ami.

— Parce que je n'y ai pas pensé. Je ne réfléchis pas toujours autant que le voudrait mon entourage. En général, ça ne pose pas de problème, mais parfois…

Il n'eut pas le temps d'en dire plus. Le chercheur était de retour.

— Nous avons une réserve de huit hectogrammes de gallium. Alors, que vient-il faire dans la compression de l'uranium ? Et s'il vous plaît, expliquez-moi comme à un confrère, pas comme à un idiot.

— Seulement huit hectogrammes, murmura Allan en plissant le front d'un air soucieux.

À cet instant, Julius s'écroula.

— À l'aide ! Je vais mourir !

L'ingénieur fut complètement terrifié. Même Allan, qui avait pourtant commandité la manœuvre, sursauta.

— Aïe ! cria Julius, affalé par terre. Aïe !

Allan n'esquissa pas un geste quand le directeur se rua auprès de Julius.

— Qu'est-ce qui vous arrive, monsieur Jonsson ? s'écria-t-il en s'agenouillant à côté de lui. Vous ne vous sentez pas bien ?

Julius comprit qu'Allan avait procédé à l'échange.

— Ça va très bien, merci. Simple petit accès de nostalgie de mon pays natal.

— De nostalgie ? fit l'ingénieur, stupéfait. Vous vous êtes écroulé par terre.

— Une crise sévère de nostalgie. Mais elle est passée, maintenant.

Le scientifique, qui jusqu'ici considérait Julius comme le plus sensé des deux étrangers, soupçonna qu'il était aussi sénile que l'autre.

— Vous avez besoin d'aide pour vous relever ?

— Merci, monsieur l'ingénieur, très aimable à vous, dit Julius en tendant la main.

L'ingénieur était pris entre le marteau et l'enclume. D'abord, au port de Nampo, il n'avait eu que quelques minutes pour déterminer si Karlsson était un charlatan, tout en sachant qu'un verdict positif l'aurait contraint à présenter fissa des résultats probants alors qu'il était loin d'être prêt. Le savoir de Karlsson était réel, mais, surtout, l'ingénieur avait besoin qu'il le soit pour garantir sa survie. À présent, il soupçonnait douloureusement que, si Karlsson n'était pas un charlatan, il n'était pas franchement sain d'esprit non plus. Et son assistant n'était pas mieux loti.

L'ingénieur caressait l'idée de dire au Chef suprême que personne n'avait posé la question d'une éventuelle sénilité, mais il sentait que cela ne sauverait pas sa peau. Restait l'option de mentir (une pensée étourdissante) : prétendre qu'il n'avait plus besoin des deux hommes, car il avait compris le fonctionnement de l'isostapression et serait en mesure de fournir des résultats concrets dans quelques semaines. Ensuite, il n'aurait plus que ce même délai à vivre, à moins de réellement parvenir à trouver la formule magique.

Karlsson avait prouvé que sa vieille tête contenait des formules chimiques et il en avait consigné quelques-unes. Le directeur avait bien l'intention d'y jeter un coup d'œil après le départ des Suisses pour leur hôtel, en fin de journée. Pendant le déjeuner, il s'était emporté contre Karlsson, quand celui-ci avait lu des passages de sa tablette noire : un animateur américain s'était rendu plusieurs fois coupable de harcèlement sexuel et avait exprimé sa colère envers Dieu, qui ne lui était pas venu en aide. L'ingénieur avait hurlé que Dieu et les Américains pouvaient aller au diable, ainsi que l'isostapression à chaud, parce qu'il aurait bientôt cinq cents kilos d'uranium sur les bras et se passerait de Karlsson. Il avait ensuite promis de chasser Allan du laboratoire s'il ne se ressaisissait pas.

Cinq cents kilos ? C'était la deuxième fois qu'Allan entendait ce chiffre. Quatre kilos étaient déjà bien assez.

— Dites donc, monsieur l'ingénieur, protesta-t-il. Ne pourrions-nous pas employer un autre ton ? Une fois, le camarade Staline s'est mis en colère contre moi et m'a envoyé au fin fond de la Sibérie. Mais après ça, il a fait une attaque. La mauvaise humeur, ce n'est pas bon pour la santé, je l'ai toujours dit.

Le chercheur se sentait mal, mais il continua à ferrailler contre cet étourdi de Karlsson.

Plus tard, le centenaire s'approcha d'une photographie accrochée au mur, pour regarder de plus près le Chef suprême posant, tout sourire, à côté d'un missile moyenne portée. Le Suisse étudia l'ogive et marmonna une autre formule d'un air pensif. S'il avait prêté attentivement l'oreille, l'ingénieur aurait peut-être reconnu celles de la vitamine C et des sels de pâmoison… Pris au dépourvu, il se dit qu'il y avait peut-être de l'espoir.

À treize heures cinquante-neuf, il fut temps de passer à l'action. Allan avait si bien assommé d'ennui le directeur que celui-ci ne protesta même pas quand il le pria de procéder à une nouvelle vérification inutile dans la chambre froide. Cette fois, la date limite d'utilisation de l'eau distillée. Pour chaque bouteille.

Quand le directeur fut hors de vue, Allan lança :

— Je pense qu'on peut y aller, maintenant. Il ne ressortira pas avant quelques minutes.

À la sortie du laboratoire, Allan ouvrit sa mallette sur le bureau du vigile.

— Ce n'est pas le bon shampooing. Il ne sent pas assez la lavande, ou un truc du genre. L'ingénieur a l'œil pour la qualité. Attendez-vous à un nouveau paquet demain.

Avant que le garde ait pu examiner de plus près l'emballage familier, Allan avait retiré son manteau.

— Vous feriez mieux de contrôler soigneusement mes poches, il m'est arrivé plus d'une fois d'y glisser des bricoles sans m'en souvenir ni savoir pourquoi. Une fois, après avoir fait les courses, j'y ai trouvé un cadenas. Aujourd'hui encore je ne sais pas à quoi j'avais l'intention de l'accrocher.

Le vigile entreprit d'inspecter le vêtement quand Julius se trouva soudain près de lui.

— Pareil pour moi. Mais je suis plutôt porté sur les briquets.

Le regard de l'homme alla d'un manteau à l'autre, tandis qu'Allan refermait calmement la mallette.

— Mais nous ne pouvons pas rester ici toute la journée à papoter, quoique votre conversation soit fort agréable. Le Chef suprême nous attend. Vous avez fini avec les manteaux ? Très bien. Viens, Julius.

Les deux hommes se dirigèrent vers la voiture avec chauffeur, Julius avec empressement, Allan à son rythme habituel. Le véhicule se mit en route tandis que le vigile essayait de démêler les cadenas des briquets, du Chef suprême et des événements.

Trente secondes plus tard, l'ingénieur surgit dans l'entrée. Plus furieux que jamais.

— Où sont passés ces espèces d'imbéciles ?

— Ils viennent de partir, monsieur le directeur.

— Magnifique. Demain, je tords le cou à Karlsson.

Le chauffeur était étonné que les deux hôtes étrangers veuillent retourner à l'hôtel alors qu'il n'était que quatorze heures.

— Pas à l'hôtel, mon cher je-ne-connais-pas-votre-nom. Nous passons d'abord prendre le Chef suprême au palais, pour une entrevue capitale. C'est chouette, hein ?

Le chauffeur blêmit. Pour un fonctionnaire coréen, prendre en voiture le Chef suprême revenait à faire un tour avec Jésus-Christ sur le siège passager pour un pasteur suédois. L'anonyme avait pour ordre de ramener les deux étrangers à l'hôtel et nulle part ailleurs, mais le palais était sur leur route.

— Je comprends votre nervosité, dit Allan. Mais je connais bien le Chef suprême, il est très sympathique. En fait, il n'y a qu'une chose qui le mette en colère. Ou deux, en comptant les États-Unis.

L'homme s'enquit avec inquiétude de la première chose.

— La saleté. La poussière, les détritus, la crasse. Je me souviens de ce pauvre assistant qui avait renversé un verre de jus de fruits sur... Enfin bon, inutile d'en dire plus. Paix à son âme. Maintenant, je vous prie de mettre un peu la gomme, pour ne pas faire attendre le Chef suprême.

Le chauffeur accéléra. En suédois, Allan dit à Julius de passer à l'action.

— Pas si vite, se plaignit Julius au chauffeur. J'ai mal au cœur.

— Je vous ai bien dit que nous étions pressés ? objecta Allan.

Impossible d'accélérer et de ralentir en même temps. Le chauffeur décida que le Chef suprême était plus important que le pépé à l'arrière. Sur l'autoroute déserte, Julius gémit encore une fois qu'ils allaient trop vite. Le chauffeur anonyme continua à l'ignorer, encouragé par Allan qui énumérait les qualités du Chef suprême, et son dégoût de la crasse.

— Je dois dire que votre voiture est incroyablement soignée. Le Chef suprême sera très satisfait. L'avantage, c'est qu'il vous demandera peut-être de vous présenter, et nous apprendrons enfin votre nom.

Le chauffeur anonyme lâcha le volant d'une main pour astiquer le tableau de bord déjà reluisant.

— Je ne me sens pas bien, geignit Julius en attrapant prudemment, à ses pieds, la boîte qui contenait désormais une bouillie visqueuse de muesli et de lait.

Soudain, le chauffeur anonyme entendit le pire bruit qu'il ait jamais entendu au cours de ses cinquante-deux ans. Julius simula une régurgitation pénible tout en vidant la mixture entre les sièges avant, sur le dossier et la nuque du chauffeur. Saisi de panique, celui-ci braqua à cent quatre-vingts degrés, pila sur une aire d'arrêt sur la voie opposée et se jeta hors de la voiture. Quelle était l'ampleur des dégâts ?

À cent un ans, on n'est plus très souple, si on l'a jamais été. Malgré tout, Allan parvint à refermer et verrouiller la portière du conducteur. Julius abaissa les loquets à l'arrière puis, avec quelques contorsions – il avait tout de même près de soixante-dix ans –, il s'assit au volant.

— Bien, voyons comment fonctionne cet engin, dit-il en passant une vitesse et en mettant le véhicule en mouvement.

— Nous allons dans l'autre direction, lui rappela Allan.

Les deux amis firent demi-tour un peu plus loin sur l'autoroute déserte, croisant le chauffeur le plus ébahi de la péninsule coréenne. Allan descendit la vitre passager.

— Adieu. Inutile de venir nous chercher demain. Mais vous n'avez plus de voiture pour passer nous prendre, maintenant que j'y pense.

Leur route les emmena en direction du sud, vers l'aéroport international de Susan. Allan dit qu'ils étaient largement en avance. Julius n'avait pas besoin de conduire comme l'ancien voleur de voitures qu'il était. Le risque d'être ralenti par les bouchons semblait faible. Ou par la circulation tout court.

Julius acquiesça et demanda à son ami s'il avait réfléchi à la stratégie à appliquer à l'arrivée. Cependant, Allan était retombé sous l'influence de sa tablette noire.

— Tiens donc. À l'heure où tu conduis, les femmes auront bientôt le droit d'en faire autant en Arabie saoudite. Salman ben Abdelaziz al-Saoud me paraît un type pragmatique. Pas étonnant que les Saoudiens siègent à la Commission de la condition de la femme des Nations unies.

— Tu ne peux pas poser ta foutue machine à nouvelles et réfléchir une seconde à notre survie ? cracha Julius, à nouveau désespéré.

— D'un autre côté, tout est relatif, poursuivit Allan. Le prince est wahhabite, et les wahhabites sont opposés à presque tout, à ce que j'ai compris. Aux chiites, aux juifs, aux chrétiens, à la musique et à l'alcool. Tu as déjà entendu une chose pareille ? Être contre l'alcool !

Julius répondit par un juron.

— Dis-moi plutôt ce que nous allons faire ! Est-ce qu'on démolit le grillage pour rouler jusqu'à l'avion de la ministre ? Si on se fait arrêter, c'est la fin ! Est-ce que nous suivons la route classique ? Dans ce cas, qu'est-ce qu'on raconte aux gardes derrière la barrière ? On leur tire dessus ? Avec quoi ? Merde, Allan !

Le centenaire éteignit sa tablette noire et cogita un moment.

— Ne ferait-on pas mieux de se garer au dépose minute, de prendre la mallette, nos passeports diplomatiques et de nous enregistrer ?

Un des guichets se distinguait des autres. Un peu à l'écart, il était surmonté d'un panneau au cadre doré avec quelques mots en coréen et, en dessous, la version anglaise : « Premium Check-In ». Allan salua, se présenta comme représentant spécial de l'ONU et diplomate du royaume de Suède, et demanda si l'avion de la ministre des Affaires étrangères Wallström était déjà prêt pour l'embarquement. L'employé au guichet examina les passeports d'Allan et de Julius.

— Ah, je n'ai aucune information sur votre...

— L'information n'est pas précisément le but de la diplomatie, l'interrompit Allan. Les gens comme nous restent en coulisse. Auriez-vous l'amabilité de nous indiquer comment rejoindre l'appareil ?

Non, l'homme n'était pas disposé à se montrer aimable.

— Un instant, dit-il en se levant.

Julius trouvait qu'Allan se débrouillait bien, mais la partie n'était pas encore gagnée. Au bout d'une minute, un homme en uniforme arriva et leur demanda en quoi il pouvait leur être utile.

— Bonjour, colonel, dit Allan.

— De quoi s'agit-il ? s'enquit celui qui était en fait le responsable de la sécurité de l'aéroport.

— Est-ce vous qui devez nous conduire à l'avion de la ministre Wallström ? Parfait ! Pourriez-vous porter mon bagage pour moi ? Nous voyageons léger, mais je suis vieux et faible, dit Allan en posant la mallette d'uranium sur le guichet.

— Je ne vous conduirai nulle part avant que vous m'ayez expliqué qui vous êtes, répliqua le responsable, méfiant.

À cet instant, un miracle se produisit.

— Messieurs les attachés Karlsson et Jonsson ! Vous êtes déjà là ? Magnifique ! s'écria Margot Wallström en approchant à grands pas. J'arrive tout juste de mon déjeuner diplomatique avec le Chef suprême. Nous avons parlé presque exclusivement de vous, monsieur Karlsson. Il vous transmet ses meilleurs vœux à vous et votre confrère, et vous invite ardemment à revenir quand vous en aurez l'occasion.

Le responsable de la sécurité pâlit. Il savait qui était Mme Wallström pour l'avoir lui-même accueillie deux jours plus tôt.

— Alors, qu'est-ce que vous en dites ? lança Allan. Vous vous occupez de ma mallette ?

Deux secondes de réflexion. Cinq. Dix.

— Bien entendu, monsieur.

Puis, il prit en charge la ministre et émissaire de l'ONU, ses attachés, la valise de la première et la mallette des seconds, leur faisant franchir tous les contrôles de sûreté, et les mena jusqu'à l'appareil prêt à décoller.

Au bout de dix-huit minutes, avec trente-six d'avance sur l'horaire prévu, l'avion de la ministre suédoise des Affaires étrangères quitta l'espace aérien nord-coréen avec deux passagers de plus qu'à son arrivée. Trois heures plus tard, le dirigeant nord-coréen Kim Jong-un fut saisi d'un accès de colère d'une intensité rare. Et il ne savait pas encore que la mallette dans les locaux du laboratoire contenait à présent divers articles de toilette agréablement parfumés, car l'ingénieur de la centrale à plutonium s'était pendu dans sa chambre froide. Il venait de constater que la première formule de Karlsson était celle des bas Nylon. Le chauffeur sans nom ni voiture, quant à lui, dut patienter vingt-cinq minutes au bord de l'autoroute avant de voir arriver un camion, sous lequel il se jeta. Le responsable de la sécurité de l'aéroport ne ressentait, pour sa part, aucune envie suicidaire, mais ne vécut que deux jours de plus avant d'être exécuté après un procès sommaire.

États-Unis

Le service à bord de l'avion était excellent. Allan but une vodka Coca, Julius un gin-tonic et Margot Wallström un verre de vin blanc.

— Bel avion, observa Julius. Prêté par le gouvernement suédois, je présume. Comme je suis content de rentrer au pays !

La ministre sirota son vin blanc et répondit que l'engin appartenait aux Nations unies.

— Vous devrez patienter encore un peu pour retourner en Suède. Le président Trump m'attend au siège de l'ONU et je viens d'apprendre qu'il veut également vous rencontrer, monsieur Karlsson. Mes collègues au Conseil de sécurité m'ont avertie que son humeur n'est pas au beau fixe – à moins que le beau fixe chez lui soit justement la colère noire.

— Eh bien, eh bien, fit Allan. Qui aurait cru que j'allais encore rencontrer un président américain avant de casser ma pipe ?

— Vous en avez déjà rencontré un, monsieur Karlsson ? s'étonna la ministre Wallström.

— Non, deux.

L'avion atterrit à l'aéroport John F. Kennedy et fut traité avec le respect dû à tout appareil des Nations unies. On escorta Margot Wallström, Allan et Julius jusqu'à une Lincoln noire garée sur le tarmac, qui les conduisit à la file VIP d'entrée sur le territoire des États-Unis d'Amérique.

Steve Bannon, conseiller stratégique du Président, faisait les cent pas. Il était énervé pour toutes sortes de raisons. Un peu parce qu'on l'envoyait ici comme un simple coursier, mais surtout parce que, plus tôt dans la journée, il avait subi les foudres de Donald Trump pour avoir botté le train au gendre de celui-ci au sujet de sa politique moyen-orientale. Comme il ne pouvait pas crier devant le Président sans risquer d'être congédié, il avait besoin d'évacuer son stress sur quelqu'un d'autre.

— Ne commencez pas à chicaner, dit-il à la fonctionnaire de l'immigration. Le Président va s'impatienter.

La femme se sentit nerveuse à l'idée de faire perdre son temps au Président, mais elle ne bâcla pas sa tâche pour autant. Deux des trois diplomates n'avaient pas de formulaire Esta.

— Ce sont des diplomates, bon sang, grommela Steve Bannon.

— C'est possible, dit la femme, mais je dois tout de même faire mon travail.

— Alors dépêchez-vous.

La fonctionnaire dut fouiller un certain temps dans le système informatique de l'immigration et passer un coup de téléphone avant d'autoriser les attachés Jonsson et Karlsson à entrer sur le territoire. Ils n'avaient aucun antécédent suggérant qu'ils étaient des ennemis de la nation. Ils n'étaient même pas nés à Téhéran.

— Bienvenue aux États-Unis, dit-elle finalement.

— Merci, dit Allan.

— Merci, dit Julius.

— Suivez-moi ! aboya Steve Bannon.

— J'espère que le Président n'est pas aussi en colère, murmura la ministre Wallström.

Malheureusement, si.

La mallette d'Allan aurait peut-être dû attirer l'attention, mais les bagages cabine sont normalement vérifiés à l'aéroport de départ. Et les trois arrivants, tous diplomates, avaient voyagé dans un avion des Nations unies. Et puis il y avait eu les aboiements de Steve Bannon pour faire avancer la procédure.

Quoi qu'il en soit, les États-Unis d'Amérique avaient maintenant quatre kilos d'uranium enrichi sur les bras. Et ils n'en avaient pas la moindre idée.

Julius s'en aperçut dans la limousine qui les emmenait au siège des Nations unies. Il se souvint aussi qu'Allan n'avait pas informé Wallström de ce qu'il transportait.

— Qu'est-ce que tu as l'intention de faire de ça ? souffla-t-il pendant que la ministre s'entretenait au téléphone.

— Ça pourrait faire un beau cadeau au Président, dit Allan, puisqu'il a l'air aussi enthousiaste que moi à l'idée d'une rencontre. Mais garde la mallette pour le moment, ce n'est pas correct de débouler sans prévenir au siège de l'ONU avec de l'uranium enrichi.

Julius se tortilla.

— Ne t'inquiète pas, le rassura Allan. J'ai pensé à tout.

La ministre raccrocha et la limousine arriva à destination. Julius fut envoyé vers un banc public non loin de là et Allan lui promit de revenir vite. Quand Wallström et lui s'approchèrent du contrôle de sécurité, elle en profita pour adresser un conseil au centenaire. Ou peut-être une supplique. Visiblement tendue, elle lui suggéra d'être plus accommodant que lors du dîner avec Kim Jong-un.

— Accommodant, répéta Allan. Absolument. C'est le moins que je puisse faire pour Mme la ministre qui nous a sauvé la vie et le reste.

États-Unis

Donald John Trump était né à New York le 14 juin 1946, un an jour pour jour après que le citoyen suédois Allan Emmanuel Karlsson eut donné aux États-Unis la solution à leurs problèmes de fabrication d'une bombe atomique.

Les deux hommes avaient plus en commun qu'il y paraissait. Allan avait hérité d'une cabane sans eau courante ni isolation, en pleine forêt, en dehors de Malmköping, et le jeune Donald, de vingt-sept mille appartements à New York City. Les fistons traversèrent ensuite une période funeste. Allan fit exploser sa cabane ; Donald fit à peu près la même chose avec l'empire immobilier de son père et fut sauvé de la faillite grâce à plusieurs banquiers charitables.

Un autre de leurs points communs était d'avoir réfléchi au sens de la vie au même moment, chacun de son côté : Allan à Bali, avant d'être ensorcelé par une tablette noire et de partir à la dérive dans une montgolfière, Donald dans une grande maison blanche à Washington, entouré d'idiots et d'ennemis.

Être président des États-Unis n'était pas aussi marrant que l'avait cru Donald Trump. Un de ses passe-temps préférés consistait à virer des gens. Quand il le faisait dans son entreprise ou à la télé, il récoltait crainte et respect, mais dès qu'il coupait une ou deux têtes à la Maison-Blanche (ou treize, selon la façon de compter), les médias corrompus insinuaient qu'il était instable. Autre terrible déconvenue, les Républicains – son propre clan – ne lui obéissaient pas, et la loi était rédigée en des termes qui l'empêchaient de les virer aussi. Et ces fichues accusations de racisme ! Comme cette rumeur disant que son père, Fred, aurait été arrêté dans une marche du Ku Klux Klan dans l'arrondissement de Queens, à une époque antédiluvienne... Premièrement, c'était faux. Deuxièmement, il avait été relâché tout de suite, alors pourquoi en faisait-on tout un plat ? La pire des choses était qu'un président n'avait plus le droit de dire la vérité. Chacun sait pourtant que les Mexicains sont des violeurs ! Et que les musulmans sont encore pires, tous autant qu'ils sont...

Il y avait aussi des rayons de lumière, bien sûr. Le Président avait beaucoup de choses à dire. Si besoin, il pouvait provoquer une guerre, armée ou verbale. Celle contre les « *fake media* » avait commencé. Donald Trump se targuait d'être à l'origine du mot « *fake* ». Quiconque invente des mots peut leur donner le sens qui l'arrange. En l'occurrence, les « *fake news* » étaient tout ce que Trump n'aimait pas lire, entendre ou voir.

En ce qui concernait la vraie guerre, c'était un peu plus complexe. Les dirigeants des autres pays se révélaient aussi difficiles à renvoyer que les membres du Congrès. Il ne lui restait que la menace de leur faire la peau à coups de bombes. Cette approche fonctionnait dans le monde de l'entreprise, en remplaçant « bombes » par « procès ». Mais quand l'adversaire était un dément narcissique, haut comme trois pommes, avec l'arme nucléaire dans la poche, mieux valait réfléchir à deux fois. Ce n'était pas le point fort de Donald Trump, il l'admettait. Son temps était trop précieux pour ça. D'ailleurs, le narcissique nord-coréen lui rappelait quelqu'un, mais qui ?

Bon, Trump savait que la moitié du pays était de son côté tant qu'il menait la partie. La seconde était irrécupérable, il devait donc mobiliser les siens. Donald Trump avait toujours pris soin de ses amis, en particulier ceux qu'il ne pouvait pas virer. Ses potes du lobby des armes, par exemple. Une nouvelle réglementation serait une mauvaise stratégie. Il était fâcheux qu'un psychopathe vienne d'abattre près de soixante personnes à Las Vegas, en employant vingt-trois armes différentes. Selon la loi de l'emmerdement maximal, Trump se retrouverait bientôt avec une fusillade en milieu scolaire sur les bras. En outre, le Président devait constamment rappeler à la population les menaces extérieures. Pour plus de sûreté, il en ajoutait quelques-unes de sa propre invention. Tout son cercle rapproché avait signé le papier sur la construction d'un mur à la frontière du pays rempli de violeurs.

La guerre était aussi un bon facteur de mobilisation. Dans l'ensemble, il remportait chaque jour la guerre de Twitter. Restait l'autre, contre le petit homme aux missiles.

Le narcissique.

Qui lui rappelait-il donc ?

Si le chef de cabinet Reince Priebus accompagnait le Président à New York pour l'entrevue, avec notamment leur ambassadrice aux Nations unies, Nikki Haley, ce n'était pas pour rien. Les récents événements en Corée du Nord étaient extrêmement préoccupants – d'autant qu'il devait maintenant prendre garde à ne pas perdre son boulot. Il avait commis l'erreur de signaler au Président que son armada de vaisseaux américains dirigée vers la Corée du Nord n'était pas assez imposante pour mériter ce nom et que, en plus, elle faisait route vers l'Australie. Le chef était devenu fou furieux et avait accusé Priebus d'avoir laissé filtrer la vérité auprès de ce ramassis de menteurs du *New York Times*.

En plus des déclarations du Président qui tendaient à manquer de rigueur, chaque insulte à Kim Jong-un ne faisait qu'aggraver la situation. Mais tenter d'aborder le sujet serait pire que tout.

Priebus informa le Président que la représentante du Conseil de sécurité, la ministre Wallström, était arrivée à l'immeuble des Nations unies. Comme l'avait demandé le Président, elle était accompagnée de l'expert suisse en armement nucléaire, le Suédois Allan Karlsson.

— Dois-je… ?

— Fais-les venir, ordonna le président Trump.

— Bonjour, monsieur le Président, dit Margot Wallström.

— Pareil, fit Allan.

— Asseyez-vous, dit le Président. Commençons par vous, madame Wallström. Qu'est-ce que vous aviez dans la tête quand vous avez entamé cette visite à Pong… Piyong… en Corée du Nord avec une conférence de presse ? Les conférences sont une plaie, et les nord-coréennes encore plus.

Margot Wallström répondit qu'elle n'avait pas eu le temps de se servir de ce que contenait sa tête. Elle avait été conduite directement de l'aéroport à ce spectacle télévisé qu'avaient vu le Président et le reste du monde.

— Nous avons été bernés par Kim Jong-un, c'est aussi simple que cela, conclut la ministre. En tant que représentante des Nations unies, je suis la première à le déplorer.

— *Vous* avez été bernés, corrigea le Président. Le petit homme aux missiles ne m'en contera pas à moi.

La ministre des Affaires étrangères présenta ses excuses. Cela dit, elle n'était pas certaine que le qualificatif de « petit homme aux missiles » permette d'établir un climat de dialogue avec la Corée du Nord. Dans son rapport au secrétaire général, elle consacrait un chapitre entier au poids des éléments de langage.

— Si vous en voulez une copie, monsieur le Président, je peux immédiatement…

— Un chapitre ? Qui va s'embêter à lire ça ? Hein, qui ? Répondez plutôt à mes questions.

Margot Wallström ne se souvenait pas que le Président en ait posé, en dehors de celle sur ce qu'elle avait dans la tête. Ce qui était difficile à dire.

— Je vais faire de mon mieux, *mister President*. Puis-je vous présenter M. Karlsson ? Contrairement aux déclarations récentes, il n'est pas suisse mais suédois. Et il n'a pas aidé la Corée du Nord dans sa recherche de…

— Qui êtes-vous ? l'interrompit le Président en se tournant vers Allan.

Allan se demandait la même chose au sujet de l'homme qui lui faisait face. Était-il vraiment président ou bien seulement fou ? Enfin, l'histoire avait montré qu'on pouvait être les deux à la fois.

— Je m'appelle Allan Karlsson, comme Mme la ministre vient de vous le dire. Je suis suédois, elle l'a précisé aussi, et je n'ai pas aidé la Corée du Nord, j'ai plutôt mis la pagaille. Voilà qui je suis, en bref. Bien sûr, je peux vous donner plus de détails.

— Il paraît que vous avez reçu la médaille de la Liberté, lança Donald Trump. Mais c'est du passé. J'ai bien l'intention de la reprendre si vous ne répondez pas correctement à mes questions. De la reprendre !

— Si vous en posez, je promets de faire de mon mieux. Cependant, je vais avoir du mal à vous rendre la médaille. Elle a mystérieusement disparu en 1948, dans un sous-marin en route pour Leningrad. Peut-être un coup des Russes. Il n'y a qu'à demander à l'autre à Moscou, Poutine. J'ai cru comprendre que vous étiez en contact.

Le président Trump resta interdit. Un sous-marin ? En 1948 ?

Allan en profita pour continuer son laïus :

— Mais je vais répondre de façon raisonnée. J'ai l'habitude, je vous le dis. Truman voulait tout savoir sur la bombe atomique. Juste après, c'était Nixon, mais il s'intéressait surtout à la politique en Indonésie, puis aux écoutes et tout. J'ai raconté ce que je savais et Nixon s'en est largement inspiré. Quoi que vous souhaitiez apprendre, je me tiens à votre disposition. Je suppose que l'art de faire de l'alcool à partir de lait de chèvre n'est pas votre préoccupation première. Dans votre cas, c'est plutôt le lait de chèvre, non ?

Allan avait lu sur sa tablette noire que le pauvre commandant en chef américain était abstinent depuis sa naissance. Trump garda le silence quelques instants.

— Vous parlez trop, dit-il. Racontez-moi plutôt ce que vous avez fait en Corée du Nord et pourquoi vous avez aidé ce fou avec son programme nucléaire.

— Je n'ai aidé aucun fou. Nixon ne compte tout de même pas, si ? Je suis arrivé en Corée par hasard avec mon ami Julius. Nous avons été secourus en mer

180

par un bateau qui retournait à son port d'origine, près de Pyongyang. Cerise sur le gâteau, l'alcool était prohibé à bord, comme ici. Le capitaine s'appelait Park. Peut-être que vous le connaissez ?

Le président Trump essaya d'identifier une quelconque substance dans les explications du vieux, sans succès.

— Venez-en aux faits, enfin ! Que savent les Coréens qu'ils ignoraient avant votre ingérence ?

Allan commençait à éprouver de l'antipathie pour cet homme colérique. Qu'est-ce qui ne tournait pas rond chez lui ? Il s'apprêtait d'ailleurs à poser la question quand il se rappela avoir promis à la charmante Mme Wallström d'être accommodant.

— Mon éventuelle ingérence signifie plutôt que les Coréens en savent moins aujourd'hui qu'hier. Je leur ai fourni quelques formules, c'est vrai. Notamment une sur le traitement des eaux usagées, si je me souviens bien. Ce n'est pas avec cela qu'on déclenche une guerre.

— Les eaux usagées ?

— Elle permet aussi de blanchir les vêtements. Quoi qu'il en soit, grâce à l'aide inestimable de Mme la ministre, nous avons réussi à fuir avant qu'ils découvrent que mes formules ne leur seraient d'aucune utilité. Selon moi, mon seul crime est peut-être mon naufrage au large de l'Indonésie. Si vous estimez cette raison suffisante pour me reprendre ma médaille, il ne reste plus qu'à la retrouver, monsieur le Président.

À peine Allan avait-il prononcé ces mots qu'il songea qu'ils n'étaient pas spécialement accommodants.

— Est-ce que vous m'autoriseriez une petite réflexion personnelle, comme ça en passant ? demanda-t-il pendant que Donald Trump s'interrogeait sur la manœuvre suivante.

— Laquelle ?

On pouvait toujours essayer.

— Votre coiffure est extrêmement belle.

— Extrêmement belle ?

— Votre personne tout entière, en fait. Mais surtout votre coiffure.

Le Président lissa son paillasson de cheveux blond orangé. Sa fureur habituelle s'évanouit sur-le-champ.

— Vous n'êtes pas le premier à me le dire. Pas le premier, dit-il avec satisfaction.

Les choses pouvaient être si simples ! Allan se promit de s'exercer à être plus accommodant la prochaine fois qu'il croiserait un président américain.

Si Donald Trump y réfléchissait, le Suédo-Suisse était plutôt sympathique. D'un caractère intéressant. Et doté d'un bon jugement.

Le Président regarda l'heure.

— Je dois aller m'occuper de quelque chose d'important, je n'ai plus de temps à vous consacrer.

Margot Wallström se leva pour clore cette entrevue dont elle se serait bien passée. Vu son âge, Allan était un peu plus lent.

— Un moment, lança Donald Trump, qui n'hésitait jamais longtemps à mettre en application ses idées subites. Est-ce que vous jouez au golf, monsieur Karlsson ?

— Non, monsieur. J'ai eu un ami qui jouait de l'harmonica. Autrefois. Après sa mort, il ne jouait plus rien du tout. Il a reçu une balle dans la tête lors de la guerre civile. Vachement embêtant. C'était il y a un bail.

Donald Trump se demanda de quoi Karlsson parlait. Il n'était tout de même pas assez vieux pour avoir vu la guerre de Sécession, si ? Bah, peu importe. Il serait intéressant de le garder encore un peu sous le coude.

Le Président avait été invité à une partie de golf, en dehors de New York, par un de ses meilleurs amis : un magnat de l'immobilier qui avait investi sept cent mille dollars dans sa campagne électorale et avait hâte d'obtenir un rabais de 6,2 millions de dollars d'impôts fonciers. Quoi de mieux pour fêter cela qu'un parcours de dix-huit trous ? Malheureusement, le magnat se trouvait cloué au lit par une maladie virale et une forte fièvre. Trump n'aimait pas annuler ses projets. Le golf restait le golf, et la perspective de passer la journée enfermé dans un bureau d'emprunt au siège de l'ONU n'était pas une option valable. Chaque fois qu'il libérait son emploi du temps, l'univers se liguait contre lui.

Il aurait sa partie de golf, et Karlsson était convié à l'accompagner pour papoter un peu. S'il voulait se rendre utile, il pourrait garder un œil sur le caddie portoricain. Dans l'ensemble, les Portoricains n'étaient pas plus voleurs que d'autres, mais ils avaient tendance à tirer au flanc.

— J'ignore si j'ai les capacités de contrôler les Portoricains, mais nous n'allons pas tarder à l'apprendre, répondit Allan. Si vous désirez mon humble compagnie, je ne serai pas homme à m'y opposer, monsieur le Président. Je dois admettre que je l'ai fait en quelques occasions, quand les circonstances m'ont amené auprès de divers dirigeants de la planète. Cela s'est rarement bien terminé.

Voilà que le vieux recommençait à faire le difficile. Mais il avait encore du charme. Du charme.

— Dans ce cas, c'est décidé, dit le Président. Merveilleux !

Il pria la ministre Wallström de sortir, avec la consigne d'être un peu plus prudente à l'avenir.

— Merci d'être venue. Vous pouvez repartir.

— C'est moi qui vous remercie, répondit Margot Wallström.

Diplomate un jour, diplomate toujours.

Pour se rendre de Manhattan au terrain de golf juste à côté, le président des États-Unis n'emprunte pas un taxi ni un Uber. Il prend l'hélicoptère. L'appareil attendait sur le toit de l'immeuble de l'ONU. Trump et Allan furent escortés par cinq agents du Secret Service, dont trois montèrent à leur suite. Cinq autres les avaient devancés au terrain de golf pour sécuriser la zone avec le concours d'un grand nombre de policiers locaux.

Lorsqu'il grimpa dans l'hélicoptère, Allan eut une brève pensée pour Julius. Le temps était doux pour la saison. Son ami pourrait patienter sans problème, sur son banc public au soleil. Combien de temps durait une partie de golf ? Une heure ?

Pendant qu'ils survolaient Manhattan et Queens, le Président désigna à Allan toutes les propriétés qu'il avait reçues en héritage, achetées ou vendues au fil des années. Et d'autres, qu'il n'avait obtenues d'aucune de ces façons. Puis il détailla ses intentions au sujet de la taxe foncière, de cette assommante réforme de la santé, de divers accords de libre-échange et de la décadence généralisée. Au passage, il donna un chiffre fantaisiste du chômage et promit à Allan de le diviser par deux – ce qui le ramènerait à son taux véritable.

Allan écoutait attentivement. Il avait lu suffisamment d'articles sur sa tablette pour s'apercevoir que le Président exagérait ou inventait aussi souvent qu'il tombait juste.

L'hélicoptère atterrit. Donald Trump et sa dame de compagnie centenaire suédo-helvétique mirent pied à terre à quelques mètres du premier tee. Le Président ne faisait pas la queue. Le trou était un par 4 sur trois cents mètres. Le terrain était légèrement incliné vers la gauche, avec un large fairway et un profond bunker sur la droite.

— Alors ? fut le seul mot que Trump adressa au caddie portoricain.

Celui-ci conseilla au Président de se positionner en zone sûre au milieu du fairway pour une meilleure frappe en direction du green. Le Président n'était pas suffisamment adroit pour que la balle atterrisse toujours au bon endroit. Comme cette fois-ci. Le coup, dévié par le vent, était cependant meilleur que prévu.

— Espèce de foutu incapable ! cracha le président Trump au malheureux caddie. Foutu incapable !

Allan ne connaissait rien au golf, mais il trouvait que le joueur avec le club entre les mains portait la responsabilité de la trajectoire de la balle qui avait atterri dans le bunker. Et, surtout, la manie du Président de se répéter comme un disque rayé le fatiguait. Il ne serait sans doute pas accommodant de le souligner, mais Wallström n'était plus là.

— Pourquoi est-ce que vous répétez tout deux fois ? lança Allan.

— De quoi ? lâcha le Président.

Le centenaire se trouvait maintenant face à un dilemme.

— Au risque de me rendre coupable du même défaut, je me demandais pourquoi vous répétez tout deux fois. Surtout que la plupart du temps, ce n'est même pas vrai.

— Pas vrai ? Pas vrai ? éructa le Président, revenant instantanément à son humeur du début de leur entrevue. Je vois, vous êtes un lèche-bottes du *New York Times*, sale rat !

Certains golfeurs sont plus susceptibles que d'autres après un coup dans un bunker.

— Non, monsieur le Président. À mon âge, on a le dos trop raide pour lécher des bottes, répondit Allan. Je me demande juste, premièrement, pourquoi vous détestez tant la vérité ; deuxièmement, ce que le Portoricain, feignant ou non, y peut si vous envoyez votre balle dans un fossé ; et, troisièmement, pourquoi vous vous sentez obligé de répéter vos âneries juste après les avoir débitées.

Certains golfeurs sont encore plus irritables que les mauvais perdants piégés au fond d'un bunker. Le président Trump était probablement de ceux-là.

— Espèce de foutu je-ne-sais-pas-quoi ! éructa-t-il. On vous invite à une…

Une partie de golf, s'apprêtait-il à dire, mais Allan n'était qu'un surveillant de caddie portoricain…

— À une quoi, monsieur le Président ? À une quoi ?

Les singeries d'Allan rendirent le Président encore plus furieux. Il tendit d'un air menaçant son fer 5 vers le vieux, s'étouffant de rage. Le Président devrait apprendre à maîtriser ses impulsions, observa Allan.

— Mes impulsions ? Personne ne maîtrise ses impulsions mieux que moi. Personne !

Sur ces mots, le Président lança son fer au-dessus de la tête du Portoricain, qui, par chance, était peut-être aussi feignant que l'avait affirmé le Président, car il venait de s'asseoir par terre.

— Il n'y a pas plus stable que moi !

— Bon, j'ai eu le temps de compter sept trucs loufoques pendant notre petit voyage aérien. Huit, avec le coup dans le fossé juste après l'atterrissage. Rien qu'en vous abstenant de tout répéter, vous mentiriez deux fois moins.

Donald Trump n'en croyait pas ses oreilles. Il était communiste, ce vieux con ! Le président des États-Unis ne fraternisait pas avec ce genre de type.

— Disparaissez ! ordonna-t-il.

— Avec le plus grand plaisir, monsieur le Président. Une dernière réflexion. Je ne sais pas grand-chose sur les thérapies et les traitements modernes, mais à votre place j'essaierais de boire un cocktail. Vous avez plus de soixante-dix ans, non ? Tout ce temps sans alcool, ça détraquerait n'importe qui.

Ce qui conclut la réunion entre les deux hommes. Un agent du Secret Service s'interposa entre le Président et son hôte, un autre prit Allan par le bras en disant qu'il allait le ramener immédiatement au siège de l'ONU.

— Je vous aide à monter. Venez !

— On ne peut pas attendre une minute ? demanda Allan. Ce serait marrant de voir comment il compte se sortir du fossé.

États-Unis

Allan retrouva son ami là où il l'avait laissé une bonne heure plus tôt, sur un banc public face au siège de l'ONU, la mallette nord-coréenne sur les genoux. Leur arrivée aux États-Unis était un pas dans la bonne direction, mais l'idée que la possession d'uranium enrichi pouvait leur valoir plusieurs siècles de prison avait ravivé l'inquiétude de Julius.

— Comment s'est passée l'entrevue ? lança-t-il quand Allan s'approcha.

— Plutôt accommodante.

— Bien. Dans ce cas, nous allons être débarrassés de ce truc ? demanda Julius en levant la mallette.

— Non, ce n'était pas accommodant à ce point. Trump n'aura pas l'uranium, lui-même est à deux doigts d'exploser tout seul.

— Quoi ? Mais qu'est-ce qu'on va en faire ? Et comment on va se sortir de là ? Tu as dit que tu avais tout prévu. Qu'est-ce que ça signifie, au juste ?

— J'ai dit ça ? Bah, je raconte beaucoup de bêtises, à mon âge. Je ne sais pas, mon cher Julius, mais tout va s'arranger. Je peux m'asseoir à côté de toi ?

Allan n'attendit pas la réponse qu'il était de toute façon certain de ne pas recevoir, et déclara qu'il était bien agréable de se reposer un peu les jambes. Les couloirs de l'immeuble des Nations unies étaient longs et nombreux. Sans oublier le décalage horaire et autres bizarreries. Julius ne se laissa pas distraire. Allan ne comprenait-il pas qu'ils n'arriveraient jamais à quitter les États-Unis avec quatre kilos d'uranium enrichi ? Leurs passeports diplomatiques n'empêcheraient pas l'alarme des détecteurs de se déclencher. Allan comprenait, maintenant que Julius en parlait.

— Si le Président était en colère aujourd'hui, poursuivit Julius, dans quel état crois-tu qu'il sera s'il apprend ce que nous avons apporté dans son pays ?

— Dans ce cas, nous devons nous débrouiller pour qu'il continue de l'ignorer.

Après un instant d'introspection, il demanda à Julius de lui donner la mallette, qu'il posa au bout du banc. Il la recouvrit de son manteau nord-coréen, cala la tête dessus et ferma les yeux.

— Je vois, tu vas te laisser mourir, persifla Julius en s'écartant un peu des chaussures sales d'Allan.

En réalité, Allan souhaitait juste souffler un peu. La journée avait été longue, d'autant plus qu'ils avaient atterri quelques minutes après avoir décollé. La planète était ainsi faite.

Allongé sur ce banc, le centenaire semblait à la fois fatigué et misérable, et puis il avait cette allure qu'ont les hommes extrêmement vieux. Moins d'une minute plus tard, une passante aux traits sud-américains voulut savoir si Allan allait bien. Le district de l'ONU était très cosmopolite. Allan refusa poliment l'aide qu'on lui proposait, assurant qu'il serait vite sur pied. Julius continua son monologue sur la mallette et l'avenir, mais Allan ne l'écoutait plus. Quand son ami était inquiet, il émettait rarement de nouvelles idées, et les anciennes ne réjouissaient personne.

Quelques minutes plus tard, un homme d'une soixantaine d'années, coiffé d'un chapeau, s'arrêta devant eux et demanda à son tour s'il pouvait les aider. Julius boudait, mais Allan savait ce qui lui manquait. Il demanda à l'homme s'il avait quelque chose à boire. Il venait de subir une entrevue avec le président américain et n'avait pas grand-chose à dire de cette brute colérique, à l'humeur plus inégale qu'une route de campagne nord-coréenne. Un homme qui, en plus, n'avait jamais goûté à l'alcool de toute sa vie.

— Le président américain ? répéta l'homme au chapeau. Trump ? Mon pauvre. Laissez-moi regarder si j'ai un remontant à vous offrir.

Il fouilla un instant dans sa sacoche et en sortit deux petites bouteilles enveloppées de papier brun.

— Ce n'est pas grand-chose, mais c'est mieux que rien. De l'Underberg. Bon pour l'estomac.

— Allan n'a aucun problème de digestion. Vous n'auriez rien pour sa tête ? ironisa Julius.

— Ça fera l'affaire, répondit Allan. Tout dépend de la proportion d'alcool, bien sûr.

Le digestif titrait sans doute quarante degrés ou plus, l'homme au chapeau n'avait pas vérifié. Il ne partait jamais à l'étranger sans en emporter quelques mignonnettes dans sa valise. C'était bon pour l'estomac, l'avait-il déjà précisé ?

Allan se redressa péniblement, accepta la petite bouteille et la vida d'un trait.

— Brrr ! fit-il, les yeux scintillants. Il faut s'accrocher à son chapeau pour boire ça.

L'homme sourit. Voyant la réaction d'Allan, Julius tendit vivement le bras vers le deuxième flacon. Il fut vite dans le même état que le centenaire. Tous deux observèrent avec satisfaction leur nouvel ami.

— Je suis l'ambassadeur Breitner, se présenta-t-il. Représentant de la République fédérale d'Allemagne auprès des Nations unies. J'ai encore une bouteille dans ma sacoche, mais je crois que je ferais mieux de la garder. Vous avez l'air prêts à vous battre pour l'obtenir.

— Peut-être pas à ce point, se défendit Allan. Nous ne sommes pas violents, cela mène rarement à quoi que ce soit. Julius voit presque tout en noir, mais ça s'arrête là.

Julius faillit illustrer sur-le-champ ces derniers mots, mais il décida de sourire comme son ami et l'homme au chapeau.

— Alors comme ça, vous travaillez à l'ONU. Dans ce cas, nous sommes collègues, dit Allan. Mon ami, qui semble moins fâché, et moi-même sommes les attachés diplomatiques de l'émissaire des Nations unies Margot Wallström, de Suède. Je m'appelle Allan et voici Julius. Un homme bon, au fond.

L'ambassadeur leur serra la main.

— Est-ce que vous avez faim, monsieur Breitner ? demanda Allan. Votre médicament miracle m'a mis en appétit. Vous êtes invité à nous accompagner au restaurant, en particulier si votre générosité va jusqu'à payer l'addition, car je viens de me souvenir que nous sommes sans le sou. Nous avions un briquet en or, mais nous l'avons échangé à Pyongyang contre du muesli et du lait.

Breitner appréciait déjà ses nouveaux compagnons, et il était curieux d'en savoir plus sur ce vieil homme décrépit qui sortait d'une entrevue malheureuse avec Trump. L'autre aurait peut-être aussi quelque chose d'intéressant à raconter. Et puis Breitner avait une longue expérience de diplomate et, en cette qualité, il était toujours en service. Pyongyang ? Ces deux gentlemen étaient une source d'informations potentielle.

— Mais oui, bien sûr. Je peux vous accorder une heure, voire un peu plus. Et la République fédérale paiera l'addition, nous en avons les moyens.

L'ambassadeur Breitner connaissait un établissement sympathique sur la Deuxième Avenue. Ce n'était pas très loin à pied, même pour Allan. Le local servait escalopes, bière allemande et eaux-de-vie de fruit. L'ambiance était si bon enfant que, à la deuxième tournée, Breitner proposa à Allan et Julius de l'appeler Konrad.

— Avec plaisir, Konrad, fit Allan.

— Pour une fois, je suis d'accord avec Allan, Konrad, renchérit Julius.

Au cours du repas, l'ambassadeur apprit d'abord le fonctionnement de l'iPad (il omit de mentionner qu'il en possédait déjà deux), puis la culture des asperges. Au deuxième verre, la conversation s'orienta sur la façon dont Allan et Julius étaient arrivés en Corée du Nord et en avaient fui grâce à Mme Wallström. Konrad Breitner ne manqua pas de faire le lien entre le récit des deux amis et ce qu'il avait vu aux infos ces derniers jours. L'expert suisse en armement nucléaire était suédois ! Pas à proprement parler un traître à la patrie, donc, mais une fripouille quand il s'agissait de siffler des petits verres. Il en était déjà à son troisième, et ne cessait de râler : que venaient faire les fruits dans son schnaps ?

Julius était loin d'avoir le talent d'Allan pour prendre les événements comme ils venaient. La mallette d'uranium enrichi à ses pieds le tourmentait, et, à mesure que le nombre de verres vides augmentait, il était de plus en plus convaincu que l'ambassadeur Konrad s'y intéressait. Imagination ou pas, Julius décida de prendre une initiative.

— Bien sûr, nous sommes heureux d'avoir réussi à emporter avec nous toute la documentation technique d'Allan dans cette mallette. Imaginez la catastrophe si elle était tombée entre les mains du Chef suprême !

Allan se demanda une seconde si son ami s'apprêtait à entamer en plein restaurant un de ces monologues dont il avait le secret… Puis il comprit ce que Julius planifiait. Ils ne pouvaient pas simplement abandonner leur bagage radioactif entre la Cinquième et la Septième Avenue. Konrad était peut-être la solution…

— Voilà une bonne idée, Julius. Nous avions envisagé de confier ce savoir au président Trump, mais… comme je l'ai dit, il était à deux doigts d'exploser sans même une étincelle. Or, nous pensons que ces documents devraient être remis entre des mains plus fiables.

— En avez-vous parlé à la ministre Wallström ? demanda Konrad, soudain dégrisé.

Allan répondit que Margot Wallström était extraordinaire, mais que, comme tous les Suédois depuis 1966, elle ressentait une peur maladive, quasi allergique, à l'égard du nucléaire. Voyant qu'Allan avait compris sa stratégie, Julius lui vint en renfort.

— Le plus sûr serait de préserver ce savoir au sein de l'Union européenne. Qu'en penses-tu, Allan ?

— Julius, à nouveau tu montres cette sagesse dont toi seul es détenteur… quand tu y mets du tien. N'hésite pas à le faire plus souvent, s'il te plaît. Mais il ne sera pas aisé de trouver un dirigeant fort, et disposé à porter la responsabilité de la paix dans le monde. Peut-être le nouveau président français, Macron ?

— Macron ? répéta Julius, faussement candide.

— Oui, je ne t'ai pas raconté qu'il a remporté les élections, l'autre jour ? Non, bien sûr, tu t'énerves quand on essaie de t'informer. Ce que Macron a de spécial, c'est qu'il n'est ni de droite ni de gauche. Ou alors les deux à la fois. Je ne sais pas trop comment ça fonctionne, mais ça a l'air bien.

L'ambassadeur aux Nations unies Breitner n'était pas un imbécile. En outre, il était sur ses gardes depuis quelques minutes. Il tomba quand même dans le piège.

— Eh bien, justement, la chancelière fédérale Merkel arrive à Washington dans deux jours. Pensez-vous qu'elle ferait un garant convenable ? Je veux dire, pour la paix dans le monde ?

Julius laissa Allan marquer le point décisif.

— Ça alors, Konrad ! Tu es un génie ! Tu serais prêt à transmettre notre mallette pleine de saletés nucléaires à Angela Merkel ? Pourquoi n'y avons-nous pas pensé plus tôt ?

Breitner sourit humblement.

— Les amis sont là pour ça. À votre santé, les gars.

L'ambassadeur était le seul à n'avoir pas encore vidé son verre, mais ils trinquèrent quand même.

Le contenu de la mallette était enveloppé d'une couche de plomb, mais qui sait de quels outils les contrôles de sécurité américains disposaient ? Il ne serait pas étonnant que les détecteurs de radioactivité se mettent à clignoter un peu partout. Allan et Julius ne souhaitaient pas envoyer leur nouvel ami Konrad à Guantánamo jusqu'à la fin de ses jours. Surtout qu'il avait promis de payer l'addition.

— Il y a un problème, expliqua Allan.

Les documents sur l'armement nucléaire étaient rangés dans un paquet entouré de plomb, ce qui causerait sans doute des ennuis à l'aéroport.

— Ah oui ? hésita l'ambassadeur Breitner.

— Puis-je vous suggérer de prendre un taxi pour Washington ? Julius et moi serons ravis de payer la course, mais il faudra nous faire crédit, parce que nous sommes un peu justes en ce moment.

— Très justes, même, corrigea Julius.

Si Konrad Breitner empruntait la voie terrestre pour se rendre à l'ambassade d'Allemagne, la dissimulation d'Allan et de Julius ne serait découverte qu'à son arrivée. Le scandale mondial serait évité (les Allemands ne convoqueraient certainement pas une conférence de presse pour se vanter) et Breitner s'en tirerait avec une engueulade interne. Peut-être un licenciement. Mais pas Guantánamo.

— Un taxi ? répéta l'ambassadeur. Oui, pourquoi pas ? C'est même tout indiqué, maintenant que j'y songe. Et ne vous en faites pas pour la note, elle sera moins élevée que le billet d'avion.

— Parfait, dit Allan. Bon, on a assez sauvé le monde pour aujourd'hui. Commandons une nouvelle tournée avant de dessécher sur pied.

Au total, ils burent six schnaps de fruit et de la bière avec leurs escalopes. Quand l'ambassadeur Breitner s'excusa pour aller aux toilettes, Allan et Julius échangèrent quelques mots.

— Incroyable que tu aies eu cette idée, le complimenta Allan.

— Ce Konrad est un brave type. Je suis désolé de lui créer des ennuis.

Allan réfléchit une seconde.

— Il y a un moyen d'éviter ça.

197

Il attrapa une serviette en papier et demanda à la serveuse de lui prêter un stylo. Quand Julius s'étonna, Allan répondit que cela arrangerait sans doute les problèmes de leur nouvel ami si la mallette ne transportait pas seulement de l'uranium enrichi, mais aussi des salutations à sa patronne.

— Merkel ?

— Ben oui, c'est comme ça qu'elle s'appelle.

Allan commença à écrire :

Chère Madame la Chancelière fédérale Merkel,

J'ai compris grâce à ma tablette noire que vous êtes une dame avec qui il faut compter. Mon ami Julius, producteur d'asperges de son métier, et moi-même avons par hasard rapporté quatre kilos d'uranium enrichi de notre séjour imprévu en Corée du Nord. Un peu de chance et d'audace nous ont menés aux États-Unis, où nous pensions remettre l'isotope au président Trump. J'ai eu cependant le plaisir très relatif de le rencontrer. Il n'a pas arrêté de brailler, et son tempérament me rappelait beaucoup celui de Kim Jong-un. Le producteur d'asperges et moi avons donc changé d'avis. De toute façon, Trump a déjà tant d'uranium enrichi qu'il ne saurait sans doute que faire de quatre kilos supplémentaires.

C'est alors que nous avons rencontré votre éminent ambassadeur auprès des Nations unies, Konrad, et nous avons fait cause commune autour d'un agréable repas. Konrad vient de s'absenter pour répondre à un besoin naturel, ce dont je profite pour vous écrire dans son dos, pour ainsi dire. Veuillez excuser l'écriture brouillonne (suite sur la deuxième serviette).

Bref, après une escalope, quelques bières et du schnaps au goût de pomme, Julius et moi avons un peu trop sympathisé avec Konrad. Des paroles maladroites lui ont donné l'impression que la mallette entre vos mains contenait diverses instructions sur la fabrication d'armes nucléaires, mais il s'agit en réalité des quatre kilos d'uranium mentionnés sur la serviette précédente. Julius et moi sommes rassurés de les savoir en possession de la République fédérale d'Allemagne. Ce n'est peut-être pas marrant pour vous, mais on n'a pas toujours ce qu'on veut dans la vie. Nous vous faisons confiance pour vous occuper au mieux de cet uranium (suite sur la troisième serviette).

Mon ami Julius me dit d'ailleurs que les Allemands produisent d'excellentes asperges, en supposant qu'elles soient vraiment cultivées là-bas, contrairement à…

À cet instant, Julius arracha le stylo de la main d'Allan et lui dit de se concentrer un peu.

— Konrad va revenir d'une seconde à l'autre. Achève ton message, bordel !

Allan récupéra son stylo et revint à la ligne.

En dix mots comme en cent, nous vous prions de ne pas trop vous fâcher contre l'ambassadeur Konrad, qui semble être un représentant exemplaire de votre pays. Si vous devez en vouloir à quelqu'un, je vous suggère Donald Trump. Ou Kim Jong-un, dans sa lointaine Corée. D'ailleurs, les Coréens affirment qu'ils attendent plus de cent fois la quantité d'uranium que nous leur avons fauchée. Avec cinq cents kilos, ils

auront de quoi continuer à échouer dans leurs tenta-
tives, jusqu'au moment où ils trouveront la solution.
Bon, Konrad va bientôt revenir, je ferais mieux de
conclure.

Avec nos salutations dévouées,

Allan Karlsson et Julius Jonsson

Allan empila les trois serviettes dans le bon ordre
et demanda à Julius de les glisser dans la poche
arrière de la mallette. Compte tenu des circonstances,
il avait fait du bon travail.

Konrad tardait pourtant à les rejoindre. Certaines
affaires duraient plus longtemps que les autres. Julius
eut soudain une idée. Il attrapa dans la poche intérieure de son vieux veston d'été le papier où il avait
noté le numéro de téléphone de Gustav Svensson.
Le portable de Konrad était posé sur la table.

— Tu crois que… ? fit Julius.

— Absolument, répondit Allan.

Julius passa l'appel. Et tomba encore sur la boîte
vocale. Très, très énervant.

— Gustav, bordel ! À quoi ça sert d'avoir un téléphone si tu l'allumes jamais ? Allan et moi sommes
à New York et poursuivons vers…

— Il revient, souffla Allan.

En un éclair, l'appareil fut à nouveau à sa place.

— Eh bien, mes amis, c'est l'heure de lever le
camp, lança Konrad en sortant son portefeuille.

L'addition était déjà sur la table. L'Allemagne était
sur le point de perdre six cent vingt dollars, plus cent

vingt dollars de pourboire (et le coût de l'appel de quinze secondes en Indonésie). Konrad posa sept billets de cent dollars et deux autres de vingt dollars sur la table, se leva et dit qu'il était temps que chacun reprenne sa route.

— Quant à moi, je n'ai plus qu'à emporter cette fascinante mallette et à faire signe à un taxi.

— Oui, on dirait bien, dit Allan en se déplaçant légèrement pour que Konrad ne voie pas Julius faire main basse sur le pourboire.

États-Unis, Suède

Tandis qu'Allan et Julius faisaient quelques emplettes avec une partie du pourboire, puis prenaient une navette pour l'aéroport de Newark avec le plus gros du restant, le président Trump, dans le club-house du terrain de golf, tremblait d'une frustration sur laquelle il ne pouvait mettre de mots.

Qu'est-ce que c'était que cette entrevue ? La ministre Wallström l'avait-elle observé avec un sourire moqueur pendant que le vieux Karlsson bla-blatait ? Peut-être bien. Certain, en fait. Oui, c'était bien cela. Et Karlsson ? Qu'est-ce que c'était que ce mec ? Avait-il vraiment parlé de lait de chèvre au président des États-Unis ? Devant une Wallström à l'expression démente, presque méprisante. Sans parler de la suite.

Le Président bouillait intérieurement. Il aurait dû fendre à coups de club le crâne de ce communiste qui avait osé douter de sa maîtrise de soi. Trump songeait, en toute objectivité, qu'il poussait parfois trop loin ses efforts pour trouver des solutions qui conviennent à tout le monde. Et maintenant, que faire ? Encore écumant de rage, le Président ouvrit son ordinateur portable et se connecta à Twitter. Trois minutes plus tard, il avait raillé un animateur télé, insulté un chef d'État, menacé de renvoi un de ses propres ministres et affirmé que les chiffres de sa baisse de popularité étaient pure invention de n'importe quel journal, au choix.

Enfin, il se sentit mieux.

La ministre des Affaires étrangères avait tenu sa promesse et avait réservé à ces messieurs Karlsson et Jonsson des billets pour Stockholm, le soir même, en classe affaires.

— Des valises ? demanda la femme au guichet d'enregistrement.

— Non, répondit Allan.

— Un bagage cabine ?

— Nous venons de l'offrir.

Le retour vers leur pays natal fut un agréable moment, et ce avant même le décollage, quand une hôtesse proposa à boire à Allan et Julius.

— Champagne ? Jus de fruits ?

— Oui au premier, non au second, dit Allan. Avec plaisir.

— Pareil pour moi, merci, fit Julius.

Les boissons furent suivies d'un dîner de trois plats (ce n'est pas que les deux hommes avaient faim, mais on ne refuse pas de la nourriture offerte) et, après le dessert, en appuyant sur le bon bouton du siège, ils purent faire un somme sans avoir même à aller se coucher.

— T'as vu un peu, tout ce qu'ils inventent, commenta Allan.

— Hum, répondit Julius, qui avait déjà déplié une couverture.

— Tu as envie que je te lise une histoire sur ma tablette ?

— Si tu veux que je la balance par le hublot…

Suède

Allan et Julius regardaient autour d'eux dans le hall d'arrivée du terminal 5 d'Arlanda. Julius résuma la situation. Ils étaient habillés, reposés, rassasiés… avec vingt dollars en poche.

— Vingt dollars ? fit Allan. Ça nous fera une bière chacun.

Ils achetèrent deux demis. Ensuite, ils se retrouvèrent sans le sou.

— À présent, nous voilà habillés, reposés, rassasiés et un peu moins assoiffés qu'avant, dit Allan. Tu as une idée d'un endroit où aller ?

Non, Julius n'en avait pas. Ils auraient peut-être dû y réfléchir avant de boire leurs derniers dollars, mais inutile de pleurer : ce qui était fait était fait ! Leurs finances figuraient parmi les priorités. Le centenaire acquiesça. L'argent simplifiait la vie. Qu'en était-il des revenus des asperges ? Julius n'avait-il pas en Suède toute une botte de noms de revendeurs ? Allan ignorait les détails sur les pérégrinations des asperges suédoises d'Indonésie mais supposait

205

qu'elles faisaient escale ici. Le contraire aurait été à la limite de l'éthique.

Excellent ! À défaut d'une grappe de noms, Julius avait Gunnar Gräslund.

— Peut-on savoir qui c'est ?

Gunnar Gräslund était une vieille connaissance, surnommé Gunnar la Crasse, ce qui lui allait comme un gant. Il ne se lavait jamais, se rasait une fois par semaine, chiquait du tabac et jurait comme un char-retier. Il avait passé sa vie à escroquer les autres (ce dont Julius ne lui tenait pas rigueur). C'était lui qui était chargé de revendre les asperges du pays de Gustav Svensson et, tout crasseux qu'il était, il s'acquittait de sa mission.

— Nous n'avons qu'à prendre un taxi et expliquer la situation à Gunnar pour qu'il ouvre son portefeuille.

— Un taxi ? s'étonna Allan.

— Marcher, se corrigea Julius.

La Suède s'étend sur mille six cents kilomètres de long, un peu moins en large. Une surface plutôt vaste pour dix malheureux millions d'habitants. Dans la plus grande partie du pays, on peut marcher des heures sans croiser une seule personne. Ni même un élan. On peut acquérir une vallée avec un lac pour une somme qui ne suffirait pas à acheter un studio délabré en banlieue parisienne. L'inconvénient, on le découvre ensuite, c'est qu'il faut parcourir cent vingt kilomètres pour se rendre au magasin le plus proche, cent soixante jusqu'à la pharmacie, et si jamais on marche sur un clou, boitiller encore plus loin pour atteindre l'hôpital. Si on veut emprunter du lait pour le café au plus proche voisin, on risque de devoir marcher trois heures. Le café aura refroidi bien avant qu'on soit rentré.

Ceux pour qui ce mode de vie n'a pas beaucoup d'attrait ont passé l'accord tacite de se rassembler à Stockholm et alentour. Leur présence attire les entreprises. H&M, Ericsson et IKEA préfèrent suivre deux millions et demi de clients potentiels plutôt que, disons, les soixante-dix personnes qui n'ont pas encore quitté le village de Nattavaara, au nord du cercle polaire.

Il était donc parfaitement normal que l'entrepôt principal de l'activité de Julius Jonsson et Gustav Svensson se situe près de Stockholm. En outre, si on importe et exporte par voie aérienne et qu'on ne recherche pas le contact direct avec le consommateur, le secteur de l'aéroport d'Arlanda est exactement ce qu'il faut. Märsta, pour être plus précis. À deux heures de marche de l'aéroport. Deux heures et demie, pour les personnes âgées. Ou bien un quart d'heure en taxi, mais cette option avait été bue au petit déjeuner.

Indonésie

Voilà bien trop longtemps que Gustav Svensson devait se débrouiller sans son associé, qui avait disparu le jour de l'anniversaire d'Allan. En raison de sa facture impayée, Gustav ne pouvait pas se rendre à l'hôtel pour enquêter, mais la rumeur lui apprit que Julius et Allan avaient été emportés en mer par une montgolfière. Au bout de quelques jours, Gustav présuma que son ami était mort. Cependant, moins d'une semaine plus tard, il reçut un appel sur son téléphone mobile. Julius était en vie ! Et il posait un tas de questions sur les affaires, sans laisser de numéro où le joindre.

Quelques jours de silence suivirent, jusqu'au nouveau message sur répondeur. Gustav se jura de recharger plus régulièrement la batterie de son téléphone. À présent, Julius disait être à New York. Avait-il fait tout le trajet en montgolfière en passant par la Corée du Nord ? La question était cependant moins urgente que toutes celles que Gustav avait besoin de poser quotidiennement sur leur business. Il était perdu. En l'absence de Julius, il écouta le revendeur qui suggérait de déclarer suédoises leurs asperges, y compris en Suède, afin d'augmenter leurs bénéfices.

Gustav se souvenait vaguement que Julius lui avait adressé une mise en garde. Si l'arak avait la propriété de désinhiber les pensées, l'inconvénient, c'était que ces mêmes pensées avaient pris la poudre d'escampette le lendemain matin.

S'il l'avait pu, Julius aurait stoppé son associé. La fois précédente, un imbécile de sous-traitant avait coulé l'affaire exactement de cette façon.

Suède

Voilà pourquoi, après deux heures et demie de marche à petits pas, Allan et Julius trouvèrent fermé l'entrepôt de l'associé suédois, avec sur la porte une affichette jaune au cadre rouge et aux lettres noires : « Entrée interdite conformément au chap. 27 art. 15 du Code de procédure judiciaire ».

— Qu'est-ce qui s'est passé ici ? demanda Allan à une femme d'âge mûr qui promenait son chien.

— La police a arrêté un fraudeur à l'importation de légumes, répondit la passante.

— Maudit Gunnar la Crasse, pesta Julius.

— Il est beau, votre chien. Il s'appelle comment ?

Les deux amis étaient à nouveau dans l'embarras. En plus, Julius avait une ampoule au talon. Il clopina près d'Allan vers le centre de Märsta, peinant à suivre l'allure du centenaire. Finalement, il déclara forfait.

— Je ne ferai pas un pas de plus ! Cette ampoule va m'achever d'une seconde à l'autre !

— On ne meurt pas si facilement, objecta Allan. Je le sais d'expérience. Et tu vas devoir marcher encore un peu.

Il tendit le doigt vers une supérette de l'autre côté de la rue, accolée à un service de pompes funèbres.

— Est-ce que ça te convient ? À gauche, tu peux acheter des pansements, et s'ils n'en ont pas tu iras te laisser mourir à droite.

Allan entra dans la supérette, suivi par Julius, qui boitait deux mètres derrière lui. Une femme d'une bonne cinquantaine d'années, avec trois amulettes disparates autour du cou, était assise à la caisse. Elle leva la tête, étonnée. Elle ne croulait pas sous les clients.

— Bonjour, dit Allan. Est-ce que vous vendez des pansements ? Mon ami Julius a une ampoule au pied.

La femme désigna une étagère remplie de produits d'hygiène. Julius clopina jusque-là, trouva ce qu'il cherchait et revint vers la femme aux amulettes. Celle-ci scanna l'article et annonça le prix :

— Trente-six couronnes.

— Ah, c'est qu'il y a un problème, expliqua Julius. J'ai oublié mon porte-monnaie. Est-ce que je peux revenir payer demain ?

— Entendu. Je vous mets les pansements de côté d'ici là, répondit la femme en attrapant le paquet d'un geste vif qui fit tinter ses amulettes.

— Non, en fait, c'est maintenant que j'ai une ampoule. Je voudrais prendre les pansements et payer demain.

La caissière, qui était aussi la propriétaire de la supérette, dévisagea d'un air grave ses premiers clients de la journée.

— Je suis une entrepreneuse et une sacrée bosseuse. Je suis ici depuis huit heures du matin, sans avoir rien vendu. Êtes-vous en train de dire que je devrais offrir ma marchandise au premier client venu ?

Julius soupira. Il n'était pas certain d'avoir l'énergie de discuter. Il répondit qu'il comprenait son point de vue et espérait une réciprocité. La situation était particulière. Il était un honorable diplomate, à peine rentré d'Amérique, où une affaire urgente l'avait appelé. Malheureusement, son porte-monnaie était resté à l'ambassade.

— Pourquoi ne retournez-vous pas le chercher ?

— L'ambassade aux États-Unis.

La femme aux amulettes dévisagea attentivement Julius, puis Allan, et encore Julius. Le premier était plus âgé qu'elle, et l'autre plus vieux que permis. Aucun ne ressemblait à l'idée qu'elle se faisait d'un diplomate.

— Dans ce cas, vous allez devoir appeler un ami.

Le talon gauche de Julius saignait, et le droit commençait à se manifester. Et son dernier repas remontait à plusieurs heures.

— Je n'ai pas d'amis, dit-il.

— Mais si, lança Allan, un peu à l'écart. Tu m'as moi, Julius.

— Combien tu as sur toi ?

— Rien du tout, mais quand même.

— Je suis désolée, dit la caissière. Pas d'argent, pas de pansements. Telle est la politique de cette pauvre supérette, fixée par Sabine Jonsson, la propriétaire. Moi, quoi.

— Ça alors, vous avez le même patronyme que Julius ! s'exclama Allan. N'est-ce pas une raison de faire une exception ?

La femme secoua la tête. Les amulettes suivirent le mouvement.

— Il doit y avoir près de cent mille Jonsson à travers le pays. À votre avis, qu'arrivera-t-il si je me mets à offrir des pansements à chacun d'entre eux ?

Selon Allan, les finances de la supérette iraient sûrement à vau-l'eau, mais il était question de seulement un Jonsson, pas des cent mille. Par sûreté, elle pouvait accrocher un panonceau à l'entrée, disant clairement à tous les Jonsson du pays de ne pas se déplacer pour rien.

La femme voulut répondre, mais Julius était complètement désespéré. Il ne sortirait pas de la supérette avant d'avoir soigné ses pieds.

— Donnez-moi ces pansements ! s'écria-t-il. C'est un hold-up !

La femme aux amulettes se tourna vers lui, plus étonnée qu'effrayée.

— Comment ça, un hold-up ? Vous n'avez aucune arme. Pas même un pistolet à eau. Si vous voulez dévaliser un magasin, il faut vous y prendre correctement.

Julius n'avait jamais commis de casse de sa vie, mais il se sentit vexé pour tous les braqueurs professionnels. Depuis quand les victimes se montraient-elles si insolentes ?

Allan demanda à la femme si elle vendait des pistolets à eau. La réponse fut négative. Et de toute façon, s'il avait de quoi payer le jouet, ne ferait-il pas mieux d'acheter des pansements à son ami ? Allan dut convenir qu'elle avait raison. Mais il trouvait qu'il y avait de la réconciliation dans l'air. La femme aux amulettes n'avait peut-être pas tellement envie de se chamailler.

— Je vois que vous avez un petit coin café, lança-t-il. Si mon ami et moi allons nous asseoir avec les pansements, que diriez-vous de nous tenir compagnie autour d'une boisson ? Ne trouvez-vous pas que ce serait un retournement de situation inattendu ?

Pour la première fois depuis le début de la conversation, la femme aux amulettes sourit. Elle tendit le paquet de pansements à Julius en annonçant qu'ils lui devaient à présent cinquante-six couronnes. Les deux tasses de café en coûtaient vingt. Julius hocha la tête avec gratitude et traîna la patte vers la chaise la plus proche. Allan demanda si un morceau de sucre ferait augmenter l'addition.

— Le sucre et le lait sont compris. Allez vous asseoir. J'arrive tout de suite.

Suède

Sabine Jonsson apporta trois tasses de café, un sucrier, trois décilitres de lait du frigo et trois brioches à la cannelle qu'elle avait réchauffées au micro-ondes. Julius avait fini de coller ses pansements, mais préféra rester en chaussettes.

— Combien vont nous coûter les brioches ? demanda Allan. Histoire de tenir notre comptabilité à jour ?

— Bah, fit Sabine Jonsson, autant dire qu'elles sont gratuites, comme le reste. De toute façon, mes finances plongent déjà. Vous l'aurez constaté, je ne suis pas très douée pour les affaires.

Allan constatait surtout que Sabine avait envie de bavarder. Ça ne devait pas être très drôle de passer la journée toute seule à la caisse. Encore moins quand les clients ne payaient pas.

— Vous êtes très généreuse, mademoiselle Sabine. Et si vous nous parliez un peu de vous, pendant que je mange ma brioche ?

C'était comme si Allan avait appuyé sur un bouton. Que voulait-il savoir ? Elle avait cinquante-neuf ans, était célibataire et n'avait ni amis ni famille. Du moins, ici-bas.

— Où ? s'étonna Julius.

— Ici-bas. Car il y a un au-delà, selon ma mère.

Allan dit qu'il aimerait poser des questions à ce sujet à la mère de leur hôtesse. Où se trouvait-elle en ce moment ?

— Là-haut.

— Elle est morte ?

— Oui.

Allan avala son morceau de brioche.

— Dans ce cas, mademoiselle Sabine, accepteriez-vous de résumer ce que votre mère aurait dit si elle avait été ailleurs que là-haut, justement ?

Avec plaisir. Pour la plupart des gens, l'au-delà était une terre inconnue. Mais grâce aux enseignements de maman Gertrud, Sabine avait su dès l'enfance que toutes deux avaient des dons que les autres ne possédaient pas. Jusqu'à sa mort, sa mère avait dirigé la société Au-delà SA, secondée par sa fille, qui ne lui avoua jamais être aveugle à ce que sa mère semblait voir. L'entreprise proposait des consultations de divination : à la demande du client, mère et fille organisaient des séances de spiritisme, des cours sur la traque des esprits, la façon de traiter avec les spectres malveillants et de récompenser convenablement les protecteurs amicaux des vieilles demeures. Elles employaient des pendules, cristaux, baguettes divinatoires, sons et parfums – afin de jeter un pont entre le monde visible et l'invisible, celui de l'au-delà. D'où le nom de leur entreprise.

— Et les amulettes que vous portez ? demanda Allan.

— Héritées de ma mère. C'est à peu près tout ce qu'elle a laissé derrière elle. Elles symbolisent la terre, la fertilité et le don. Ou, si vous préférez, des fadaises, des fadaises et encore des fadaises.

— Vous ne croyez pas à la vie après la mort ? demanda Julius.

— Je crois déjà à peine à celle-ci. La mienne est plutôt minable.

Sabine en avait encore gros sur le cœur, mais son tour était venu d'avaler quelque chose. Aux deux hommes ! Que faisaient-ils dans la vie, quand ils ne dévalisaient pas les magasins ? Ils étaient diplomates ? Sabine appréciait les bonnes histoires, mais dans le cas présent elle préférait la vérité.

Julius, penaud, lui présenta des excuses. Il avait eu – et avait encore – une ampoule au talon et le moral dans les chaussettes.

— Il y a de l'ibuprofène à côté de la caisse, dit Sabine. Vous pouvez poser l'argent que vous n'avez pas sur le comptoir.

Julius la remercia et s'éloigna clopin-clopant. Pendant ce temps, Allan entreprit de lui conter leur périple, de Bali à Märsta. Des marchands de légumes qui, après un entretien avec le président américain, rentraient en Suède avec des passeports diplomatiques mais sans porte-monnaie.

Sabine sentait qu'Allan ne lui avait pas tout dit.

— Mais nous ne sommes pas obligés de tout raconter en une fois, si ?

Sabine était heureuse de n'avoir pas chassé Allan et Julius à coups de balai.

— Maintenant, si vous repreniez votre histoire ? dit Julius, qui, déjà, trouvait cette femme presque aussi charmante que la ministre Wallström. Qu'est-il arrivé à votre Au-delà SA ? Je suppose que les affaires n'ont pas marché.

Il était arrivé que la mère de Sabine avait disparu l'été précédent, à l'âge de quatre-vingts ans. Tout ce temps, elle avait été le moteur de l'entreprise. Elle communiquait sans interruption avec les esprits, quand elle planait sous l'effet du LSD.

— Elle planait souvent ? demanda Julius.

— Sans interruption, comme je l'ai dit. Mais pendant l'été, elle a fait un bad trip et elle s'est tuée. À moins qu'elle ait simplement changé de dimension.

— Oh, mince ! Comment a eu lieu le grand départ ?

— Elle se rendait à Södertälje pour une consultation. J'avais jugé plus sûr de l'accompagner, vu le plein qu'elle avait fait elle n'aurait jamais réussi à trouver sa destination ni à rentrer seule. Sur le quai, elle a aperçu un esprit malfaisant qu'elle était la seule à voir, et elle s'est lancée à sa poursuite sur la voie avant que j'aie pu stopper l'une ou l'autre. Et elle a été happée par le train de onze heures vingt-cinq de Norrköping.

— Oh, mince ! répéta Julius.

— Le fantôme s'en est sorti ? demanda Allan, à la manière des gens qui ne réfléchissent jamais avant d'ouvrir la bouche.

Sabine lança un regard las à Allan.

— Les fantômes sont difficiles à tuer.

Les revenus d'Au-delà SA partaient pour la plupart en petits comprimés sucrés de LSD ou bien en buvards, plus grands mais également sucrés, avec des images rigolotes. Mère et fille s'en tiraient tout de même, car elles logeaient pour rien dans un petit chalet sur les terres de la grand-mère de Sabine, qui avait quitté ce monde l'été précédent, à l'âge de quatre-vingt-dix-neuf ans. Avant que maman Gertrud ait compris qu'elle avait hérité d'une maison à dissoudre dans le LSD, elle s'était expédiée elle-même dans l'au-delà ou quel que fût l'endroit où elle se trouvait maintenant.

— Quatre-vingt-dix-neuf ans ? fit Allan. C'est jeune ! Mais dites-moi, quel rapport entretenez-vous avec les stupéfiants ?

— Je n'y touche surtout pas, merde ! répondit Sabine. Ce qui explique sûrement pourquoi j'étais si hermétique aux leçons de ma mère. Elle disait tout le temps que je devais m'affranchir. Je pense peut-être trop.

— Hum, fit Allan. Julius pense presque tout le temps, mais il en sort rarement quoi que ce soit d'utile.

Le penseur en question se fichait des commentaires d'Allan.

— Alors comme ça, vous avez hérité d'une maison ? demanda Julius.

Sabine acquiesça.

— Après l'avoir vendue et avoir payé l'enterrement, il me restait deux millions de couronnes. Je

219

me suis demandé ce que j'allais faire de ma vie, et je me suis dit que l'entrepreneuriat était un truc pour moi. Je suis vachement douée pour les chiffres. C'est le plus beau mot du monde, à mon avis : « entrepreneur » !

Julius était d'accord. Il y avait des mots et des expressions largement supérieurs aux autres. « Pas de reçu » était un autre exemple.

Mais rien ne s'était passé comme elle l'avait envisagé. D'abord, elle n'avait pas eu assez d'argent pour s'installer au centre de Stockholm, là où se trouvaient les clients. Raison pour laquelle elle végétait maintenant à quarante kilomètres au nord du lieu des dépenses. Ensuite, elle s'était fourvoyée toute seule, en pensant trop.

— Peut-on demander quelle était la pensée qui a conduit à une supérette à Märsta ? s'enquit le centenaire.

— Vous venez de le faire, répondit Sabine. Je me suis assise à la table de la cuisine de ma grand-mère avec un papier et un crayon. J'ai pensé que plus le groupe cible serait large, plus grandes seraient mes chances de succès. Tout cela m'a menée à deux vérités universelles. La première : tous les hommes mangent tant que dure leur vie. La deuxième : malgré cela, ils meurent. Tôt ou tard, sans exception.

— Sauf Allan, peut-être, objecta Julius. Il a eu cent un ans il n'y a pas très longtemps.

— Hou là ! fit Sabine. Voilà qui s'appelle avoir un pied dans la tombe. Dommage que vous n'ayez

pas d'argent, sinon j'aurais pu vous vendre un cercueil.

Allan regarda autour de lui. Il n'y avait pas de
rayon cercueils en vue.

— Ah ! C'est vous qui dirigez l'entreprise de
pompes funèbres à côté ?

Sabine sourit à la rapidité de déduction d'Allan.

— Bien vu. Pour vivre, on a besoin de nourriture,
d'où la supérette. Et quand on meurt, on a besoin
d'être enterré. D'où la boutique de cercueils.

Le récit de Sabine mit Allan d'humeur philoso-
phique.

— La vie et la mort, murmura-t-il. Et les esprits
entre les deux.

— Les esprits, en tout cas, rapportaient de
l'argent, du moins à celle qui était prête à se tuer
au LSD pour son métier. Mon concept commercial
de la vie a échoué avant même que vous commenciez
à vider les rayons sans payer. C'est allé encore plus
mal avec l'entreprise mortuaire.

Julius était désolé pour leur nouvelle amie, et
encore un peu embarrassé par sa tentative de hold-up.

— Vous n'étiez pas assez douée pour les chiffres ?

— Si ! Je peux vous dire exactement à combien
s'élèveront mes pertes pour le prochain trimestre. Et
de combien elles augmenteront au suivant.

— Dans ce cas…

— Les vivants ne veulent pas croire que leur état
n'est que passager. Comme ils ne s'attendent pas à
mourir, ils ne commandent pas de cercueils avant le
moment venu. Ensuite, quand ils meurent – à leur

grande surprise –, impossible de faire des affaires avec eux.

— Mais avant cela, ils ont tout de même dû acheter des aliments ? s'étonna Julius. Je veux dire, pour ne pas mourir.

— Oui, je suppose. Mais rarement chez moi.

Sa première et dernière campagne publicitaire dans le journal local gratuit (« Vivres & Cercueils à prix modique ») engendra des rumeurs qui parvinrent aux oreilles de l'inspecteur de la santé et de l'environnement de la commune. Le fonctionnaire rendit à Sabine une visite sans préavis, pour s'assurer qu'elle ne conservait pas de cadavres au rayon boucherie.

— Cette campagne a été la pire d'une série de mauvaises idées.

Julius demanda ce qu'elle allait faire, puisque les affaires allaient si mal des deux côtés du mur. Sabine l'ignorait, mais elle en avait assez. Si seulement sa mère ne lui avait pas rebattu les oreilles avec ces histoires de pouvoirs surnaturels ! Le don qu'elle avait réellement – chiffres mis à part – était artistique.

— Artistique ? répéta Allan.

— Oui, je peux dessiner votre portrait, si vous voulez. Disons quatre mille couronnes ? Ah non, je suis bête.

Allan déplorait autant que Sabine le détail dont elle venait de se souvenir. Il s'excusa pour leur manque d'argent.

— Et à ce propos, je me sens responsable du bien-être de notre petit Julius. Cette ampoule dont il a commencé à se plaindre avant même qu'elle n'arrive n'est pas belle à voir. Y a-t-il quoi que ce soit que nous puissions faire en échange d'un toit pour une ou deux nuits ? Nous dormirons par terre devant les yaourts, s'il le faut. Je promets de ne pas mourir dans mon sommeil, pour ne pas vous causer de nouveaux ennuis avec les autorités de veille agroalimentaire.

Julius approuva d'un hochement de tête.

— Je suis bon menuisier, ajouta-t-il. Avez-vous besoin de quelques cercueils supplémentaires ?

Les héberger pour la nuit ? Passer en moins d'une demi-heure de clients sans le sou à invités, voilà qui s'appelait aller vite en besogne ! Mais Sabine était certaine de ce qu'elle avait présumé en buvant un café avec eux : elle appréciait leur compagnie. Alors, pourquoi pas ?

— Mon petit Julius, lança-t-elle, où comptais-tu te sauver avec les pieds dans cet état ? Si j'ai bien compris ce que tu m'as raconté pendant que tu essayais de me dévaliser, tu n'as nulle part où aller même si tu en étais capable. J'ai un deux-pièces à l'étage. L'un de vous peut dormir sur le lit d'appoint dans le couloir et l'autre sur le canapé des pompes funèbres. Ou même dans un cercueil, si vous y êtes plus à l'aise. Vous trouverez des brosses à dents et du dentifrice à côté des pansements – vous savez déjà où ils sont.

— Et peut-être aussi un rasoir ? demanda Allan. Ça ne changera pas grand-chose à la faillite imminente, si ?

— Prends-en deux. Je les ajoute à votre ardoise.

Suède

Quand Sabine descendit de son appartement le lendemain matin, Julius était en pleine fabrication d'un cercueil. Allan, allongé sur le canapé, le regardait travailler.

— Qu'est-ce qu'il fait ? s'étonna-t-elle.

— J'sais pas, répondit Allan. Il se prépare pour le grand voyage ?

— Bonjour, la salua Julius. Je m'acquitte du gîte et du couvert. J'ai toujours été bon menuisier, je te l'ai dit, non ? Veux-tu que je laque les cercueils ? Cela augmentera peut-être les chiffres de vente.

— De zéro à presque rien ? Vous avez eu le temps d'aller chercher un petit déjeuner à la supérette ?

Les deux hommes n'avaient pas osé aller se servir. Mais si Sabine les autorisait à rester quelques jours de plus, Julius suggérait qu'il ouvre le magasin le matin, afin qu'elle puisse faire la grasse matinée, ce dont elle ne devait pas avoir souvent l'occasion. L'idée était alléchante, mais Sabine décréta qu'on ne prenait pas ce genre de décisions le ventre vide.

Ils déjeunèrent de sandwichs au fromage, d'un peu de jus de fruits et de café de la machine. Dans l'intervalle, la supérette reçut quatre clients matinaux. Julius semblait porter chance. Et il montra qu'il était capable de gérer la caisse.

— Cinquante-huit couronnes, s'il vous plaît. Merci. Voilà deux couronnes pour vous. Bonne journée.

Le faux diplomate était plus débrouillard que Sabine ne l'aurait cru au premier abord. Et jusqu'ici, il ne revenait pas cher. Son ami, nommé Allan, ne se rendait pas aussi utile, mais d'un autre côté il coûtait encore moins. Elle avait donc des raisons parfaitement objectives d'autoriser les deux hommes à rester. Au-delà du fait qu'elle appréciait leur compagnie.

— Oui, bien sûr que vous pouvez rester encore un peu. Mais ne fabrique pas trop de cercueils, ça va faire grimper les frais d'entreposage.

États-Unis

La chancelière Merkel sortait de sa première entre-vue avec le président Trump, à Washington. Elle venait d'apprendre que l'ONU ne servait à rien. Et que l'ONU était fantastique. Trump adorait l'Alle-magne. Mais la République fédérale devait entendre raison dans plusieurs domaines. Les liens entre les deux pays étaient solides. Et leur seul point commun était d'avoir été espionnés par Obama.

De retour à l'ambassade d'Allemagne, on la guida jusqu'à une salle de veille, protégée des écoutes. Elle y était attendue par son ambassadeur, son représen-tant auprès des Nations unies et le chef local de ses services secrets. La chancelière croyait que la journée ne pourrait empirer, mais elle se trompait. Le chef des services secrets mena la réunion.

Comme la chancelière en avait déjà été informée, la Corée du Nord avait réussi à obtenir au marché noir quatre kilos d'uranium enrichi. L'expert suisse en armement nucléaire présenté par Kim Jong-un s'avérait être suédois. Contrairement à ce qu'on avait craint, Allan Karlsson n'était pas un allié de

Kim Jong-un. Il avait réussi à fuir Pyongyang pour New York. Avec l'uranium enrichi dans ses bagages.

— L'uranium est ici ? En Amérique ? demanda la chancelière.

— Oui, confirma le chef des services secrets. Il est on ne peut plus proche.

Quelques jours plus tôt, Allan Karlsson avait rencontré le président Trump. La ministre suédoise des Affaires étrangères Wallström, qui représentait son pays au Conseil de sécurité, l'accompagnait.

— Oui, je sais de qui il s'agit, dit Angela Merkel. Une femme très compétente. Sait-on ce qui s'est dit pendant la réunion ?

— Pas directement. Le président Trump a sûrement constaté que la ministre Wallström et Karlsson n'avaient rien fait de mal et les a mis en garde contre toute récidive.

— Ce serait tout à fait son genre. Et ensuite ? demanda la chancelière, qui en avait vu d'autres.

— Eh bien, M. l'ambassadeur Breitner est tombé sur Allan Karlsson devant le siège central des Nations unies. Notre représentant, qui a du flair, a reconnu une éventuelle source d'informations et lui a offert à dîner, ainsi qu'à son ami Jonsson.

Le chef des renseignements avait l'air malheureux. Pas autant que Breitner.

— Et ensuite ? insista Angela Merkel, qui sentait que l'histoire n'était pas finie.

— Ensuite, M. l'ambassadeur a promis à Karlsson et à son ami de les aider à mettre en sûreté une mallette censée renfermer d'importantes informations relatives à l'armement nucléaire, qu'ils souhaitaient confier à la République fédérale. Karlsson voulait d'abord la donner au président Trump, mais il a changé d'avis après leur entrevue.

La chancelière ressentit un élan de sympathie pour ce Karlsson. Le Président américain leur avait visiblement donné la même impression.

— Et maintenant je dois décider de transmettre ou non ces documents à nos analystes à Berlin ?

— Eh bien, hésita le chef des renseignements. La mallette s'est révélée contenir… les fameux quatre kilos d'uranium enrichi. Ainsi qu'une lettre pour vous, madame la chancelière. Rédigée sur trois serviettes en papier.

— Trois serviettes en papier ? répéta Angela Merkel, qui en réalité pensait : Quatre kilos d'uranium enrichi ? Ici ? Dans l'ambassade d'Allemagne à Washington ?

La réunion achevée, la chancelière savait que le nom de code « Asperges » désignait le légume et rien d'autre. Le chef des renseignements à Dar es-Salaam avait déjà été averti de la livraison de cinq cents kilos d'uranium mentionnée par Karlsson. Il y avait des raisons de croire que les Nord-Coréens tenteraient d'emprunter le même itinéraire que la première fois.

En revanche, Angela Merkel se demandait si l'ambassadeur Breitner était un héros national ou le plus grand imbécile de toute la République fédérale. Jusqu'à nouvel ordre, elle décida qu'il se situerait entre les deux.

Suède

Les jours passèrent. Julius ouvrait la supérette le matin tandis que Sabine prenait son petit déjeuner, avant de servir les deux hommes une heure plus tard. Julius et Sabine faisaient un concours de soupirs quand Allan sortait sa tablette noire pour lire à haute voix. Ensuite, Sabine s'installait à la caisse, Julius retournait à sa fabrication de cercueils et Allan se mettait à l'aise sur le canapé.

Quand les deux diplomates eurent pris leurs marques, Sabine jugea utile de fixer quelques règles. Notamment en matière d'hygiène. Elle leur apporta à chacun quatre tenues que son grand-père avait laissées derrière lui et exigea une douche et un changement de vêtements quotidiens. Ça rigole pas, songèrent Allan et Julius. Mais ils obéirent.

Les quatre clients servis par Julius lors de leur premier petit déjeuner se révélèrent une simple coïncidence. Le nombre de gens éprouvant le besoin de se sustenter était limité, et il ne vint aucun client désireux de préparer son trépas.

Julius continua à marcher en chaussettes le temps que ses talons guérissent. Avec l'accord de Sabine, il peignit des cercueils dans différentes couleurs pour booster le business. Ils n'avaient rien à perdre en dehors de quelques pots de peinture. Sabine ajusta ses chiffres afin que le budget reste dans la bonne nuance de rouge au prochain trimestre.

La vitrine était à présent garnie de cinq cercueils en pin massif, de couleur blanche, bleu pigeon, rose, vert olive et grise. Dans l'atelier de menuiserie, quelques cercueils assemblés attendaient d'être traités, et deux autres étaient en cours de fabrication.

Pourtant, le marché de ce secteur d'activité au nord de Stockholm semblait mort. Quand Julius demanda à Sabine selon quels critères elle avait fixé les prix, il obtint une réponse floue. À sa question sur la concurrence dans le secteur, Sabine répliqua qu'elle se la posait aussi.

Deux semaines plus tard, les pieds de Julius étaient guéris, tandis que le total des ventes s'élevait toujours à zéro. Sur Internet, il identifia leur concurrent le plus proche, l'entreprise de pompes funèbres Berglund. Sabine promit de s'occuper des clients non existants de la supérette tandis qu'il partait en reconnaissance.

Après vingt bonnes minutes de marche, Julius entra chez Berglund et fut accueilli par une femme en veston noir et jupe à carreaux, qui se présenta comme Therese Berglund, gérante de l'entreprise, avec son époux Ove, momentanément absent. Julius lui serra la main, mais ne vit aucune raison immédiate de décliner sa propre identité.

— En quoi puis-je vous être utile ? demanda Therese Berglund.

— J'aimerais jeter un coup d'œil à vos cercueils, répondit Julius.

— Ah ! fit-elle, hésitante.

Ce préambule étonna la directrice. En général, elle apprenait l'identité du défunt, et offrait les condoléances appropriées.

— Je vois que vous proposez toute une gamme de coloris. Puis-je vous demander quel matériau vous utilisez ?

Les bières en question étaient fabriquées en Isorel, donc très abordables. En revanche, on n'avait pas lésiné sur le traitement de la surface, ce qui leur conférait un aspect noble.

— Et à combien les vendez-vous ? Le rose et le bleu ?

— Six mille quatre cents couronnes pièce.

— Oh, merde ! laissa échapper Julius.

Sabine et lui devaient facturer les leurs en pin massif environ quinze mille couronnes pour joindre les deux bouts.

Therese Berglund haussa un sourcil à ce juron malvenu.

— Nous proposons aussi divers forfaits obsèques, incluant bien sûr le cercueil, et d'autres prestations comme les invitations, les arrangements floraux, les cartes de remerciements. Il y a beaucoup de choses à organiser quand un être cher nous quitte, malgré le chagrin qui nous accable. Nous fixons avec l'endeuillé notre degré d'implication et, par conséquent, les frais.

— Voyez-vous cela, dit Julius. Mais, en l'occurrence, aucun être cher n'a disparu.

L'entrepreneuse en pompes funèbres regarda plus attentivement ce client qui n'en était pas un.

— Dans ce cas, pourquoi…

— La mort nous guette à chaque pas, alors mieux vaut être prêt. Au fait, vous fabriquez les cercueils vous-mêmes ?

— Non, nous les faisons fabriquer en Estonie. Il faut deux semaines en cas de commande spéciale, mais nous avons déjà la plupart des modèles en stock. Cependant, je ne comprends pas bien pourquoi vous vous intéressez à nos cercueils si personne…

— Je ne vais pas vous déranger plus longtemps, coupa Julius. Merci pour ces explications. De magnifiques cercueils, vraiment. Chouettes à regarder. Et à bon prix ! On se reverra quand j'aurai cassé ma pipe. Enfin, non, on se reverra pas vraiment, mais vous m'avez compris.

Les pompes funèbres Berglund vendaient donc des cercueils de qualité équivalente aux leurs, mais deux fois moins chers. Pire encore, la société proposait des forfaits qui rendaient d'autant plus superflu le simple commerce de Julius et Sabine.

Les deux participants à la réunion de crise conclurent qu'ils avaient deux options : enterrer la fabrique de cercueils ou la développer.

— Laisse-moi réfléchir, dit Julius.

— Beurk, fit Allan, depuis son canapé.

Julius réfléchit.

Une personne qui commandait un cercueil rose par exemple – que les Berglund qualifiaient de « dragée » – le faisait pour une raison particulière. Et pourquoi pas des cercueils à thème, qui refléteraient la personnalité de leur occupant…

Un l'arc-en-ciel pour qui revendiquait jusque dans la mort le droit d'aimer le même sexe ?

Une Harley Davidson pour un motard ?

Un Jésus, carrément ?

Des symboles écolos ?

« Mon équipe de foot préférée » ? Pour nombre de gens, le football, c'était la victoire ou la mort. Et quand on quittait ce monde, on préférait peut-être donner à son départ des allures de victoire.

Un Elvis Presley ? Dans sa jeunesse, Julius avait connu un sosie de la star qui chantait incroyablement faux et, en outre, ressemblait plus au roi Gustave V qu'au King. On murmurait que cela lui avait valu d'être tabassé et laissé pour mort dans un karaoké, des années plus tard. S'il vivait encore et avait commencé à penser à sa fin, voilà l'exemple parfait d'un client potentiel.

— Ça commence à prendre forme, apprécia Sabine quand Julius détailla ses pensées. Je devrais arriver à peindre ce que tu viens d'énumérer. Et beaucoup d'autres choses. Un cercueil Harley Davidson me prendra deux ou trois jours. Pour Elvis, il me faudra une semaine. De préférence au début de sa carrière, quand il n'était pas aussi gros, pour utiliser moins de peinture.

L'étape suivante serait de répandre la nouvelle. Pourquoi ne pas publier une nouvelle annonce dans le journal de Märsta ?

— Non, répondit Sabine. Je pense qu'il faut viser l'international avec notre concept. Tu crois qu'il existe une foire commerciale ? Comme un salon du cercueil ?

Julius n'avait jamais entendu parler d'un congrès de ce genre, mais le monde marchait sur la tête, alors pourquoi pas ?

— Tu me prêtes ta tablette pour faire une recherche ? demanda-t-il à Allan.

— Quoi ? fit Allan depuis son canapé. Mais qui va vous raconter tout ce qui se passe ou non sur la planète ?

— Personne, ça te va comme réponse ?

— Je vais chercher mon ordinateur portable, intervint Sabine, coupant court à leurs chamailleries. Je reviens tout de suite.

Il leur fallait donc un événement international. Il était raisonnable de penser que quatre-vingt-dix-neuf pour cent du potentiel d'un cercueil à l'effigie d'Elvis Presley résidaient en dehors de la Suède. Pour ne donner qu'un exemple.

Julius trouva ce qu'il cherchait dans la ville allemande de Stuttgart. Où aurait bientôt lieu le plus grand salon du voyage du monde. Cela leur allait comme un gant. Deux mille exposants venus de quatre-vingt-dix-neuf pays. Agences de voyages, chaînes hôtelières, offices de tourisme, camping-cars, caravanes, terrains de camping, tentes, sacs à dos et encore quelques centaines de produits.

— Des cercueils ? s'étonna l'organisateur, quand Julius lui téléphona pour réserver un stand. En principe, nous ne nous mêlons pas de l'image que veulent communiquer les exposants, mais le produit doit tout de même avoir un rapport avec le thème de l'événement...

— Mais il y en a un, répliqua Julius. Le dernier voyage, peut-être le plus important de tous. Pas vrai ?

L'organisateur, qui avait reçu plus tôt dans la journée la demande d'inscription d'un fabricant slovène de chausse-pieds, se dit que plus rien ne pouvait le surprendre.

— Bien entendu, monsieur. Je vous envoie les documents. Vous et vos... cercueils êtes les bienvenus.

À présent, il fallait définir les priorités. Le trio devrait emporter des échantillons. Quels thèmes conviendraient le mieux à ce contexte international ?

Sabine réfléchit à ce qui enthousiasmerait les Allemands. Un cercueil « Non au nucléaire » ? Allan, qui avait écouté d'une oreille, lança que cela ne fonctionnerait pas, ni en Allemagne ni ailleurs. Les Allemands avaient déjà décidé qu'ils ne voulaient plus de l'énergie atomique, alors à quoi bon manifester encore ? Pour tous les autres, l'accident nucléaire de Fukushima était déjà un souvenir. Les gens préféraient s'inquiéter de l'avenir, pas du passé ou, en l'occurrence, du présent immédiat. Peut-être vendraient-ils un ou deux cercueils antinucléaires au Japon, où on n'avait pas la mémoire aussi courte. Au large de Fukushima, la radioactivité des poissons était encore deux mille fois supérieure au niveau autorisé. Et récemment on avait mesuré un rayonnement de plus de cinq cents sieverts par heure autour du réacteur endommagé.

— Et qu'est-ce que ça signifie ? demanda Julius, qui en réalité s'en moquait, maintenant qu'il avait abandonné l'idée du cercueil antinucléaire.

— À trois, la survie est possible, expliqua Allan.

— Trois cents ?

— Non, trois.

C'était vachement gai, marmonna Sabine. Est-ce que la tablette noire d'Allan contenait quelque chose d'utile à leurs affaires ?

— Peut-être bien. La tonalité dominante en ce moment, c'est que ceux qui vont bien veulent éviter d'avoir affaire à ceux qui vont mal.

— Et sur cette base, à quoi va ressembler notre modèle économique ?

Allan n'avait pas de certitude, mais des tas de gens se noyaient chaque jour en mer Méditerranée. Une fois qu'ils s'échouaient sur les plages, ils avaient besoin d'un cercueil. Sabine objecta que, même vivant, un réfugié n'appartenait pas au groupe cible primaire. Allan dut en convenir. Julius, quant à lui, était impressionné par les termes que Sabine employait. « Modèle économique » et « groupe cible primaire », en l'espace de quelques phrases.

— Tu as le sens des affaires, la félicita-t-il.

— Le sens des mauvaises affaires, corrigea Sabine.

— Tu as déjà participé à des salons ?

— En fait, oui.

Vingt ans plus tôt, sa mère l'avait emmenée en voyage à Las Vegas, dans le Nevada, où se tenait un salon sur « l'éveil spirituel », ce qui, en traduction libre, signifiait une rencontre entre sa mère et vingt-cinq mille personnes tout aussi illuminées venues du monde entier.

Sa mère était spécialement venue pour le séminaire « Guérir par l'énergie spirituelle », mais s'arrangea pour le manquer, ainsi que la plus grande partie des autres conférences, ayant vite découvert qu'on pouvait se procurer du LSD sous toutes ses formes sur le périmètre du salon. Les Américains le nommaient *acid*. Maman Gertrud n'eut pas d'autre choix qu'essayer chacune des variantes locales pour découvrir quelles nouvelles portes spirituelles elles ouvraient. Résultat : elle avait passé trois des quatre jours que durait le salon dans sa chambre d'hôtel, tentant de se téléporter en Suède avec Sabine. Elle disait y être parvenue plusieurs fois, mais sa fille trop terre à terre n'avait pas bougé de Vegas.

Julius songeait qu'il était à deux doigts de tomber amoureux.

— Ma pauvre. Quelles épreuves tu as traversées !

— Bah ! fit Sabine en rougissant.

Ce n'était pas bien différent de tous les trips au LSD chez elles. Pendant que sa mère – ou du moins son esprit – faisait des allers-retours au-dessus de l'Atlantique, Sabine s'était promenée entre les stands et avait appris les bases de la communication avec son ange gardien. Pour deux mille huit cents dollars, on lui avait proposé un kit pour débutant, comprenant un DVD, un manuel et un CD de quatre-vingt-dix minutes de silence.

— Cela s'appelait « Conversation avec les anges ». Le silence s'expliquait par le fait que les anges ne parlent pas.

Le producteur d'asperges retraité malgré lui pensa que les possibilités de faire des affaires de par le monde étaient infinies.

— Si le projet des cercueils échoue, nous pourrions peut-être relancer l'activité de ta mère ? suggéra-t-il.

— Peut-être, dit Sabine.

Russie

Guennadi Aksakov avait grandi dans le Leningrad des années cinquante. Son père était professeur de philosophie, sa mère travaillait dans une banque. Le couple était tendre envers son enfant unique. Pour son dixième anniversaire, le petit Guenna reçut une crosse et une paire de patins à glace neufs, mais le hockey n'était pas sa tasse de thé. Le jeu était trop collectif. Même chose pour le football. Il préféra se tourner vers le sambo, une technique russe d'auto-défense à mains nues. On s'y affrontait d'homme à homme, avec nul autre sur qui compter que soi-même, ce qui convenait mieux à son tempérament. En outre, à l'entraînement, il retrouvait Volodia. Ils avaient le même âge, ils étaient égaux sur le tapis, ils riaient des mêmes choses et voyaient la vie de la même façon. En bref, ils devinrent meilleurs amis et l'étaient encore cinquante-cinq ans plus tard. Guenna allait et venait librement sur le lieu de travail de Volodia. Lui seul échappait à l'énorme dispositif de sécurité appliqué à chaque arrivée. En fait, il ne frappait pas à la porte avant d'entrer dans le bureau de son ami. Ce jour-là non plus.

— Bonjour, Volodia, lança-t-il. Je viens de téléphoner avec notre ami de Khabarovsk. Un jeune homme ambitieux, dois-je dire. Qui a malheureusement commencé à parler comme le petit chef de Pyongyang.

— Comment ça ? demanda le président Poutine.

— Il réclame cette centrifugeuse. Il dit qu'il en a besoin pour faire jouer des castagnettes aux Américains et aux Chinois.

Poutine sourit à cette image. Un Chinois et un Américain tremblant de peur côte à côte. Une splendeur.

Leur « ami de Khabarovsk » était le nouveau directeur du laboratoire de plutonium du nord du pays. Le poste était resté vacant quelques semaines, l'ingénieur s'étant pendu avec une rallonge électrique dans la chambre froide, jusqu'à ce que Kim Jong-un parvienne à apitoyer Poutine. C'était du moins ainsi que le Chef suprême s'illusionnait, voulant croire que, au fond de leur cœur, ces renégats de Russes n'avaient pas complètement oublié les enseignements communistes originels.

En fait, Poutine et son bras droit secret Guennadi Aksakov n'avaient qu'une seule intention : déstabiliser certaines régions du monde, afin de raffermir la Russie. Volodia et Guenna n'étaient toujours pas disposés à offrir une centrifugeuse à plutonium au fou de Pyongyang, mais ils avaient envoyé un ingénieur sibérien hautement qualifié, originaire de Khabarovsk, non loin de la frontière entre les deux pays.

L'homme de Khabarovsk avait connu des débuts difficiles, mais il se révéla à la hauteur des attentes du président russe. En seulement quelques semaines, il avait réussi son premier essai nucléaire souterrain, ce qui mit le monde hypocrite en émoi, conformément au plan. L'accord de Poutine avec le Chef suprême prévoyait que la Russie feindrait d'être aussi choquée que les autres.

Bien sûr, le nouveau devait en premier lieu fidélité à la Russie, qui lui fournissait de l'uranium sibérien. L'homme de Khabarovsk envoyait des rapports réguliers à Guennadi Aksakov. Voilà comment Volodia et Guenna apprirent le chaos semé au laboratoire par un Suédois centenaire. Kim Jong-un avait failli achever le président Poutine en lui rebattant les oreilles avec le réseau mondial d'agents secrets russes qui auraient dû identifier Karlsson et lui trancher la gorge. Mais secrètement, Poutine appréciait le personnage. Songez un peu, un centenaire qui débarque à Pyongyang et fait tourner en bourrique le petit chef. Indépendamment du fait qu'il avait ensuite disparu, le président avait l'intention de le laisser tranquille. Le problème allait vraisemblablement se résoudre de lui-même dans un avenir pas si lointain. L'information du jour était que l'homme de Khabarovsk joignait sa voix à celle de Kim Jong-un pour réclamer une centrifugeuse à plutonium. Volodia déchiffra sur le visage de son ami ce que celui-ci en pensait.

— Hum, fit le président. Envoie-lui la saleté, alors. Mais j'espère que nous n'allons pas trop loin, Guenna.

Suède, Allemagne

Le cercueil Arc-en-ciel était du voyage. Ainsi qu'un Harley Davidson, un Ferrari, un « Il n'y a pas plus beau que le golf », un John Lennon/*Imagine*, un « Vol de colombes dans un ciel bleu », une bière « Ronde de sylphides dans un pré » et une « Coucher de soleil sur la mer ».

Sabine, qui réagissait rapidement dans les situations nouvelles, acheta un corbillard d'occasion. Une fois l'affaire très rapidement conclue, elle s'aperçut que les huit cercueils censés les accompagner à Stuttgart n'y tiendraient jamais ensemble. Au maximum deux, et encore. Julius la consola en lui disant qu'ils en auraient besoin plus tard pour livrer les commandes, puis il l'envoya louer une camionnette à la station-service la plus proche. Avant leur départ, sur suggestion de Julius, elle eut le temps de peindre un cercueil VfB Stuttgart en rouge et blanc avec un peu de jaune et les mots « Une passion depuis 1893 », en allemand grâce à Google Translate.

— VfB Stuttgart ? Qu'est-ce que c'est ? demanda Allan.

— Le club de football local, expliqua Julius. Ça peut fonctionner.

Sabine ferma la supérette et accrocha sur la porte un écriteau : « Fermé pour cause de ce que vous faites vos courses ailleurs ». Ensuite, le trio se mit en route vers le sud, avec neuf cercueils dans ses bagages.

Le voyage dura deux jours, avec haltes pour la nuit à Copenhague et Hanovre. Et dans les deux villes, dîner à trois, aussi sympathique qu'ils pouvaient l'être avec Allan qui s'entêtait à lire à voix haute les informations, comme si Sabine et Julius ne savaient pas comment allait le monde. La dernière histoire à leur réchauffer le cœur était celle d'une ancienne lauréate du prix Nobel de la paix qui se consacrait peut-être plutôt au génocide.

Après le dîner à Hanovre, Allan partit se coucher. Julius dit qu'il le suivrait mais ne tint pas sa promesse. Il passa la nuit dans la chambre de Sabine, un arrangement auquel ils songeaient tous deux depuis un moment.

— Je vois, lança Allan le lendemain, quand le trio se réunit au petit déjeuner. La ministre des Affaires étrangères ne te suffisait plus.

— Idiot, répliqua Julius.

Depuis leur rencontre, quelques mois plus tôt, Sabine et lui avaient passé chaque jour et chaque soir ensemble. Allan était présent, mais il quittait rarement son canapé et, pour toutes les raisons possibles, ne représentait aucune menace contre la romance entre Julius, bien plus jeune, et Sabine, encore plus jeune.

Dire qu'ils avaient eu un coup de foudre serait faux. Au moment de leur rencontre, Julius avait tenté de dépouiller sa future amie d'un paquet de pansements. Mais ensuite leur relation avait grandi avec constance. Et le soir, à Hanovre, elle aboutit à une nuit qu'aucun des deux ne regretta le lendemain. Julius trouvait que Sabine le rendait meilleur. Elle ne faisait pas que recevoir, elle donnait aussi. Il était… fier d'elle.

— Mieux vaut tard que jamais, dit Sabine en constatant qu'elle était tombée amoureuse peu avant son soixantième anniversaire.

— Il vaut bien mieux tard que jamais, renchérit Julius en élevant son verre de lait pour trinquer.

— Oui, oui, dit Allan. Vous savez ce que Trump a inventé cette nuit ?

Allemagne

Le salon fut un franc succès. Peu des deux mille exposants reçurent plus d'intérêt que le stand D128, celui avec les neuf cercueils et les banderoles comme « Le ciel ne peut attendre », « Ticket pour le paradis » et « Le dernier voyage ». Sabine ne savait pas vraiment ce qu'elle cherchait à communiquer, mais, étant en charge du design du stand, elle avait voulu qu'il soit aussi vivant que possible.

Le premier cercueil à partir fut celui aux couleurs du VfB Stuttgart. Un authentique supporteur du Karlsruhe SC leur offrit trois mille euros, dans l'intention d'humilier le club adverse à la première occasion. Si aucune ne se présentait, il permettrait à tous les supporteurs du Karlsruhe SC qui le souhaiteraient de faire leurs besoins dans le cercueil sur la place publique, pour dix euros. Ensuite, il y mettrait le feu et diffuserait la vidéo dans l'espoir d'obtenir un succès viral.

— Ça brûle vraiment, les vous savez quoi ? demanda Sabine au client qui lui en avait dit bien plus qu'un vendeur n'a besoin de savoir.

Julius intervint, disant que le but du cercueil était d'honorer le VfB Stuttgart, pas de s'en moquer. Il ajouta qu'il comprenait désormais – s'il ne l'avait pas déjà su avant – pourquoi l'idée de la paix dans le monde était si utopique. Et, dernier point mais non le moindre, il déplora profondément que l'acheteur fasse passer la haine avant l'amour.

— Cela dit, en ce qui concerne ces trois mille euros, nous sommes preneurs.

La deuxième vente fut une commande spéciale d'un cercueil aux couleurs du club de football de Karlsruhe. Le hasard faisant si bien les choses, un supporteur de Stuttgart avait entendu la conversation.

— Chiera bien qui chiera le dernier, lança-t-il au supporteur du Karlsruhe SC, une fois le contrat signé.

Les deux hommes commencèrent à se chamailler, puis ils en vinrent aux mains, au point qu'ils furent expulsés par les agents de sécurité.

Le trio vendit douze cercueils supplémentaires, dont quelques commandes spéciales, avant que la manifestation touche à sa fin. Le seul modèle exposé qui ne trouva pas preneur fut le « Coucher de soleil sur la mer ». Sabine attribuait cela à la situation géographique de Stuttgart, à six cents kilomètres des côtes les plus proches, et Julius au fait que la scène évoquait trop un lever de soleil.

Avec quatorze cercueils à trois mille euros, le voyage en avait rapporté quarante-deux mille. La société Mourir avec fierté n'était pas encore officiellement fondée que déjà son avenir semblait florissant.

C'était sans compter avec cette fichue malchance.

Danemark, Suède

Povl Riis-Knudsen avait présidé le Danmarks Nationalsocialistiske Bevægelse[1] jusqu'au jour où il s'était amouraché d'une Arabe. Découvert, il avait argué que sa maîtresse avait le teint très blanc, en vain. Un Arabe était un Arabe. Il laissa tout de même son empreinte à la tête du mouvement. À la télévision danoise, il prônait l'expulsion de tous les étrangers du pays, la peine de mort pour quiconque propageait le sida, l'envoi des opposants politiques dans des camps de travail et la stérilisation de ceux qui n'avaient pas la bonne couleur de peau. Selon une logique extrêmement complexe, il se prit d'enthousiasme pour le fondamentalisme islamique tout en se refusant à toucher les musulmans, même avec des pincettes (sauf s'ils avaient la peau suffisamment claire). Plus tard, il se fit un devoir de démontrer dans des publications que les camps d'extermination de la Seconde Guerre mondiale étaient pure invention.

---

1. Mouvement national-socialiste du Danemark. (*Toutes les notes sont de la traductrice.*)

Le Danois était une source d'inspiration essentielle des néonazis suédois du Mouvement de la résistance nordique. Ils avançaient des arguments biologiques plutôt que géographiques : selon eux, la menace ne pesait pas simplement sur les deux pays mais sur la race aryenne, et in fine l'humanité tout entière. Au sein de l'organisation, on croisait autant de purs mais discrets Démocrates de Suède que de personnes qui voulaient frapper vite et fort.

Kenneth Engvall appartenait à la seconde catégorie. Un jour, le Mouvement de résistance avait requis une autorisation à manifester : ce fut la goutte d'eau qui fit déborder le vase. Quel genre de résistance était-ce donc ? Et à qui avait-on adressé cette demande ? À cette élite dirigeante juive corrompue qu'on prétendait combattre !

Pour Kenneth, c'était simple. La vraie démocratie signifiait entre autres le droit d'exclure ceux qui n'avaient pas leur place dans les pays nordiques. S'ils ne partaient pas de leur plein gré, il y avait d'autres solutions. La « demokratía », au sens propre du mot, impliquait que les nationaux-socialistes étaient faits pour gouverner le peuple, et que celui-ci, le bon peuple, gouvernerait de concert.

Le peu de respect qu'éprouvait Kenneth pour le Mouvement de la résistance nordique ne lui donnait toutefois aucune raison de rechercher le conflit sur deux fronts. Ils n'avaient qu'à continuer comme ça. Ils n'étaient pas complètement nuls, de toute façon. Pendant la dernière manifestation à Göteborg, plusieurs de ses membres avaient levé le bras droit, paume tournée vers les spectateurs. Voilà qui était mieux ! Seul détail énervant : après coup, ils avaient prétendu qu'il s'agissait d'un « salut amical aux partisans » et seule l'élite dirigeante y avait lu autre chose. Beaucoup virent de l'humour dans le fait de nier un geste si évident. Kenneth n'y trouva que lâcheté. La seule chose qu'ils avaient un intérêt à nier était l'Holocauste, dont se nourrissait la mafia juive. Où étaient passés les six millions de Juifs envolés pendant ces années, ce n'était pas aux néonazis de l'expliquer. Les gens pouvaient faire ce qu'ils voulaient de leurs vies.

Argumenter avec l'élite dirigeante revenait à la reconnaître. Et ça, Kenneth s'y refusait. Les tribunaux du peuple, qui remplaceraient bientôt la justice de pacotille à la botte de l'élite dirigeante, auraient pour mission première de purger le Nord de tous les traîtres à la race. Ainsi que des Arabes, Juifs et Roms, bien sûr. Et de l'assumer ! À la fin, il resterait uniquement le blanc et pur, que l'élite actuelle s'appliquait à anéantir. Ça, c'était un génocide. On ne pouvait pas laisser faire cela !

Et que faisait le Mouvement de la résistance nordique ? Il manifestait ! Et se désavouait.

Un observateur neutre aurait placé Kenneth Engvall très haut dans la liste des individus les plus dangereux de Suède. Il avait fait ses premières armes aux States, au sein de la Fraternité aryenne de Los Angeles, poursuivant une carrière nazie et fasciste, sans avoir bien compris la différence. Il avait

251

grimpé plusieurs échelons le jour où il avait coupé en deux au moyen d'une tronçonneuse un homme à l'attitude insolente et à la mauvaise ethnie. Cela lui avait valu d'être incarcéré quatre ans, pas plus, car le génial avocat de la Fraternité avait réussi à faire classer le meurtre brutal en homicide involontaire.

Au bout d'une semaine derrière les barreaux, Kenneth massacrait un codétenu mexicain qui avait commenté les tatouages qu'il arborait dans le dos : « À la mémoire d'Adolf Hitler » placé au-dessus d'une croix gammée, le tout surmontant la croix du Ku Klux Klan et les mots « White Supremacy ». Selon l'homme, il fallait être lobotomisé pour s'identifier à Hitler et au KKK. Un instant plus tard, un stylo à bille lui traversait l'œil jusqu'au cerveau, ce qui eut peu ou prou le même effet qu'une lobotomie.

Les sept autres détenus qui se trouvaient dans la pièce avaient réussi à regarder ailleurs quand l'incident s'était produit. Pas de témoins, pas de coupable. Mais au cours des trois ans et cinquante et une semaines que Kenneth Engvall purgea ensuite, personne ne s'avisa de faire de remarque sur ses tatouages ou ses actes.

À présent, Kenneth, libre depuis longtemps, était de retour au pays natal. Imité par son petit frère Johnny, il avait rejoint le Mouvement de la résistance nordique, s'y était fait un nom, mais ne parvint jamais à la tête de l'organisation, où était pourtant sa place. On le trouvait trop direct. Qu'est-ce que c'était que ces conneries ? S'il y avait une chose dont le pays avait besoin, c'était bien de franchise !

Voilà comment il fonda l'Alliance aryenne, en collaboration avec la Fraternité aryenne de Los Angeles. Les activités avaient à peine commencé, il n'y avait encore aucune structure à proprement parler. Kenneth et son petit frère échafaudèrent un plan pour prendre le pouvoir et consacrèrent leur temps à tuer les éléments étrangers, et surtout à les tabasser. Une série de meurtres aurait risqué de réveiller l'élite actuelle et ses pantins dans les rangs de la police. En prendre pour vingt ou trente ans n'était pas le moyen le plus rapide d'établir un nouvel ordre.

L'argent était aussi un problème. Les Frères américains les soutenaient par un versement tous les mois mais avaient précisé que, à terme, l'argent devrait circuler dans l'autre sens. Ils conseillaient à Kenneth d'arracher la filière de la cocaïne de Stockholm au contrôle de la coalition turco-italienne qui dominait le marché. C'était entendu, mais à deux, éliminer au moins huit personnes bien protégées exigeait de la préparation. « *Take your time* », répondirent les Américains. Ils avaient confiance en Kenneth.

Russie

On aurait cru que Guennadi Aksakov n'existait pas. Il n'avait ni titre, ni employeur, ni mission officielle. En revanche, il possédait deux passeports, un russe et un finlandais. Il avait obtenu le second en 1998, au prix de certains efforts, avec l'appui du directeur du Service fédéral de sécurité de la Fédération de Russie de l'époque, un certain Vladimir Vladimirovitch Poutine. Il était son diplomate de l'ombre.

Étant finlandais quand cela l'arrangeait, Aksakov pouvait circuler à sa guise dans les pays nordiques. Bien sûr, il avait mieux à faire que déstabiliser la région, mais la taille de ce marché lui permettait de tester de nouvelles idées.

À présent, il y avait dans les quatre pays nordiques des partis nationalistes bien établis, combattant tous l'Union européenne et, par là même, travaillant pour Guennadi sans s'en rendre compte. Cependant, leurs espoirs politiques stagnaient clairement. Les populistes suédois, par exemple. Ils amplifiaient les problèmes existants ou en inventaient de nouveaux, ils polarisaient et attisaient la peur des gens envers leur prochain. Ensuite, ils pointaient du doigt les troubles qu'ils avaient eux-mêmes créés et prétendaient être les seuls à avoir des solutions.

La méthode n'était pas nouvelle. En 1933, Hitler, Göring et Goebbels avaient réussi à transformer un incendie criminel isolé en conspiration communiste internationale. Il ne fallut pas longtemps pour que quatre mille opposants politiques fussent emprisonnés sans procès, des mesures d'urgence promulguées, les partis adverses interdits, tout comme des pans de la presse. Et ce n'était que le début.

À siècle nouveau, solutions nouvelles. Les Démocrates de Suède, les Vrais Finlandais, le Front national, l'Aube dorée, le PVV, le BNP, l'AfD, le FPÖ et autres sigles pouvaient tenter d'appliquer les méthodes de 1933 si ça leur chantait, ils n'iraient pas loin. Car moins d'un Suédois sur cinq concevait de voter pour un parti qui affirmait qu'avoir grandi en Suède tout en étant bon au foot ne rendait pas pour autant suédois. Dans le Nord ressuscité, on ne porterait pas de nom à coucher dehors.

L'actuel président des Démocrates de Suède avait fait carrière dans le parti, avait peaufiné ses arguments jusqu'à les rendre presque méconnaissables, s'était fait poser de nouvelles dents et avait travaillé de longues années avec acharnement. Et pourtant, quatre Suédois sur cinq lui tournaient le dos. Pour Guennadi Aksakov, c'était la preuve que les populistes de droite n'arriveraient jamais à faire exploser l'Union européenne. Pas sans un coup de pouce.

L'argent n'était pas le problème. Guennadi et son ami Poutine détenaient des milliards de couronnes. Soit plusieurs centaines de millions d'euros ou de dollars. Le montant en roubles était moins intéressant. Mais aider financièrement les Démocrates de Suède, les Vrais Finlandais et les autres était risqué et surtout impossible. Les mentalités étaient telles que très peu de gens se considéraient comme extrêmes. Tant que la Suède n'aurait rien de plus radical à proposer que les Démocrates, il y aurait toujours trop de gens pour ne pas voter pour eux, qu'ils approuvent ou non les opinions défendues par le parti. Renflouer leurs coffres pour les aider à crier plus fort leurs vérités ne changerait rien.

En revanche, si Guennadi soutenait la naissance d'une nouvelle voix, à droite de l'extrême droite, les Démocrates de Suède pourraient pointer du doigt ces néonazis en disant « Regardez comme ils sont horribles, nous ne sommes pas du tout comme eux ! », et les gens opineraient du bonnet. Soudain, voter Démocrates serait beaucoup plus politiquement correct. Les quinze pour cent d'électeurs deviendraient trente, le troisième plus grand parti du pays pourrait avancer à la deuxième place, voire à la première. Un Premier ministre issu des Démocrates de Suède ne signifierait pas nécessairement la sortie de l'Europe, car cela exigeait une majorité parlementaire, mais le paysage politique serait bouleversé. Les libéraux et sociaux-démocrates conservateurs auraient intérêt à revoir leur politique étrangère. Personne ne voulait mourir, ni les individus ni les partis politiques.

Et surtout, si l'expérience se montrait concluante dans la petite Suède, il suffirait de la reproduire dans un pays où cela serait vraiment utile.

Comme l'Allemagne.

Guennadi Aksakov avait le choix entre le Mouvement de la résistance nordique, bien établi, et la jeune Alliance aryenne. Le problème de la première organisation était que la police secrète suédoise l'avait si bien infiltrée qu'on ne pouvait plus se fier à personne. Le problème de la seconde, c'était que jusqu'ici ils n'étaient rien.

Mais Guennadi n'était pas pressé. Qui va lentement va sûrement.

Il était allé voir Kenneth Engvall et son frère un lundi – sous un faux nom, bien entendu. Dès le mardi, il avait débloqué quatre millions d'euros pour les nobles activités de l'Alliance aryenne. Les frères Engvall crurent ce qu'ils voulaient des origines de Guennadi et de son amour pour leur cause. Tout se serait bien passé si ces deux foutus imbéciles s'étaient seulement débrouillés pour rester en vie.

Suède

Kenneth Engvall décéda bientôt dans le cadre d'une action politique spontanée.

Les frères se rendaient à un hypermarché de Bromma, non loin de l'aéroport national de Stockholm. Le cadet, au volant, cherchait une place de parking. L'aîné, sur le siège passager, aperçut un mendiant assis près d'une entrée de la grande surface. Prodigieusement irrité à cette vue, il prit une décision rapide.

— Attends-moi ici en laissant le moteur tourner, on va faire nos courses ailleurs. Je veux juste... m'exprimer.

Comprenant plus ou moins ce que projetait Kenneth, Johnny acquiesça.

L'aîné descendit de voiture et s'approcha du Roumain réduit à espérer la compassion d'un passant (tandis qu'en haut lieu on discutait de la légalité de la mendicité au lieu de signifier à la Roumanie, membre de l'Union européenne, qu'elle devrait avoir honte d'elle-même).

— Bonjour, dit le Rom en apercevant Kenneth.

— Bonjour toi-même, espèce de sale manouche ! rétorqua Kenneth en abaissant sa casquette sur son front tout en accélérant l'allure, afin de balancer au nécessiteux un puissant coup de botte dans la gorge.

Manque de chance, quelqu'un avait lâché dans une flaque d'eau un prospectus annonçant une promotion sur la viande hachée. Kenneth posa le pied pile sur le prospectus (« viande bio, produite en Suède, 199 couronnes le kilo »), glissa, perdit carrément l'équilibre, pirouetta d'un quart de tour sur sa jambe d'appui, manqua le mendiant, atterrit sur le dos et heurta de la tête le socle en béton de la poubelle publique derrière laquelle le Rom se protégeait du vent. Kenneth Engvall se fendit la tempe, subit une importante hémorragie cérébrale et mourut dans l'ambulance.

Celui qui aspirait au titre d'homme le plus dangereux de Suède n'était plus. En une seule fois, l'Alliance aryenne avait perdu la moitié de ses adhérents. L'autre n'avait plus qu'à s'occuper des funérailles.

Justement, Johnny venait d'assister à l'enterrement d'une connaissance, le sous-fifre d'un des huit pontes du cartel de cocaïne que visaient les frères. Selon Kenneth, la première phase de l'opération de prise de contrôle était l'infiltration. En quoi consistait la phase deux, il n'eut pas le temps de le lui expliquer.

En tout cas, le sous-fifre n'avait plus à s'inquiéter d'être éliminé ou non le moment venu. Il l'avait été à peine avait-il tourné le dos à une toxicomane en manque, une femme frêle, légère comme une plume, totalement inoffensive. En principe.

Le dealer venait juste de lui annoncer qu'il n'y aurait pas de ravitaillement à moins qu'elle ne crache de l'argent. Et, certain qu'elle ne pourrait rien cracher de plus que du sang, il s'était éloigné… et fut extrêmement surpris de ressentir une douleur aiguë. Le poids plume avait eu l'insolence de lui planter un couteau dans l'épaule. La salope allait…

Lui n'alla pas plus loin. C'est difficile, quand on vient de se faire trancher l'artère subclavière. Cinq secondes plus tard, c'est la perte de connaissance et, après quelques instants, l'arrêt cardiaque définitif.

Le contact de Johnny avait été enterré deux semaines plus tard et vite oublié. Ce qui avait été remarquable à l'enterrement, ce n'étaient pas les circonstances de la mort du dealer, ce genre de choses arrivait. Il s'agissait plutôt du cercueil. Noir étincelant, tuné avec des images de Harley Davidson, et les mots « *Highway to Hell* » sur chaque flanc. Johnny n'avait jamais rien vu d'aussi classe dans une église.

Johnny Engvall n'était pas aussi fin stratège que son frère aîné Kenneth, mais sa réputation était presque aussi solide. Au fil des ans, il avait inscrit trois meurtres sur son CV. Un homo, un bougnoule et un flic – qui, en plus, était bougnoule. Ce dernier meurtre s'était produit après une manifestation nazie dans le centre de Stockholm. Un gars en uniforme s'était approché d'un peu trop et avait pris Johnny par le bras.

« Me touche pas, connard de flic ! avait crié Johnny.

— Du calme, bordel, avait dit le policier. Je veux juste… »

Mais Johnny avait déjà sorti son Colt Trooper 1984 de sa poche intérieure et avait tiré une balle dans la gorge de l'agent, à une vingtaine de centimètres de distance.

Sa réaction avait été un peu hâtive, Johnny l'avait reconnu ensuite. Personne n'est parfait. Ça avait fait un sacré bazar, évidemment. Pourtant, le flic n'avait ni gonzesse ni mioche pour aller chialer dans les journaux. Il était sûrement pédé. L'avantage était que, depuis l'incident, Johnny jouissait d'un grand respect dans les cercles qui comptaient, dû à bien plus qu'au simple nom de son frère. L'inconvénient, c'était qu'il n'apprendrait jamais ce que le pédé basané lui voulait.

Le meurtre du policier ne fut jamais élucidé. Aucun des témoins potentiels n'était disposé à courir le risque de finir de la même façon. Les enquêteurs de la police n'atteignirent même pas le stade du tuyau discret entre amis.

Tuer un policier en pleine rue et rester en liberté était un exploit, mais Johnny demeura « le petit frère », car personne ne pouvait surpasser le crime d'avoir coupé un homme en deux à la tronçonneuse. De plus, Johnny n'avait pas roulé sa bosse aux États-Unis aussi longtemps que Kenneth. Les States étaient bons pour l'image.

Suède

La supérette n'avait pas rouvert ses portes après le retour du trio d'Allemagne. Vieilleries au rebut, place au neuf et à bas le mur mitoyen. Les pompes funèbres avaient doublé de taille. Sabine avait accroché une autre pancarte à l'entrée de l'ancienne supérette : « Fermé ad vitam aeternam, faites vos courses ailleurs. PS : N'oubliez pas que vous êtes mortels. En ce moment, 10 % de réduction sur les cercueils, porte à côté ».

La boutique funèbre n'attira jamais de passants, mais les amis avaient maintenant une longue liste de commandes en provenance de la Suède et de l'Europe. Sabine complimenta Julius pour ses talents d'organisation et sa vivacité. Il la remercia par des mots tendres sur son don artistique et ses beaux yeux.

— Oui, oui, soupira Allan.

C'était Sabine qui se chargeait des livraisons, les effectuant elle-même en corbillard, ou les confiant à DHL pour les clients les plus éloignés. Quand elle s'absentait, Julius assurait la permanence téléphonique.

— Mourir avec fierté SA, que puis-je faire pour vous ?

— C'est ce que nous allons voir. Je m'appelle Johnny. Vous faites des bières sur commande ?

— Oui, ou des cercueils, comme nous disons ici. Nous réalisons également des modèles personnalisés, notre spécialité.

— Dans ce cas, j'ai besoin de vous.

— C'est qu'en ce moment nous sommes assez pris...

— Je vous donne cinq jours.

— Comme je viens de vous le dire, nous sommes surchargés. Je ne crois pas...

— Combien ?

Julius sentit l'odeur de l'argent, qu'il reconnaissait entre mille depuis au moins soixante ans. Il avait au téléphone un client qui ne chipoterait pas sur le prix.

— Eh bien, il n'est sans doute pas impossible que... Nous fixons nos prix en euros, car nous sommes un acteur international, en quelque sorte. Quatre mille eur...

— Je vous en donne cinq mille si vous faites le cercueil comme je vous le dis, sans vous plaindre.

— Bien entendu, dit Julius en songeant qu'il pouvait peut-être faire cracher encore un peu plus le client. Cinq mille, plus la TVA, donc.

— Non, cinq mille sans TVA ni reçu. Ni plaintes. En liquide.

Le producteur d'asperges pressentait que le motif souhaité serait tout sauf mignon... Ce Johnny n'avait qu'une image approximative du résultat qu'il désirait, aussi écouta-t-il le point de vue artistique du fournisseur. Au bout d'un quart d'heure, Julius résuma ce qu'ils avaient décidé. Il s'agissait d'éviter tout malentendu.

— Voyons… La plus grande partie du cercueil sera peinte en noir. Sur le couvercle, une croix gammée rouge. Vous en êtes absolument certain ? Bon. Continuons : sur les flancs, « Notre sang, notre honneur » en rouge sur fond blanc, suivi d'une croix celtique. Sur les côtés courts, « Pouvoir blanc », dans cette même couleur, suivi du symbole des SS. Cela vous convient toujours ? Oui. Sur les espaces encore libres, des flammes. J'ai bien saisi le concept ?

— Oui, dit Johnny Engvall. Je dirais même très bien.

— Et nous oublions les slogans appelant à la mort des flics et des traîtres à la race, ainsi que les formules semblables sur les homosexuels et les Juifs ?

— Oui, vous avez dit que ça ferait un peu trop, pas vrai ?

Julius était à court de mots. Depuis le début, cette histoire était en fait beaucoup « trop ». Pourtant, quelque chose chez ce Johnny l'empêchait de refuser. Et Julius ne pensait pas en premier lieu à l'argent.

— C'est exact. Le caractère solennel du cercueil est important.

— Je passe commande, dit Johnny Engvall. Vous livrez le cercueil samedi à la morgue que je vous ai indiquée, OK ? Je vous envoie tout de suite l'argent dans un sac par taxi.

Par taxi ? s'apprêtait à s'exclamer Julius. Mais il s'étonna, plus terre à terre :

— Samedi ? C'est un jour inhabituel pour un enterrement. En général…

— En général, les gens font ce que je leur dis, coupa Johnny Engvall.

Il en avait assez d'être contredit de tous côtés. Les invités faisaient tout le chemin depuis l'Amérique pour assister à la cérémonie et n'avaient pas le temps d'attendre les traditions funéraires suédoises.

— C'est entendu, acquiesça Julius. Aucun problème.

Ces derniers mots étaient un mensonge, qui n'avait même pas l'excuse d'être pieux. Ils avaient de toute évidence écopé d'un client nazi. Mieux valait ne pas bâcler cette commande. Ce que Sabine ne fit pas.

Les choses déraillèrent quand même.

Suède

— Ton travail est varié, commenta Julius en observant les trois derniers cercueils prêts à être livrés.

Celui de gauche était noir, avec croix gammée et symboles suprémacistes. Celui du milieu était jaune, rouge et bleu, en hommage à l'équipe de hockey de Djurgården. Et celui de droite était bleu clair, arborant le long des flancs des lapins blancs sautillant dans une verte prairie, et sur le couvercle des nuages blancs duveteux et la prière : « Dieu qui aime les petits enfants, veille sur moi qui ne suis pas grand ».

— Oui, dit Sabine en se lavant les mains. Aujourd'hui, nous avions croix gammée, sport et lapins. Demain, ce sera Lénine. Visiblement, le dernier communiste n'est pas mort. À moins que ce ne soit lui qui vienne de trépasser. On pourrait aller au restaurant ce soir ?

— Avec plaisir ! Pour fêter quoi ?

— N'importe quoi. Décide. Notre rencontre ? Nos finances qui commencent à mieux se porter ? Les ampoules que tu n'as pas eues ces derniers mois ?

Julius trouvait que la première raison était la meilleure de toutes.

— On prend le corbillard ou un taxi ?

Pour réaliser le cercueil léniniste, Sabine commença par laquer toute la surface dans la bonne nuance de rouge. Pendant que le produit séchait, elle s'entraîna à dessiner Lénine. Le résultat fut convaincant. L'homme était facile à représenter, avec son visage anguleux juste comme il fallait.

— Ce n'est pas un Picasso, mais presque, dit-elle tout haut, satisfaite.

Puis elle retira sa blouse de peintre et alla se pomponner avant de s'occuper des livraisons de la semaine. Deux cercueils étaient destinés à la même morgue, au sud de la capitale, et un troisième à un autre établissement, à seulement trente kilomètres de là. À mesure que l'argent affluait, elle confiait de plus en plus de livraisons à DHL. Une fois, au début, elle avait fait l'aller-retour jusqu'à Sundsvall, mais à présent, au-delà de la région du lac Mälar et des environs immédiats, elle faisait appel à un sous-traitant. On était vendredi, à un jour seulement de la catastrophe.

Suède

Johnny Engvall portait une chemise blanche, son meilleur blouson de cuir noir, un pantalon et des gants assortis. Il avait planifié une petite réception solennelle. Les quatre leaders de la Fraternité aryenne de Los Angeles étaient invités d'honneur. Les seuls invités, en fait. Quatre hommes courroucés et dangereux. Plus Johnny, qui l'était bien assez, lui aussi.

Johnny savait que, après l'enterrement, il devrait répondre à des questions pénibles sur les plans de l'Alliance aryenne, comptant un unique adhérent, pour conquérir le cartel de cocaïne de Stockholm puis renverser le gouvernement. Autrefois, les Américains avaient dit « *Take your time* ». Si Johnny présentait bien ses arguments, peut-être le répéteraient-ils. Pour le moment, ils ne savaient rien des quatre millions d'euros de leur sponsor finlandais secret. Kenneth attendait de trouver les bons mots pour le leur annoncer. À présent, Johnny se cassait la tête à se demander ce qu'ils auraient été.

D'un point de vue financier, il n'avait plus besoin des Américains, mais ils apportaient un statut. Grâce à eux, Johnny appartenait à quelque chose de plus grand. S'ils prenaient mal l'apparition d'un autre mécène, tout pouvait arriver, y compris l'exécution de Johnny lui-même.

Chaque chose en son temps. À présent, c'était l'heure de l'enterrement.

Le cadet, souhaitant rendre hommage à Kenneth jusque dans les moindres détails, avait projeté un toast au pied des marches de l'église. Kenneth avait un engouement particulier pour le whisky irlandais. Double ration, avec quatre gouttes d'eau. On racontait que pendant ses années en Californie un barman de Malibu avait fini avec un couteau planté dans la main, pour lui avoir servi par erreur un Jim Beam Kentucky Straight Bourbon. Sans gouttes d'eau.

Revenu en Suède, Kenneth avait élargi ses préférences. Quand les températures fraîchissaient, il lui arrivait d'additionner son whiskey de café, de sucre de canne et de crème. C'était chaud, délicieux et revigorant. À condition que l'ingrédient principal vienne d'Irlande et de nulle part ailleurs.

Il y aurait donc de l'irish-coffee, plus solennel. Une fois les quatre hommes arrivés et réchauffés, Johnny prononça un bref discours de bienvenue. Il expliqua pourquoi ils étaient réunis dans une église. Kenneth devait être enterré dans la tombe familiale, c'est ce qu'il aurait souhaité. Cela impliquait la présence d'un pasteur, mais Johnny avait averti le religieux de ne pas mêler Dieu et Jésus-Christ à la cérémonie, à moins de vouloir les rejoindre avant l'heure.

— Vous savez tous à quel point j'aimais mon frère. Je vous invite maintenant à prendre place. Et à imaginer la fierté de Kenneth dans le cercueil que j'ai choisi.

Un murmure de curiosité se propagea dans le petit groupe. Certains hochèrent la tête, impatients. Le petit frère d'Engvall savait visiblement ce qu'il faisait. Johnny se plaça en position stratégique en haut du perron, pour serrer la main de chaque homme qui entrait. Il agissait ainsi par respect authentique envers son frère, mais il avait aussi une autre raison, qu'il ne voulait pas s'avouer à lui-même.

Les Américains n'avaient pas encore désigné le successeur de Kenneth. Johnny était l'unique candidat, mais on devait encore annoncer le nom de l'élu. Ou bien renoncer à la branche suédoise, maintenant que son fondateur n'était plus de ce monde. Mais Johnny ne pouvait croire que les leaders américains aient traversé l'Atlantique pour annoncer la dissolution. Peut-être serait-il promu le soir même.

Le futur chef suédois, plongé dans ses pensées, n'entendit pas le tumulte dans l'église. Quand il entra enfin, il découvrit une scène épouvantable.

Au lieu de s'asseoir, les quatre invités s'étaient avancés jusqu'au pasteur et au cercueil. Deux à gauche, deux à droite. Et entre les deux, s'offrant pleinement à la vue de Johnny, un spectacle incompréhensible.

Le pasteur adressa un sourire à Johnny et à l'assemblée. Indiquant le cercueil de la tête, il déclara qu'il le trouvait aussi très beau. Si ces messieurs daignaient prendre place, la cérémonie pourrait commencer.

Personne ne l'écoutait. Tous observaient Johnny, qui passait lentement devant eux, et frôlait le couvercle pour s'assurer qu'il ne rêvait pas.

Le cercueil que Johnny avait commandé spécialement en signe de respect et de déférence était bleu ciel au lieu de noir. À la place de la croix gammée et des flammes, il montrait des lapins blancs dans une prairie et, sur le couvercle, des nuages blancs rebondis et les lettres dorées : « Dieu qui aime les petits enfants, veille sur moi qui ne suis pas grand ».

— Je comprends votre émotion, hésita le pasteur. Je vous en prie, asseyez-vous.

Ce fut le leader de la Fraternité aryenne qui rompit le silence. Il s'était fait tatouer une croix gammée sur le front, plutôt que sur la poitrine comme tout le monde.

— Je ne suis pas sûr que ça soit très important, Johnny, mais que veulent dire ces mots ?

— Ça veut dire…, fit Johnny, avant de se raviser. Tu préfères ne pas le savoir.

L'Américain aurait bien aimé, mais ce n'était que simple curiosité. Les lapins étaient amplement suffisants, ainsi que les nuages duveteux.

— Je m'en vais, dit-il.

Les Américains numéro deux, trois et quatre lui emboîtèrent le pas.

Le pasteur n'y comprenait plus rien. Le frère du défunt lui avait glissé dix mille couronnes avec l'ordre de ne pas critiquer la bière ni parler de Dieu.

271

Il n'y avait pourtant rien à redire sur la première. Difficile d'imaginer plus distingué.

À cet instant, Johnny sortit de sa catatonie. Les Américains le pensaient-ils responsable de la situation ?

— Attendez, les gars. Vous ne croyez tout de même pas que…

C'est alors que le pasteur commit la plus grosse erreur de sa carrière. Sentant que le frère du défunt avec besoin de réconfort, il s'approcha pour le serrer longuement dans ses bras. Une minute plus tard, il avait été si soigneusement passé à tabac que sa propre mère ne l'aurait pas reconnu. Johnny frappait, encore et encore, pour oublier la bière et la situation. Le seul résultat fut que les quatre Américains repartirent avant que Johnny ait pu s'expliquer. Le cercueil n'avait pas bougé. Le pasteur non plus.

Le cadet redescendit sur terre. Il essuya ses mains couvertes de sang sur son pantalon en faisant un pas vers cette monstruosité de cercueil. Il était au supplice. Si Kenneth était là-dedans, c'était une catastrophe. Sinon… où était-il ?

Les jours de Johnny à la tête de l'Alliance aryenne étaient finis avant d'avoir commencé. À cela, il ne pouvait rien changer. Pour l'instant, il y avait plus important. Quelqu'un devait payer de sa vie l'affront fait à son frère. Et il fallait retrouver Kenneth.

Le pasteur remua faiblement. Johnny se pencha vers lui et lui souffla quelques mots à l'oreille. Le religieux, couvert de sang, acquiesça : il était tombé de la chaire.

L'abandonnant à son sort, Johnny alla s'asseoir dans sa voiture, sortit son téléphone et appela le numéro de la morgue. Une certaine Beatrice Bergh lui répondit. Johnny se présenta et lui demanda où elle se trouvait, car il avait l'intention de la massacrer. Beatrice Bergh fut épouvantée, et elle en avait tout à fait le droit.

Suède

Les affaires allaient bon train. Le téléphone de l'atelier sonnait même le week-end. Comme en cet instant, un samedi après-midi.

— Mourir avec fierté, mais pas nécessairement tout de suite, annonça Allan en décrochant le téléphone posé sur une petite table, à côté du canapé qu'il ne quittait guère.

Beatrice Bergh, de la morgue de la commune voisine, se présenta d'une voix tremblante. Allan ne la connaissait pas, mais il savait que Sabine avait livré plusieurs fois des cercueils à cet endroit, notamment la veille.

— Ça alors ! Bonjour, madame la gérante de la morgue. Quelle surprise que vous nous appeliez un samedi. Il y a quelqu'un pressé d'être enterré ?

La femme balbutia une réponse incompréhensible. Elle semblait bouleversée. Les mots venaient pêle-mêle. Finalement, elle renonça et fondit en larmes.

— Je suis désolée, sanglota Beatrice Bergh. Pardon !

Allan s'était redressé sur son canapé.

— Eh bien, je suis prêt à vous pardonner, madame Bergh. Mais le plus simple serait de m'expliquer quelle faute vous avez bien pu commettre. Si c'est de nous appeler un samedi, il vous suffit de raccrocher et nous passerons l'éponge.

Il la laissa pleurer un moment, car elle semblait en avoir besoin. Finalement, il se lassa :

— Je vous prie de vous ressaisir, madame Bergh. Sinon, je devrais envisager de ne pas vous pardonner. De quoi s'agit-il ?

— Merci, ah, oui… s'il vous plaît…, renifla Beatrice Bergh.

Puis elle lui raconta ce qui était arrivé.

Il n'était pas rare d'être seul à la morgue, les samedis. Aujourd'hui, il avait cependant fallu conduire deux défunts sur les lieux de leurs enterrements respectifs, c'est-à-dire deux de plus que d'habitude. Une petite fille, dont les parents souhaitaient que les camarades de classe puissent assister aux obsèques. Et aussi… quelque chose d'absolument terrifiant.

— Vous savez sans doute, monsieur, à quelles bières je fais allusion. C'est votre collègue, Sabine Jonsson, qui a peint les deux.

Allan n'était pas au courant de tous les détails des activités de Julius et Sabine, mais il se souvenait du cercueil, très beau, destiné à la fillette de douze ans. En le voyant, Allan avait songé qu'il aurait volontiers donné quelques-uns de ses cent un ans à la fillette. Quant au modèle terrifiant dont parlait la gérante de la morgue, il n'en avait aucune connaissance.

— Celui à l'effigie d'Elvis ?

— Non ! s'écria Beatrice Bergh. C'en était un avec une croix gammée, des symboles suprémacistes et Dieu sait quoi. Cela fait dix-huit ans que je travaille ici. Dix-huit ans ! Nous n'avons jamais commis d'erreur !

— Jusqu'à aujourd'hui ? avança Allan.

— Jusqu'à aujourd'hui.

Beatrice Bergh était à deux doigts de se remettre à pleurer. Mais elle parvint à expliquer que le corbillard numéro un avait par mégarde emporté la bière numéro deux, et le numéro deux la numéro un.

— C'est tout ? s'étonna Allan. Ne suffit-il pas de leur dire de modifier leur route ?

Non. Il était trop tard pour corriger l'erreur.

Elle avait reçu deux appels téléphoniques en l'espace de quelques minutes. Le premier, d'un prêtre choqué, qui avait suspendu les obsèques de la fillette avant que la famille aperçoive le cercueil le plus répugnant qui soit. Et, une minute plus tard, de la part de…

Beatrice Bergh s'arrêta au milieu de la phrase.

— De la part de ? demanda Allan.

— D'un homme qui disait qu'il arrivait pour me tuer !

Elle se remit à pleurer.

Allan n'avait cependant pas l'intention d'essuyer une nouvelle crise de larmes.

— Allons, madame Bergh. Si quelqu'un est en route pour vous tuer, ce que nous ne voulons ni croire si souhaiter, ne feriez-vous pas mieux de filer au lieu de téléphoner pour ensuite tourner autour du pot ?

— Ce n'est pas moi qui dois filer, gémit Beatrice Bergh. C'est vous !

Allan appela les tourtereaux Jonsson et Jonsson, qui roucoulaient à l'étage. Trouvant Allan debout au lieu d'étendu sur le canapé, ils pressentirent que c'était sérieux.

— Vous avez fabriqué une commande avec croix gammée, Hitler et trucs de ce genre, n'est-ce pas ? lança-t-il.

Sabine et Julius acquiescèrent.

— Pas Hitler en personne, mais c'était dans cet esprit, précisa Sabine.

— Je viens de parler avec la morgue. Le cercueil à croix gammée a fait fausse route et a été remplacé par le beau modèle que tu as peint, Sabine, avec des lapins, nuages et tout. Le client à la croix gammée est très contrarié, à ce que j'ai compris. Il a appelé la morgue pour annoncer qu'il voulait tuer celle qui s'était trompée.

— Et alors ? s'alarma Julius.

— Et... elle a sauvé sa peau en vendant la nôtre. Adresse comprise. Il y a un nazi furieux qui vient nous rendre visite. Comme l'Histoire me l'a appris, il faut se méfier des nazis en colère. Ou plutôt des nazis tout court.

— Putain de merde ! s'écria Julius. Tu ne pouvais pas le dire tout de suite ? Il faut partir ! Maintenant !

— Cela me paraît une bonne analyse. Juste le temps d'emporter...

« Le plus important », s'apprêtait à dire Allan en brandissant la tablette noire. Mais à cet instant l'enfer se déchaîna. Les trois vitres de la devanture explosèrent l'une après l'autre. Le bruit clair d'une rafale leur apprit que quelqu'un tirait sur le magasin de cercueils avec une arme automatique. Allan, Julius et Sabine, indemnes, réussirent à se sauver en file indienne par la porte donnant sur la cour. Après une brève pause, les tirs reprirent. Tandis que Sabine s'installait au volant du corbillard, Julius aida Allan à monter à l'arrière, avant de s'asseoir sur le siège passager.

— Démarre ! cria-t-il, une seconde après que la voiture eut commencé à rouler.

— Je suis un peu à l'étroit, ici, lança Allan. Il y a quelqu'un dans le cercueil ou bien je peux m'allonger dedans ?

Le corbillard quitta vite Märsta, empruntant l'E4 vers le sud. Allan s'étendit dans le cercueil blanc à roses rouges qui ne serait pas livré le lundi suivant. Avec quelques adaptations mineures, cela serait très confortable. Par exemple, en ajoutant une entrée d'air correcte, il pourrait rabattre le couvercle quand les jeunes amoureux seraient d'humeur câline. Toutefois, ces suggestions devraient attendre. Son ami semblait extrêmement nerveux depuis la pluie de balles qu'ils avaient essuyée. Ça devait être la première fois pour le pauvre Julius. Allan se souvenait comme si c'était hier de la bataille de Guadalajara en 1937. Il fallait baisser la tête si on voulait la garder sur les épaules. Quelle époque ! Franco avait pris une belle raclée. Mais ensuite, ça s'était quand même fini comme on sait. C'est la vie.

Tandis que les pensées d'Allan vagabondaient quatre-vingts ans en arrière, Julius, silencieux, le cœur battant, ne pensait rien du tout.

Sabine accéléra. Allan retira tant bien que mal son veston, le cala sous sa tête, puis il attrapa sa tablette noire. Quelle chance qu'elle s'en soit tirée sans une rayure !

— Fusillade à Märsta ! annonça-t-il au bout d'un moment.

— Sans blague ? railla Sabine.

Allan avait sa tablette et Sabine son volant. Julius n'avait rien de plus qu'un cerveau qui recommençait lentement à fonctionner. À des fins d'autothérapie, il s'obligea à résumer tout haut la situation.

— Voilà où nous en sommes, conclut-il, reprenant son souffle.

Dorénavant, Mourir avec fierté SA n'avait plus ni activité ni ressources à espérer. La firme avait engrangé à la banque environ cent mille couronnes non imposables, et elles pouvaient le rester. Non imposables. En revanche, les trois membres de la société étaient poursuivis par un nazi qui souhaitait ardemment leur mort. Ils fuyaient à bord d'un véhicule reconnaissable à des kilomètres à la ronde. Le nazi leur filait probablement le train.

— Nous n'allons tout de même pas changer de voiture, s'inquiéta Allan. Je suis bien ici, moi.

— Nous pouvons commencer par changer de route, dit Sabine en quittant l'E4 à Upplands Väsby sans attendre la réponse des deux autres.

Suède

Les émotions étaient simplement trop fortes. Campé sur le trottoir, Johnny tirait à la hanche plutôt que d'avancer calmement entre les cercueils et de transformer tous ceux qu'il croisait en occupants pour les cercueils en question. Tout ce qu'il massacra fut un ordinateur portable abandonné sur une table. En dehors de cela, aucun objet de valeur dans le local. Et surtout, personne. Johnny eut juste le temps de voir un corbillard noir sortir de la cour, avec une bonne femme au volant et un type à côté.

Cinq minutes s'étaient écoulées depuis leur fuite. Impossible de savoir où ils se rendaient, mais l'E4 en direction du sud était un bon début. Il ne devrait pas avoir trop de mal à rattraper un corbillard avec si peu d'avance. Il s'assit dans sa BMW et fila à 175 kilomètres-heure vers Stockholm en regardant droit devant lui, guettant le train de la voiture noire.

Au sud d'Upplands Väsby, il parvint à considérer plus clairement sa situation. Si leur intention avait été de rejoindre le centre de Stockholm pour se cacher, il les aurait déjà rattrapés. Entre Sollentuna et Kista, il abandonna la poursuite. Il avait déjà dépassé une dizaine de sorties d'autoroute allant dans différentes directions. Continuer serait absurde. Mieux valait rentrer pour réfléchir à la suite.

Le trio fuyait sur la route de Mälarvägen et, empruntant la 267, rejoignit l'E18 en direction d'Oslo.

— Je ne suis jamais allé là-bas, lança Allan.

— Et ce n'est pas aujourd'hui que ça changera, rétorqua Sabine. Qu'irions-nous faire à Oslo ?

La question était où aller et comment remonter la pente.

Après quelques dizaines de kilomètres, Sabine obliqua à nouveau vers le sud sans but particulier. Vingt minutes plus tard, Allan lut un horrible fait divers sur sa tablette. Une attaque terroriste présumée avait eu lieu dans le centre de Stockholm. Un camion fou avait fauché des passants et on parlait aussi d'une fusillade au nord de la capitale. Pour une fois, Julius et Sabine prièrent Allan d'en dire plus.

Eh bien, c'était arrivé quelques heures plus tôt. Le conducteur du véhicule avait réussi à filer. Personne n'avait été arrêté. Il y avait des barrages partout, la police avait vidé le centre-ville. On parlait de plusieurs morts.

C'était terrible. Julius ressentit de la honte quand il s'autorisa à trembler de tout son corps, mais aussi à songer que l'attaque, si tragique fût-elle, tombait à pic. Avec les forces de l'ordre sur les dents, le nazi ferait certainement profil bas, tandis que le trio s'éloignait de la capitale en état de siège.

À cet instant précis, Sabine se retrouva devant un contrôle de police.

— Je ferme le couvercle, dit Allan.

Un des deux policiers leur annonça qu'ils contrôlaient véhicules et passagers en raison d'événements dramatiques à Stockholm.

— Nous venons d'apprendre la nouvelle, dit Sabine. C'est vraiment horrible.

Le policier les dévisagea, Julius et elle. Son regard glissa vers le cercueil à l'arrière et il demanda s'ils étaient en déplacement professionnel.

— Oui.

— Déplacement professionnel, confirma Julius.

Curieux. La conductrice et son passager n'étaient pas habillés pour la circonstance. L'homme portait un veston coloré, une chemise froissée et un pantalon en toile usé. Quant à elle, elle évoquait une hippie à la retraite, avec tous ses médaillons au cou.

La rigueur n'est pas seulement une vertu, mais le devoir de tout policier.

— Vos papiers, s'il vous plaît.

— Bien sûr, fit Sabine. Ou plutôt, bien sûr que non, maintenant que j'y pense. Mon portefeuille est resté à l'agence de pompes funèbres. Par moments, il y a des urgences plus urgentes que d'autres, même dans notre secteur.

À cet instant, Julius remarqua le sac à main de Sabine à ses pieds. Un peu de chance dans la malchance. Il sortit le permis de conduire de Sabine et son propre passeport.

— Vous êtes diplomate ? demanda le policier à Julius, d'un ton aussi étonné que son expression.

— Je suis rentré récemment de l'ambassade à New York, expliqua Julius.

— Notre ambassade n'est-elle pas à Washington ?

— Je veux dire du siège de l'ONU à New York, après un passage à l'ambassade à Washington.

Le policier l'observa longuement.

— Un instant, dit-il en retournant vers son collègue.

Ils échangèrent quelques phrases, avant de revenir tous deux vers le corbillard.

— Bonjour, salua le deuxième policier.

— Bonjour, dit Sabine. Nous avons une livraison urgente, si l'on peut dire. Il y a un problème, monsieur l'agent ?

— Inspecteur, la corrigea celui-ci. Aucun problème, mais nous avons des instructions. Auriez-vous l'amabilité d'ouvrir le hayon ?

C'était à peu près la dernière chose que souhaitait Sabine.

— Mais voyons, inspecteur ! s'écria-t-elle. Et le respect de la sépulture ?

L'inspecteur, cependant, se souciait en premier lieu de la sûreté de la nation. Ouvrant lui-même le hayon, il tira à lui le cercueil blanc posé sur des rails, demanda à l'avance pardon au ciel… et souleva le couvercle.

— Que Dieu vous bénisse, monsieur l'agent, dit Allan. Je veux dire « inspecteur ». Excusez-moi de ne pas me lever pour vous saluer.

L'inspecteur de police bondit en arrière et atterrit sur les fesses. Sous le choc, son collègue poussa un juron. Une fois la surprise passée, les deux présumés entrepreneurs en pompes funèbres et leur livraison vivante furent escortés au poste de police d'Eskil-stuna pour y être interrogés.

Après une introduction tendue, le ton de la discussion s'adoucit. L'enquêteur Holmlund comprenait que la situation, extrêmement étrange, n'avait selon toute vraisemblance aucun rapport avec l'attaque ter-roriste à Stockholm. Sabine expliqua qu'ils étaient fabricants de cercueils et effectuaient une livraison vers le sud. Et comme le véhicule n'avait que deux places, ils avaient trouvé cette solution inhabituelle.

— Pas seulement inhabituelle, corrigea Holmlund. Illégale. Tous les passagers doivent boucler leur ceinture de sécurité. Pour les sièges avant depuis 1975, et pour la banquette arrière depuis 1986.

— C'est que je n'étais pas exactement assis, objecta Allan. Et que signifie « banquette arrière » ? J'étais plutôt dans le coffre.

Mais Holmlund n'était pas un perdreau de l'année.

— C'est Karlsson, votre nom ? Oui. Je m'apprê-tais à passer l'éponge, mais si vous préférez jacasser, peut-être devrais-je y réfléchir à deux fois…

— Non, non, intervint Julius. Mon ami a cent un ans, mais il est aussi écervelé que s'il en avait cent onze. Ne vous occupez pas de lui. Nous promettons de mettre une ceinture au vieux à l'avenir, sans faute. D'ailleurs, nous avions déjà envisagé une camisole de force.

— Allons, dit Allan. S'il vous plaît, monsieur l'enquêteur, j'entends ce que vous dites, même si j'entends assez mal. Je vous présente mes excuses en mon nom et en celui des jeunes Jonsson.

L'enquêteur Holmlund acquiesça. Il n'avait pas de temps à perdre avec des demeurés un jour pareil. La femme était la propriétaire avérée d'une entreprise spécialisée en cercueils.

— Vous pouvez repartir. Et si vous remontez dans votre boîte, monsieur Karlsson, elle a sacrément intérêt à être bien accrochée. Tant que vous êtes en vie. Après, je m'en fous.

Devant la voiture, Julius déclara qu'ils devaient trouver une fixation pour le cercueil d'Allan.

— Bah, fit Allan. Laisse tomber. La prochaine fois, je ferai le mort.

Suède

Cela faisait beaucoup de péripéties pour une seule journée. À l'est d'Eskilstuna, Sabine trouva une maison d'hôtes où ils pourraient souffler et réfléchir à leur positionnement. Il faut dire qu'ils venaient de perdre en une seule fois leur domicile, leur lieu de travail, leur activité et leur avenir. Ne restait que le corbillard.

La propriétaire de l'établissement, Mme Lundblad, était une femme rondouillette d'environ soixante-quinze ans. Elle fut ravie de voir arriver des clients, même sans réservation.

— Eh bien, j'ai cinq chambres, momentanément toutes vacantes. Vous avez l'embarras du choix. Vous désirez dîner ? Je peux vous proposer de la soupe de pois au lard ou bien… de la soupe de pois au lard.

Allan trouvait que la soupe de pois, avec ou sans lard, n'avait jamais rendu quiconque heureux. Mais peut-être y avait-il quelque chose pour la faire descendre.

— Ça sonne bien. Et qu'y aura-t-il dans les verres ? De la bière, peut-être ?

— Du lait, naturellement, répondit Mme Lundblad.

— Naturellement.

Après la soupe, Sabine convoqua une réunion dans la chambre qu'elle partageait avec Julius, et résuma ce que celui-ci avait déjà constaté : leur fabrique de cercueils était aussi morte que leur attaquant souhaitait les voir eux-mêmes. Sans doute le nazi connaissait-il au moins le nom de Sabine. S'il n'était pas complètement idiot, il avait aussi identifié Allan, via l'office d'enregistrement des sociétés. Mais pas Julius.

— Nous avons besoin d'une nouvelle source de revenus, dit Sabine. D'une nouvelle vie, en fait. Des suggestions ?

Quelque temps auparavant, Julius avait lancé une idée, à moitié sérieux. Il la réitéra :

— Que dirais-tu d'honorer la mémoire de ta mère et de nous lancer dans la divination ?

Allan sentit pointer l'enthousiasme. L'idée de parler avec les morts le fascinait, les vivants ayant si peu de choses intéressantes à raconter. À quelques exceptions près. À la maison de retraite de Malmköping, son voisin de chambre avait creusé des tranchées en Finlande pendant la guerre d'Hiver. Un travail intrigant. Ou plutôt non, mais le bonhomme était un excellent conteur. Les soldats avaient des pauses de dix minutes, qu'ils occupaient à continuer de creuser, pour ne pas mourir de froid.

Sabine ignora Allan pour réfléchir.

— Est-ce que cela serait faisable ? demanda Julius.

— Les tranchées ? s'étonna Allan.

Sabine lança un regard sombre au centenaire et se tourna vers Julius.

— Non. Peut-être. Ça dépend.

Si l'on considérait sa mère comme un médium authentique, alors il n'y avait aucun terrain sur lequel reprendre le travail. Sabine n'avait pas hérité du même don. Mais si maman Gertrud était un escroc ou simplement hallucinée en raison de sa consommation régulière d'acides… c'était une autre affaire.

Julius appartenait à cette minorité de gens qui estiment qu'il n'y a pas de mal à être un escroc. Il dit à Sabine d'un ton encourageant de ne pas s'inquiéter que sa mère ne l'ait pas été. Sabine remercia Julius pour ses gentilles paroles, et ajouta que les délires étaient plus probables.

— Et il est possible de les copier. Voire de les améliorer.

Pendant toutes ces années, sa mère lui avait répété comment elle comptait propulser son activité et son esprit vers de nouveaux sommets. Sabine connaissait ses histoires par cœur. Si rien ne s'était jamais concrétisé, il y avait une explication : vers la fin, Gertrud quittait à peine son lit.

L'histoire préférée de Sabine était celle d'Olekorinko.

Et s'il vivait encore ? Pourrait-elle essayait de les pister sur le Net, lui et son activité ?

— Tu ne toucheras pas à ma tablette, lança Allan.

— Oh que si.

Suède

Les Américains étaient repartis à Los Angeles sans recontacter Johnny ni lui laisser l'occasion de les joindre. Ils n'avaient rien à dire à un homme qui enterrait un membre de la Fraternité dans un cercueil bleu ciel à lapins blancs. On aurait pu l'abattre, mais on s'abstint. Johnny Engvall fut épargné parce qu'il était le petit frère de Kenneth. En revanche, la branche suédoise de l'organisation était morte avec son fondateur. Tous les versements prévus sur le compte de l'Alliance aryenne seraient annulés sur-le-champ.

Johnny voulait pourtant garder un certain optimisme pour l'avenir. Quand il aurait réglé leur compte aux responsables de l'échange des cercueils, il recontacterait Los Angeles. Il avait appris par la gérante dévastée de la morgue que Kenneth reposait dans le bon cercueil, mais que celui-ci s'était retrouvé au mauvais endroit. La dépouille ayant été restituée, il fallait organiser une nouvelle cérémonie. Le pasteur en charge était indisposé en raison d'une mauvaise chute, mais Johnny n'avait pas le temps d'épouvanter un autre prêtre. En soirée, il acheta un bouquet de tulipes à la supérette du coin et rendit une visite au blessé, à l'hôpital. Le pasteur le remercia pour sa sollicitude, expliqua qu'il avait le nez et la pommette droite fracturés et pourrait reprendre du service dans six à huit semaines.

— Je t'en donne deux et demie, dit Johnny.

En attendant, Kenneth devrait rester à la morgue. Il ne devait pas y faire plus froid qu'en terre, songea Johnny pour se consoler.

Ses priorités étaient claires : faire prendre un bain dans leurs propres entrailles à ces voleurs de cercueils. Sur le site Internet de la boutique, il apprit qu'il recherchait une certaine Sabine Jonsson. Mais quand il avait passé sa commande, c'était un homme qui avait pris l'appel, vraisemblablement le passager du corbillard dans lequel ils s'étaient enfuis. Si Johnny retrouvait Sabine et le véhicule, il tiendrait aussi l'inconnu. Grâce au Web, il ne mit pas longtemps à en savoir plus.

Sabine Jonsson était le P-DG et seul membre du conseil d'administration de Mourir avec fierté SA. Le suppléant se nommait Allan Karlsson – à coup sûr l'homme qui l'accompagnait. Sabine aussi avait été membre du conseil d'administration d'Au-delà SA, aujourd'hui en cours de liquidation. Au-delà SA ? Qu'est-ce que c'était que ces conneries ?

Internet lui apprit qu'Au-delà SA était une société de spécialistes de la médiumnité ! Ils communiquaient avec les défunts. Johnny repoussa la brève pensée de retrouver Kenneth pour un instant. Une dernière conversation. Bah, merde ! Ça n'existait pas, ces trucs.

Sabine Rebecka Jonsson et Allan Emmanuel Karlsson. Dans un corbillard noir enregistré au nom de la société. Avec une adresse à laquelle ils finiraient certainement par retourner. Il les retrouverait, il le savait. En revanche, il ignorait comment.

Russie

— Bonjour, Volodia. Comment ça va ? Tu as l'air soucieux.

En effet. Le président Poutine était préoccupé. Son homologue américain, Trump, était en train de dérailler pour de bon.

— Cette fois, l'imbécile de Washington vient de provoquer sérieusement le fou de Pyongyang. Qu'allons-nous faire, Guenna ?

Guennadi Aksakov s'assit en face de son ami. Leur duo était imbattable. Ils n'étaient pas seulement forts, ils étaient les meilleurs. Comme jadis, sur les tapis de sambo et de judo. Mais on dit parfois que trop de victoires tuent la victoire. Voilà ce que le président russe ruminait en cet instant.

Sous la conduite discrète de Guenna, la Russie avait lancé une guerre secrète contre les États-Unis. Une large armée de jeunes hommes et femmes avançait sur Internet, enfilait virtuellement des casquettes de base-ball, ouvrait des canettes de Dr Pepper... et passait à l'attaque. De l'intérieur.

Les coups s'échangeaient sur Facebook, Insta-gram, Twitter, les blogs et sites web. Se faisant passer pour américains, les soldats du Net tiraient dans toutes les directions : un jour, ils encourageaient les mouvances de gauche et l'autre celles de droite, ils revendiquaient sur Facebook le droit pour les joueurs de la NFL de s'agenouiller devant le drapeau tout en les traitant d'antipatriotes sur Twitter. Ils réclamaient des lois plus strictes sur les armes à feu et protestaient contre les mêmes. Ils exigeaient la construction d'un mur à la frontière mexicaine et s'en offusquaient tout autant. Ils acclamaient et honnissaient toute tentative d'instaurer une protec-tion sociale digne de ce nom. Ils pensaient tout ce qu'on pouvait penser sur les questions LGBT. Ils enflammaient les foules, peu importe lesquelles, et ce qu'elles revendiquaient. L'objectif était de monter les Américains les uns contre les autres. De diviser pour mieux régner.

Une fois les fumées des incendies dissipées, le pré-sident et son ami purent constater que leurs troupes avaient remporté chacune des batailles. Mais qu'en était-il de la guerre ? Poutine se demandait si leur stratégie n'avait pas trop bien fonctionné. Guenna avait réussi à accomplir l'impossible : placer ce des-tructeur caractérisé de Trump à la Maison-Blanche. Une victoire à la Pyrrhus ? Avaient-ils créé un monstre qui échappait à leur contrôle ?

Les États-Unis tombaient en morceaux, ce qui était une bonne chose. Mais il en va des nations comme d'un tigre de Sibérie : une bête blessée peut être mortelle. L'Amérique restait la première puissance militaire du monde. L'homme qui, avec un coup de pouce des Russes, entraînait le pays à sa perte risquait en raison de son incompétence monumentale de s'engager dans une guerre nucléaire avec la Corée du Nord, dans le voisinage immédiat de la Russie orientale.

Ce qui n'avait pas été prévu au programme. Les Russes n'avaient aucun moyen de prédire à quoi cela mènerait. Ils n'auraient jamais dû envoyer cette foutue centrifugeuse à Pyongyang.

— Peut-être pas, concéda Guenna. Mais ce qui est fait est fait.

L'idée, qui leur avait semblé bonne, était sur le point de se retourner contre eux. Un ou plusieurs tests nucléaires véritables en Corée du Nord pendant que les États-Unis et la Chine parlaient commerce ne manqueraient pas de causer des problèmes. Une entente entre Américains et Chinois n'était pas dans les intérêts de la Russie. Ils pourraient s'apercevoir qu'ils avaient un ennemi commun. D'autant plus que Xi Jinping avait trouvé une bonne façon de communiquer avec Trump. Peut-être se débrouillait-il pour perdre en suffisamment de coups au golf. Quoi que ce fût, cela fonctionnait.

— Ce qui est fait est fait, répéta Guennadi Aksakov. Laisse tomber, Volodia. Concentrons-nous sur l'Europe.

Poutine acquiesça.

— Tu es allé te balader en Suède ? Comment ça s'est passé ?

Guenna grimaça.

— Je ne pense pas que tu aimerais le savoir. Parlons plutôt de l'Espagne ou de l'Allemagne. Je te ramène de bonnes nouvelles de Berlin.

Poutine sourit.

— Ah bon, vraiment ? Veux-tu dire que le gros derrière de Merkel n'est pas assis aussi sûrement qu'elle le croit ?

Suède

Bella Hansson, journaliste au *Courrier d'Eskilstuna*, écrivait avec l'intention d'être lue. Sinon, quel était l'intérêt de la profession ? Ces jours-ci, il s'agissait de rapporter des histoires ayant trait au terrorisme. De toute façon, les gens ne réclamaient que cela.

Elle parcourut les comptes rendus de police. Une rixe dans un bar la veille ? Non. Un soupçon de maltraitance d'animaux dans une ferme ? Toujours bouleversant, sauf aujourd'hui. La collision entre deux voitures faisant marche arrière en même temps sur le parking d'un grand magasin n'avait rien à voir avec le terrorisme non plus, même si l'un des chauffeurs se trouvait être de confession musulmane.

Mais elle tenait peut-être quelque chose…

Un corbillard avait été contrôlé quelques heures à peine après l'attentat de Stockholm. Aucune contravention n'avait été donnée. Toutefois, il y avait eu un interrogatoire.

Pourquoi donc ?

En Suède, il existe une chose qu'on appelle « le principe de publicité », autrement dit la transparence documentaire. Cela signifie que tout ce qu'un fonctionnaire fait, écrit, dit – voire pense – doit être consigné sans délai dans un rapport consultable par tout citoyen qui le souhaiterait. Les citoyens, en général, posaient rarement de problèmes. Il en allait autrement des journalistes.

Holmlund, l'inspecteur aguerri qui avait mené l'interrogatoire, s'apprêtait à rentrer chez lui après une longue journée de travail – un samedi –, mais il eut la malchance de croiser à la sortie la jeune reporter Bella Hansson. Avec un soupir inaudible, il l'invita à le suivre dans son bureau.

Holmlund avait l'habitude de mentir avec culot aux journalistes. Pourtant, il choisit de lui offrir quelques morceaux de vérité. Il espérait qu'elle perdrait ainsi tout intérêt pour l'histoire et lui épargnerait du travail supplémentaire et des questions pénibles.

Un véhicule transportant un cercueil avait donc été arrêté par un contrôle de routine, et un interrogatoire avait eu lieu. Non, le cercueil ne renfermait pas de corps, les inspecteurs présents sur les lieux s'en étaient assurés. En revanche, au moins un des passagers ne portait pas de ceinture de sécurité.

— Vous avez embarqué et interrogé un entrepreneur en pompes funèbres parce qu'il n'avait pas bouclé sa ceinture ? s'étonna Bella Hansson.

Holmlund s'abstint de préciser à la journaliste que l'homme était en réalité fabricant de cercueils.

— La journée a été très inhabituelle, comme vous le savez.

Bella Hansson l'observa avec scepticisme.

— Qu'a révélé l'interrogatoire ? Est-ce vous qui l'avez conduit ?

— Oui, c'était moi. Pour être franc, il s'est achevé par une simple réprimande au passager sans ceinture.

Cette histoire n'avait rien à voir avec le terrorisme, mais après quelques questions supplémentaires, Bella changea d'angle. Elle avait une meilleure idée. L'article qu'elle avait presque entièrement rédigé mentalement était trop bon pour être diffusé sur le site du journal. Malheureusement, la version papier ne paraissait pas le dimanche.

Ce serait donc Internet. Mais Bella tint son histoire secrète jusqu'au lendemain matin, afin que l'article reste aussi longtemps que possible en tête du fil d'actualités. Dans le nouveau monde, ce qui comptait, c'était le nombre de clics.

Suède

Olekorinko était plus actif que jamais. La profession de marabout telle qu'il la pratiquait semblait lucrative. Mais, pour copier ses idées, Sabine aurait besoin de les étudier de près, et l'Afrique n'était pas la porte à côté. Elle devrait pour le moment se limiter à ce qu'elle maîtrisait déjà.

D'abord, elle devait dresser un état des lieux de la concurrence dans le spiritisme. Sabine passa la soirée et la moitié de la nuit à la maison d'hôtes à analyser le marché. C'était un travail déprimant. Pas seulement parce que Allan se plaignait sans relâche qu'elle lui avait chipé son jouet, mais aussi parce qu'elle lisait noir sur blanc que le nombre de praticiens de la divination sous toutes ses formes avait explosé au cours des dernières années. L'offre était énorme. Il serait facile de démarrer une affaire dans ce secteur, mais en devenir leader serait une autre paire de manches, d'autant plus que Sabine n'avait aucun sens de la publicité.

Julius la laissa tranquille, songeant qu'elle en avait besoin, et se prit à réfléchir à ses fichues asperges. Il y avait un vieux téléphone sur une console dans le couloir. Il aurait pu l'utiliser pour passer un appel international pendant que la propriétaire faisait les courses, s'il n'avait pas égaré le numéro de téléphone de Gustav Svensson. Le papier avait dû rester sur la table du restaurant à New York. Gustav n'ayant lui-même aucun numéro auquel joindre Julius (qui n'avait pas de téléphone), les deux amis et associés risquaient de ne jamais se revoir. C'était même certain, conclut Julius après quelques instants. Et désolant. Il appréciait l'Indien suédois. Et puis il ressentait le besoin de lui donner un bon coup sur la tête avec un objet dur.

Tandis que Sabine et Julius vaquaient à leurs affaires, Allan avait trouvé un canapé dans le salon télé de la maison d'hôtes, où il attendait que Sabine fasse de petites pauses dans ses recherches, afin de rattraper son retard de lecture. Entre autres sur le courroux des Suédois face aux distributions de courrier qui laissaient fortement à désirer. Beaucoup trop de lettres mettaient deux jours à arriver, au lieu du seul promis. Plutôt que d'améliorer ses services, la poste changea les règles. À présent, toutes les lettres mettraient deux jours. Ainsi, le taux de ponctualité approchait les cent pour cent. Allan songea que le directeur de la poste pouvait s'attendre à recevoir une prime conséquente.

Sur un autre sujet, un cadre du Front national français avait mangé un couscous dans un restaurant maghrébin. Et il avait trouvé ça bon ! Voilà qui était extrêmement antipatriotique. Le Couscous Gate aurait entraîné l'exclusion du mangeur de couscous, à moins qu'il n'ait pris volontairement la porte. Allan ne savait pas ce qu'était le couscous. Sans doute l'équivalent dans le monde arabe de la soupe de pois au lard. S'il devait ingurgiter encore une fois ce plat, il concevait de démissionner aussi. Même s'il ne savait pas trop bien de quoi.

Avant que Sabine vienne à nouveau réclamer la tablette, Allan eut le temps de lire que l'armée suédoise avait investi dans une flottille d'hélicoptères si coûteuse qu'elle n'avait plus d'argent pour les faire voler. Mais les hélicoptères faisaient très joli dans leur hangar.

Après une nuit de travail, Sabine avait recensé quarante-neuf femmes et un homme proposant les mêmes services que sa mère.

— Tout va bien ? demanda Julius au petit déjeuner.

— Bof, fit Sabine, morose, avant de développer.

Le monde fourmillait de cartes divinatoires des anges, tarots et pendules. De femmes qui guérissaient à distance ; dénouaient les blocages de l'âme ; parlaient avec les animaux ; prédisaient l'avenir amoureux ; donnaient des conseils par télépathie ; connaissaient les lois universelles de l'énergie sur le bout des doigts ; voyaient le passé, le présent et le futur dans les braises, le marc de café ou les boules de cristal…

— Le passé ne doit pas être bien difficile à voir, lança Allan. Je le faisais moi aussi, jusqu'à ce que ma mémoire commence à flancher. Et le présent est juste le présent.

Ce n'était pas si simple. Le passé se composait d'événements parallèles qui, ensemble, formaient le présent d'un individu – idem pour l'avenir de l'intéressé.

— Sans la connaissance réelle des anges gardiens qui t'entourent, ton âme est perdue. Avec une énergie négative dans la pièce, c'est encore pire.

Julius avait compris depuis longtemps que l'âme de Sabine était aussi perdue que la sienne. Sans parler de celle d'Allan. Mais les affaires étaient les affaires. Quelle approche Sabine pensait-elle employer dans ce bazar divinatoire ?

Eh bien, justement. La nouvelle relativement bonne était que peu de praticiens se concentraient sur les esprits, l'exorcisme et la communication avec l'au-delà. L'ancienne spécialité de sa mère offrait peut-être un avenir commercial.

Allan la conforta dans cette idée en déclarant que l'au-delà venait justement d'accueillir un nouvel habitant. Il leur lut sur sa tablette l'histoire d'une paysanne ouzbeke de cent dix-sept ans, décédée après que sa seule vache s'était assise sur elle.

Sabine trouvait chaque jour le bonhomme un peu plus assommant. Peut-être pourrait-on lui offrir une vache pour son cent deuxième anniversaire.

Suède

Le lendemain de l'attentat à Stockholm, *Le Courrier d'Eskilstuna* révéla un cas d'incompétence policière à couper le souffle, à cent kilomètres de là. Dans la poursuite hystérique des criminels, on n'avait pas hésité à terroriser les plus innocents des citoyens. Même les morts n'étaient plus à l'abri (Bella Hansson s'abstint de mentionner que le cercueil n'abritait pas de défunt). Les inspecteurs et la direction de la police furent présentés comme un groupe d'imbéciles qui n'avaient aucun sens des priorités. Une intervention contre un corbillard ! Et puis quoi ensuite ?

L'article était incisif, même s'il s'essoufflait un peu sur la fin. Parce qu'il était aussi un peu long, Bella retira au dernier moment les explications de la police selon lesquelles l'intervention, qui d'ailleurs n'en était pas une, avait eu lieu en raison de liens présumés avec l'attaque terroriste.

Les policiers crétins sont bons pour les chiffres de vente de la presse. Locale et nationale. Les éditions en ligne des journaux de Stockholm reproduisirent immédiatement l'histoire du corbillard.

Ce qui eut deux conséquences.

La première : un policier pas si crétin de Märsta, qui enquêtait sur une fusillade dans un magasin de cercueils la veille, vit un lien éventuel entre les deux incidents. Il ne lui restait qu'à passer un ou deux coups de fil.

La seconde : l'Alliance aryenne – c'est-à-dire Johnny Engvall – savait maintenant avec certitude que les personnes à éliminer à tout prix traversaient la Suède.

— Vous allez vers le sud, espèces de porcs ? dit-il à personne en particulier. En empruntant les petites routes ?

Il sourit à l'intelligence de sa déduction. Puis il se rappela que la Suède méridionale ne manquait pas de petites routes. Et la piste était déjà froide. Johnny avait besoin de plus d'informations que n'en donnait la journaliste.

Suède

Le projet prenait forme. Pendant qu'Allan, cent un ans, montrait à Julius, soixante-six ans, comment toucher la bonne clientèle grâce à des publicités ciblées sur Facebook, Sabine emprunta le corbillard pour se procurer des pendules, cristaux, baguettes divinatoires et de la myrrhe à l'odeur nauséabonde. Elle parvint à rester dans le budget restreint que le trio s'était fixé. En guise de pendule, elle utiliserait un fil à plomb trouvé en solde dans un magasin de bricolage. Elle fabriqua la baguette divinatoire à partir d'une branche ramassée dans le jardin de la maison d'hôtes. Pour les cristaux, des morceaux de sel ordinaire feraient l'affaire. Et elle obtint son brûleur à myrrhe en mélangeant dans une lampe à huile neuf volumes de combustible et un volume de bouillon de crevettes. Le secret résidait dans les deux mèches : une qui brûlait et une qui luisait en répandant fumée et odeurs.

Leur hôtesse observa avec curiosité ces préparatifs et demanda prudemment à quoi tout cela servirait. Sabine lui expliqua que leur métier ne consistait pas simplement à enterrer les défunts, mais aussi à communiquer avec eux. À ces mots, Mme Lundblad se sentit emplie d'enthousiasme. Sa cliente voulait-elle dire qu'elle pourrait parler à Börje ?

Pourquoi pas ? Une répétition générale avant le lancement officiel de l'activité ne pouvait avoir que des avantages. En moins d'une journée, Sabine avait tout appris sur l'homme, y compris que son décès remontait à quinze ans. L'enquête préalable était l'alpha et l'oméga de la divination.

La représentation qui suivit impressionna fortement Allan et Julius. S'ils n'avaient pas su de quoi il retournait, ils auraient vraiment cru que le défunt parlait à sa veuve par l'intermédiaire de Sabine. L'époux professa à sa femme son amour éternel et fut affligé d'apprendre que leur chat était mort huit ans plus tôt, à l'âge de seize ans. Questionné directement, il assura avoir arrêté de fumer.

Le succès aurait été total si la propriétaire s'était abstenue d'avoir une attaque lorsque le disparu déclara qu'elle lui manquait tant qu'il ne s'endormait qu'à force de pleurer.

— Oups, fit Julius quand Mme Lundblad s'écroula le nez sur la table.

Effrayée, Sabine bondit de sa chaise et ralluma le plafonnier tandis que Julius examinait la vieille femme de plus près.

— Elle est morte ? demanda Sabine.

— Je crois que oui, répondit Julius.

Seul Allan conserva son calme.

— Les deux époux seront bientôt réunis. Si l'homme a menti à propos des cigarettes, il va devoir se débrouiller pour arrêter et fissa.

Sabine, ulcérée par Allan et son irrévérence, cracha qu'elle était à présent certaine qu'il était dérangé. Rassemblant ses affaires, elle convoqua une réunion de crise dans la cuisine. Ils laissèrent la vieille femme là où elle était.

Sabine, le front plissé, Julius, muni d'un papier et d'un crayon, et Allan, avec ordre de se taire, s'assirent à la table de la cuisine.

— Nous ne pouvons pas rester ici, dit Sabine. Mais où irons-nous et pourquoi y aller ?

Julius la complimenta d'abord pour la magnifique séance de spiritisme qu'elle venait d'effectuer. C'était un bon filon. Cela pouvait rapporter de l'argent, là où la clientèle serait suffisamment importante. Le moment était venu de décider. Julius écrivit « Stockholm » sur le papier. En dessous : « Göteborg ». Plus bas : « Malmö ».

Stockholm fut éliminé tout de suite : beaucoup trop de nazis. Julius nota « Non » en regard de la capitale.

Göteborg ? La deuxième plus grande ville de Suède ? « Mouais ».

Ou Malmö ? Non loin de Copenhague. Dans la région vivaient près de quatre millions de personnes, si on comptait les deux côtés du pont.

Julius écrivit « Oui ». Leur destination fut acceptée à deux voix et un vote nul. Restait à décider que faire de la propriétaire.

— Ne pas appeler la police, dit Julius.

De fait, signaler à la police une personne âgée défunte un jour après avoir été contrôlés avec une autre vivante dans un cercueil était une invitation aux problèmes.

Julius jeta un coup d'œil au registre de la maison d'hôtes. Deux clients grecs avaient réservé une chambre pour dans deux jours. La vieille femme ne resterait pas trop longtemps seule.

— Quand on est mort, on est mort, dit Julius. Nous ne pouvons plus rien pour elle.

Voilà qui fut décidé. Mme Lundblad resterait où elle était.

— Bon choix, dit Allan.

— Tu n'étais pas censé te taire ? le tança Sabine.

Le week-end de l'inspecteur Holmlund était gâché. Il regrettait presque de ne pas avoir bouclé les trois comparses au cercueil. Avant même sa pause du dimanche après-midi, ils lui avaient coûté du temps et une certaine concentration en raison de deux appels téléphoniques, plus bizarres l'un que l'autre.

Ce fut d'abord une vieille propriétaire de maison d'hôtes établie en dehors de la ville. Indignée, elle voulait porter plainte contre trois personnes pour tentative de meurtre. Le trio avait séjourné une nuit chez elle et lui avait proposé de communiquer avec son époux pendant une séance de spiritisme. Quand elle s'était évanouie sous le coup de l'émotion, ils avaient filé en l'abandonnant, affalée sur la table.

— Un instant, l'interrompit Holmlund. Qui ont-ils essayé de tuer ? Vous ? Votre mari ? Quelqu'un d'autre ?

— Moi, bien sûr. Mon époux est déjà mort.

— Depuis quand ? Ne venez-vous pas de me dire que vous lui avez parlé ?

L'inspecteur n'était pas très au fait de la procédure en matière de médiumnité.

La vieille dame expliqua. Quand son époux, disparu quinze ans plus tôt, avait dit qu'elle lui manquait terriblement, elle avait eu l'impression que l'oxygène fuyait de son cerveau. Après cela, elle ne se souvenait de rien. Le médium et les deux autres avaient dû la croire morte, mais elle était coriace. À présent, elle demandait justice.

Tout ce que demandait l'inspecteur Holmlund, lui, c'était qu'on le laisse s'occuper des choses vraiment importantes. Mais il expliqua courtoisement comment fonctionnait la loi : perdre connaissance après avoir communiqué avec une personne qui avait perdu la vie n'entrait pas dans la catégorie des tentatives de meurtre. Pour autant qu'il pouvait en juger, cela n'entrait dans aucune catégorie. Il n'y avait pas de barème de sanctions pour les âneries.

— Malheureusement, ajouta-t-il.

À peine avait-il raccroché que le téléphone sonna à nouveau.

Cette fois, c'était un homme qui se présentait comme un « citoyen inquiet ». Il souhaitait en savoir plus au sujet de l'intervention sur le corbillard la veille.

Les citoyens inquiets ayant tendance à se trans-former en citoyens mécontents, l'inspecteur lui fit donc un compte rendu. Lui qui avait tenté d'élu-der prudemment en récoltait maintenant deux fois plus de travail. Il avait eu affaire à trois personnes dans un corbillard, mais un bref interrogatoire avait éclairci tous les points d'ombre. Parler d'intervention était largement exagéré. Le citoyen inquiet ne céda pourtant pas. Il voulut savoir dans quelle direction le corbillard était reparti.

Qu'est-ce qui n'allait pas chez les gens ? L'ins-pecteur avait autre chose à faire. Mais s'il mettait la vieille dame et l'homme inquiet en contact, peut-être pourraient-ils s'importuner mutuellement et du coup l'oublier, lui. Bonne idée !

— Il n'est pas exclu que les personnes qui vous intéressent aient passé la nuit juste en dehors d'Es-kilstuna. Pour plus d'informations, je vous suggère d'appeler Mme Lundblad, à la maison d'hôtes Le Rocher plat. Une femme sympathique, vous aurez certainement beaucoup de choses à vous dire.

Clic. L'inquiet avait raccroché. Il semblait rassuré. Parfait.

Johnny n'avait aucune intention d'appeler cette Mme Lundblad. Il allait lui rendre visite. Ainsi qu'à ses trois hôtes, s'ils étaient encore là. Trois ? Sabine Jonsson, Allan Karlsson et un autre ? Bah, il pouvait toujours demander à l'inconnu de se présenter avant de lui trancher la gorge.

Une semaine s'était écoulée depuis l'accident de Kenneth et une journée depuis l'enterrement raté. Son frère lui manquait énormément.

Prochaine étape : Malmö. Deux passagers à l'avant du corbillard, le troisième à l'arrière, avec sa tablette noire, dans le cercueil maintenant pourvu de trous de ventilation. Leur itinéraire empruntait la Route 55.

Au sud de Strängnäs, Allan ouvrit brièvement le couvercle.

— J'habitais par ici avant qu'ils m'enferment dans un foyer à Malmköping. Dommage que j'aie fait exploser la maison, sinon on aurait pu passer la voir.

— Tu as fait exploser ta propre maison ? demanda Sabine.

— On l'emmerde, dit Julius.

Après Malmköping, le trio rejoignit l'E4, au-dessus de Norrköping, et continua vers le sud, sur l'autoroute la plus empruntée de Suède.

Allan remarqua que Sabine et Julius le rabrouaient sans cesse, sauf quand il parlait de terrorisme. L'attaque contre leur boutique les affectait tous les trois.

Il leur lut que la nation était entièrement accaparée par la tragédie. Plusieurs personnes étaient mortes, le terroriste avait été arrêté et avait clamé qu'Allah était le plus grand. Allan ignorait quelle était la part de responsabilité d'Allah dans l'attentat. On ne savait jamais avec les dieux, tous avaient leurs petits défauts. Selon la Bible, l'un d'eux avait pris les vies de dix enfants à cause d'un pari avec Satan.

Sabine ne reconnut pas la référence, contrairement à Julius :

— Livre de Job, Ancien Testament.

Ensuite, il n'ajouta plus rien. Il frissonna au souvenir de son père tyrannique qui l'avait forcé à faire sa confirmation cinquante-deux ans plus tôt. Même si le garçon avait passé plus de temps à voler des bibles pour les revendre (vingt-cinq öre pièce, deux exemplaires pour quarante), quelques bribes lui étaient restées.

Dans la presse internationale, on disait que la Suède venait de perdre son innocence. Le paradis sur terre avait été puni pour sa trop grande générosité envers les soi-disant réfugiés.

Allan marmonnait en lisant. Au cours de sa seule existence, il avait vu la Suède visée par des gens de gauche qui avaient fait sauter un bateau, des gens de droite qui avaient fait sauter un journal, et la Fraction armée rouge qui avait fait sauter l'ambassade d'Allemagne. Il y avait aussi l'homme qui avait planifié d'enlever une ministre et de l'enfermer dans une boîte. Et ceux qui tiraient au hasard sur les étrangers jusqu'au jour où ils étaient arrêtés.

Tous avaient en commun de fournir des explications. Y compris celui qui entendait des voix qui l'avaient poussé à tuer la ministre des Affaires étrangères de l'époque. En revanche, impossible de savoir ce qu'avait dans la tête l'homme qui avait abattu le Premier ministre en pleine rue. D'une part parce qu'il était mort à présent, d'autre part parce que ce n'était peut-être pas lui.

Tout ça était profondément triste, bien sûr. Mais Allan, lui, trouvait que l'innocence de la Suède était déjà partie en fumée pendant la période viking.

— Qu'est-ce que tu grommelles tout seul à l'arrière ? demanda Julius.

— Je ne sais pas, dit Allan.

Les choses étaient plus simples avant la tablette. Plus monotones mais plus simples. Le centenaire continua à surfer. C'était sa principale occupation, à présent.

Il apprit que, à Alvesta, dans le Småland, les éboueurs avaient des problèmes. On s'était aperçu que le nom de l'entreprise municipale d'entretien de la voie publique, Alvesta Renhållning AB, s'abrégeait depuis trente-cinq ans en ARAB. Un citoyen s'était indigné dans une lettre à la municipalité de l'acronyme qui associait les Arabes à de mauvaises odeurs. Voilà une information au goût d'Allan, qu'il devait absolument partager avec ses amis.

— Les gens n'ont rien de mieux à faire ? s'étonna Julius.

— Alvesta n'est pas très loin d'ici, non ? dit Allan. On va y jeter un coup d'œil ?

— Il y a quelque chose à voir ? demanda Sabine.

Allan, qui n'en savait trop rien, s'abstint de répondre. En revanche, il fit un bisou à sa tablette noire, en remerciement pour cette information. Il oublia ses états d'âme.

Le trio poursuivit sa route vers le sud. Aux abords de Värnamo, le ciel commença à s'obscurcir. Avec

314

l'aide de la tablette, ils trouvèrent une pension très simple, tenue par une vieille dame qui rappelait beaucoup celle qui s'était écrasé le nez sur sa table.

— On ne fera pas de séance de spiritisme avec celle-là, hein ? s'assura Julius.

Suède

Le soir était déjà tombé lorsque Johnny Engvall se gara dans la cour du Rocher plat. Aucun corbillard devant la bâtisse.

La propriétaire, qui avait donc survécu à la séance de spiritisme, mitonnait une nouvelle marmite de soupe de pois quand ce visiteur inattendu arriva.

Le nazi s'efforça de ne pas trop effrayer la vieille dame. Plutôt que de lui arracher les informations qu'elle détenait, il voulait l'amener à tout raconter de son plein gré.

— Bonjour là-dedans, lança-t-il en haïssant ses intonations sympathiques.

— Bonjour, dit Mme Lundblad. Vous cherchez un endroit où passer la nuit ?

La soupe de pois était le meilleur plat au monde, selon Johnny. C'était délicieux, suédois, authentique. Surtout avec un peu de moutarde au bord de l'assiette, un morceau de knäckebröd et un bon verre de lait.

— Peut-être bien, répondit-il. Et quelque chose à grignoter ?

Mme Lundblad l'invita à s'attabler. La soupe était presque prête. Tout en dressant deux couverts, elle se réjouissait d'avoir de la compagnie, car elle avait passé une journée absolument épouvantable, que cela se sache. Puis elle raconta toute l'histoire sans que Johnny le lui ait demandé.

Trois personnes horribles étaient venues la veille – dans un corbillard. Elles lui avaient proposé de s'entretenir avec son défunt époux pendant une séance de spiritisme. Tout s'était bien passé, mais quand elle s'était évanouie sous le coup de l'émotion, les rustres avaient filé sans demander leur reste. On n'avait jamais vu aussi peu chrétien.

Johnny s'apprêtait à lui demander si elle connaissait la direction qu'ils avaient prise, mais une autre question s'imposa à lui :

— Du spiritisme ? Vous avez vraiment parlé avec votre époux ?

— Oh oui. Il se plaît bien au ciel, je le sais maintenant. Et rendez-vous compte, il a arrêté le tabac. Mon cher et brave Börje ne fume plus !

Pour la deuxième fois, le nazi fut caressé par la pensée aussi absurde qu'étonnante de tenter de contacter Kenneth dans l'au-delà. Cette fois, il mit plus longtemps à la chasser.

La soupe était exquise. La vieille femme avait dû être blonde avant que ses cheveux virent au blanc, ce qui ajoutait encore un point positif.

— Vous êtes une cuisinière fantastique, je dois le reconnaître. Dites-moi, savez-vous dans quelle direction ces horribles individus sont partis ?

Bien sûr que non. Elle était inconsciente quand ils avaient pris la poudre d'escampette.

— Je comprends. Est-ce qu'ils ont dérobé quelque chose ? Ou oublié quoi que ce soit ?

Non, ce n'étaient visiblement pas des voleurs. La seule trace qu'ils avaient laissée était une feuille trouvée sur le plan de travail. Elle la lui tendit pour qu'il puisse lire les mots :

Stockholm : non.

Göteborg : mouais.

Malmö : oui.

Malmö !

— Est-ce que ce charmant jeune homme voudrait une autre louche de soupe ? proposa la vieille dame.

— Non, il en veut pas, vieille salope, répondit Johnny Engvall en se levant.

Ça faisait du bien.

Suède

— Alors, qu'a inventé Trump, dernièrement ? lança Julius en guise de préambule, au petit déjeuner.

Il était temps de partir, les amis n'étaient plus qu'à cent cinquante kilomètres de Malmö. On réglerait la question du logis sur place. Chaque chose en son temps. Et à propos de temps, ils en gagneraient beaucoup si Allan crachait en une seule fois toutes les informations de la tablette.

— C'est marrant que tu demandes. Et moi qui pensais éviter le sujet aujourd'hui, au regard de notre situation. Bien sûr, il s'est passé un ou deux trucs pendant que vous dormiez ou que vous fricotiez – je crois que j'ai entendu des bruits à travers le mur…

— Tu racontes, oui ou non ? le coupa Sabine.

Ah oui, Trump. Il avait engagé un nouveau directeur de la communication qui avait immédiatement communiqué son intention de congédier toute son équipe, sur quoi il avait lui-même été renvoyé.

— Merci, fit Julius. Et maintenant, est-ce qu'on peut…

— Attends ! C'était juste le contexte. On dit que l'homme à l'origine de la stratégie du Président, celle qui consiste à « virer le plus de monde possible le plus rapidement possible », est notre ami Bannon.

— Notre ami qui ?

— Steve Bannon. Le conseiller stratégique. Le colérique aux joues rouges qui nous attendait à l'aéroport de New York.

— Ah oui, c'est comme ça qu'il s'appelait. Je ne savais pas qu'il était conseiller stratégique du Président.

— Eh bien, il ne l'est plus.

Malmö se rapprochait. Sur le siège passager, Julius s'était assoupi. Allan somnolait dans son cercueil, prêt à faire le mort en cas de besoin. Sabine était seule avec ses pensées. Elle n'était pas à l'aise avec l'idée de lancer une nouvelle affaire dans le pays où ils avaient réussi à énerver un nazi. S'installer à l'étranger serait beaucoup plus sûr. Mais où ? Il ne suffisait pas d'établir le contact avec une âme de l'au-delà, il fallait encore comprendre ce qu'elle racontait. Sans parler de l'éventuelle incertitude économique. Ce qui la ramenait toujours à la même idée.

Olekorinko, le marabout. Ou *mgangan*, dans la langue locale. L'homme dont maman Gertrud avait tant parlé. Lui et son modèle commercial unique au monde. En Afrique.

Merde, merde, merde, jura-t-elle de façon inaudible. Mais Julius, alerté par le silence, se réveilla.

— À quoi tu penses ?

— À rien.

Elle ne voyait pas d'autre solution que de continuer sur cette voie et de lancer la campagne Facebook préparée par Allan et Julius pour « Esmeralda, médium », basée à Malmö. À six cents kilomètres du nazi courroucé de Stockholm, mais à seulement un pont d'écart du gigantesque marché de Copenhague.

Trouver un local commercial tout en restant invisible n'est pas si facile. Un logement non plus, d'ailleurs. Le trio n'eut pas d'autre choix qu'exposer Julius à un certain degré de risque, le seul du groupe à ne figurer dans aucun registre des sociétés. Il y avait des appartements vides dans les environs, entre autres un trois-pièces dans le sud de Rosengård, pour un peu plus de six mille couronnes par mois, à moins de sept kilomètres du centre de l'agglomération. Ce n'était pas le quartier le plus attractif de la ville, mais, pour cette raison, il constituait une option intéressante. Inutile d'espérer acheter quelque chose en ville pour moins de trois ou quatre millions.

Julius fut déposé devant le bureau du logement social (qui, lui, ne se trouvait pas à Rosengård) et annonça son intérêt pour l'objet locatif. Il eut la surprise de s'entendre répondre par la négative.

— Nous devons suivre les règles, expliqua la fonctionnaire, une femme d'une quarantaine d'années.

— Et que disent-elles ? demanda Julius, qui détestait les règles en général.

— Eh bien, vous avez décliné votre nom et votre numéro d'identité, mais vous ne pouvez apparemment fournir aucune adresse valide ni justifier de revenus réguliers, alors c'est délicat.

Julius dévisagea la femme.

— Une adresse valide, c'est justement ce que j'essaie d'obtenir. Je ne peux tout de même pas déclarer être domicilié dans un de vos appartements avant d'y avoir eu accès, si ?

— C'est juste. Mais je soupçonne du fait de votre âge que vous avez résidé ailleurs auparavant, or cela ne figure pas dans le formulaire que vous avez rempli, et je n'obtiens aucun résultat quand j'entre votre nom dans l'ordinateur.

Fichu pays ! Ne pouvait-on pas avoir des secrets ? Avait-il au moins le droit de choisir lui-même sa marque de dentifrice ? Cependant, il garda ces pensées pour lui.

— Jeune fille, en ma qualité de diplomate rattaché au ministère des Affaires étrangères, je n'ai pas eu d'adresse en Suède depuis la crise des missiles de Cuba. J'ai souvent ressenti fortement le mal du pays natal, mais jamais autant qu'en cette seconde, où une municipalité me tourne ainsi le dos.

À ces mots, il posa son passeport diplomatique sur le bureau. La femme fixa le document, puis l'ouvrit. Après un instant de silence, elle dit :

— Et les revenus réguliers ? Vous comprenez que…

— Je n'ai naturellement pas perçu de revenus en Suède, l'interrompit Julius, à présent lancé. Si vous voulez bien chercher mon nom auprès de la Bank of Investments aux Seychelles, vous trouverez ce que vous voulez.

Par chance, la femme céda immédiatement. Julius venait d'inventer le nom de l'établissement et aurait été bien incapable d'épeler « Seychelles ».

— Je comprends votre position, monsieur…, hésita-t-elle. Je vais voir ce que je peux faire.

— Vite, s'il vous plaît, avant que le décalage horaire m'assomme, dit Julius. Je rentre tout juste d'une visite à l'ambassade de Suède à New York. Je veux dire à Washington.

La femme resta moins d'une minute dans le bureau de son chef. Si étrange que soit l'envie de ce diplomate de s'installer à Rosengård, le bureau du logement décida de l'accueillir. Il pourrait ensuite se targuer d'attirer du beau monde.

— Nous avons décidé de fermer les yeux sur le fait que vous ne pouvez pas présenter de justificatif de revenus. Monsieur, nous sommes heureux de vous louer l'appartement souhaité contre trois mois de loyer versés d'avance. Ce n'est pas trop, j'espère.

Le trois-pièces se situait au premier des cinq étages de l'immeuble. Une chambre pour Allan, une pour Julius et Sabine, une cuisine et un séjour qui servirait aussi de local pour les séances de spiritisme et séminaires spirituels. Ils achetèrent leurs meubles dans des boutiques d'occasion, les rapportèrent en deux trajets avec le corbillard. Auparavant, Julius et Sabine avaient transporté le cercueil blanc aux roses rouges dans l'appartement, sous couvert de la nuit.

— Il rend bien dans la salle de spiritisme, approuva Sabine.

— Je n'arrive pas à décider où dormir, soupira Allan. Dans la chambre, il y a un store, mais le cercueil va me manquer. On peut toujours fermer le couvercle…

— Tu dormiras dans le lit que nous t'avons acheté, coupa Sabine. Porte close.

Suède

Le week-end achevé, l'inspecteur Viktor Bäckman, de la police de Märsta, contacta son homologue à Eskilstuna, qui, blasé, ne fut même pas surpris d'apprendre que le trio au cercueil avait été visé par une fusillade. Holmlund ressentait une certaine sympathie pour l'agresseur… Il répondit donc aimablement aux questions de son collègue et lui souhaita bonne chance.

Allan Karlsson, Julius Jonsson, Sabine Jonsson.

Viktor Bäckman assimila ces nouvelles informations.

Deux d'entre eux appartenaient au corps diplomatique suédois. Au moins deux avaient également été actifs dans la boutique de cercueils à Märsta, qui avait été littéralement mitraillée. Au lieu de signaler l'attaque à la police, les diplomates étaient partis vers Eskilstuna, pour tomber sur un contrôle de police. Avec un des trois comparses dans un cercueil. Parfaitement vivant. Que se passait-il ? Aucune de ces personnes n'était soupçonnée de crime, mais l'inspecteur Bäckman désirait les entendre – à titre indicatif.

Sabine Jonsson et Allan Karlsson étaient domiciliés à l'adresse correspondant à la boutique de Märsta, tandis que Julius Jonsson avait loué un appartement à Malmö, un peu plus tôt dans la journée. Une visite informative chez Jonsson serait de mise. Mais d'abord, il voulait approfondir les points qu'il pouvait creuser.

Viktor Bäckman renonça à contacter la Säpo, ils ne répondaient jamais aux questions des policiers, seulement à ceux des services secrets. Il appela plutôt le ministère des Affaires étrangères pour se faire confirmer l'identité des diplomates Allan Emmanuel Karlsson et Julius Jonsson, un seul prénom. On le fit passer de service en service. Il patienta une minute, puis trois. Finalement, quelqu'un prit la communication.

— Margot Wallström à l'appareil, en quoi puis-je vous être utile ?

L'inspecteur Bäckman eut le souffle coupé, mais se ressaisit vite. Il présenta à la ministre des Affaires étrangères ses sincères excuses pour le dérangement, avant de s'enquérir des diplomates Karlsson et Jonsson.

Margot Wallström n'avait pas pour habitude de décrocher le téléphone à chaque appel reçu par son ministère, mais quand elle avait entendu les noms des deux hommes elle avait jugé préférable d'intervenir avant que les choses échappent à tout contrôle.

— Je peux vous assurer que ces messieurs sont diplomates, dit Margot Wallström. Y a-t-il un problème ?

— Non, non, la détrompa Bäckman. Si ce n'est que quelqu'un semble leur avoir tiré dessus à l'arme automatique et qu'ils sont à présent introuvables.

Margot Wallström visualisa immédiatement sa carrière volant en éclats. Aurait-elle dû abandonner ces drôles de bonshommes à leur sort à Pyongyang ? Non, ce choix aurait permis à Kim Jong-un d'acquérir des armes encore plus puissantes que celles qu'il avait déjà. Cela comptait plus que…

— Que dites-vous ? On leur a tiré dessus ? Ils ont répliqué ?

L'inspecteur Bäckman la rassura. Les diplomates n'avaient pas riposté et rien n'indiquait qu'ils aient été blessés. En revanche, huit cercueils avaient été criblés de balles. Ainsi qu'un ordinateur portable. On avait retrouvé pas moins de soixante balles.

L'histoire était aussi incroyable que ses protagonistes. L'attaque est la meilleure défense, songea Margot Wallström en implorant les puissances supérieures de l'aider à retomber sur ses pieds.

— C'est Bäckman, votre nom ? Bien. Tout d'abord, soyez sûr que je n'ai aucune intention d'interférer dans votre travail. Si les diplomates Karlsson et Jonsson sont soupçonnés de crime, il est entièrement de votre droit – ou plutôt de votre devoir – d'approfondir les investigations. Dans le cas contraire, j'ai quelques informations à partager discrètement avec vous.

L'inspecteur Bäckman répéta que les hommes en question n'étaient actuellement l'objet d'aucun soupçon, mais qu'il aimerait leur parler.

— En cela, je ne peux malheureusement pas vous aider, répondit Margot Wallström. La dernière fois que j'ai vu l'un d'eux, c'était au cours d'une entrevue secrète avec le président Trump, à New York. Vous êtes naturellement libre de faire ce que vous voudrez de cette information. Je me permets simplement d'émettre le souhait que vous la gardiez pour vous, au nom de la paix dans le monde.

Viktor Bäckman regretta soudain d'avoir appelé le ministère des Affaires étrangères. Margot Wallström venait de remettre le sort de la planète entre ses mains. Il n'aurait pas souhaité cela à son pire ennemi.

— Je comprends, madame la ministre. Encore une fois, ces messieurs n'étant soupçonnés d'aucun crime, je n'ai aucune raison de les rechercher. Pourrais-je toutefois vous demander si vous avez une idée de la personne qui leur a tiré dessus ?

— Je n'en ai aucune idée, répondit Margot Wallström, parfaitement sincère. Nous pourrions demander au président Trump ou au secrétaire général Guterres s'ils savent quelque chose. Dois-je les prier de vous contacter s'ils disposent d'informations, inspecteur Bäckman ?

Le coup était risqué. Mais il porta.

— Non, merde ! s'écria l'inspecteur, oubliant à qui il parlait.

C'en était trop ! Viktor Bäckman venait de se fiancer. Son amie et lui planifiaient un séjour golf au Portugal. Pendant son temps libre, il coachait une jeune équipe de football féminin du Märsta IK qui avait réalisé de bons matchs au tournoi Märsta Games pas plus tard que l'automne dernier. Un soir par semaine, il étudiait le leadership et la théorie des organisations, avec le mince espoir d'obtenir plus facilement une promotion. Le dernier samedi de chaque mois, il retrouvait ses copains pour une soirée poker et bière. Il n'était pas disposé à sacrifier tout cela pour entrer dans l'histoire au titre de l'homme qui aurait déclenché la troisième guerre mondiale.

— Veuillez pardonner ma grossièreté, madame la ministre. Je crois que je vais interrompre mes investigations. Pour le moment, du moins. Cependant, je connais peut-être l'adresse de M. Jonsson, si vous la désirez. Un appartement à Malmö.

Margot Wallström désirait plus que tout oublier Allan Karlsson et son ami le producteur d'asperges. Mais un refus semblerait suspect.

— Volontiers. Il se peut que Theresa May ait besoin de Jonsson, un jour.

La Première ministre britannique ? Qu'est-ce que c'était que cette histoire ? Non, Viktor Bäckman ne voulait pas savoir. Il. Ne. Voulait. Pas. Savoir. Il donna l'adresse à la ministre et la salua précipitamment, avant de filer à l'entraînement de l'équipe de filles. Il arriva au club de sport quarante minutes avant tout le monde.

Margot Wallström s'en voulait d'avoir mentionné Theresa May. Ce n'était cependant pas un mensonge, même si les chances que May ait besoin de Julius étaient maigres. D'une part, parce qu'elle ignorait son existence, de l'autre, parce qu'elle était occupée à démanteler son pays.

Suède

La première semaine, l'immense campagne Facebook en suédois et en danois rapporta sept demandes de contact qui aboutirent à quatre réservations concrètes. Une depuis le Danemark, trois depuis la Suède.

La publicité promettait la communication avec l'au-delà, ou encore de l'aide avec des fantômes gênants. Les séances de spiritisme se tiendraient dans l'appartement du médium, à Rosengård, et leur prix s'élèverait à trois mille couronnes. Les exorcismes et interventions semblables se dérouleraient de préférence sur les lieux hantés par l'esprit, les honoraires incluant alors les frais de déplacement et de séjour d'Esmeralda et de son assistant.

Ces quatre premiers clients sollicitaient chacun le dialogue avec un proche disparu. Tous vinrent à Rosengård. Trois des séances se passèrent bien. La quatrième concernait un pêcheur récemment noyé. Sa petite amie désespérée souhaitait lui parler une dernière fois. Esmeralda établit la communication, mais au même instant la petite amie en reçut une. Le noyé ne s'était pas du tout noyé, mais s'était échoué sur l'île de Bornholm après une avarie de moteur. Sa première réaction, une fois ramené à bon port, fut naturellement d'appeler l'amour de sa vie, qui pleura d'abord d'émotion, puis exigea qu'on la rembourse.

Suède

Assis dans une cafétéria de la place Gustave-Aldolphe à Malmö, Johnny buvait son premier café de la matinée. Il mangeait une salade dont il avait exigé qu'elle fût lavée plusieurs fois, car il était de ces nazis qui croient les études rendant les toxines présentes dans la nourriture responsables de la propagation de l'homosexualité.

La place Gustave-Adolphe n'était peut-être pas le meilleur endroit où prendre ses repas, mais ce n'était pas le moment de faire le difficile. Dans l'ensemble, le roi Gustave IV Adolphe s'était révélé incompétent. Il avait cherché noise à Napoléon, reçu une raclée qui avait inspiré des chansons, et, de fil en aiguille, il s'était débrouillé pour perdre la Finlande et la couronne de Suède. Déposé, il s'était exilé sur le continent, et était mort quelques années plus tard, pauvre et ivre, dans une taverne en Suisse. Né roi, dégradé au rang de comte, quelques années d'errance sous le nom de colonel Gustafsson et une fin d'alcoolique : ce n'est pas ce qu'on appelle une carrière évolutive.

La salade achevée, Johnny se replongea dans l'étude du plan de Malmö, comme chaque matin depuis quelques jours. Il avait déjà sillonné toutes les rues du centre-ville, de la zone portuaire au nord, du quartier d'Arlöv et de ses environs, à la recherche du corbillard, stationné ou en mouvement. Suivraient l'ouest et le sud.

Mais il avait des difficultés à se concentrer. Johnny pensait sans cesse à son frère et au récit de la vieille de la pension près d'Eskilstuna. Avait-elle vraiment parlé avec son mari ?

Sabine Jonsson avait été membre du conseil d'administration d'une boîte appelée Au-delà SA, spécialisée dans la clairvoyance. Ensuite, elle s'était tournée vers la fabrication de cercueils, mais, à la maison d'hôtes, elle avait laissé les indices d'un retour à la divination.

Johnny songeait à lui mettre le couteau sur la gorge et à la forcer à retrouver Kenneth. Serait-elle fiable ? Et si l'aîné ordonnait de laisser le médium en vie ? Serait-ce vraiment Kenneth qui parlait ? Ou Sabine Jonsson ? Comment le savoir ? Cela paraissait incroyable, mais Johnny sentait la présence de Kenneth. Cela signifiait sûrement que son frère était là, quelque part, dans une autre dimension. Il fallait que ça soit cela.

Mais demander à la femme à abattre de jouer les intermédiaires avec son frère était hors de question. Il y avait sûrement d'autres personnes aussi qualifiées.

Johnny lança une recherche sur le Net et obtint des résultats dans tout le pays. En se concentrant sur le sud de la Scanie, il restait une vingtaine de praticiens des arts divinatoires. Johnny écarta la plupart, car ils ne proposaient pas ce dont il avait besoin. Tandis qu'il affinait sa sélection, il se demanda s'il pourrait retrouver la trace de Sabine Jonsson dans une annonce. Elle était assez idiote pour se balader dans son corbillard, mais irait-elle jusqu'à écrire noir sur blanc où elle vivait ? Non, personne n'était aussi stupide. À la fin, il lui restait quatre noms : Bogdan, Angélique, Harriet et Esmeralda.

Il élimina Bogdan d'office. Harriet, avec un tel prénom, n'évoquait pas assez un médium. Angélique aurait pu être une héroïne de film porno. Et l'industrie du X était aux mains des Juifs. Restait Esmeralda. Peut-être une bougnoule, mais c'était facile à vérifier.

Suède

Neuf mille couronnes de recettes, moins la moitié en frais professionnels. C'était loin de couvrir les indemnités dues à Facebook, et, les résultats de la campagne de pub déclinant rapidement, il était évident que l'affaire ne fonctionnerait pas à long terme.

Le trio reçut tout de même trois nouvelles requêtes. Les deux premières ne menèrent à rien, la troisième concernait une séance de spiritisme : un homme qui souhaitait entrer en contact avec son frère, mort dans un tragique accident. Les renseignements préséance étant la clé du succès, Esmeralda s'installa dans la cuisine pour passer un appel Internet avec le client. Lorsqu'elle rejoignit ses deux amis dans le salon – Julius dans le fauteuil, Allan avec sa tablette noire, adossé confortablement au cercueil blanc à roses rouges –, elle était livide.

— Quoi de neuf ? demanda Julius.

Sabine ne répondit pas. Allan s'en chargea.

Le nouveau président français, pensant les micros éteints, avait employé des mots grossiers. Et la chancelière fédérale allemande, en déplacement à Moscou, avait sermonné Poutine sur des questions LGBT. Allan ne savait pas ce que signifiait ce sigle. Cela lui évoquait une agence de presse nord-coréenne, mais c'était peu probable.

Julius rabroua son ami. Ce n'était pas à lui qu'il parlait. Ne voyait-il pas que Sabine était bouleversée ? Allan répliqua que le couvercle du cercueil lui bouchait la vue. Si Sabine voulait bien fournir des explications, tout le monde gagnerait au change. Avait-il raison de croire que cette histoire de LGBT la tourmentait ? Si c'était le cas, elle avait l'entier soutien d'Allan, surtout si elle expliquait le sens de ces lettres.

Sabine ignora Allan, comme elle avait appris à le faire. Elle raconta qu'elle venait d'accorder un rendez-vous à un certain Johnny, qui souhaitait communiquer avec son frère Kenneth.

— Bien, fit Julius. Que savons-nous de ce Kenneth ?

— Trop de choses. C'est lui qui devait occuper le cercueil nazi que nous avons fabriqué.

— Celui qui nous a tiré dessus après ? demanda Allan.

— Non, son frère. Qui vient ici demain. À treize heures.

Suède

Johnny Engvall n'avait pas eu de veine dans ses recherches du sud de la ville. L'est de Malmö était prévu pour le lendemain, mais il effectua un tour de reconnaissance en se rendant à son rendez-vous avec le médium Esmeralda.

Et si elle possédait vraiment le don qu'elle prétendait avoir ? Et si Johnny pouvait adresser un salut à son frère et en recevait un en retour ? Et si les frères parvenaient à établir un canal de communication, afin qu'aucun d'eux ne se sente plus jamais seul ?

Selon toute vraisemblance, le cabinet d'Esmeralda à Rosengård était aussi son domicile. Il n'était plus qu'à quatre ou cinq pâtés de maisons de là. Soudain, il pila, apercevant…

Un corbillard. En stationnement.

C'était le bon véhicule.

Johnny descendit de voiture et s'approcha du corbillard pour toucher le capot, encore tiède. Il avait roulé récemment. Le ticket de stationnement derrière le pare-brise, valable jusqu'au lendemain matin, indiquait que sa propriétaire avait achevé ses déplacements pour la journée. Il suffirait donc de surveiller le véhicule jusqu'à l'apparition de Sabine Jonsson et de ses acolytes.

— Pas de précipitation, Johnny, se conseilla-t-il. Pas de précipitation.

Il était presque treize heures. Esmeralda l'attendait. Johnny décida d'honorer son rendez-vous. « Pas de précipitation », c'était la consigne.

Pour des raisons obscures, le nazi à la mitrailleuse de Märsta se trouvait à Malmö et avait pris rendez-vous avec le médium Esmeralda. Ça ne pouvait être un hasard. Mais ça devait être un hasard. Ça ne pouvait être rien d'autre !

Les amis avaient beau tourner et retourner la situation dans tous les sens, ils ne comprenaient pas ce qui avait pu les trahir. Il n'y avait absolument aucun lien entre Sabine Jonsson et le logement à sept kilomètres au sud-est du centre de Malmö. Le contrat de location était au nom de Julius, qui ne figurait nulle part où Sabine était mentionnée. Ni dans sa société ni dans l'appartement à Märsta.

— Il est tout bonnement impossible…, commença Julius, avant de s'arrêter net.

Allan, Sabine et lui avaient dû décliner leurs identités au poste de police d'Eskilstuna. À présent, les trois amis étaient fichés dans un même compte rendu. Ce Johnny avait-il eu accès aux données de la police ?

Le nazi avait dû prendre rendez-vous avec Esmeralda afin d'abattre tous ceux qu'il croiserait pendant la consultation. Mais pourquoi, au nom du ciel, avait-il donné son vrai nom ?

On conclut qu'il était impossible de conclure quoi que ce soit. Les amis décidèrent de suivre le cours des événements. Peut-être le nazi était-il de passage à Malmö et avait-il simplement cherché un médium dans l'annuaire. C'était incroyable. L'autre hypothèse était tout aussi invraisemblable.

— Je suis en train de devenir fou, soupira Julius.

— Moi aussi, dit Allan, par solidarité.

— Tu l'es déjà, rétorqua Sabine.

Le trio dressa un plan.

Sabine, alias Esmeralda, accueillerait seule Johnny le nazi. Allan et Julius seraient tapis dans l'appartement, aussi armés que les circonstances l'autorisaient. Si la situation devenait menaçante, ils bondiraient de leur cachette et… et quoi ?

Un bien piètre plan, se rendaient-ils compte. Pourtant, Julius sortit faire du shopping et revint avec une batte de brännboll et un pistolet à air comprimé.

— Pas vraiment ce qu'aurait choisi Kim Jong-un, déplora Allan. En plus, je n'arrive pas à soulever la batte de brännboll. Passe-moi le pistolet !

Sabine se prépara à sa manière. Elle prépara du café et fit dissoudre quatre somnifères dans une tasse. Rendre somnolent l'éventuel tueur avant qu'il passe à l'acte ne ferait pas de mal. Sabine se sentit elle-même un peu vaseuse lorsqu'elle essaya la boisson. Elle ne remarqua aucun goût suspect.

Au dernier moment, elle eut l'idée d'aller garer le corbillard à quatre pâtés de maisons de là. Si par chance le hasard était de leur côté, inutile de réveiller le loup qui dormait.

Les aiguilles de l'horloge avançaient. Onze heures. Onze heures quinze. Dix-sept. Midi moins dix. Midi vingt. Treize heures moins vingt.

À treize heures tapantes, la sonnette retentit.

C'était le moment.

Allan dans la cuisine avec le pistolet à air comprimé. Julius dans la penderie de l'entrée avec la batte de brännboll. Sabine, fin prête, avec ses amulettes et tout le reste. La salle de spiritisme était plongée dans la pénombre, un élégant cercueil dans un coin, un napperon pourpre, de la myrrhe et des pierres chaudes sur la table.

Nerveuse, Sabine ouvrit la porte et se trouva nez à nez avec...

— Madame la ministre Wallström ? Que faites-vous ici ?

— Ah, vous me reconnaissez ? Je cherche Julius Jonsson. Et son ami Allan Karlsson. De vieilles connaissances auxquelles j'ai quelques questions à poser.

Sabine se croyait prête à toutes les éventualités. Mais pas à celle-ci. Est-ce que la ministre avait utilisé un pseudonyme pour...

Avant qu'elle ait pu aller au bout de sa pensée, une autre personne surgit derrière Margot Wallström. Son garde du corps ?

— Bonjour, je suis Johnny. Je suis à l'heure ?

Suède

La ministre était parvenue à dissuader l'inspecteur Bäckman d'enquêter sur Karlsson et Jonsson, mais cela ne signifiait pas qu'elle allait enterrer l'affaire. Que leur était-il arrivé depuis leur retour en Suède ? On avait tiré à l'arme automatique sur un bâtiment où ils étaient censés se trouver !

La ministre était perturbée par une pensée effarante. Et si les services secrets nord-coréens étaient actifs sur le territoire suédois et tentaient d'exécuter des citoyens ? Un Nord-Coréen avait été tué récemment en Malaisie. De là à s'attaquer à un Suédois en Suède, il y avait un grand pas. Ou peut-être pas si grand que ça…

Et que dire de la méthode employée ? Passer du poison à une fusillade sauvage ?

Et pourquoi Karlsson et Jonsson n'avaient-ils pas averti la police ? Par peur ? Ils n'avaient pas semblé particulièrement inquiétés par Kim Jong-un ni Donald Trump. S'agissait-il d'un adversaire pire encore ?

Toutes ces questions se bousculaient dans la tête de la ministre. Elle avait l'adresse de Julius Jonsson à Malmö, mais elle ne pouvait pas faire tout le trajet depuis Stockholm pour enquêter personnellement sur deux faux diplomates auxquels elle avait fourni des passeports. Elle devait attendre l'occasion d'un déplacement professionnel dans la région.

Depuis un peu plus d'un an, les contrôles frontaliers entre le Danemark et la Suède engendraient des tensions entre les deux voisins. Les réfugiés nécessiteux étaient acheminés à travers l'Europe et, quand ils arrivaient au Danemark, on les aidait volontiers à franchir le détroit qui les séparait de la Suède.

Jusqu'au jour où la coupe fut pleine. Quand la petite Suède eut accueilli plus de réfugiés que tout le reste de l'Europe – à l'exception de l'Allemagne –, le système s'écroula. Il n'y avait nulle part où loger tout ce monde. Le pays n'avait pas les moyens d'examiner les demandes d'asile dans des délais raisonnables, encore moins d'offrir à ces gens un avenir digne de ce nom. Il y avait un nombre terrifiant de mineurs isolés, dont une majorité de garçons âgés de dix-sept ans… ou pas. Venus de la région la plus misérable du monde, ils étaient envoyés en éclaireurs par leurs familles, dont les chefs avaient pour dernière fierté la mission d'organiser la survie de leurs membres. Certains avaient grandi dans la rue, diplômés en criminalité, et rien de plus. D'autres étaient héroïnomanes : sinon, comment supporter tout ce qui leur arrivait ?

En Europe, on raillait ces imbéciles de Suédois. Peu de gens tiraient une autre conclusion : si tous les pays de l'Union européenne avaient réagi comme la Suède et l'Allemagne, la situation aurait pu rester gérable. Collectionner les bons points avant le Jugement dernier était apparemment passé de mode.

Soit. Au bout du compte, la Suède avait brutalement fermé sa frontière avec son voisin danois. Plus personne ne franchissait le pont sans avoir été contrôlé. Des milliers de travailleurs frontaliers furent confrontés à des retards désespérants. Le résultat ne se fit pas attendre. La Suède perdit sa réputation de paradis sur terre et le nombre infini de demandeurs d'asile devint presque nul. Dans le même temps, les rapports quotidiens entre les métropoles de Malmö et Copenhague avaient été bouleversés. Pour la première fois depuis plusieurs décennies, on se rappelait que la Suède et le Danemark étaient deux pays distincts et qu'on ne pouvait pas franchir la frontière à n'importe quel moment, à sa guise. Quelle que soit sa couleur de peau.

À présent, le temps était venu pour un réchauffement des relations. La Suède envisageait de ne plus demander leurs papiers d'identité à tous ceux qui venaient du côté danois, mais de mettre en place un contrôle aux frontières plus efficace en Suède. À cette fin, la police suédoise avait besoin de nouvelles ressources et, pour faire court, le Premier ministre avait demandé à la ministre des Affaires étrangères de se rendre à Malmö pour s'entretenir avec les douanes de la nouvelle politique gouvernementale.

Et, si possible, apaiser les fonctionnaires inquiets qui se demandaient comment ils allaient s'en sortir. La ministre allait ouvrir la voie à une approche internationale du problème, expliquer à ces fonctionnaires travailleurs qu'ils étaient une part essentielle d'un ensemble.

En politique, on appelait cela « répondre présent ».

La ministre prit un vol régulier entre Stockholm et Malmö. Une fois sa réunion, fructueuse, avec la police des frontières achevée, il lui restait trois heures à tuer. Elle réfléchit un instant et elle annonça à sa protection rapprochée qu'elle avait l'intention d'effectuer un détour privé à Malmö avant de rentrer.

Un détour ? Les gardes du corps voulurent en savoir plus. La ministre expliqua vouloir rendre visite à de vieilles connaissances (sans préciser de quand elles dataient) et que le déplacement ne constituait pas une menace contre sa personne. On décida que Mme Wallström serait escortée à l'adresse en question, mais qu'elle franchirait seule la porte de l'immeuble. Les gardes faisaient la part des choses entre sécurité et vie privée.

Suède

Johnny Engvall crut reconnaître une des deux femmes sur le pas de la porte. On devinait au premier coup d'œil laquelle était Esmeralda : celle avec la quincaillerie autour du cou. L'autre, celle qui lui disait quelque chose, ressemblait à une femme d'affaires.

Margot Wallström avait fait volte-face. Soudain, elle était mal à l'aise. L'homme qui avait surgi derrière elle portait des vêtements en cuir et dégageait une impression de brutalité. Elle se tourna à nouveau vers Sabine.

— Comme je vous le disais, je cherche Julius Jonsson et Allan Karlsson. Mais si vous avez de la visite, je peux revenir plus tard.

Sabine réfléchit rapidement.

— Il n'y a personne de ce nom ici.

Mais Johnny Engvall avait entendu. Et il était en train de comprendre.

— Allan Karlsson ? répéta-t-il lentement.

Il pensa au corbillard découvert quelques blocs plus loin. Quel imbécile il était !

346

— Je sais qui est Allan Karlsson, reprit Johnny. Il est au conseil d'administration d'une entreprise au nord de Stockholm, spécialisée dans la fabrication de cercueils. Et qui a des liens avec une société de divination…

— Ce n'est rien que je…, commença Sabine.

— Et le corbillard de Karlsson est garé au coin de la rue.

— Le corbillard ? tenta Sabine.

— Le corbillard ? s'étonna Margot Wallström.

L'inconnu avait sorti un couteau.

— Si ces dames veulent bien reculer gentiment dans l'appartement. Nous avons des petites choses à discuter. Je crois que c'est mon jour de chance.

Il se trompait, mais mieux valait qu'il reste dans l'ignorance.

Johnny ressentit un profond chagrin en comprenant que ce n'était pas aujourd'hui qu'il communiquerait avec son grand frère. La tristesse se mua en colère. Passant à la vitesse supérieure, il changea de ton :

— Ça fait quelques années que je n'ai tué personne à coups de couteau, je vais bien m'amuser. Mais d'abord, vous allez me dire où est le type qui a pris ma commande. C'était Karlsson, c'est ça ? Je voudrais vous tuer tous les deux en même temps, si possible. Et vous en bonus, je crois, dit Johnny en se tournant vers la ministre. On s'est déjà vus quelque part ?

Margot Wallström avait appris d'expérience – et quelle expérience ! – qu'il valait mieux éviter Allan

Karlsson et ses amis. Mais c'était trop tard. Les gardes du corps devant l'immeuble semblaient soudain bien loin. La question était de savoir si, en révélant son identité, elle augmenterait ou diminuerait ses chances de survie. Finalement, elle se lança :

— Intéressant. Moi aussi, je vous reconnais. Est-ce que par hasard vous étiez ambassadeur de Suède à Madrid ? Si c'est le cas, nous sommes collègues. Je dirige le ministère des Affaires étrangères à Stockholm.

Johnny Engvall fut pris de court. Une seconde seulement.

— Vous êtes la ministre des Affaires étrangères ? C'est quoi ce baratin ?

Sabine saisit l'occasion :

— S'il vous plaît, pourriez-vous vous taire tous les deux ? Je sens une présence… Kenneth ? Tu es là, Kenneth ?

La diversion eut l'effet souhaité. Johnny ouvrit des yeux grands comme des soucoupes quand Sabine leva les bras et le visage vers le plafond. Dans la pénombre de la pièce, la scène était presque sinistre. De longues ombres s'étendaient sur le cercueil dans un coin.

Johnny n'aurait pas mis plus de dix secondes à comprendre la manœuvre de Sabine. Mais la ministre n'en ayant besoin que de cinq, la situation prit un tour inévitable. Pendant les deux premières secondes et demie, Margot Wallström envisagea de pousser un cri perçant pour alerter ses gardes du corps. Au cours des deux et demie suivantes, elle préféra empoigner une lampe de bureau et en abattre le pied sur le crâne du nazi.

Johnny Engvall s'affala par terre, inconscient ou mort, cela restait à vérifier.

— Les mains en l'air !

Allan avait surgi de la cuisine, armé de son pistolet à air comprimé.

— Tu étais censé le distraire avant que je lui donne un coup de batte sur la tête. Pas après, grogna Julius, arrivant de l'autre côté.

— Et tu devais l'assommer avant que Mme la ministre s'en charge avec la lampe, répliqua Sabine.

Elle avait frappé un grand coup, la ministre. À présent, plantée là avec la lampe à la main, elle éprouvait une grande sensation de vide.

— Bien joué, Margot, la complimenta Julius. Je peux vous appeler Margot ?

La ministre acquiesça.

— Je vous en prie.

En cet instant, l'étiquette était la dernière de ses préoccupations.

Depuis leurs cachettes, Allan et Julius avaient tout entendu. Mais d'où sortait la ministre ?

Selon le plan, Allan devait surgir dans le salon en bloquant l'issue de la cuisine, et agiter son pistolet. Pendant les secondes que mettrait le nazi à s'apercevoir que l'arme, comme le centenaire, était inoffensive, Julius devait le neutraliser avec la batte de brännboll.

— Tout s'est bien fini, résuma Julius. Même si ce n'est pas grâce à Allan la tortue.

— Ni grâce à toi, objecta Sabine.

— Bien fini ? s'emporta la ministre Wallström. Il y a peut-être un mort à mes pieds ! Et c'est peut-être moi qui l'ai tué !

— Allons, allons, fit Allan. Il ne faut pas s'en faire pour si peu.

— Je l'entends respirer, la rassura Sabine. Au fait, nous n'avons pas eu le temps de faire connaissance. Je m'appelle Sabine Jonsson. Quoique nous ayons le même nom de famille, je ne suis pas mariée avec Julius. Mais il n'est pas encore trop tard.

La ministre serra faiblement la main de Sabine.

— Margot Wallström, se présenta-t-elle.

— Oui, je sais, fit Sabine.

— Tu veux vraiment te marier avec moi ? demanda Julius, le visage rayonnant.

— Oh oui, mon cher Julius.

Ces derniers mots remirent en mouvement les rouages du cerveau de la ministre.

— S'il vous plaît, pourriez-vous garder vos demandes en mariage pour plus tard, avant que je perde complètement la raison ?

Face à la ministre au bord de la crise de nerfs et aux deux amoureux qui se dévoraient des yeux, Allan conclut qu'il devait prendre les choses en main.

— Je crois que vous seriez bien avisée de regarder ailleurs pendant que nous mettons autant d'ordre que possible, madame la ministre. Cela ne profitera ni à votre personne ni à votre carrière, si vous devez expliquer à la Suède et au monde entier ce que vous faisiez dans un cabinet de voyance de la banlieue de Malmö avec un nazi inconscient.

— Mais je ne peux pas simplement…, commença la ministre.

— Repartir ? Ce serait plus sage. Ne serait-ce parce que c'est vous, la première diplomate de Suède, qui avez réglé son compte au nazi. On peut dire beaucoup de bien de votre geste, mais il n'était pas très diplomatique. Vous avez déjà vu un pareil bazar ?

La ministre répondit que non. Allan jugea cependant qu'elle méritait une explication. Il lui raconta en peu de mots comment Julius et lui avaient atterri à Märsta, rencontré Sabine, s'étaient associés à elle dans une affaire florissante de cercueils avec du caractère, et comment, à cause d'un seul cafouillage, l'homme à leurs pieds s'était mis dans une telle colère qu'il les avait forcés à fuir à coups d'arme automatique.

— Pourquoi n'avez-vous pas appelé la police ? demanda Margot Wallström.

— Pas de police ! trancha Julius. On n'appelle pas les flics à moins qu'il n'y en ait besoin. Et encore.

— Mais…

La ministre n'eut pas le temps d'aller plus loin. L'homme inconscient venait de remuer. Il gémit et bafouilla des mots incompréhensibles. Sabine réagit au quart de tour.

— Asseyez-vous, monsieur le nazi. Oui, par terre, ça sera parfait. Voici une tasse de café pour vous remettre de vos émotions. Qui aurait cru qu'un éclair s'abattrait sur votre tête ?

— Du café ? répéta la ministre. Est-ce que c'est…

Une bonne idée ? voulait-elle demander. Mais Johnny Engvall se redressa, la tasse à la main.

— Un éclair ? ânonna-t-il en essayant de se rappeler où il se trouvait.

Il but la tasse bien chargée en somnifères et, encore déboussolé, laissa Julius lui attacher les mains dans le dos, n'opposant que de faibles protestations.

— Qu'est-ce que vous faites ? Qui êtes-vous ? Où suis-je ?

— Et voilà le travail, dit Sabine. Il vient d'avaler quatre somnifères. Dans un moment, nous ne l'entendrons plus se plaindre.

Cette fois, la coupe était pleine. La ministre ne voulait rien savoir de plus. Elle se tourna vers Allan.

— Monsieur Karlsson, pourriez-vous m'informer de votre plan pour la suite des événements ? J'ai deux agents de la Säpo devant…

— Pas de police, répéta Julius.

Le plan d'Allan était de faire repartir la ministre le plus vite possible, de préférence sous l'escorte des gardes dont elle semblait très bien se passer. Le trio s'occuperait du nazi de plus en plus somnolent. Mme la ministre n'avait pas besoin de s'inquiéter. Même si, au fil des années, il y avait eu un ou deux accidents dans l'entourage d'Allan, le centenaire veillerait à ce que cet élément-là survivre à la journée. Pas parce qu'il le méritait, mais au nom de la bienséance.

La bienséance ? La ministre des Affaires étrangères ferma les yeux. Elle voyait la fin de sa carrière approcher à grands pas, et pourtant elle ne comprenait pas ce qu'elle avait fait de mal. Du moins sur le plan moral. Comment en était-elle arrivée là quand sa seule ambition était d'apporter un peu de paix dans le monde ? Quand l'affaire serait dévoilée, aucune excuse ni explication ne suffirait. D'après ce qu'elle avait appris sur la dynamique intrinsèque des médias, elle serait lynchée à la fois dans les journaux et à la télé.

Étrangement, la certitude que tout était perdu l'apaisa. Elle assumerait ses actes et resterait digne dans sa chute. Mais avant que la réalité la rattrape, elle pouvait encore se rendre utile. Le lendemain, elle avait une réunion avec ses homologues à Bruxelles. La semaine suivante, elle devait passer une journée à analyser avec le Premier ministre les débuts du nouveau président français, Emmanuel Macron, et leurs effets sur les prochaines élections fédérales allemandes. Lorsque la date pour cette réunion avait été fixée, c'était l'avenir de l'Union européenne qui était en jeu. Mais, entre-temps, on avait constaté qu'il manquait un boulon à l'actuel président des États-Unis et que le sort du Vieux Continent était totalement lié à celui du reste de la planète, dans lequel la Suède avait un rôle crucial à jouer. Même si la ministre des Affaires étrangères du pays, représentante auprès du Conseil de sécurité de l'ONU, se trouvait dans un appartement dans la banlieue de Malmö, un nazi ligoté et drogué à ses pieds.

— Écoutez-moi ça, lança Allan, qui était allé récupérer sa tablette noire. Donald Trump vient de défier son propre ministre des Affaires étrangères dans un test de QI.

Avait-elle bien entendu ? Non, elle ne devait pas abandonner. Le monde avait encore besoin de Margot Wallström, c'était indéniable.

— Je m'en vais, maintenant, dit-elle.

Elle trouva ses deux gardes du corps devant la voiture.

— Tout va bien, madame la ministre ? demanda l'un d'eux.

— Évidemment, répondit Margot Wallström. Pourquoi voudriez-vous que ça n'aille pas ?

Allan, Julius et Sabine encerclaient le nazi endormi par terre. Ils devaient s'en débarrasser avant qu'il décide de se réveiller.

— On pourrait l'enrouler dans un tapis, suggéra Julius.

— Si on en avait un, objecta Sabine.

— Il peut emprunter mon cercueil, offrit Allan.

Le visage de Sabine s'éclaira.

— Enfin des paroles sensées qui sortent de ta bouche, Allan.

Julius et Sabine soulevèrent l'homme inconscient, tandis qu'Allan lui faisait les poches.

— Qu'est-ce que tu fabriques ? demanda Julius.

— Je me renseigne sur notre ennemi.

Allan trouva des clés de voiture, une boîte de tabac à chiquer et un portefeuille renfermant un permis de conduire, une carte de crédit et trois mille sept cents couronnes en liquide.

— Je te remercie, Johnny Engvall, dit-il à la photo sur le permis de conduire.

Il empocha l'argent et jeta le reste à la poubelle.

Une fois le déplacement accompli, Sabine installa le centenaire à la table de la cuisine avec sa tablette noire et pour consigne de ne pas bouger jusqu'à nouvel ordre. Ce qui convenait parfaitement à Allan. Julius, quant à lui, reçut la mission de fourrer toutes leurs affaires dans leur valise neuve pendant que Sabine allait chercher le corbillard. Ils ne pouvaient pas parcourir quatre ou cinq pâtés de maisons en plein jour avec un cercueil. Julius et elle-même porteraient la bière, tandis qu'Allan serait chargé de la valise à roulettes.

Une heure et demie après la consultation ratée, le trio quitta l'appartement, Julius et Sabine peinant sous le poids du cercueil où dormait le nazi, Allan fredonnant derrière eux, à quelques pas. Heureusement, seule une volée de marches les séparait de l'entrée, car la tâche était ardue. Évidemment, ils croisèrent quelqu'un, une voisine portant deux sacs

de courses. Elle regarda le cercueil d'un air épouvanté.

— Overdose d'héroïne, déclara Allan. Tragique.
La femme ne répondit pas. Était-elle étrangère ?
— Heroinski, tenta Allan.

Suède, Danemark

Allan, Julius et Sabine se serrèrent à l'avant du corbillard, l'arrière étant monopolisé par le nazi.

Dix minutes plus tard, Johnny Engvall était assis sur un banc dans un parc peu fréquenté, non loin du centre. Pendant que Julius et Sabine se chargeaient de la corvée, Allan avait déniché entre les sièges du véhicule un gobelet en plastique blanc. Il le plaça dans les mains du nazi, transformé en un clin d'œil en mendiant assoupi.

— Ne restez pas là trop longtemps, monsieur Johnny, ou vous allez vous enrhumer, recommanda Allan en guise d'adieu.

La situation restait extrêmement compliquée. Bien sûr, le problème du nazi était loin d'être réglé, mais l'effort et l'air frais avaient remis de l'ordre dans les idées de Sabine. Maintenant, ils devaient se servir de leurs têtes pour penser autrement. Voir plus grand. Ce qui n'était pas plus mal.

Sabine était décidée.

Voyant son expression déterminée, Julius garda le silence. La prochaine manœuvre lui revenait, à elle.

Ils sortirent de Malmö, s'engagèrent sur une autoroute et arrivèrent rapidement à l'entrée du pont menant au Danemark. Sabine ralentit l'allure et se prépara à payer le péage.

— Vu les circonstances, je crois qu'il serait sage de quitter le pays.

— Danemark, acquiesça Julius.

— J'adore le Danemark, lança Allan, qui avait repris place dans son cercueil. Je crois. Je n'y suis jamais allé. À moins que si.

— Le Danemark ne suffira pas si nous devons nous cacher de tous ceux qui veulent nous tuer, répondit Sabine. Et nos affaires sont actuellement trop mauvaises pour subvenir à notre pitance.

Ces derniers temps, elle avait beaucoup pensé à l'avenir. Quand le nazi avait débarqué pour recevoir une lampe de bureau sur la tête, tout s'était clarifié dans la sienne.

— Mais la lampe savait où elle allait, rappela Allan. Si je suis encore vivant l'année prochaine, que le diable m'emporte si je ne vote pas pour les sociaux-démocrates.

— Parce que tu votes ? demanda Julius.

— Pas que je sache.

Sabine ordonna aux deux hommes de se taire.

— J'ai donc eu le temps de réfléchir. Nous ne pouvons plus nous déplacer en corbillard, il est connu du nazi, et nous pouvons être certains qu'à son réveil il sera encore plus énervé qu'avant.

Allan s'apprêtait à évaluer la colère du nazi à l'aune de Kim Jong-un et de Donald Trump, mais s'entendit rappeler qu'on lui avait demandé de se taire.

— Fini, le corbillard, répéta Sabine. Et fini, la Suède.

Allan s'assit dans son cercueil. La conversation se compliquait. Il ne pouvait plus se taire.

— On dirait que Mlle Sabine a une idée.

— C'est ce qu'il me semble aussi, renchérit Julius.

En effet. Si leur affaire de Mme Irma devait prospérer et s'ils souhaitaient survivre plus d'une semaine, viser un niveau international était indispensable. Le nazi et ses acolytes auraient beaucoup plus de mal à les retrouver de par le vaste monde. D'un autre côté, la concurrence serait beaucoup plus rude qu'en Suède. Il ne leur suffirait plus de promouvoir les esprits et la communication avec ceux qui ne pouvaient plus parler.

— Alors, de quoi avons-nous besoin ? demanda Julius.

— De développer un nouveau produit, répondit Sabine.

— Et où pouvons-nous développer au mieux ce nouveau produit, à ton avis ?

— Vous êtes bien assis ? demanda Sabine.

— Comme tu le vois, dit Julius.

— Je venais de me rallonger, mais comme tu veux, lança Allan en se redressant.

— Bien. Nous allons à l'aéroport de Copenhague-Kastrup, nous stationnons le véhicule de façon permanente et nous achetons trois billets pour Dar es-Salaam.

— Dar es quoi ? fit Julius.

Russie

Après une série de revers, Guennadi Aksakov flairait à nouveau le parfum de la victoire. Un triomphe sensationnel, en l'occurrence. Il semblait être le seul à avoir compris que Merkel allait perdre les élections fédérales allemandes. Une victoire n'en était pas une si on ne pouvait pas la piloter.

Guennadi gérait des masses d'argent énormes. Le capital était en sûreté à l'étranger, doublement grâce au passeport finlandais de Guennadi. Quelle que soit la sanction que le monde se mettrait en tête d'infliger à la Russie, personne ne pourrait geler les ressources d'Aksakov le Finlandais. Il était financièrement à l'abri, et avec lui le président.

Ses succès avaient été variés ces derniers temps. Au moyen de cent seize mille comptes Twitter, Aksakov et son armée du Net avaient préparé les électeurs britanniques au Brexit. Seul un amateur emploierait uniquement des comptes automatiques, repérables immédiatement. Le secret était un équilibre parfait entre les comptes entièrement ou partiellement informatisés et les cent pour cent humains. Le message, en revanche, restait le même : les Britanniques auraient tout intérêt à tourner le dos à l'Europe. En apprenant le résultat de 52-48 pour la sortie de l'Union, Volodia eut un ricanement joyeux et donna à Guenna une tape dans le dos. Guenna répondit humblement que le score aurait été 51-49 sans son intervention.

Ensuite vinrent les élections américaines, qui se passèrent si horriblement bien que, depuis lors, c'était simplement horrible.

Les élections législatives aux Pays-Bas et présidentielle en France montrèrent cependant que Guenna et Volodia n'étaient pas invincibles. En dépit d'un soutien massif depuis Moscou, le PVV, un parti néerlandais de droite radicalisée, n'obtint pas assez de voix pour causer un raz-de-marée politique. Les libéraux de droite mirent plus de deux cents jours à composer un gouvernement de coalition, mais ils y parvinrent.

En France, les Russes durent presque déclarer forfait. Leur stratégie consistait à prendre parti autant pour la droite que pour la gauche, et faire que Marine Le Pen dépasse tous les candidats sauf un, après quoi les Russes saborderaient son dernier adversaire. Mais quand l'imbécile s'était rendu inéligible avant que Moscou puisse s'en mêler, un nouveau candidat débaula de nulle part. Guenna n'eut pas le temps de se repositionner, et la France élut un président pro-européen.

Les trolls du Web, prétendant que Macron était un homosexuel refoulé, ne firent que conforter l'homme et enthousiasmer ses électeurs. S'il y a bien une chose qui est permise en France, ce sont les amours diverses.

Après ce fiasco vint le suivant. En Suède, Guennadi avait versé quatre millions d'euros à un nazi qui exprima sa gratitude en se débrouillant pour mourir. Selon ses renseignements – unanimes –, le frère de ce premier (tout aussi nazi) avait ensuite démoli une boutique de cercueils à l'arme automatique. Le détail absolument aberrant dans l'histoire, c'était que la cible se trouvait être Allan Karlsson, le centenaire qui avait causé une telle pagaille à Pyongyang qu'il avait été nommé diplomate. Par la suite, il s'était lancé dans les pompes funèbres, ce qui l'amena à contrecarrer les intérêts de l'État russe pour la seconde fois en peu de temps. Voilà ce qu'on avait conclu en espionnant une conversation entre un inspecteur de police et la ministre suédoise des Affaires étrangères, qui avait imprudemment employé un téléphone non sécurisé. Kim Jong-un avait peut-être raison. Ils auraient dû se lancer à la poursuite du bonhomme et lui trancher la gorge. À présent, il s'était à nouveau volatilisé.

Guennadi décida d'attendre une semaine ou deux, puis de recontacter le frère du mort pour lui rappeler ses conditions, ou bien pour le supprimer.

En attendant, il tenterait de se réjouir à l'idée de sa revanche prochaine. Tout le monde clamait que Merkel remporterait sans peine les élections fédérales, et que les sociaux-démocrates refuseraient de former une coalition si leurs résultats étaient trop bas, le contraire équivalant à un suicide politique.

La stratégie russe était d'affaiblir encore le faible, et dans le même temps d'apporter un soutien réel mais secret aux nationalistes de droite de l'AfD. Ainsi, ils menaçaient Merkel sur deux fronts sans l'attaquer directement. Angela Merkel gagnerait, mais se trouverait dans l'impossibilité de former un gouvernement. Alors, elle abandonnerait enfin. La dernière chose dont la Russie avait besoin était d'une mégère désespérément puissante à Berlin.

— Les sociaux-démocrates perdent trois points dans le dernier sondage d'opinion, annonça Guennadi Aksakov à son président. Dont deux vont à nos amis de l'AfD.

— Tu es génial, Guenna, le complimenta Vladimir Poutine. Je te l'ai déjà dit ?

— Plusieurs fois, monsieur le président, dit son meilleur ami avec un sourire. Au point que je commence à te croire.

Danemark

Sabine garda le silence pendant la traversée du pont et du tunnel vers Copenhague et son aéroport international. Elle examinait encore une fois sa décision d'émigrer.

Olekorinko, dans sa lointaine Tanzanie, avait occupé ses pensées si longtemps que, à présent, elle le considérait presque comme la solution à tous leurs problèmes. Le pays avait de nombreux avantages. Par exemple, on n'avait pas encore inventé le nazisme local. Apparemment, il n'y avait pas non plus de serpents à redouter sur les plateaux tanzaniens. Ces reptiles comptaient parmi les rares choses que Sabine aimait encore moins que les nazis. Serpents, nazis, guerre et maladies mortelles. Dans cet ordre. Et Karlsson, qui travaillait à rejoindre la liste. La guerre et la violence ne figuraient pas dans l'offre du pays. Restaient les maladies mortelles, mais elles semblaient avoir des remèdes. Celui d'Olekorinko n'étant pas des moindres, à en croire la mère de Sabine – ce qu'il ne fallait justement pas faire.

Sabine avait beaucoup lu. Elle avait identifié plusieurs sources d'inspiration dans la région. Du côté kényan de la frontière vivait une femme d'affaires, Hannah. Elle se surnommait elle-même « la Reine » et consacrait ses semaines du lundi au vendredi à soigner les maux de ses clients, à briser les malédictions et à dispenser des conseils lus dans les braises d'un feu. Avec un supplément, elle acceptait également des cas plus difficiles de cancer, VIH et sida. Les samedis, elle se reposait, et les dimanches elle allait à l'église pour plus de sûreté. Hannah aimait montrer sa villa de luxe et ses quinze voitures à quiconque le souhaitait. « Je suis sorcière et compétente », tel était le message qu'elle envoyait au milieu de ses biens. « Au nom du Père, du Fils et du Saint-Esprit. » Hannah était impressionnante de bien des façons, mais elle n'intéressait pas Sabine. Lire dans les charbons ardents, elle savait déjà faire.

La méthode du vieux pasteur évangélique Olekorinko était très différente de celle de la Reine. Le prêtre retraité avait établi un village de tentes dans la savane du Serengeti. Une annexe de la tente principale abritait son laboratoire où, selon une recette précise et secrète, il fabriquait son remède miracle. Il demandait une compensation très restreinte, préférant tabler sur la foule. Car le remède agissait uniquement dans le campement, et seulement dans l'heure suivant la bénédiction du pasteur.

Sabine voulait en apprendre plus sur sa méthode. La foule était un concept nouveau dans la divination européenne contemporaine. Et telle était la voie que suivraient Sabine, son cher assistant et le centenaire qui venait en bonus, qu'ils le veuillent ou non.

Suède

Johnny Engvall se réveilla au bruit d'une pièce de cinq couronnes tombant dans le gobelet blanc qu'il découvrit entre ses mains. Où était-il ? Pourquoi avait-il froid ? Qui venait de lui donner une petite pièce et pourquoi ?

Il souffrait des séquelles d'un coup de lampe de bureau sur la tête et d'un surdosage de somnifères. Il ne pouvait se souvenir du premier, et seulement présumer le second. Il s'aperçut qu'il était assis sur un banc dans un parc, mais ne put rien déterminer de plus précis avant qu'une silhouette se penche vers lui.

— Comment ça va, monsieur ?

Une femme, le visage proche du sien. Qui était-elle ? Que se passait-il ? Les contours réapparurent, tout comme la personnalité de Johnny.

— De quoi je me mêle ? Espèce de mocheté !

La passante, apitoyée par le mendiant endormi, avait trouvé une pièce dans son porte-monnaie. C'est alors qu'elle avait remarqué qu'il était en train de se réveiller. Le pauvre homme avait un aspect misérable.

— Mais voyons, monsieur, pourquoi vous fâchez-vous ? Si vous me suivez, peut-être trouverons-nous un endroit où je pourrai vous offrir un bol de soupe chaude.

De la soupe ? pensa confusément Johnny. Il essaya de se lever. La femme se porta à son aide.

— Pousse-toi de là, foutue propre-à-rien, cracha-t-il en bousculant son bon Samaritain, qui faillit tomber à la renverse.

Johnny fit ensuite savoir à la femme ce que son couteau et lui avaient envie de lui infliger. Effrayée, elle recula d'un pas, puis d'un autre. Mais elle était d'un courage peu commun.

— Je m'écarte, comme vous le voyez. Mais que diriez-vous de cette soupe ?

Johnny sortit son couteau militaire américain à la lame de trente centimètres bien astiquée et le pointa vers la gorge de la femme.

— Prononce encore une fois le mot soupe…, menaça-t-il.

La femme n'ajouta rien de plus. Johnny s'éloigna sans la blesser. Il avait trop mal à la tête pour montrer plus d'assurance. À quelques pâtés de maisons de là, le nazi encore chancelant trouva un bar où il put commander un sandwich et un café, et reprendre ses esprits.

Jusqu'à récemment, il avait déployé à l'aveuglette ses efforts pour punir ceux qui avaient profondément humilié son frère le jour de son enterrement. Mais à l'instant où il allait accomplir son devoir, l'éclair s'était abattu sur sa tête. Pour autant, il ne pouvait pas simplement renoncer. Il avait quatre millions d'euros et une mission à remplir, en mémoire de Kenneth.

Johnny n'était pas idiot au point de ne pas comprendre qu'il avait été maîtrisé par une mégère et une ministre. Impossible de chasser cette pensée, ni même de changer de priorités. Les quatre millions et ce qu'il pourrait accomplir grâce à eux devaient attendre. La ministre serait épargnée tant qu'elle ne croiserait pas de nouveau son chemin, mais Johnny ne renoncerait jamais à la voyante et à ses comparses. Il les retrouverait. Que cela prenne des jours, des semaines ou des mois.

À peine Johnny avait-il pris sa décision que son téléphone afficha un important flash d'actualité :

« Nouvelle attaque terroriste présumée à l'aéroport international de Copenhague ! »

Le café et le sandwich devraient attendre eux aussi.

Danemark, Suède, Allemagne

Pour la deuxième fois en peu de temps, Sabine dut admettre qu'Allan pouvait être utile. Depuis le siège conducteur, elle lui demanda de chercher sur sa tablette le premier vol en partance pour Dar es-Salaam. Celui qu'Allan trouva décollait très peu de temps plus tard. L'itinéraire était un peu tortueux, avec des changements à Francfort et Addis-Abeba, mais cela ferait l'affaire. À condition de l'attraper. Sabine accéléra et décida, une fois à l'aéroport international de Copenhague, de se garer de façon audacieuse.

Elle trouva une place juste devant le hall des départs. Là où il était strictement interdit de stationner. La manœuvre exigea quelques slaloms entre les cônes de signalisation. Même Julius, qui n'avait jamais particulièrement aimé les règles, fut admiratif.

Ils achetèrent leurs billets au comptoir. Ils n'avaient que des bagages cabine, et encore. Allan avait oublié leur valise commune dans l'appartement, pendant que les deux autres s'activaient.

— Tu n'avais qu'une chose à laquelle penser, le rabroua Sabine. Une seule.

— Une chance qu'il n'y en ait pas eu plusieurs, observa Allan.

L'enregistrement s'effectua d'autant plus vite. Vingt minutes après être arrivés à l'aéroport, ils s'assirent au deuxième rang dans l'avion pour Francfort.

— Du champagne ? proposa l'hôtesse.

— Vous lisez dans mes pensées ? répondit Allan.

Le vol 831 de la Lufthansa fut le dernier à décoller avant que l'aéroport soit bouclé. La sécurité, déjà élevée en temps normal, était encore montée d'un cran après l'attentat de Stockholm. Un véhicule suspect stationnait en toute illégalité, juste devant l'entrée du terminal 3.

Selon une opinion répandue au Danemark, les voisins suédois consacraient leur temps à importer des kamikazes. Au cours de la guerre en Syrie, des foules plus importantes que la population danoise tout entière avaient fui les chars, les bombes et les attaques aériennes chimiques. La plupart allèrent en Turquie, où ils ne furent pas les bienvenus. Voilà pourquoi beaucoup de ces gens poursuivaient vers le nord en évitant de leur mieux les pièges tels que les clôtures électriques et les jets ciblés de gaz lacrymogène hongrois. Si on avait six mille dollars en poche, on pouvait contourner les gaz lacrymogènes et continuer sa route vers des pays encore plus lointains, où l'on n'était pas le bienvenu non plus. Comme le Danemark. Qui orientait ensuite mère, père et enfants en larmes vers la Suède. Dont on ne savait comment y entrer ou en sortir. Cependant, les Suédois avaient refusé les clôtures et les lacrymogènes, préférant leur offrir un toit : il n'allait pas de soi que tous ceux qui disaient avoir fui la mort soient en réalité des criminels. (De rares Suédois ne tombèrent pourtant pas dans le panneau et se firent un devoir d'incendier le plus possible de camps de réfugiés, en guise d'avertissement aux terroristes.)

Voilà pourquoi le côté danois conclut que le corbillard immatriculé en Suède, avec un cercueil à l'arrière, était bourré d'explosifs. Tous les départs furent immédiatement suspendus, les avions arrivants déviés, le terminal vidé, et on fit venir le robot désamorceur de bombes de la police.

Quelques minutes à peine après que l'alarme avait été donnée, l'information circulait sur Internet.

— Ah, c'est là que vous êtes, siffla Johnny Engvall. Et par votre propre faute, vous n'en repartirez pas. Espèces de crétins.

Il présumait que Sabine Jonsson et ses camarades étaient bloqués à l'aéroport, comme les autres usagers. Sa voiture étant garée à Rosengård, à quelques kilomètres de distance, il arrêta un taxi dans la rue.

— Je veux aller à Rosengård.

Une fois à destination, le chauffeur réclama naturellement son dû, mais Johnny découvrit qu'il n'avait plus son portefeuille ni ses clés de voiture. Il pria le chauffeur de patienter tandis qu'il forçait son propre coffre de voiture. Lorsqu'il brandit l'arme automatique qu'il y gardait, le chauffeur oublia l'argent.

— C'est quoi, votre nom ? demanda Johnny, le canon pointé vers le front du chauffeur.

— Bengt, dit l'homme, avant de se mettre à pleurer.

— Enchanté, Bengt, lança Johnny. À votre avis, est-ce qu'on pourrait se mettre d'accord, vous et moi, pour que vous m'emmeniez à Kastrup sans être payé pour la course ?

— S'il vous plaît, ne me tuez pas.

— Je prends ça pour un oui.

En approchant du pont de l'Øresund, Bengt fit mine de ralentir pour payer le péage.

— T'as quand même pas l'intention de faire la queue pour payer le péage au brave État suédois ?! s'écria Johnny avec colère.

Durant le trajet, la terreur de Bengt avait atteint un degré encore plus élevé. La radio venait d'annoncer une probable attaque terroriste à l'aéroport vers lequel l'homme à l'arme automatique et lui roulaient. Impossible de ne pas conclure que ce passager y était mêlé de près.

Bengt obéit donc. Écrasant l'accélérateur, il traversa le poste de contrôle à 120 kilomètres-heure pendant que les caméras de surveillance le filmaient. Sur le pont, il accéléra encore. Kastrup n'était plus qu'à quelques minutes.

Jusqu'ici, la matière grise tout entière de l'Alliance aryenne n'avait pas pris le temps d'analyser la situation. À quelques kilomètres de l'aéroport, il ordonna à son chauffeur de ralentir. Il fallait procéder correctement. Ne pas se précipiter. C'était cela.

Le trio qui avait insulté la mémoire de Kenneth était coincé à Kastrup. Selon les mises à jour en temps réel des médias juifs sur le Net, personne n'avait été arrêté pour le moment. Les fugitifs étaient donc parmi les autres voyageurs évacués, dans le hall indiqué à la radio.

Premièrement, il devait trouver le terminal.

Les humains fuyaient la guerre, la terreur et la pauvreté accablante. Et ils émigraient vers des lieux où elles n'existaient pas. Sans quoi, la fuite aurait été vaine.

La Suède n'était touchée par aucun de ces trois fléaux, c'était donc un pays qu'on essayait d'atteindre, pas de fuir. Cela signifiait qu'au point de contrôle du pont de l'Øresund, du côté suédois, les installations étaient relativement simples. Chaque véhicule entrant était inspecté, tandis que ceux qui sortaient n'avaient qu'une gare de péage à traverser. Pour autant, on ne pouvait pas la franchir à 120 kilomètres-heure sans que quiconque réagisse. Quand cela se produisait, la police danoise était informée de la marque, de la couleur et de la plaque minéralogique de la voiture. Mais si, au même moment, un acte terroriste se déroulait à l'aéroport international de Copenhague par exemple, on entrait le délit de fuite dans un registre des affaires en cours, où il attendrait d'être biffé au motif d'« enquête non résolue ».

L'exception à cette règle pouvait se produire lorsque, par manque de réflexion, le conducteur du véhicule suspect tombait sur un contrôle de police.

À huit cents mètres du terminal international de Kastrup, la police avait mis en place un barrage avec cônes de signalisation et possibilité de faire demi-tour pour retourner d'où on venait. Tous les usagers étaient gratifiés d'un salut militaire et informés en quelques mots de l'intervention en cours à l'aéroport, fermé jusqu'à nouvel ordre. Pour plus d'informations sur la réouverture, le brigadier danois recommandait au conducteur et à ses passagers de suivre les médias. Pendant ce temps, son subordonné en profitait pour rechercher le numéro d'immatriculation, une simple mesure de routine.

Le brigadier Krogh se tint sur ses gardes dès l'instant où il s'approcha du taxi immatriculé en Suède qu'il devait contrôler. L'homme au volant semblait mort de peur. Et, à sa droite, son client à l'air vigilant cachait manifestement quelque chose sous son blouson en cuir. Quand, en outre, le gardien de la paix Larsen se racla la gorge, il comprit que le numéro d'immatriculation avait craché quelque chose.

— Pourrais-je voir vos papiers d'identité ? demanda le brigadier. Les vôtres aussi, s'il vous plaît, ajouta-t-il en regardant Johnny Engvall.

Près de là, une vingtaine d'officiers lourdement armés comprirent qu'il se passait quelque chose.

Bengt montra sa carte professionnelle.

— J'ai malheureusement oublié mon permis de conduire chez moi, dit Johnny.

Le brigadier Krogh fut brièvement mis au courant de la situation par son subordonné. Ce véhicule venait de traverser le péage suédois sans payer. Bon, un contrôle plus poussé était de mise.

— Pourriez-vous descendre de voiture ? Tous les deux, s'il vous plaît, demanda le brigadier Krogh.

Bengt ouvrit la portière, posa un pied sur le bitume, l'autre… et se jeta subitement par terre.

— Un terroriste ! cria-t-il. Dans la voiture, c'est un terroriste ! Il a un flingue !

Ce terme n'était pas le plus approprié pour décrire l'arme automatique de Johnny, mais qu'importe.

Une vie de violence avait enseigné à Johnny qu'on se dépêtrait mieux des situations épineuses une arme à la main. Les policiers danois n'ayant pas exactement la gâchette aussi facile que leurs homologues américains, par exemple, il eut le temps de révéler sa carabine et presque celui d'enlever la sécurité avant d'être soigneusement transpercé de balles par douze des vingt agents, qui n'avaient pas perdu leurs réflexes. Les huit autres furent pris au dépourvu, mais cela n'eut aucune incidence sur la suite. Johnny, grièvement blessé par la première balle, succomba à la deuxième. Les trente-cinq suivantes furent tirées inutilement.

Quinze minutes plus tard, le corbillard était sécurisé. Il ne contenait rien de terroriste. L'attaque contre l'aéroport de Copenhague avait été évitée, le véhicule suspect saisi, un terroriste lourdement armé maîtrisé. Le héros du jour était suédois. Il s'appelait Bengt Lövdahl, chauffeur de taxi.

Sabine, Allan et Julius profitèrent de l'escale à Francfort pour reconstituer leur garde-robe avant le vol suivant. Allan, toujours accompagné de sa tablette.

Il annonça qu'ils avaient bien fait de laisser la Scandinavie derrière eux, car, croyez-le ou non, les terroristes avaient à nouveau frappé, pour la seconde fois en peu de temps. Cette fois, c'était à Kastrup, où ils s'étaient eux-mêmes trouvés à peine quelques heures plus tôt.

— Eh bien, fit Sabine. Où va le monde ?

Allemagne

Quand le leader du monde libre eut passé suffisamment de ses jours de travail à rudoyer sur Twitter des catégories bien choisies de sa propre population, le monde décida de lui chercher un remplaçant. Le choix se porta sur Angela Merkel, soixante-trois ans. Cette fille de pasteur luthérien ne vivait pas dans un palais, mais dans le centre de Berlin.

Du lundi au vendredi, elle dormait quatre heures par nuit, mais pendant le week-end il lui arrivait de faire la grasse matinée jusqu'au lever du soleil. Parmi ses autres excès, on lui connaissait son goût particulier pour la soupe au chou. En bonne Allemande, elle aimait l'accompagner d'une bière. Pendant son temps libre, elle travaillait encore un peu, ou bien elle attrapait son mari par le bras et allait à l'opéra. Lors des occasions spéciales, ils partaient un peu plus loin, en randonnée dans les Alpes italiennes. Elle était, entre autres, physicienne, et lui, professeur de chimie physique et théorique. Une alchimie physique s'était produite entre eux un jour de 1984.

Dans son rôle de chancelière fédérale, Angela Merkel était l'opposé de Trump : calme, réfléchie et observatrice. Elle comprenait mieux que quiconque l'importance de ces traits de caractère dans un monde en bouleversement. Elle aurait en fait voulu se retirer de la vie politique à l'automne suivant. Mais qu'arriverait-il alors, avec Trump, Poutine et tout le reste ?

Elle prit sa décision : encore quatre ans, si les électeurs le souhaitaient. Ensuite, le monde devrait se débrouiller sans elle.

Les services secrets allemands sur le territoire avaient leurs astuces. L'une d'elles était d'avoir fait en sorte d'être immédiatement informés si des gens qu'ils surveillaient voyageaient avec la Lufthansa.

Voilà comment ils apprirent que l'expert suédo-helvétique en armement nucléaire Allan Karlsson, qui avait disparu de la circulation après avoir refourgué quatre kilos d'uranium enrichi à l'ambassade allemande à Washington et être rentré en Suède, s'était remis en mouvement. Il venait de se rendre à Francfort depuis Copenhague. Un examen plus approfondi montrait que sa route l'emmènerait ensuite à Addis-Abeba et, pour finir, à Dar es-Salaam. Que mijotait-il donc ?

Le moment était-il venu pour les Nord-Coréens de se ravitailler à nouveau en uranium ? Quel rôle jouait Allan Karlsson dans cette histoire ? Le vieil homme savait que quelque chose se tramait, voilà qui était certain, il en avait informé lui-même la chancelière fédérale, par serviettes de table interposées. Cinq cents kilos, cette fois !

La situation était extrêmement confuse. Si Karlsson avait l'intention de livrer illégalement la plus grande quantité d'uranium enrichi que le monde ait jamais vue, pourquoi en informer la chancelière fédérale ? Et, qui plus est, sur une serviette ?

Le directeur des services secrets souhaitait délivrer en personne son rapport à la chancelière Merkel, qui n'avait pourtant pas de temps à lui accorder. Plus les élections fédérales approchaient, plus elle était occupée à ne rien faire ni dire. Les sondages la donnaient gagnante. La crainte que les Russes tentent de s'immiscer dans le vote à coup de désinformations sur les gestes et paroles de Merkel était risible. Sur les réseaux sociaux, l'avis général était plutôt que le social-démocrate Schulz incarnait l'incompétence même. Et que les ultras de droite réduisaient l'écart de points, bien sûr, mais que cela ne suffirait pas.

Les analystes politiques jugeaient que le succès relatif de Merkel auprès de la population ne tenait qu'au fait que le chef de l'opposition n'avait trouvé aucune faille à exploiter dans l'image merkellienne, car ils avaient peu ou prou les mêmes positions. Comme l'ensemble des Allemands. Mais c'était surtout dû à l'efficacité de la chancelière fédérale, ainsi qu'aux divers revirements récents sur la planète. Les États-Unis étaient gouvernés par un président atteint de troubles mentaux. L'année précédente en Grande-Bretagne, à la question rhétorique de Cameron « Nous n'allons tout de même pas expulser tous les étrangers ? », plus d'un Britannique sur deux avait répondu « Si, très bonne idée ! ». La Pologne s'employait à déconstruire de son mieux la démocratie. En Hongrie, c'était déjà fait. Sans parler de l'incapacité de Madrid à régler la crise de la Catalogne (ou celle de la Catalogne à régler la crise de Madrid), et de l'homme dont la corpulence égalait la dangerosité : Kim Jong-un.

Au milieu du chaos, la chancelière fédérale Angela Merkel faisait figure de solide chêne centenaire dressé dans un champ. Les blés ondulaient autour d'elle, mais elle tenait bon.

Si l'actualité mondiale et les débats de politique intérieure pouvaient seulement être gelés jusqu'au jour du vote, elle aurait encore quatre ans devant elle. Portant la confiance du monde entier, sauf peut-être de la Russie. Et peut-être de l'autre aux États-Unis, qui un instant ne savait pas quoi penser ni pourquoi... pour changer d'avis juste après.

Le chef du BND avait enfin obtenu un rendez-vous. Il frappa à la porte de la chancelière fédérale et l'informa que le fauteur de troubles Allan Karlsson avait refait surface. À Francfort. En route, curieusement, pour la Tanzanie.

Après avoir écouté toutes les informations fournies par le directeur, qui lui rappela que cinq cents kilos d'uranium enrichi allaient peut-être faire leur apparition, la chancelière annonça qu'elle augmentait sur-le-champ de dix millions d'euros le budget des services secrets. Elle ajouta que le chef du BND devait l'informer dès qu'il saurait ce que l'expert en armement nucléaire pouvait planifier (cinq cents kilos d'uranium enrichi, ça ne s'oubliait pas, même avec les élections fédérales toutes proches). Le directeur rougit légèrement et avoua qu'il partait en famille aux Bahamas quelques jours plus tard, mais qu'il était naturellement en service à chaque instant de ses vacances. Toutefois, il se trouverait au moins dix heures dans un avion entre Berlin et Nassau, et de là-haut rester en contact permanent avec les agents sur place ne serait pas aisé.

— Peut-être est-ce une insolence de ma part, madame la chancelière, mais accepteriez-vous que le chef de nos services en Afrique orientale vous contacte directement s'il devait se produire quelque chose de sérieux, pendant les quelques heures où je serai injoignable ? Dans le cas contraire, j'annulerai bien évidemment mon voyage.

Sous son masque de chancelière, Angela Merkel avait du cœur. Elle ne s'imaginait pas forcer le chef du BND à annoncer à sa femme et à ses enfants que leurs vacances étaient annulées parce qu'il devait rester près du téléphone...

— Donnez mon numéro privé à l'agent à Dar es-Salaam. Avec l'ordre de m'appeler à toute heure du jour ou de la nuit si Karlsson s'approche à moins de trois cents kilomètres d'une usine d'enrichissement d'uranium ou d'un éventuel contrebandier. Bonnes vacances. Passez le bonjour à votre femme et à vos enfants.

Une des dernières choses que fit le directeur du BND, avant de s'envoler pour ses premiers congés en six ans, fut d'envoyer un mémo aux deux agents du BND à Dar es-Salaam. Karlsson et ses amis devaient atterrir à Addis-Abeba, Éthiopie, le lendemain à treize heures vingt. Le numéro de téléphone joint était celui de la chancelière fédérale, à n'utiliser qu'en cas d'événement sérieux, et si lui-même restait injoignable.

Russie

Guennadi Aksakov raccrocha, ou plutôt abattit le combiné après l'appel de son informateur à Stockholm. Puis il donna un coup de pied à une chaise vide.

— Que se passe-t-il, Guenna ? s'étonna Poutine.

— Allan Karlsson le Maudit, voilà ce qui se passe.

— Le centenaire ?

— Oui. Il a réussi à trucider l'autre nazi. Quatre millions fichus en l'air.

Poutine lui fit observer que ce n'était pas comme s'ils étaient pauvres, avant de demander plus de détails. Il apprit que le nazi avait provoqué une unité d'agents lourdement armés des forces antiterroristes danoises, et avait été immédiatement transformé en passoire. Poutine ne voyait pas ce que le centenaire venait faire là-dedans. L'alerte terroriste à Copenhague n'avait-elle pas été déclenchée à cause d'un corbillard rempli d'explosifs ?

— Il n'y avait rien du tout dans le corbillard. Il était seulement garé au mauvais endroit.

— Garé au mauvais endroit ? Par qui ? Non, attends, ne dis rien. J'ai compris.

Tanzanie

Le campement d'Olekorinko était implanté dans le parc national du Serengeti, près de la rive de la Mara. Quand Allan, Julius et Sabine montèrent dans un taxi devant l'aéroport international de Dar es-Salaam, ils apprirent par le chauffeur, absolument ravi, qu'il fallait une journée pour s'y rendre, puis une éternité pour trouver l'endroit exact. La rivière Mara s'étendait sur quatre cents kilomètres de long, et le parc sur environ quinze mille kilomètres carrés.

— Ça leur fait de la place, aux lions, observa Allan.

— Il nous faut une adresse plus précise, dit Julius.

— Et un autre moyen de transport, ajouta Sabine.

Puisqu'ils étaient déjà dans le taxi, les amis changèrent de destination : le terminal national était à cinq cents mètres de l'aéroport Julius-Nyerere, ce qui représentait un trajet de deux minutes au lieu d'une journée. Le chauffeur fut beaucoup moins ravi. Il avait à peine eu le temps d'allumer son taximètre. Il aurait dû rouler d'abord et raconter ensuite.

Derrière le taxi, dans une Passat noire, deux agents vigilants du BND avaient reçu la mission de ne pas quitter Karlsson des yeux. Et d'avertir immédiatement le directeur, ou encore la chancelière fédérale, si le vieux faisait des bêtises.

Congo

La mine du Katanga était officiellement fermée depuis de nombreuses années, l'ONU y avait veillé. L'approvisionnement en uranium était réservé au seul centre de recherche nucléaire adjacent, fondé autrefois avec la bénédiction américaine, en remerciement de la vente de matériau fissile pour les bombes d'Hiroshima et Nagasaki. En dehors des États-Unis, personne n'avait jamais trouvé judicieux d'apporter ce genre de technologie dans un pays où tout s'achetait depuis toujours. Mais, les Américains ayant plus d'argent que quiconque, leurs intérêts passèrent en premier. En bref, ils achetèrent le pays entier. Cash. En fin de compte, même les États-Unis se plièrent aux exigences de l'ONU, et la mine du Katanga et son laboratoire ne représentèrent plus de menace contre la fragile paix du monde.

À moins que ?

Une troupe de surveillance locale, financée par ladite ONU, avait reçu la mission d'empêcher toute extraction de l'uranium. Le laboratoire voisin fut fermé. Le chef de cette milice, Goodluck Wilson, faxait à la fin de chaque mois un rapport à l'Agence internationale de l'énergie atomique à Vienne. Chacun disait grosso modo la même chose : « Tout va bien, faites-nous confiance. »

Goodluck Wilson avait sélectionné lui-même le reste de la milice, trois de ses frères et sept de ses cousins les plus fiables. Tous avaient le même but : devenir riches comme Crésus. Quant aux conséquences pour le monde, ils n'en discutaient pas.

Tous les matins, quatre anciens laborantins se faufilaient par un passage souterrain aboutissant dans le centre de recherche nucléaire condamné, pour enrichir tout ce qu'ils pouvaient. Un total de quinze personnes entre lesquelles partager l'argent, mais seulement onze en pratique. Les laborantins ne se doutaient pas qu'un accident les attendait dès qu'on n'aurait plus besoin d'eux. La récompense brute serait de cinquante millions de dollars pour Goodluck et cinq millions pour chacun de ses frères et cousins. Les mineurs fantômes étaient satisfaits de leurs huit dollars par personne et par jour. Jusqu'au moment où le puits ouest s'effondra sur plusieurs d'entre eux, six ans après la fermeture de la mine. Personne n'aurait rien remarqué sans ces dix-sept ouvriers qui n'auraient pas dû se trouver là. Morts, en plus. Impossible d'étouffer l'affaire. Si vraiment tout allait bien, que faisaient donc ces mineurs au fond de la mine ? voulut savoir l'Agence internationale de l'énergie atomique. Sans même attendre de réponse de Goodluck Wilson, l'agence dépêcha des observateurs sur place.

Goodluck et ses hommes auraient préféré attendre que la quantité d'uranium enrichi atteigne la demi-tonne commandée par les Nord-Coréens via les Russes. Maintenant, il fallait envelopper de plomb les quatre cents premiers kilos et les dissimuler dans une hutte d'un village voisin. Les habitations vides ne manquaient pas, après l'effondrement récent. Les quatre laborantins (y compris celui que rémunérait le BND) décédèrent aussi quand le passage souterrain du centre de recherche s'écroula – comme prévu –, le matin précédant l'arrivée des envoyés de Vienne. Les représentants de l'AIEA ne découvrirent aucune irrégularité, mais, prudents, ils remplacèrent la moitié des membres de la milice par des personnes de confiance. C'est-à-dire auxquelles Goodluck Wilson ne pouvait se fier.

Les meilleures choses ont une fin. Le chef de la milice comprit qu'il ne tirerait rien de plus de la mine. Les gains se limiteraient à quatre-vingts millions de dollars, dont la moitié pour Goodluck. On ne pouvait rien y changer. Parfois, il fallait se satisfaire de peu.

Tanzanie

Assise sur un banc dans le hall des départs nationaux de l'aéroport Julius-Nyerere, Sabine effectuait les recherches géographiques qu'elle n'avait pas encore eu le temps d'entreprendre. De mauvaise grâce, Allan lui prêta sa tablette (dont les frais d'itinérance étaient toujours payés par un directeur d'hôtel déjà bien assez escroqué).

Le trio décida de monter dans le premier avion pour Musoma, dans le Serengeti, puis de demander sa route. Cela ne serait sûrement pas très difficile, car le campement où Olekorinko dispensait son remède miracle était renommé dans toute l'Afrique.

L'avion était un monomoteur à treize places. Neuf des passagers appartenaient à une société de consultation italienne qui célébrait ses vingt-cinq ans en conviant son personnel à un safari de quelques jours (fiscalement déductible, car on avait planifié tous les jours des conférences de quinze minutes). Trois places furent achetées juste avant le décollage par les Suédois.

Les deux agents allemands avaient reçu la mission de ne pas lâcher d'une semelle l'homme soupçonné de livrer de l'uranium à l'*Honneur et Vigueur*. La dernière fois, le faible chargement avait transité par la Tanzanie et le Mozambique avant de poursuivre vers le sud. Or, le centenaire se rendait dans la mauvaise direction.

Une filature n'est pas une mission qu'on aime effectuer seul – même quand la cible est un vieil homme. Le risque d'être découvert est trop important. L'égocentrique et arrogant agent-chef A n'appréciait pas l'idée de s'éloigner du point de passage présumé de l'uranium – juste parce que la bonne femme à Berlin se mettait des idées en tête. D'ailleurs, pourquoi trimballait-il lui-même le dossier de l'opération ? C'était lui le chef, pas la femme qui l'accompagnait.

— Tiens-moi ça, dit-il à sa subordonnée docile. Et prends-nous deux billets. En attendant, je vais boire un café.

Ce jour-là, la compagnie Precision Air semblait être du côté du chef local. Il ne restait qu'une seule place dans l'appareil. L'arrogant donna le ticket perdant à la docile avec bonne conscience (et un sourire moqueur). Quant à lui, il se chargerait de surveiller la frontière entre la Tanzanie et le Mozambique. S'il voulait grimper les échelons, il s'agissait d'être sur le lieu de l'action.

La perdante le fut jusqu'au bout : elle écopa du dernier siège vide, juste à côté de la cible dont elle devait à tout prix se cacher.

Plutôt que de sombrer dans la déprime, l'agent B décida de se mettre tout de suite au travail et engagea la conversation avec Karlsson, espérant peut-être grappiller quelques miettes. Elle lui souhaita le bonjour, s'abstint de lui dire son nom mais se présenta comme une femme d'affaires.

— Voyez-vous cela, dit Allan. J'espère que ça va, les affaires.

— Très bien, merci, répondit l'agent, changeant immédiatement de sujet.

Elle s'enquit de ce que son voisin de siège pouvait bien aller faire à… à…

— Musoma ? suggéra Allan. Nous sommes en route pour Musoma. Vous aussi, je suppose.

L'agent B se maudit. Oublier le nom de leur destination ! Tout était allé si vite dans le terminal national. Le pays était vaste, trois fois plus que l'Allemagne. Elle connaissait Dar es-Salaam comme sa poche. Et la capitale, Dodoma. Morogoro aussi, bien sûr. Et Arusha. Mais de Musoma, au fin fond du Nord-Ouest, elle n'avait encore jamais entendu parler.

Allan raconta sans rechigner que Sabine – assise deux rangs devant eux – était médium et à la recherche d'une nouvelle source d'inspiration. Un guérisseur tout à fait extraordinaire vivait dans le Serengeti, il s'appelait Olekorinko, rien de mal à cela, il fallait bien avoir un nom. Son ami Julius, assis à côté de Sabine, changeait les noms des gens comme d'autres de chemise, mais ce n'était pas le truc d'Allan.

— Un guérisseur ? s'étonna l'agent B.

— Ou est-ce un marabout ? J'ai souvent du mal à me rappeler les mots difficiles. Et j'avais déjà le même problème avec les mots faciles.

Ils avaient l'intention de recevoir l'enseignement d'Olekorinko et un peu d'énergie spirituelle fraîche. Si la femme d'affaires était intéressée, Sabine pourrait sûrement lui en dire plus.

— Vous ne seriez pas aussi dans la divination ? Ou bien dans le tourisme, par hasard ?

Qu'est-ce que c'était que cette histoire ? L'expert en nucléaire et présumé contrebandier Karlsson allait consulter un marabout dans la savane pour trouver une nouvelle énergie spirituelle ? Quitte à mentir, il aurait tout de même pu trouver plus crédible.

Quant à elle, elle expliqua qu'elle était agent immobilier – la couverture de son supérieur et d'elle-même à Dar es-Salaam. Cela n'eut pas l'effet escompté. Allan trouva cela très intéressant. Il y avait sûrement beaucoup de charmantes huttes inoccupées à acquérir dans la savane tanzanienne.

Le centenaire était-il ironique ou simplement ignare ? L'agent B sentait monter son malaise.

— Eh bien, les huttes vides ne font pas partie de mes premiers objectifs, dit-elle en essayant de s'exprimer avec assurance. Il y a un ou deux camps de safari qui valent le coup d'œil.

— Ah bon, vous êtes dans le tourisme, alors ?

L'agent B et Allan n'échangèrent pas beaucoup plus de paroles pendant le reste du voyage. L'Allemande avait besoin de temps pour entrer dans son rôle. Jusqu'ici, les choses ne s'étaient pas passées comme elle le voulait, et ne s'arrangèrent pas quand l'avion se prépara à atterrir : les passagers purent constater que Musoma était une vraie ville, comptant sans doute plus de cent mille habitants… et un grand nombre de propriétés de style européen.

— Regardez ! s'écria Allan en indiquant le hublot. On dirait que vous aurez du travail, en fin de compte. Dire que vous ne saviez pas cela, ni même le nom de l'endroit où vous alliez…

L'agent B se détestait déjà elle-même. À présent, elle détestait aussi Karlsson. Sale type.

La piste d'atterrissage en terre battue, étroite, ne mesurait pas un mètre de plus que nécessaire. Elle se déroulait en plein dans la ville, laquelle s'étendait sur la rive sud du lac Victoria.

À l'extérieur du petit terminal, quelques chauffeurs de taxi attendaient la chance. Tous savaient où Olekorinko demeurait, mais aucun n'aimait assez l'argent pour y conduire les trois étrangers. La course représentait un trajet d'environ cent cinquante kilomètres, et les routes étaient dans un tel état qu'une Fiat, Honda ou Mazda avait près de cent pour cent de chances de se retrouver immobilisée à jamais.

Un peu plus loin, Sabine aperçut un homme en train de décharger voyageurs et bagages d'un Land Cruiser à ciel ouvert, à trois rangées de sièges et pneus à sculptures profondes, capables semblait-il de se sortir de n'importe quel bourbier. Quand l'homme eut salué ses passagers, Sabine s'approcha et lui demanda s'il était libre.

Non, désolé. Il n'était pas de la région et devait à présent rentrer chez lui, dans son camp du Masai Mara, pour accueillir de nouveaux touristes qui arrivaient dans deux jours. Sabine ne renonça pas pour autant. La suite de la conversation lui apprit que l'homme travaillait au Kenya, en bordure du Serengeti – et à seulement quelques dizaines de kilomètres du campement d'Olekorinko. Soudain, la proposition des trois étrangers lui parut fort intéressante. Être payé pour le trajet qu'il effectuerait de toute manière était un joli bonus, même avec un petit détour.

À quatre-vingts mètres de là, l'agent B les observait d'un air malheureux. Il n'y avait pas d'autre Land Cruiser en vue et elle avait déjà compris, elle aussi, les limites des chauffeurs de taxi. B appela son chef à Dar es-Salaam pour l'informer de la situation. L'agent A la mit au courant des dernières nouvelles. Les Américains venaient de lui donner la nouvelle position de l'*Honneur et Vigueur*. Le bâtiment n'était plus qu'à quelques jours de route de la pointe méridionale de Madagascar. Si les renseignements de Karlsson se révélaient exacts, la probabilité était grande que le transfert d'uranium enrichi se déroule à nouveau à cet endroit. Grâce au laborantin à présent disparu, on savait aussi à quoi ressemblerait la voiture des trafiquants. Le plus grand obstacle que ceux-ci auraient à franchir serait la frontière entre la Tanzanie et le Mozambique. À environ mille huit cents kilomètres de l'endroit où se trouvait la subordonnée docile.

B objecta que Karlsson était peut-être tout de même mêlé à l'opération et que ses informations sur Madagascar pouvaient avoir pour objectif de les égarer.

S'il y avait une seule petite chose qui égaierait B, ce serait de faire un pied de nez à son chef.

— Qu'est-ce qu'il est censé fabriquer là-haut, Karlsson ?

B lui répéta la conversation. L'agent A ricana.

— Un peu de clairvoyance ne te ferait pas de mal. Tu pourrais peut-être lui en emprunter un peu.

— Merde, il a disparu ! s'écria B, d'un ton un peu moins docile que sa personne.

L'agent A fit mine d'être désolé pour sa subordonnée. Quant à lui, il allait boucler ses bagages pour le Mozambique, où il avait l'intention d'effrayer un peu le chef des gardes-frontière, qui était rémunéré par le BND.

— Reste dans le coin, et Merkel sera contente. Ce n'est pas marrant pour toi, mais on ne peut rien changer à cela. Ni au fait que c'est moi qui cueillerai les lauriers quand les cinq cents kilos d'uranium seront en sûreté. Chacun son rôle, pas vrai ?

L'agent B, pour sa part, était désespérée : il n'y avait que des taxis alentour. Sans doute excellents sur l'asphalte, mais inutiles dans la savane.

— Achète-toi un Land Cruiser, alors, lança son chef. Ou bien un hélicoptère.

L'apparition de Karlsson avait tout de même un aspect positif : le BND avait reçu plus d'argent pour s'amuser.

Acheter un véhicule tout-terrain ? songea B. Ce qu'elle aurait aimé s'acheter plus que tout, c'était une nouvelle vie.

— Je vais voir ce que je peux faire, dit-elle avant de raccrocher sans dire au revoir.

Le trio et leur chauffeur n'étaient plus qu'à dix kilomètres du campement d'Olekorinko quand la circulation s'immobilisa. C'est chose fréquente lorsque dix mille personnes se rendent au même endroit en même temps, et que la piste est si étroite que deux véhicules peuvent à peine se croiser. Et pourtant, il s'en croisait tout le temps, puisque autant de miraculés repartaient.

Ils étaient loin d'être tous venus en voiture. Beaucoup conduisaient une moto ou un cyclomoteur. D'autres pédalaient. Les plus pauvres marchaient. Chaque fois qu'un pique-bœuf sifflait, on savait qu'un troupeau de buffles noirs des savanes s'approchait un peu trop. Alors, toutes les personnes exposées se hâtaient vers le véhicule à quatre roues le plus proche, grimpant sur le capot, le toit ou sur les genoux d'un autre. Quand les oiseaux s'éloignaient, le chaos revenait à son niveau premier. Les lions et les léopards n'étaient pas un problème, ils dormaient pendant la journée. Et les éléphants se voyaient et s'entendaient de loin. De temps en temps, la circulation se fluidifiait et le Land Cruiser avançait de cinq cents mètres avant de devoir de nouveau s'arrêter.

L'homme qui avait accepté de les emmener s'appelait Meitkini, et il commençait à redouter de ne pas rentrer à temps au camp où il travaillait comme guide de safari. Pourtant, il ne regrettait pas sa décision. Les trois passagers suédois étaient très divertissants. Et puis ils payaient bien.

Allan, assis à l'avant, avait emprunté les jumelles de leur chauffeur et commentait tout ce qu'il voyait, du phacochère à la girafe. Il leur fit la lecture sur sa tablette noire de ce qui se passait au-delà de la savane et amena Meitkini à leur raconter la plus grande partie de sa vie. Julius et Sabine, à l'arrière, contribuaient de leur mieux à l'ambiance bon enfant. À la question de Julius, Meitkini répondit qu'il n'en était pas entièrement certain, mais que le climat du Serengeti ne conviendrait sans doute pas à la culture des asperges.

Leur chauffeur était un Massaï du Kenya qui se rendait rarement de ce côté de la frontière. Les voyageurs qu'il venait de déposer avaient insisté pour repartir depuis Musoma, en dépit de tous ses avertissements. À la fin, il avait lâché l'affaire. Ils s'apercevraient à l'aéroport de Dar es-Salaam qu'ils avaient pénétré illégalement en Tanzanie.

— Une semaine derrière les barreaux et quelques milliers de dollars d'amende, estima Meitkini.

— Ou quelques milliers de dollars de plus sans passage derrière les barreaux ? demanda Allan.

Cela pouvait fonctionner, mais les Tanzaniens étaient très fiers. Meitkini recommanda à Karlsson d'observer les lois du pays.

— Le contraire ne me viendrait jamais à l'esprit, le rassura Allan.

À l'arrière, Julius remua sur son siège. Le respect des règles se répandait d'un continent à l'autre comme une épidémie.

Meitkini ne croyait ni aux tours de passe-passe ni aux remèdes miracles. Il croyait en Dieu et en la capacité des hommes à vivre paisiblement aux côtés des animaux sauvages. Les Massaï ne chassaient plus, la pratique ayant cessé depuis plusieurs générations. Autrefois, on n'était considéré comme un homme qu'après avoir tué son premier lion. Aujourd'hui, le rituel de passage consistait d'abord en une circoncision, suivie d'une année entière en pleine nature. Ceux qui survivaient obtenaient ensuite le titre de guerrier massaï, même s'ils ne faisaient jamais la guerre.

— Merkel est en bonne voie de remporter les élections fédérales en Allemagne, lança Allan, le nez sur sa tablette noire. L'Europe devrait tenir debout encore un moment. À moins d'une guerre civile en Espagne. Les Catalans en ont ras le bol de Madrid. Je les comprends, j'étais sur place lors de la dernière.

— En 1936, souligna Julius. De l'eau a dû couler sous les ponts, depuis.

— Ça se peut.

Julius se tourna vers le chauffeur.

— Tu es sûr que les asperges ne pousseraient pas ici, Meitkini ?

L'agent B était assise au volant d'un Land Cruiser de location. La circulation était quasiment immobile et, à intervalles réguliers, des gens grimpaient dans le véhicule sans lui demander son autorisation. Ils restaient un quart d'heure ou plus sans donner d'explication, puis redescendaient tous en même temps, comme s'ils réagissaient à un signal.

Tout partait en vrille. D'une part, parce qu'elle se trouvait selon toute vraisemblance à des centaines de kilomètres du lieu de l'action, et d'une autre parce que Allan Karlsson connaissait à présent son visage. Comment expliquerait-elle sa présence au milieu du campement de l'homme miracle si elle avait la malchance de croiser l'objet de sa surveillance ? D'un autre côté, si elle perdait le bonhomme de vue, ses efforts auraient été vains.

Oui, d'ailleurs, à quoi bon se donner toute cette peine ?

Au moins, la file de véhicules avançait à présent. Peut-être le trafic était-il en train de se fluidi... Ah, non.

— Je crois que nous y sommes, dit Meitkini, réveillant Allan, qui faisait une petite sieste.

Le voyage était loin d'être bien planifié. Le soleil se couchait et les amis n'avaient nulle part où passer la nuit. Autour d'eux, des milliers de Tanzaniens pleins d'espoir commençaient à allumer des feux autour desquels dormir, en attendant la rencontre avec le médecin miracle le lendemain. De tout temps, les bêtes sauvages avaient évité le feu. Associé à des gardes armés de lances et de masses qui effectuaient des roulements toutes les deux heures, il faisait monter à presque cent pour cent les chances de survie.

Allan prenait les choses comme elles venaient, mais Julius et Sabine n'étaient pas enchantés par l'idée du feu. Entre autres parce qu'il leur faudrait s'aventurer dans la savane pour ramasser du bois sec, tandis que le ciel s'assombrissait de minute en minute. Sabine demanda à Meitkini s'il accepterait de rester jusqu'au lendemain, afin qu'ils puissent dormir dans la voiture.

Meitkini topa là. Le voyage n'avait pas duré aussi longtemps qu'il l'avait d'abord craint. Mais ensuite ? Comment pensaient-ils rentrer à Musoma ? Meitkini leur rappela qu'il attendait un nouveau groupe de touristes à distraire pendant quatre jours. Il ne pourrait pas repasser la frontière tanzanienne avant ce délai.

— Nous ne sommes pas vraiment pressés, dit Allan. Ça pourrait être sympa d'aller voir à quoi ça ressemble, chez toi.

Meitkini l'informa que le royaume massaï était pareil des deux côtés de la frontière, mais pourquoi pas ? Le trio était le bienvenu dans son camp. En raison de la basse saison, il veillerait à ce que les tarifs le soient aussi. Mais dans ce cas, il faudrait se dépêcher. Ils devraient se mettre en route le lendemain, au plus tard au crépuscule. Allan, Julius et Sabine estimèrent qu'une journée entière près de l'homme miracle leur suffirait. Tous furent d'accord.

Meitkini gara la voiture sur le bas-côté et distribua des couvertures à ses passagers. Aucun d'eux n'avait pensé à la question de la nourriture, mais cela s'arrangea tout seul. Quand dix mille personnes se réunissent, il naît automatiquement une activité commerciale. Des femmes se déplaçaient deux par deux avec des paniers remplis de mets divers. Julius acheta huit sandwichs et quatre Coca-Cola.

— Vous n'avez pas d'alcool, je présume, lança Allan aux femmes.

— Tu pourrais penser à autre chose ? maugréa Sabine.

— Elles parlent seulement le maa et le swahili. Elles n'ont pas compris ce que tu as dit, l'informa Meitkini. Mais je peux répondre à leur place. Elles n'ont que du Coca-Cola à proposer.

— On ne peut pas tout avoir, soupira Allan.

— Eh bien, peut-être que si, dit Meitkini en ouvrant la boîte à gants pour attraper une bouteille entière de konyagi, l'alcool le plus populaire de Tanzanie.

À déguster de préférence avec une rondelle de citron vert et quelques glaçons, ou du jus de canneberges, leur apprit Meitkini.

— Ou tel quel, directement au goulot ? demanda Allan.

— C'est comme ça que je le bois.

— Je crois que nous allons bien nous entendre.

— Trinquons à cette amitié, renchérit Meitkini en jetant le bouchon par-dessus son épaule.

— On peut se joindre à vous ? demanda Julius.

L'obscurité était totale quand l'agent B arriva enfin au campement. Les femmes avec leurs paniers de denrées s'étaient retirées. B allait devoir bivouaquer dans la voiture, sans repas ni couverture. Un peu moins d'un an plus tôt, on lui avait offert un poste à Singapour. Elle se demandait à quoi sa vie ressemblerait aujourd'hui si elle avait accepté. Le froid l'empêchant de trouver le sommeil, B passa la plus grande partie de la nuit à ressasser ses souvenirs.

C'était pour Franz qu'elle avait refusé l'Asie. Il aimait son métier de dentiste et refusait de la suivre. À peine trois semaines après que B avait décliné l'offre, elle apprit que depuis quelques mois Franz aimait aussi son assistante médicale. Aux dents à présent parfaites.

La séparation fut tumultueuse. Franz était fatigué de ne jamais savoir où sa femme se trouvait ni avec qui elle travaillait. Elle avait toujours prétendu servir l'État et ne rien pouvoir dire de plus. Il avait longtemps trouvé cela fascinant, mais, après trois ans de mariage à l'entendre toujours répéter la même chose, il n'en pouvait plus. Pourrait-il avoir des enfants avec une femme si mystérieuse ? Qu'écrirait leur fils ou leur fille dans les rédactions demandées sur le métier de la mère ? « Elle fait des choses que personne ne doit savoir » ? Les enseignants la croiraient prostituée. Parfois, Franz le croyait lui-même.

Et un beau jour, elle avait voulu s'installer de l'autre côté de la planète avec lui. « Au service de l'État ». Quitter Rödelheim pour l'inconnu ? Être marié à une femme mystère lui pesait déjà bien assez. La suivre dans un pays étranger, c'était trop. Sans compter l'assistante. Et ses jolies dents. B avait compris que péter lesdites dents ne servirait à rien, même si elle avait eu ce genre de tempérament.

Depuis leur séparation, elle n'était plus seulement mystérieuse, elle était également seule. La mission quasi impossible de retrouver l'uranium enrichi qui se baladait en Afrique fut l'occasion de fuir. Un mardi, à neuf heures, on lui proposa un poste à Dar es-Salaam. À neuf heures cinq, elle avait accepté.

La cérémonie de guérison du lendemain commencerait à onze heures et s'achèverait à treize heures, avant les fortes chaleurs. Le campement se réveilla dès sept heures. Les femmes aux paniers de nourriture étaient de retour. Il y avait partout des panneaux en anglais et en swahili annonçant les tarifs en vigueur. Une gorgée du remède miracle coûtait cinq mille shillings (ou deux dollars), prières et incantations d'Olekorinko comprises. Faute d'argent, on devait se contenter des incantations.

— Deux dollars, ce n'est pas grand-chose, dit Julius. C'est à peine le prix de revient d'une botte d'asperges.

— Peut-être, dit Sabine, mais dix mille bottes d'asperges par jour, ça fait un joli magot.

En plus des vingt mille dollars que rapportaient les cérémonies quotidiennes, Olekorinko proposait des consultations privées dans sa tente. Mille dollars les vingt minutes ou deux mille cinq cents dollars l'heure. La demande était forte.

Sabine réserva une consultation courte. Elle obtint la deuxième place, à partir de quinze heures. Elle jugeait cela suffisant pour savoir tout ce dont elle avait besoin.

Afin d'être entendu de tout son public, Oleko-rinko, debout sur une estrade, parlait dans un micro relié à deux énormes amplificateurs, branchés sur huit batteries de voiture. L'organisation était impressionnante. Sabine estimait à deux cents le nombre de femmes circulant dans la foule pour distribuer une *kikombe cha dawa* (une gorgée du remède miracle) à tous ceux qui avaient les moyens de payer et à quelques-uns qui ne le pouvaient pas mais semblaient suffisamment désespérés.

Julius et Sabine goûtèrent la boisson proposée. Le liquide amer ne produisit dans un premier temps aucun effet visible. Allan découvrit un reste de konyagi au fond de la bouteille sans bouchon. Ce miracle-là lui suffisait.

L'homme-médecine avait commencé à chanter en swahili. Quand il se tut, son assistante prit la parole. Elle expliqua ce qu'annonçaient déjà plusieurs panneaux, à savoir que le remède ne fonctionnait qu'en présence d'Olekorinko, s'il l'avait béni (ce qu'il venait de faire) et – surtout – uniquement chez celui qui ne doutait pas.

— Si tu ne crois pas en Olekorinko, son remède ne croit pas en toi, dit l'assistante en anglais, swahili et maa. À présent, prions.

Et elle donna l'exemple en anglais :

— Seigneur, confère à la *kikombe cha dawa* la force de ton serviteur Olekorinko. Qu'elle emplisse de cette force le corps et l'âme de celui dont la foi est sincère. Porte ton regard sur l'asthme et la bronchite. Sur les rhumatismes et les retards mentaux. La dépression et le chômage. Le VIH et le sida. Le cancer et la pneumonie. La malchance et les piètres performances amoureuses. La stérilité et la trop grande fécondité. Ô Dieu, montre le droit chemin à Olekorinko et à ses disciples. Que ta grâce soit sur nous, Seigneur. Tu es notre univers ! Amen.

Près de Sabine, un homme déplora que la prière n'ait pas inclus sa prostatite, mais de presque tous les autres côtés l'enthousiasme était grand.

Olekorinko entonna un nouveau chant en swahili, une mélodie régulière et monotone accompagnée de tambours. Pendant la demi-heure qu'il dura, les deux cents femmes circulèrent parmi le public pour recueillir les vœux en vue de la prière complémentaire qui allait suivre. L'homme à la prostatite put se plaindre à loisir de son affection.

En tout, la cérémonie dura moins d'une heure au lieu de deux. L'assistante expliqua qu'Olekorinko était plus chargé d'énergie que d'habitude et en dégageait donc davantage. Personne ne fut dupe.

Olekorinko lui-même restait en retrait, hochant la tête aux paroles de son assistante, et conclut par un « Alléluia ». Plusieurs réponses s'élevèrent dans la plaine avant que dix mille personnes se dispersent en même temps pour entamer le long chemin du retour. Plus satisfaites et, peut-être, moins affligées par leurs prostates ou leur sida.

Seuls restèrent les gens qui avaient demandé une entrevue particulière avec le guérisseur. Et un agent docile et déprimé des services secrets allemands.

La consultation de Sabine commença par une méditation silencieuse d'Olekorinko. Allan, Julius et Meitkini avaient pris place sur des chaises au fond de la tente, avec consigne de se tenir tranquilles. En cas de perturbation, Olekorinko aurait besoin d'envoyer plus d'énergie et les frais augmenteraient en conséquence.

— Il sait comment faire se délier les bourses, dit Allan.

— Tais-toi ! lui ordonna Julius.

Après s'être recueilli, Olekorinko ouvrit les yeux et regarda Sabine.

— Que puis-je faire pour toi, mon enfant ?

Sabine ne considérait aucunement Olekorinko comme son père. Mais elle était enfin arrivée là où elle avait besoin de se rendre. Elle aurait aimé que maman Gertrud soit près d'elle.

— J'ai quelques questions. Que contient votre breuvage magique en dehors de votre âme et du concours du Seigneur ?

Olekorinko l'observa attentivement. Il avait déjà eu affaire à des journalistes. En était-elle une ? Certains étaient allés jusqu'à voler un peu du remède miracle pour le faire analyser. Ce qui avait abouti à un décret gouvernemental établissant que la boisson, « non dommageable pour la santé », était autorisée à la vente. À ce moment-là, sept membres du gouvernement, atteints d'affections diverses, avaient déjà fait l'aller-retour en hélicoptère jusqu'au campement de l'homme miracle.

— L'ingrédient actif est celui que vous venez de nommer, l'énergie de Dieu, passant par moi, son serviteur. Mais le Seigneur et moi travaillons en symbiose avec la nature. Le goût amer et sucré vient d'un arbuste appelé mtandamboo. En avez-vous entendu parler ?

Sabine ne connaissait pas cette plante. Elle fut déçue que le remède miracle ne comprenne aucun composant secret. On pouvait en inventer un, lui donner une histoire et l'exporter en Europe. Avec Dieu, c'était plus difficile. Dans leur pays natal à eux trois, on connaissait déjà les bons et les mauvais côtés du personnage. Au fait, que venait faire Dieu là-dedans ? Olekorinko n'était-il pas un sorcier ?

— Là d'où je viens, je travaille dans la divination et la chasse aux fantômes. Est-ce que vous avez de l'expérience dans ce domaine ?

Les quatre gardes du corps d'Olekorinko se raidirent. Olekorinko fixa la visiteuse. Sabine venait de prononcer des paroles très graves.

— La sorcellerie est l'œuvre du diable, dit-il. Si vous êtes un suppôt du démon, vous encourez un danger mortel à boire une *kikombe cha dawa*. Elle est exclusivement réservée aux personnes qui suivent le droit chemin.

— Le droit chemin, marmonna Sabine, remarquant l'atmosphère soudain tendue.

Avait-elle loupé quelque chose lors de ses recherches ?

— Le droit chemin, répéta Olekorinko.

Et il poursuivit d'une voix basse et hostile par une tirade, qui évoquait fortement un sermon, sur la magie noire et sur la meilleure façon de la combattre. Heureusement, cinq cents adoratrices du démon étaient tuées chaque année en Tanzanie. Toutefois, le mal avait toujours une longueur d'avance. Le seul réconfort était que les sorcières et sorciers s'entretuaient. Récemment, par exemple, un sorcier de Ngorongoro avait tué une ensorceleuse avant de la découper en petits morceaux, dont chacun était supposé lui porter bonheur. Il se trouvait à présent derrière les barreaux avec une peine de dix-huit ans à purger, jusqu'ici il n'avait pas eu plus de chance. Pourtant, il ne fallait pas envoyer les sorciers en prison, où ils pouvaient poursuivre leurs mauvaises œuvres. Il fallait les tuer, ainsi que leurs sœurs.

Sabine était perplexe. Ce mystificateur se distanciait-il de la magie sous toutes ses formes, la raison pour laquelle elle avait fait tout le chemin jusqu'ici ? Avec ses amis. Et Allan.

Dans ce cas, le voyage en Tanzanie avait été vain. Ou bien avaient-ils choisi un mauvais représentant d'une idée exploitable ? Si boire un élixir sacré issu de la nature pour guérir sa prostatite n'était pas de la sorcellerie, qu'était-ce donc ?

Fort imprudemment, elle posa cette question à haute voix. Au lieu de répondre, Olekorinko fit signe à ses hommes. Tous les quatre firent un pas, puis un autre.

Au même instant, Meitkini se leva d'un bond et lança quelques mots en swahili. Ses intonations étaient dures. Les gardes se figèrent, puis se retournèrent pour regarder les buissons devant la tente. Il aurait été indigne de la part d'Olekorinko de faire de même, mais, le dos droit, il fixait Meitkini avec attention.

Le Massaï avait réussi à gagner un peu de temps. Il ordonna à Allan, Julius et Sabine de quitter sur-le-champ la tente et de monter dans leur voiture.

— Mais j'ai une question ! protesta Allan.

— Certainement pas ! coupa Meitkini, qui surveillait Olekorinko. Faites ce que je dis. Tout de suite !

Quelques minutes plus tard, ils quittaient le campement de l'homme miracle. Au bout d'un moment, Meitkini se détendit. Il commença par présenter des excuses pour le ton brusque qu'il avait employé. La situation était devenue bien plus dangereuse que Sabine et les autres ne l'avaient compris.

— Je peux parler, maintenant ? demanda Allan.

— Je t'en prie.

— Est-ce que ce type croit ce qu'il dit ?

Meitkini s'autorisa un sourire.

— Heureusement que vous n'avez pas posé cette question sous la tente. Vous n'auriez pas vécu beaucoup plus vieux.

— Je ne vivrai plus très longtemps, de toute façon. Que leur as-tu dit pour les arrêter ?

— Que l'arbre africain aux flèches empoisonnées avait l'œil sur eux et leur enverrait ses dards s'ils ne se calmaient pas.

— L'arbre quoi ?

— Ils ont compris le message. J'avais défait les premiers boutons de ma chemise pour qu'ils voient mes colliers massaï. Ils ont cru qu'un de mes frères, caché à proximité, pointait ses flèches sur eux. Il y avait au moins une dizaine de buissons, de rochers ou de recoins tout autour. À l'heure qu'il est, ils auront compris que j'ai menti, mais trop tard.

— À moins que ce ne soit eux qui nous suivent ? s'inquiéta Sabine.

Meitkini jeta un coup d'œil dans le rétroviseur.

— Non, c'est une voiture de location. Comme celles dans lesquelles circulent les touristes, mais pas Olekorinko et ses hommes.

— L'arbre quoi ? réitéra Allan.

— L'arbre africain aux flèches empoisonnées. On en extrait le poison dans lequel nous trempons nos flèches. Un tir bien placé tue un buffle de sept cents kilos en dix secondes. Pour un homme mince, comme Olekorinko, une égratignure suffirait.

— Qui ça, « nous » ? demanda Sabine.

411

— Les Massaï.

— Mais tu ne nous avais pas dit que vous étiez pacifiques ?

— Si. Tant qu'on ne nous embête pas. Mais si on nous cherche...

— Comme un buffle, par exemple ?

— Oui. Ou un charlatan.

Tanzanie, Kenya

Sabine avait encore du mal à comprendre pourquoi ça avait dérapé. Olekorinko était un sorcier. Elle avait simplement dit qu'elle l'était aussi.

— Eh bien, c'est un peu plus complexe que vous ne semblez le croire, mademoiselle Sabine, dit Meitkini. Voulez-vous que je vous explique ?

— Absolument.

Les sorcières étaient mal vues dans toute l'Afrique. Quand on en découvrait une, il fallait l'abattre. Ou, mieux encore, la couvrir d'essence et y mettre le feu. C'était d'ailleurs ce que les hommes d'Olekorinko s'apprêtaient à faire à Sabine. D'où leur départ précipité.

Sabine frissonna à cette idée.

— Mais j'ai lu quelque chose sur la Reine à Nairobi. Une sorcière qui possède une villa et quinze voitures. Une professionnelle très fière de son métier, à ce qu'il m'a semblé.

Meitkini lui lança un regard approbateur. Alors comme ça, Mlle Sabine avait entendu parler de la Reine ? Toutefois, cette femme n'était pas une créature du démon, mais une *mganga*. Le terme était mal traduit dans certaines langues. Car les sorcières ont pour spécialité d'embêter les gens. Si la foudre s'abat sur un village, c'est généralement l'une d'elles qui a fait le coup. Alors, on appelle un devin qui lit dans les miroirs, les entrailles d'animaux, et éventuellement jette un coup d'œil dans une boule de cristal avant d'annoncer où vit la suspecte, celle qui a envoyé la foudre. Ensuite, on les brûle, elle et sa maison, pour plus de sûreté.

— Sans preuve ? demanda Sabine.

— Si, si. Avec des preuves. Les paroles du devin. Cependant, les magiciennes sont ingénieuses. Du moins, celles qui ont compris qu'elles appartiennent à une catégorie à risque.

— Une catégorie à risque ?

— Oui, les femmes riches d'un âge avancé. De préférence veuves. Qui peuvent susciter la jalousie du reste du village.

— Les femmes prospères, dit Allan. De tout temps et sur tous les continents, cela a tourmenté les hommes.

— C'est dingue, cette prise de conscience de ta part, lança Julius.

Il regrettait l'ami d'avant, celui qui n'avait pas été contaminé par la réalité du monde.

Allan acquiesça, songeur.

— C'est l'inconvénient de la tablette noire. Je vous présente toutes mes excuses par avance.

Meitkini ne savait pas comment il en allait dans les autres régions du monde, mais, en Afrique, les veuves fortunées apparaissaient dans la boule de cristal du devin à une fréquence remarquable.

— Tu as dit qu'elles sont ingénieuses, dit Sabine. Comment cela ?

Meitkini était enchanté de jouer les professeurs. Mlle Sabine et ses amis témoignaient d'une ignorance crasse sur la vie dans son coin du monde.

— Les ventes de paratonnerres sont plus élevées sur ce continent que sur tous les autres réunis. Faire installer un paratonnerre sur une colline ne coûte que quelques shillings. La foudre s'abat à l'écart, et la présumée magicienne peut continuer sa vie un moment sans être ouvertement accusée.

— Mais la Reine à Nairobi n'a pas besoin de para-tonnerres partout, si ?

— Non, justement. Parce que ce n'est pas une sorcière, c'est une *mganga*. Je suppose que vous vou-lez savoir ce que c'est ?

Il n'attendit pas la réponse, qui allait de soi.

D'abord, la *mganga* croyait en Dieu, le contraire aurait été inadmissible. Mais à cette foi se mêlait un peu de tout. Les herbes, les rituels et les racines aux propriétés magiques. Une véritable *mganga* com-prend que tous les maux qui affligent une personne ont une origine soit physique, soit surnaturelle. Il est inutile d'opérer pour une appendicite si la véritable cause est au-delà de notre perception. Cela vaut aussi pour le VIH et le sida. Dans les cas de ce genre, les forces immatérielles sont bien plus efficaces.

— Les forces immatérielles ?

— La magie. L'exorcisme. Ou, pourquoi pas, une tasse du remède miracle béni d'Olekorinko. Toujours dans le but de faire le bien, sinon c'est un sortilège.

Julius avait écouté la conversation sans intervenir. Mais il se posait tout de même une question.

— Dis, Meitkini. Les asperges vertes, tu crois qu'elles pourraient avoir des pouvoirs magiques ?

Il avait une idée commerciale dépassant tout ce qu'il avait inventé auparavant. Les asperges miracles de Gustav Svensson soignent tout. Venez acheter les vôtres !

— C'est possible, dit Meitkini. Mais pour l'appendicite, je préférerais la chirurgie.

Sabine avait besoin de réfléchir. Les histoires de maman Gertrud étaient-elles construites sur un quiproquo linguistique ? Était-il temps de classer définitivement ses élucubrations comme inexploitables ? Ou bien y avait-il une troisième voie ?

Ils mirent trois heures à atteindre la frontière entre la Tanzanie et le Kenya. Elle était balisée par un gros rocher le long de la route, qu'aucun des Suédois n'aurait vu si le chauffeur n'avait pas ralenti pour tendre l'index.

— Bienvenue dans mon pays natal.

— C'est la même voiture qui nous suit depuis que nous avons pris congé d'Olekorinko et de ses gardes du corps, observa Sabine, encore perturbée et effrayée par l'incident.

Elle n'avait pas particulièrement envie d'être brûlée vive, avec ou sans essence.

Allan se retourna pour regarder en arrière, puis il demanda à emprunter les jumelles de Meitkini. L'autre véhicule était assez loin, mais il lui semblait qu'il n'y avait que le conducteur. Une femme. En blazer. En pleine savane africaine ? Le même blazer, d'ailleurs, que...

— Si tu veux bien t'arrêter là-bas, Meitkini, j'irai parler à la femme derrière nous. Je crois que c'est une vieille connaissance.

Le soir commençait à tomber et le Massaï inspecta les environs. Un troupeau de zèbres se déplaçait paisiblement sur une hauteur à droite. À gauche, une bande de babouins se préparait pour la nuit. Paisibles, eux aussi. Aucun vol d'oiseaux au-dessus d'eux. Il n'y avait donc ni lions ni buffles à proximité. Ils pouvaient faire une halte en toute sécurité, mais quoi que M. Karlsson ait en tête, il devait se dépêcher. Dans un quart d'heure, il ferait sombre et aucun d'eux ne mettrait plus un seul orteil hors de la voiture.

Julius se sentait atteint par l'inquiétude de Sabine. S'arrêter ? Ici ? Comment ça, une connaissance ? Au milieu de nulle part ? Se fier au bon sens très relatif du centenaire, au cœur de ce que la nature avait de plus sauvage, ne pouvait être recommandable. Pourquoi ne pas simplement continuer ?

— Prends une profonde inspiration, mon cher producteur d'asperges. Et expire. Tout ira bien, tu vas voir, dit Allan.

Quand Meitkini se gara au bord de la route, le véhicule de location l'imita, cent cinquante mètres plus loin. Allan s'extirpa lentement du Land Cruiser, fit quelques pas vers l'autre véhicule et éleva à nouveau les jumelles. Il ne s'était pas trompé. Baissant l'instrument, il cria quelques mots à la femme en veston :

— Approchez, madame l'agent immobilier ! Ne soyez donc pas timide !

Tanzanie, Kenya

L'agent B avait tout de même réussi à dormir quelques heures pendant la nuit, grelottant sur la banquette, et encore quelques-unes pendant la matinée, quand le soleil avait réchauffé la plaine. Après cela, la journée ne lui apporta rien. Il était facile d'éviter le chemin de Karlsson au milieu de dix mille personnes, comme il aurait été impossible de le retrouver. B ne pouvait rien faire de plus que surveiller le Land Cruiser des Suédois et les suivre à distance sûre. Ou plutôt à moitié sûre, car au lieu de reprendre le même chemin qu'à l'aller ils se dirigèrent vers le nord, sur des pistes encore plus inégales que celle qui les avait menés à Olekorinko.

N'importe quel agent connaît l'inutilité d'une filature en voiture avec moins de deux poursuivants en contact permanent par talkie-walkie. Mais l'agent B était désespérément seule dans cette mission insensée. Et la route était plutôt un sentier à bestiaux. Le risque d'être découverte était considérable.

L'agent B maintenait une distance aussi grande que possible, conduisant tous feux éteints pour éviter qu'ils ne se reflètent dans les rétroviseurs de sa cible. Mais impossible de rester hors de vue des Suédois et de leur chauffeur. Ils pouvaient à tout instant prendre un virage et lui échapper pour toujours.

C'était un équilibre fragile. B, en outre, était troublée par ses pensées de la nuit précédente. Comment en était-elle arrivée là ? Esseulée, sur une piste caillouteuse dans la savane africaine. Solitaire, de toutes les manières possibles. Secrète. Elle sentait qu'elle travaillait à temps plein à détruire le peu qu'il restait de sa vie.

À cet instant, sa situation complexe prit un tour catastrophique : soudain, l'objet de sa surveillance se tenait au milieu de la piste et l'appelait, comme un vieil ami. L'agent B envisagea de faire marche arrière et de disparaître. Mais l'ennemi centenaire pourrait se révéler un ami. En outre, maintenant découverte, elle n'apprendrait jamais rien à moins de changer de stratégie.

Du reste, qu'avait-elle à perdre ? Elle avait décidé de présenter sa démission dès son retour en Allemagne. Rejoindrait-elle la police de quartier à Rödelheim ? C'était une idée. Mais que ferait-elle si elle était prise d'une rage de dents ? Aurait-elle le courage de se rendre à la clinique où pratiquait son ex-mari ?

Elle roula jusqu'au vieil homme, puis descendit de voiture et s'approcha d'Allan sans un mot.

— Bonjour, bonjour, lança Allan. Vous avez trouvé des propriétés intéressantes à vendre, depuis la dernière fois ?

Ils se trouvaient probablement au dernier endroit de la planète qu'un agent immobilier viendrait prospecter.

Au cours des sept dernières années de sa vie, l'agent B avait été plus que secrète. Et maintenant elle était épuisée. Elle avait faim. Elle avait soif. Elle était lasse de sa vie et d'elle-même. Et elle faisait face à un homme qui était peut-être un ennemi, ou peut-être un ami.

L'agent B prit une décision :

— Non, je n'en ai pas trouvé. Je m'appelle Frederika Langer et j'ai été engagée par la République fédérale d'Allemagne pour lutter contre la vente d'uranium enrichi africain à – par exemple – la Corée du Nord.

— Ça alors, je soupçonnais quelque chose de ce genre, dit Allan. Vous étiez derrière nous dans la file d'attente au comptoir de l'aéroport de Dar es-Salaam, puis à côté de moi dans l'avion, dont vous ne connaissiez même la destination. Quand j'ai présumé qu'il n'y avait pas de propriétés à pourvoir à Musoma, vous étiez aussi de cet avis. Nous avions tous les deux tort sur toute la ligne. Je vous ai reconnue, vous n'avez pas changé de blazer depuis hier. Et qui pourriez-vous traquer d'autre, en plein milieu de la savane, si ce n'est mes amis et moi ?

— Tout à fait correct, dit l'agent.

Elle ne s'était jamais sentie aussi peu professionnelle de toute sa vie.

— Que se passe-t-il ? demanda Meitkini.

— Pas mal de choses, répondit Allan. Puis-je faire les présentations ?

Meitkini s'était préparé à intervenir avec son casse-tête et son couteau, mais comprit au ton d'Allan que cela ne serait pas nécessaire. Le malheureux agent avait conscience qu'elle s'était jetée dans les bras de quatre ennemis potentiels, sans aucune arme. Encore un échec qui s'ajoutait aux autres.

Allan suggéra que la nouvelle venue les accompagne au camp de Meitkini. Ils avaient beaucoup à se dire.

— Et nous ne pouvons pas rester plantés là. N'êtes-vous pas également de cet avis, madame Langer ?

Si, elle l'était.

— Dans ce cas, en route, lança Meitkini. Suivez-moi, madame.

Allan décida de monter dans la voiture de l'agent allemand, afin de papoter tout de suite. Celle-ci sentit son moral remonter. Si Karlsson bluffait, il se trahirait vite. En ce cas, elle se trouverait tout de même au mauvais endroit – sans armes, et sa couverture éventée –, mais au moins elle le saurait.

Tandis que la nuit tombait, Allan relata brièvement le voyage en montgolfière et les suivants, avec quelques épisodes choisis de son passé. L'agent Langer crut chacun de ces mots. Il y avait trop d'éléments faciles à vérifier. S'il avait été un gros trafiquant d'uranium, en mission pour la Corée du Nord, pourquoi aurait-il fui le pays et fait entrer quatre kilos d'uranium enrichi aux États-Unis, pour ensuite les refiler à l'ambassade allemande à Washington, avec une lettre d'amour pour Angela Merkel ?

— Le directeur du laboratoire de Yongbyon parlait d'un chargement bien plus important que le premier, dit Allan. Est-ce que l'uranium en question vient des environs, madame Langer ? Cela explique-rait votre présence ici.

C'était en effet ce que soupçonnaient les services secrets. Du Congo, pour être précis. Et le cargo qui avait secouru Karlsson et Jonsson quelques mois plus tôt avait repris la mer.

— Nous sommes presque certains que le transfert aura lieu au sud de Madagascar.

— Dans ce cas, que faites-vous ici ?

Cette question eut le don d'irriter l'agent Langer.

— Sans vous, monsieur Karlsson, je ne serais pas ici.

— Vu comme ça...

L'état de la piste se dégradait à chaque instant. Parfois, on remarquait un tracé récent, formé après une pluie torrentielle qui avait inondé une partie ou toute la largeur de l'ancienne piste. Ici et là, la route traversait un ruisseau. Parfois, elle était scindée par un rocher ou une souche. Dans ces endroits où se croiser du même côté de l'obstacle serait trop ardu, des pistes plus courtes et à sens unique s'étaient créées. Dans la savane kényane, les panneaux de signalisation étaient rares. Quand la route se divise, c'est la raison qui détermine le côté à emprunter.

Meitkini, né et élevé dans un pays où l'on circule à gauche, choisit en conséquence.

L'agent Langer, en revanche, venait juste d'arriver. En outre, elle avait passé les trente-trois premières années de sa vie à un jet de pierre de l'Autobahn 5, près de Francfort-sur-le-Main. La différence décisive entre la A5 et la route provinciale kényane C12 n'était pas la vitesse à laquelle on y circulait – 200 kilomètres-heure sur la première, maximum 10 sur la seconde –, c'est qu'au Kenya on ne conduisait pas du même côté de la route.

En un mot comme en cent, l'agent contourna une grosse masse rocheuse par le mauvais côté. Le ruisseau derrière l'obstacle était traversé par deux gués, à dix mètres l'un de l'autre. Celui de gauche remplissait sa fonction, mais à droite la dernière grande pluie avait emporté de larges pans du terrain. Un Massaï observateur et consciencieux avait fait installer un panneau pour avertir les usagers que le gué attendu n'avait plus trente centimètres de profondeur mais plutôt un mètre cinquante. Mais le Massaï tenant toujours sa gauche, comme Meitkini, il n'avait pas pris la peine de placer aussi un panneau visible dans le sens de l'agent Langer.

L'agent avait engagé son véhicule dans le ruisseau avec prudence... mais quelle importance, quand, en une seconde, la profondeur passe de trente centimètres au quintuple ? Le véhicule piqua du nez et ses roues avant s'embourbèrent dans le trou profond et insondable. Le moteur se retrouva partiellement sous l'eau et cessa de fonctionner en quelques secondes.

— Oups, dit Allan en se retenant au pare-brise.
Si vous voulez mon avis, je crois que vous venez de
nous mettre dans de beaux draps.

L'agent Langer songea que la situation ne faisait
qu'empirer, et à toute vitesse, en plus. Non seulement
elle se trouvait dans la mauvaise région d'Afrique,
mais à présent elle ne pourrait pas en partir avant
que quelqu'un repêche et répare sa voiture.

Ramener Allan et l'agent sur la terre ferme ne fut
pas une mince affaire. Meitkini sonda le ruisseau avec
une branche pour déterminer jusqu'où engager sa
propre voiture, et s'approcha assez pour que l'Allemande et le Suédois puissent passer d'un capot à
l'autre et rejoindre l'habitacle où se trouvaient Julius
et Sabine.

— Votre voiture devra rester là, dit Meitkini. Il
va falloir la tirer depuis l'autre côté avec une sangle
de remorquage et on ne s'amuse pas à ça en pleine
nuit, au milieu des animaux sauvages. En plus, ça
m'étonnerait fort que le moteur soit encore en état
de démarrer après que vous avez décidé de lui faire
prendre un bain.

— Je ne l'ai pas décidé, protesta l'agent B.

Kenya

L'agent B désabusée était assise sous l'auvent de
la tente qu'on lui avait attribuée, dans le camp où
travaillait Meitkini. Son tumulte intérieur l'avait
empêchée de trouver le sommeil, et elle accueillit
l'aube les yeux grands ouverts. Les tentes étaient
dispersées sur les versants d'une vallée verdoyante
dans la savane. À peine deux cents mètres en contre-
bas s'étendait une mare. Après le lever du soleil, un
couple de dik-diks vint étancher sa soif, mais dut
s'éloigner en gambadant pour céder la place à un
troupeau d'éléphants. Le silence dans la vallée était
majestueux. Comme en Allemagne, songea l'agent
Langer, mais en même temps si différent.

La paix fut rompue par l'approche d'Allan et de
Julius, qui trottinaient sur le sentier venant du foyer
du camp. Quand le jour était levé, les fauves mettaient fin à leur chasse et les déplacements à pied
redevenaient sûrs.

— Bonjour, madame l'agent. Vous avez bien
dormi ? demanda Allan.

— Nous vous apportons le petit déjeuner, dit Julius en indiquant le plateau entre ses mains.

Madame l'agent ? Ah oui, c'est vrai, elle l'avait révélé elle-même. Et Karlsson n'avait montré aucune discrétion avec ces confidences.

— J'ai bien dormi, merci, répondit l'agent Langer en souriant. Et un petit déjeuner est une bonne idée. Je vous en prie, asseyez-vous.

Tous trois partagèrent du café, des œufs au plat et de la papaye issue du jardin du camp, et parlèrent de l'avenir pendant que l'aube fraîche laissait place à une journée agréablement chaude à deux mille bons mètres d'altitude, juste au sud de l'équateur.

Allan, qui avait apporté sa tablette noire, proposa de partager ce qu'il pourrait bien y découvrir. Il promit toutefois de ne pas mentionner les derniers chiffres des personnes noyées en Méditerranée, car cela fatiguait Julius. Celui-ci demanda à Allan de ne pas ennuyer l'agent comme il ennuyait déjà Sabine et lui-même depuis trop longtemps, mais l'agent acquiesça poliment à l'offre d'Allan. Il pourrait être plaisant d'apprendre ce qu'il se passait en dehors de la savane et de la brousse. Est-ce que le Chef suprême à l'est avait encore inventé quelque chose ?

Certainement, lui répondit Allan, mais rien qui était parvenu dans sa tablette. Il proposa une autre lecture.

— Non ! s'écria Julius.

Mais Allan était déjà lancé.

Dans leur vieille Suède natale, l'Agence des transports avait sciemment envoyé des registres entiers à une entreprise d'Europe de l'Est, en dépit des recommandations de la Säpo. Il s'agissait notamment d'informations sensibles sur les pilotes de chasse et les agents secrets au service de la nation. À présent, les journaux cancanaient sur la directrice de l'agence, qui risquait de devoir débourser soixante-dix mille couronnes d'amende et de recevoir au moins quatre millions d'indemnités de licenciement.

— Ai-je raison de croire que vous n'avez pas de collègues stationnés en Suède, agent Langer ? Cela ne doit pas être nécessaire, dit Allan. Chez nous, nous n'avons de secrets ni pour nos concitoyens ni pour les autres.

Allan s'aperçut que Julius boudait à nouveau. N'avait-il même plus le droit de s'exprimer un peu ?

Trump restait fidèle à lui-même, tandis que l'Arabie saoudite était en chute libre vers la décadence occidentale. Comme si autoriser les femmes à conduire ne suffisait pas, la population tout entière avait regagné le droit d'aller au cinéma, pour la première fois depuis 1983. S'ils continuaient sur cette pente, les Saoudiens auraient bientôt le droit de boire un coup et de se sentir bien.

N'obtenant aucune réaction, Allan changea d'approche :

— Cela va peut-être te mettre de bonne humeur, Jules.

Et il raconta l'histoire de cet arbitre ghanéen suspendu à vie pour avoir accordé un penalty à l'Afrique du Sud au cours d'un match de football, alors qu'un pauvre joueur sénégalais avait simplement reçu le ballon sur le genou. Julius ne mordit pas à l'hameçon (ce qui ne l'empêcha pas de dire qu'il ne s'appelait pas Jules). Mais Frederika Langer, si :

— C'est défendu, de le toucher avec le genou ? demanda celle qui, toute sa vie, avait évité la distraction qu'apporte le sport – ou plutôt, toutes les distractions, si elle réfléchissait bien.

— Non, justement. Mais la Fédération internationale de football, par ailleurs célèbre pour la corruption qui y règne, a jugé que l'arbitre était corrompu. Du coup, le match devrait être rejoué.

Au vu de la mine toujours renfrognée de son ami sur la banquette, il ne restait qu'une seule option. En sport, on appelait cela « envoyer la balle dans le camp de Julius ».

— Avez-vous un lien quelconque avec les asperges, madame l'agent ?

Frederika Langer s'attendait à tout sauf à ça.

— Les asperges ?! Ma relation avec les asperges est plus que cordiale et date de l'enfance. Mon grand-père venait de Schwetzingen.

— Schwetzingen ? dit Allan. On dirait le nom d'une limonade pour cocktail.

L'agent Langer raconta que, à Schwetzingen, on pouvait tout à fait boire un ou deux verres, et même en commander un troisième avant que la soirée soit finie, mais que le nom de la ville n'avait rien à voir avec l'alcool. En revanche, il était célèbre auprès des amateurs d'asperges.

— Dites-m'en plus ! s'écria Julius en se redressant.

— Bienvenue parmi nous, lança Allan.

Frederika Langer éprouvait un amour sans bornes
pour les asperges blanches. Günther, son grand-père
paternel, avait été un des plus importants producteurs
de Schwetzingen. Il arpentait les champs de terre
sablonneuse à genoux et on murmurait qu'il connaissait chacun des plants personnellement. À la maison,
il créait avec mamie Matilda de fantastiques plats
avec cet or blanc. Entrées, plats et même desserts !
— Blanches ? s'étonna Julius. Mais les vraies
asperges sont vertes, non ?
C'était son seul point de discorde avec Gustav
Svensson à Bali. L'Indo-Suédois insistait pour diver-
sifier leur activité et produire au moins vingt pour
cent de légumes blancs. L'agent Langer sourit, sans
doute pour la première fois depuis un an.
— Avec tout le respect que je vous dois, monsieur
Julius, je crois que vous ne comprenez pas.

Les clients amateurs de safaris arrivèrent et
furent pris en charge par Meitkini. Les Suédois et
l'Allemande devraient se débrouiller seuls pendant
quelques jours.
Allan les passa sur la grande terrasse du lounge
avec vue sur la vallée verdoyante et la mare qui
offraient sans cesse un nouveau spectacle. Après les
antilopes venaient les éléphants. Quand ils s'étaient
désaltérés, les lions étaient sortis de leur sommeil. Un
rhinocéros esseulé fréquentait régulièrement le point

d'eau. Ainsi que des girafes, si mal conçues qu'elles devaient s'agenouiller pour boire.

Le centenaire était tout à fait satisfait. Il y avait le paysage, bien sûr. Les boissons que John, le jeune barman, lui apportait sans qu'il les lui demande. Et son savoir technique ! Dire qu'en connectant la tablette à une chose qui s'appelait un réseau les informations des quatre coins du monde arrivaient cinq fois plus vite. Le contenu était identique, certes, mais tout de même.

Sabine préférait s'asseoir plus loin, dans le lounge, pour ne pas être constamment distraite par les histoires d'Allan. Elle étudiait différentes idées sur la manière d'utiliser la divination pour réunir des foules selon ce principe : mieux vaut dix mille participants à quelques dollars chacun qu'une seule personne à trois cents. De préférence, sans y mêler Dieu.

— De la divination de masse, marmonnait-elle. Mercredi à onze heures, communication avec Elvis. Dix dollars l'entrée. Vingt pour une question personnelle.

Médiocre. Et s'ils offraient un thé qui ouvrirait les sens des participants ? Une décoction secrète… Avec peut-être un chouïa de LSD, pour mettre en route le bouche-à-oreille ?

— Comment tu t'en sors ? demanda Allan, depuis la terrasse.

— Ne me dérange pas ! répliqua Sabine.

Pas bien, songea-t-elle.

431

Julius et l'agent Langer passèrent la plus grande partie du temps de l'autre côté du lounge, face au potager biologique du camp. Tous deux jugeaient que le climat local, à deux mille mètres d'altitude, était propice aux asperges. Il en allait autrement du sol rouge et ferreux. De l'avis de Julius, ces cochonneries d'asperges blanches poussaient n'importe où, mais les vertes exigeaient une terre sablonneuse de fin calibre. L'agent Langer répliqua que les blanches demandaient la même qualité de substrat, mais que celui-ci n'avait aucune incidence sur la récolte des asperges vertes, qui restaient immangeables. Exception faite de cette divergence d'opinions, les deux amateurs d'asperges s'entendaient bien.

Ils furent interrompus par un coup de téléphone de l'arrogant agent A : en collaboration avec le chef des gardes-frontière au service du BND et quatre-vingts de ses hommes, il avait dressé une barrière invisible entre la Tanzanie et le Mozambique. Ce n'était plus qu'une question de temps avant que les trafiquants tombent dans l'embuscade.

— Quel dommage que tu ne sois pas là. C'est moi qui recevrai les félicitations.

L'agent B, il y a peu de temps si docile, avait tiré une énergie nouvelle de ses discussions sur les asperges. Du moins assez pour souhaiter la malchance de son chef.

— Tant mieux pour toi, répliqua-t-elle. Mais si l'uranium vous file quand même entre les doigts, je suis sûre qu'on pourra dire que c'était ma faute, pas vrai ?

L'agent-chef A n'avait pas l'habitude d'être rembarré par B.

— Pas la peine de te fâcher juste parce que tu n'as pas eu assez de jugeote. Comment ça se passe avec Karlsson ? Tu l'as trouvé ?

— Non, mentit l'agent B. En revanche, j'ai embourbé ma voiture de location dans la savane. Dans quelques jours, on m'aidera à la tirer du ruisseau.

L'agent-chef A ricana.

— Ça faisait longtemps que je n'avais pas entendu quelque chose d'aussi drôle. Dans ce cas, tu vas devoir rester là où tu es.

L'agent A raconta que, selon les rapports, l'*Honneur et Vigueur* poursuivait sa route vers le cap de Bonne-Espérance, le cap des Aiguilles et – très probablement – la pointe sud de Madagascar. L'uranium de contrebande pouvait donc traverser à tout moment la frontière entre la Tanzanie et le Mozambique.

— Ensuite, je n'aurai plus qu'à téléphoner à la chancelière fédérale en personne pour lui annoncer la nouvelle.

Suivre les instructions, à savoir contacter le directeur du BND en vacances, ne serait pas la bonne stratégie pour sa propre carrière.

L'agent Langer rejoignit Julius, qui s'était retiré dans le lounge pour la laisser tranquille pendant sa conversation téléphonique. Elle s'aperçut qu'en sa compagnie elle éprouvait quelque chose qui ressemblait à de la joie de vivre.

— Me voilà, mon amateur d'asperges égaré. Je peux m'asseoir ? lança-t-elle avec un sourire.

— Je t'en prie, espèce de daltonienne, répondit Julius sur le même ton affectueux.

Kenya

Les touristes repartirent, satisfaits de leur séjour dans cette région considérée comme la huitième merveille du monde, et Meitkini put à nouveau se consacrer à Allan, Julius, Sabine et l'Allemande. Sabine avait suggéré à ses deux compagnons de rester quelques jours de plus au camp. Les idées lui venaient aisément ici, mais elle n'avait pas avancé autant que souhaité dans la conception de leur future affaire.

Meitkini fut enchanté de pouvoir côtoyer encore un peu les Suédois, maintenant qu'il n'avait pas de gros travail en vue. En dehors du remorquage de la voiture de l'Allemande, bien sûr.

« L'Allemande », songea l'agent B. Ou bien « Mme l'agent ». Elle se demanda quel effet cela lui ferait de vivre à nouveau à visage découvert.

— Je m'appelle Frederika, dit-elle. Enchantée.

Meitkini eut l'air confus. Le téléphone de Frederika Langer se mit à sonner. Le chef avait-il mis la main sur… ?

Mais non. Il voulait juste savoir, pour la cinquième fois, si elle s'était remise en route. Frederika répondit d'un ton chagrin que cela ne tarderait plus. Dans quelques heures, la voiture serait tractée hors du ruisseau, puis il suffirait de faire démarrer le moteur. Le lendemain matin, elle avait prévu de prendre l'avion à Musoma.

— Rends-toi directement à Madagascar et attends-moi. Les salopards ont dû trouver un moyen ou un autre de glisser à travers les mailles du filet.

Quand elle eut fini sa conversation, Meitkini reprit :

— Que diriez-vous de retourner tous ensemble au ruisseau, de tracter votre voiture... ta voiture, Frederika... de la remettre en état de marche, de te dire au revoir. Ensuite, je pourrais faire un beau safari sur le chemin du retour avec les autres, avant qu'il fasse nuit.

Allan avait bien envie de s'approcher d'un peu plus près de l'animation à laquelle il avait assisté autour de la mare. Il pouvait chercher des photographies de girafes et de léopards sur sa tablette noire quand il le souhaitait, mais ce n'était pas la même chose. Les autres furent aussi de cet avis. Julius était déçu de voir Frederika s'en aller, mais ses responsabilités la rappelaient et il le comprenait.

Le groupe mit une heure et demie, avec quelques crochets safari, à revenir à l'endroit où l'agent Langer avait malencontreusement embourbé l'avant de son Land Cruiser. Le ruisseau était encore là. Mais la voiture, non.

— On dirait que quelqu'un est déjà venu donner un coup de main, dit Meitkini.

— Et qu'il a emporté la voiture en guise de dédommagement, compléta Allan.

Frederika Langer enfouit le visage dans les mains. Comment allait-elle retourner en Tanzanie, maintenant ? Meitkini lui dit de ne pas se tourmenter. Il proposa, après le safari, promis, de ramener les Suédois au camp et de faire la route de nuit jusqu'à Musoma.

— Là-bas, Frederika, tu pourras signaler le vol de la voiture avant de prendre ton avion. Ce n'est pas plus compliqué que ça, si ?

Non, ce n'était pas plus compliqué.

Pourtant, ils n'en firent rien.

Le safari fut absolument exceptionnel. Même Allan, qui était pourtant difficile à impressionner, fut de cet avis. Meitkini bénéficiait à la fois d'un véhicule et du statut lui permettant d'aller à la rencontre des animaux, pas simplement de se cantonner à la route. Si l'on pouvait appeler « route » les sentiers caillouteux.

Ils virent des petits guépards qui jouaient à se battre pendant que leur mère guettait une éventuelle approche de lions. Des troupeaux de zèbres, de gazelles de Thomson et de gnous. Une éléphante accompagnée d'un éléphanteau de quelques semaines qui trottinait entre ses pattes arrière. Les naseaux et les yeux de quatre hippopotames qui attendaient le soir pour sortir de l'eau et se mettre en quête de nourriture. En un mot, c'était fantastique.

Au point qu'aucun membre du groupe ne s'aperçut de l'arrivée du crépuscule.

— Oups, dit Meitkini. Il est temps de revenir sur la route.

Autour de l'équateur, la nuit d'obscure devient vite d'un noir d'encre. Les yeux des bêtes sauvages scintillaient des deux côtés de la route, beaucoup d'entre elles se mettaient au travail. Au bout d'une bonne demi-heure dans la savane, ils aperçurent une lueur rouge au loin. Les feux arrière d'une voiture ?

— Ma parole, un embouteillage ! s'étonna Allan.

Le véhicule ne bougeait pas. Il devait y avoir un problème. Meitkini donna des ordres à la petite troupe :

— Restez dans la voiture ! Pas un orteil dehors ! Ça vaut pour toi aussi, Allan.

— Ne t'inquiète pas pour ça, Meitkini. Je ne bouge pas pour rien.

Meitkini s'aperçut que la jante arrière gauche du véhicule immobile touchait le sol. C'était un Hilux bleu avec un grand coffre en bois sur le plateau. Dans la cabine, un homme lançait des regards prudents par la vitre baissée. Meitkini avança son Land Cruiser à côté du Hilux. Allan, assis à l'avant à côté, sentait son enthousiasme s'éveiller à l'idée de cette nouvelle rencontre.

— Bonsoir, monsieur, dit-il. Je m'appelle Karlsson. Allan Karlsson. Auriez-vous un nom, vous aussi ?

L'homme dans le Hilux était noir, d'âge moyen et pas très grand. Il lança un regard méfiant à Allan avant de répondre :

— Smith, dit-il. Stan Smith.

— Voyez-vous ça, fit Allan. Et vous jouez au tennis ?

— Non, j'ai un pneu crevé, dit Stan Smith, ignorant qu'il avait pour homonyme un tennisman, blanc et mesurant près de deux mètres, ce qui ne laissait pas grand risque de confusion.

Meitkini remarqua une clé en croix à côté du pneu crevé. M. Smith était-il sorti de la voiture dans le noir pour changer la roue ? Ce n'était absolument pas recommandé.

Stan Smith laissa passer un instant avant de répondre :

— Je n'ai pas quitté la voiture. Mais mon compagnon de route, oui. Il a été emporté par un lion il y a vingt minutes.

La nouvelle était horrible, mais M. Smith était calme, serein même.

— Quelle horreur ! Je suis désolé de l'apprendre, déplora Meitkini. Vous voulez monter dans notre voiture et passer la nuit dans notre camp, tout près d'ici ? Je peux demander à quelqu'un de vous ramener demain matin et de vous aider à changer votre roue.

Stan Smith secoua la tête.

— Merci beaucoup, mais je ne peux pas abandonner mon chargement.

Allan regarda la grosse caisse en bois à l'arrière.

— Que transportez-vous là-dedans, si je peux me permettre ?

Stan Smith hésita à nouveau.

— Du ravitaillement.

— Du ravitaillement, répéta Allan. Oui, ce genre de chose est utile. Cela dépend de sa nature, évidemment.

Stan Smith hésita à nouveau. Allan avait le don de viser juste.

— Il est destiné aux pauvres, précisa Smith, qui ne semblait pas vouloir développer davantage. Continuez votre route, je me débrouillerai cette nuit.

Meitkini haussa les épaules et s'apprêtait à repartir. Stan Smith avait raison de penser qu'il survivrait jusqu'à l'aube, s'il prenait garde de rester dans la voiture. Il ne voulait pas d'aide, grand bien lui fasse. L'incident aurait été clos si Allan n'avait pas éprouvé le besoin d'ajouter quelques mots :

— Vous avez une très belle mallette, monsieur Smith.

L'homme sursauta.

— D'ailleurs, j'en avais une identique, poursuivit Allan. Un design nord-coréen. Je le sais, je connais très bien la collection de mallettes nord-coréenne. Elle est assez limitée.

Il n'en fallut pas plus pour que la situation prenne une tournure inattendue. Goodluck Wilson, alias Stan Smith, ouvrit vivement sa mallette nord-coréenne et en sortit un revolver. Il fit coulisser le toit de sa voiture, se leva sur son siège et pointa son arme tour à tour sur Allan et Meitkini à l'avant, et sur les deux femmes et l'homme à l'arrière.

— Ne bougez plus ! ordonna-t-il.

Pendant un instant, le temps se figea. Ce qui donna à Goodluck Wilson celui d'analyser la situation.

Il se trouvait en pleine nuit au cœur de la savane kényane, plus peuplée de lions que n'importe quel autre endroit de la planète. Environ sept kilomètres le séparaient de l'aérodrome local, où la caisse contenant les quatre cents kilos d'uranium devait être transférée cette nuit même, ou la suivante au plus tard. Il avait un pneu crevé, mais un véhicule de rechange à disposition et un revolver au poing. Les revolvers procuraient un grand pouvoir de persuasion à ceux qui les tenaient. En l'occurrence, il pouvait exiger que le vieux, son chauffeur et les trois autres à l'arrière échangent leur voiture contre la sienne.

Resterait ensuite le problème de l'uranium. Il pouvait obliger un de ses otages à charger les quarante boîtes de dix kilos contenues dans la caisse, une à une. Mais cela exigerait que l'un d'eux s'affaire à l'extérieur, exposé à ces foutus lions. Dans ces circonstances, le revolver suffirait-il à maintenir la discipline au sein du groupe ?

Et d'ailleurs, qu'est-ce que c'était que cette bande ? Comment ce vieux bonhomme blanc avait-il pu reconnaître la mallette ? C'était surréaliste.

C'est fou ce que le cerveau humain peut accomplir pendant que le temps se fige. Goodluck Wilson continua à réfléchir. Une autre option serait de tuer tous ceux qui menaçaient sa mission à plusieurs millions de dollars. Mais cela ne l'avancerait pas beaucoup, puisqu'il ne pouvait pas changer de voiture ou de roue sans aide. Combien de voitures tout-terrain emprunteraient cette route d'ici l'aube ?

C'est à peu près à ce moment-là que le temps se remit en mouvement. Meitkini, en sa qualité de guerrier massaï, avait un casse-tête passé dans un œillet de son pantalon. Avec cette arme, il pouvait donner de quoi réfléchir à une bête sauvage à quarante mètres, dans la mesure où elle était douée de pensée.

Animal ou homme, dans le fond, ça ne faisait pas grande différence. À seulement trois mètres, atteindre celui qui s'était présenté sous le nom de Stan Smith serait facile. Un buffle qui reçoit une massue dans le flanc aura mal. Un homme atteint en plein milieu du front meurt sur le coup.

Meitkini fut rapide comme l'éclair.

— Beau lancer, le félicita Allan.

— Merci, dit Meitkini.

Julius et Sabine ne dirent rien, tout était allé trop vite. Ce fut Frederika Langer qui rompit le silence :

— Qu'est-ce qui s'est passé, au juste ? demanda-t-elle.

Allan lui répondit.

— Ce qui s'est passé, au juste – à mon humble avis –, c'est que vous, madame l'agent, je veux dire Frederika, tu viens de trouver tes cinq cents kilos d'uranium. C'est fou ce que le monde est petit, tout de même.

Congo

Plusieurs mois auparavant, l'acheminement de l'échantillon jusqu'à Madagascar, où les Nord-Coréens l'avaient récupéré, avait été semé de nombreuses embûches. Quelques jours avant sa rencontre fatale avec Allan et ses amis, Goodluck Wilson avait lancé l'opération Jackpot. Loin d'ici, le Chef suprême voulait acheter les cinq cents kilos qui étaient devenus quatre cents. La transaction devait avoir lieu maintenant. L'uranium ne pouvait pas rester caché dans la hutte au milieu du village et perdre la moitié de sa radioactivité tous les quatre milliards d'années.

Mais si quatre kilos étaient une chose, quatre cents en étaient une autre. Leur faire traverser le Burundi jusqu'en Tanzanie grâce à des pots-de-vin bien distribués se fit les doigts dans le nez, mais le passage vers le Mozambique était bien surveillé. À cet endroit, les gardes-frontière prenaient leur travail au sérieux. Ce genre de comportement était inacceptable pour Goodluck Wilson.

En plus, il avait déjà emprunté cette route, laissant vraisemblablement un bon nombre de traces derrière lui. En dépit de son prénom, Goodluck Wilson ne se fiait pas à la chance. Il croyait à la compétence. Le chef de la milice de surveillance devait réfléchir à un autre plan.

Ceux qui guettaient l'uranium enrichi ou tout autre produit dont la valeur marchande était inestimable s'attendaient que le chargement soit acheminé vers la côte la plus proche, la tanzanienne, ou la suivante, au Mozambique. Aussi Goodluck Wilson décida-t-il d'emprunter une autre route. L'uranium traverserait le Burundi, contournerait le lac Victoria par le sud, poursuivrait par le Serengeti, où s'étendait le royaume massaï. Ce peuple gardait les vaches, élevait les chèvres et ne se mêlait pas du monde moderne. Tout comme les animaux sauvages qui migraient vers le nord chaque été à la recherche de régions plus fertiles, les Massaï se fichaient des frontières. Celle entre la Tanzanie et le Kenya passait au milieu du royaume massaï, où il n'y avait aucun contrôle. On ne disait pas à un Massaï qu'il n'avait pas le droit de guider ses deux cents vaches de l'autre côté d'une ligne imaginaire au sol.

Wilson continuerait jusqu'à l'insignifiant aérodrome de Keekorok, composé d'une piste de décollage et d'atterrissage en terre rouge et d'une aérogare grande comme un kiosque à journaux. Les appareils d'Air Kenya, en provenance de Nairobi, laissaient descendre les touristes en route pour un safari et ramassaient ceux qui avaient terminé le leur. Quand le soleil se couchait, le kiosque à journaux fermait et l'aérodrome cessait toute activité. Il n'y avait plus personne à proximité jusqu'au matin suivant.

Quiconque menait des affaires pas tout à fait nettes et possédait un avion avec des projecteurs assez puissants et un système de navigation correct pouvait facilement atterrir et redécoller dans l'obscurité, sans autres témoins qu'un ou deux zèbres ou quelques girafes. Goodluck Wilson eut simplement besoin de demander le nom d'un pilote pas trop scrupuleux, et l'affaire fut réglée. Il s'adressa aux Russes, car il n'y avait aucun moyen de contacter les Nord-Coréens, évanescents comme des fantômes.

Une fois en possession du chargement, l'avion repartirait vers la côte et survolerait la mer à cent trente-deux pieds, jusqu'à un champ de terre battue à la pointe sud de Madagascar. Là, les discrets Nord-Coréens prendraient le relais. À condition d'apporter quatre-vingts millions de dollars.

Ce dernier point inquiétait Goodluck Wilson. Un chouïa. Le paiement de cent mille dollars pour la première livraison d'essai avait été versé comme prévu, à l'avance. Un jour, un étranger aux traits asiatiques était apparu devant le bureau de Goodluck Wilson. Une mallette dans chaque main, il n'avait rien dit de plus que :

« Votre nom ?

— Goodluck Wilson », avait répondu le chef de la milice, se gardant bien de lui retourner la question.

L'Asiatique avait acquiescé et expliqué qu'une mallette contenait la somme convenue, et l'autre les instructions du client sur le conditionnement de la marchandise. La doublure de plomb était déjà installée.

Ce fut tout. L'Asiatique quitta les lieux aussi vite qu'il était venu. Goodluck Wilson soupçonnait l'homme de venir de l'ambassade nord-coréenne à Kampala. Il était facile d'aller et venir entre l'Ouganda et le Congo. Goodluck aurait pu opter pour une traversée du lac Albert dans un bateau de pêche, mais il y avait d'autres méthodes.

L'important, c'était que les Nord-Coréens avaient montré leur capacité à tenir leurs engagements. Exactement comme lui, juste après. Tout s'était bien passé cette fois-là, tout irait bien à nouveau.

C'était du moins ce que pensait Goodluck Wilson.

Kenya

Un Land Cruiser utilisé fréquemment, même conçu pour les conditions extrêmes de la savane africaine, crève un pneu environ une fois par semaine. Un Hilux, un peu plus souvent. Une personne qui fait un court séjour et conduit prudemment a de bonnes chances d'échapper à la corvée du changement de roue.

Mais les pierres tranchantes sont nombreuses. Le risque est toujours présent. La nuit tombée, il s'agit d'être encore plus vigilant, car en cas d'accident on n'est pas aussi seul qu'on le souhaiterait au bord de la route. Dans l'obscurité, les lions chassent à pas de velours. Comme les léopards, que les Massaï appellent « machines à tuer ». Les hyènes aussi peuvent se montrer assez désagréables. Les plus susceptibles de tous les animaux, les buffles noirs des savanes, sont allés se coucher, à moins que la crevaison n'ait eu lieu au pire endroit possible. Et où se trouve cet endroit, impossible de le dire.

En bref, en cas de panne pendant la nuit, il n'y a qu'une règle à observer :

Rester. Dans. La. Voiture. Jusqu'au. Matin.

Mais que se passe-t-il quand on est pressé ? Quand on a quatre cents kilos d'uranium enrichi sur le plateau arrière de son véhicule et qu'un avion s'est posé dans le noir, sous un prétexte douteux, sur un aérodrome à quarante minutes de là, attendant impatiemment sa livraison ? Sans compter les quatre-vingts millions de dollars en jeu.

Tout le monde ne réagirait peut-être pas de cette façon, mais Goodluck Wilson croyait malgré tout à la chance. Pas à la sienne, mais à celle de son cousin préféré, Samuel, qui fut envoyé changer le pneu crevé, muni d'une lampe de poche. Il fit presque mentir les statistiques quand il eut fini de monter la roue de secours, mais il n'avait pas revissé les écrous que deux lionnes surgirent de nulle part et de deux directions différentes.

Les lions pensent de manière logique et toujours selon les mêmes principes. Ils n'ont pas l'aptitude de distinguer un être vivant d'un véhicule motorisé, tant que le premier a le bon sens de rester dans le second. Si, par exemple, le félin voit approcher une voiture à ciel ouvert pleine d'humains, il globalise et se pose trois questions : 1/ puis-je manger cette chose ? (non, c'est trop gros), 2/ cette chose peut-elle me manger ? (non, une longue expérience m'a appris que les voitures tout-terrain et les camions n'attaquent jamais), 3/ puis-je m'accoupler avec cette chose ? (non, je ne pense pas que je pousserai le vice aussi loin).

Mais qu'une personne quitte la sécurité du véhicule de la taille d'un éléphant et les réponses aux questions que se pose le lion sont tout autres. 1/ puis-je manger cette chose ? (oui, et ça va être bon !), 2/ cette chose peut-elle me manger ? (non, comment s'y prendrait-elle ?) et 3/ puis-je m'accoupler avec cette chose ? (non, je ne pense pas que je pousserai le vice aussi loin).

La technique des lions consiste à plaquer une patte avant sur le nez et la bouche de leur proie. Voilà pourquoi, dans un premier temps, Goodluck Wilson ne perçut rien de l'attaque, si ce n'est un râle étouffé et le tintement de la clé en croix qui tombait sur le sol caillouteux. Puis, il vit deux paires d'yeux luisants dans l'obscurité, et entendit le bruit d'os qu'on croque. À cet instant, il comprit.

Il était dorénavant seul dans la savane. Sa première pensée n'alla pas à son cousin ni à sa famille, mais aux quatre millions de dollars qui se retrouvaient soudain orphelins. Il décida qu'il ferait mieux de les garder pour lui-même, afin d'éviter la discorde au sein du groupe.

Peu après que les lionnes eurent traîné la dépouille de son cousin dans la brousse pour que les mâles, puis les petits, aient quelque chose à se mettre sous la dent, une voiture arriva sur la route. Ici ? Au milieu de la nuit ou presque, en plus... Bordel de merde !

Kenya

Meitkini avait appris le maniement de la lance, du couteau et du casse-tête quand il avait trois ans. À quatre ans, alors qu'il gardait les vaches, il se retrouva malencontreusement nez à nez avec un buffle. C'est pourtant ce dernier qui tomba sur un os, car la lance du garçonnet atteignit sa cible et celui-ci resta caché dans un buisson pendant que la vie de la bête s'éteignait lentement. Onze ans plus tard, le jeune Meitkini fut envoyé dans la savane avec les vêtements qu'il avait sur le dos, sa lance, son couteau et son casse-tête. Rien d'autre. C'était l'usage. Les garçons qui rentraient au village au bout d'un an étaient accueillis comme des adultes, ils devenaient de vrais guerriers massaï. S'ils ne revenaient pas, la question ne se posait pas.

Meitkini avait réussi, comme tous ses camarades. Celui qui apprend à survivre quand il n'a que trois ans n'oublie généralement pas comment faire.

À présent, guide de trente-deux ans, il ordonna à ses compagnons de route de retirer tous les habits dont ils n'avaient pas impérativement besoin et de rassembler toutes les couvertures disponibles dans la voiture. Pendant ce temps, il grimpait à l'arrière pour attraper le jerrican d'essence en réserve.

Il lança les balles de tissu imbibées d'essence autour des deux voitures, distribua des lampes de poche à ses passagers et leur expliqua dans quelle direction pointer les rais de lumière. Puis il lâcha une allumette sur chacun des tas de vêtements, dont s'élevèrent aussitôt de hautes flammes.

— Voilà, dit-il. Maintenant, je descends chercher les boîtes, et ceux qui ont assez de force les réceptionnent. Ça devrait marcher.

En guise d'ultime mesure de sécurité, il tendit à Frederika un pied-de-biche, trouvé à côté du jerrican.

— Lance-le si tu vois quelque chose s'approcher.

Elle acquiesça d'un air déterminé. En cet instant, elle avait de nouveau le sentiment d'être un agent de terrain.

Dix minutes plus tard, Meitkini avait fini. Les tas de tissu brûlaient encore. Frederika Langer était toujours prête à réagir, pied-de-biche en main. La dernière chose que fit Meitkini fut d'extraire le défunt Stan Smith de la voiture et de le tirer sur le bas-côté.

— Tu l'abandonnes aux lions ? demanda Sabine.

— Non, dit Meitkini, qui avait identifié quatre paires d'yeux luisants dans les buissons. Aux hyènes.

De retour au camping, la situation avait changé. Sans révéler tous les détails à Meitkini, Frederika Langer lui dit qu'ils n'avaient plus besoin d'aller à Musoma.

— Bien, dit Meitkini. Dans ce cas, messieurs dames, seriez-vous d'accord pour que je demande à John de nous servir de bonnes boissons dans le lounge, avant de partager un dîner nocturne ?

— Des bonnes boissons dans le lounge, je trouve que ça sonne bien, dit Allan.

Les autres hochèrent la tête.

Frederika Langer passa visiblement un meilleur moment que les autres, Allan compris. Elle en avait besoin. En partie grâce à lui, elle était maintenant en possession de quatre cents kilos d'uranium enrichi, pesé et emballé, c'est-à-dire cent fois la quantité que Karlsson avait déjà offerte à la chancelière fédérale Merkel.

Son supérieur avait surveillé longtemps les six cents kilomètres de frontière entre la Tanzanie et le Mozambique et, à présent, il guettait sans doute l'uranium à Madagascar. Frederika songeait qu'elle avait besoin de réfléchir avant de l'appeler pour lui apprendre la nouvelle.

Qu'allait-elle faire ? Indépendamment de la profonde lassitude qu'elle ressentait.

— Vous avez l'air épuisée, madame l'agent, je veux dire, Frederika, observa Allan. Est-ce que par hasard c'était un peu trop pour toi, ces derniers temps ?

Et ce Karlsson. Qui lisait en vous comme dans un livre ouvert.

Quand ils s'attablèrent sur la terrasse avec vue sur la vallée noir d'encre, pour déguster un dîner tardif de trois plats, deux phares de voiture s'allumèrent au loin. Dans un premier temps, ils tremblotaient dans les ténèbres, mais il était manifeste qu'un individu ou plusieurs s'approchait du camp.

Julius s'inquiéta.

Sabine s'inquiéta.

Frederika Langer s'inquiéta.

Meitkini s'assura que son casse-tête était en place.

— De la visite ? lança Allan. Chouette !

Les hors-d'œuvre arrivèrent, mais personne n'y toucha. La voiture était maintenant proche. Ça alors, c'était un véhicule normal : un taxi, qui avait réussi à parcourir toute la route !

— Peut-être que c'est quelqu'un qui veut savoir où est passé Stan Smith ? demanda Frederika, qui était allée chercher le pied-de-biche, par précaution.

— Hum, fit Meitkini, songeur. Mais comment cette question mènerait-elle jusqu'à nous ?

Le taxi s'arrêta juste à côté de la terrasse. Un homme remercia le chauffeur, tendit de l'argent et descendit. Il dévisagea l'un après l'autre les convives debout en rang d'oignon, et son regard s'arrêta sur Julius, deuxième à l'extrême gauche.

— Bonsoir, mon ami, dit Gustav Svensson. Heureux de te revoir !

Indonésie

Il avait été pénible de porter le nom de Gustav Svensson dans la solitude de Bali. Et redevenir Simran Aryabhat Chakrabarty Gopaldas n'aurait rien facilité. Son maître d'apprentissage en export de légumes d'origine obscure avait disparu. Suite à de mauvaises décisions, Gustav avait quant à lui fait emprisonner le grossiste en Suède pour une durée indéterminée. Les asperges croissaient, mais Gustav n'avait nulle part où les envoyer. Ce dont il avait besoin, c'était de Julius et d'argent.

Il lui restait tout de même une grande quantité du second. Gustav tourna et retourna la situation dans tous les sens, et n'eut pas de meilleure idée que tout investir dans la recherche de son associé. Le dernier signe de vie de son mentor avait été envoyé d'Amérique et, avant cela, de Pyongyang. À ce stade, Julius pouvait parfaitement se trouver en Argentine, en Nouvelle-Zélande, ou n'importe où entre les deux.

Gustav aurait ardemment souhaité pouvoir téléphoner à son associé. Ce qui était impossible, car la dernière chose qu'avait faite Julius avant de disparaître, c'était lui offrir son propre téléphone. Et s'il lui envoyait un message ? Un e-mail ? Non, Julius n'avait pas ce genre de connexions. Ni Gustav, d'ailleurs. La dernière piste était la tablette de son ami Allan. Elle avait surchauffé tous les jours à Bali, et continuait à le faire, mais en quoi cette information l'avançait-elle ? À moins que…

Une idée folle se forma dans son esprit. Le téléphone qu'il tenait à la main, il l'avait reçu de Julius, qui l'avait reçu d'Allan, qui l'avait reçu du directeur de l'hôtel en même temps que la tablette. Les deux appareils avaient été connectés et paramétrés avant que le directeur les remette au centenaire qui avait depuis atteint l'âge de cent un ans.

Gustav s'en était voulu à mort en s'apercevant que le téléphone était éteint lorsque Julius avait tenté de le joindre. En punition, il s'était obligé à étudier l'utilisation correcte de cette nouvelle technologie. La première chose qu'il apprit, c'était qu'une batterie s'épuisait si on ne la rechargeait pas régulièrement. La deuxième s'appelait « Bluetooth ». Ensuite, il y avait des concepts bizarres comme l'itinérance, le partage de connexion et… bingo ! « Trouver mon iPhone ». Gustav avait d'abord pensé que cette fonction était la plus curieuse de toutes, puisqu'il avait l'appareil entre les mains. Mais, en creusant encore un peu, il découvrit que ce service incluait aussi la tablette noire d'Allan. Et si jamais…

C'était trop beau pour être vrai.

Et pourquoi pas ? Jusqu'ici, ses efforts avaient échoué, mais la roue finirait bien par tourner, non ?

Kenya, Allemagne

Gustav Svensson avait « trouvé son iPad » et fut accueilli chaleureusement dans le groupe. À présent, ils devaient se débarrasser de l'uranium. Allan était assis face au téléphone, dans le bureau du camp. Après quatre sonneries, quelqu'un répondit.

— Allô ?

Voilà comment la chancelière fédérale Merkel répondait à son téléphone privé. Sans sortir du bois.

— Allô à vous aussi, dit Allan. Est-ce que je parle à la chancelière fédérale ? Me comprenez-vous si j'emploie l'anglais, ou préférez-vous le russe ? Nous pourrions aussi nous débrouiller en mandarin.

— Qui est à l'appareil ? demanda Angela Merkel en russe.

— Je ne vous l'ai pas dit ? C'est Allan Karlsson. J'ai trouvé un gros paquet d'uranium enrichi pour vous, en plus de celui que j'ai déjà transmis, pour ainsi dire.

Angela Merkel n'avait pas encore pris son petit déjeuner. Elle était assise, en robe de chambre, devant un petit bureau à côté de la chambre à coucher, et elle consultait des documents concernant sa journée, quand le téléphone avait sonné. Ce téléphone. Dont dix personnes au maximum connaissaient l'existence.

— Cette conversation ne me met pas à l'aise, dit-elle d'un ton méfiant. Comment avez-vous obtenu mon numéro ?

— Je comprends votre surprise, madame la chancelière. Je pourrais être n'importe qui. Votre prudence est admirable ! Et tout simplement essentielle, dans votre position.

— Merci, mais vous n'avez pas répondu à ma question.

— Ah non ? C'est que je suis devenu très distrait, ces quarante dernières années. Mais je crois, madame la chancelière, que vous accepterez de croire que je suis celui que je prétends, quand je vous aurai parlé de la lettre que je vous ai écrite en toute hâte sur quelques serviettes de table, l'autre jour. Mais elle était en anglais, maintenant que j'y pense.

La chancelière fédérale abaissa sa garde de quelques millimètres :

— Continuez.

— Eh bien, c'était un dîner extrêmement agréable avec votre ambassadeur aux Nations unies. Comment s'appelait-il, déjà ? Ah oui, Konrad ! Un brave homme. Il a payé l'addition, boissons comprises, sans faire aucune difficulté. Mais savez-vous pourquoi les Allemands mettent de la pomme dans le schnaps ?

Angela Merkel baissa sa garde d'encore un millimètre.

— Eh bien, la pomme dans le schnaps, ce n'est pas la règle. Mais j'aimerais, monsieur Karlsson, que vous m'en disiez plus sur... ces fameuses serviettes.

Si l'homme à l'autre bout du fil parvenait à répéter le contenu du message, elle pourrait envisager de croire qu'il était celui qu'il disait.

— Ah oui, oui. Eh bien, il se trouve que Konrad était allé aux toilettes. Il allait sans doute... c'est-à-dire... il a mis un moment avant de revenir.

— Les serviettes, lui rappela la chancelière fédérale.

— Oui, elles étaient empilées au milieu de la table, j'en ai attrapé une et j'ai commencé à écrire. Puis une autre, et encore une. Nous n'avons peut-être pas besoin de nous étendre sur le contenu, que vous avez déjà dû lire ? Et que j'ai écrit moi-même.

Soit c'était un imposteur, soit un idiot, songea Angela Merkel. Mais elle se rappela que l'homme était censé avoir un peu plus de cent ans, ce qui lui donnait droit à une autre chance. En cet instant, elle avait encore baissé sa garde, sans même s'en apercevoir.

— Si cette conversation doit se prolonger, je veux m'assurer que vous êtes réellement M. Karlsson. Je vous prie donc de me dire, si vous êtes bien vous, ce que vous m'avez écrit. Si c'est bien à moi que vous parlez, ajouta-t-elle in extremis, pour le cas où elle aurait affaire à un maître chanteur.

— Je comprends, maintenant ! s'exclama Allan. Si vous êtes vous – ce que je présume, puisque c'est moi qui vous ai appelée –, vous avez reçu de moi un récit sur la façon dont mon ami Julius, le producteur d'asperges, et moi-même sommes tombés sur quatre kilos d'uranium enrichi dans une mallette nord-coréenne. Vous saviez, d'ailleurs, qu'en Corée du Nord les mallettes sont toutes pareilles ?

— Avançons, s'il vous plaît, lui rappela Angela Merkel.

— Ah oui. Eh bien, nous pensions d'abord donner la mallette à… comment il s'appelle déjà, Trump, au président des États-Unis. Mais il s'est avéré que l'homme n'était pas très net, un défaut bien trop fréquent parmi les dirigeants de ce monde, comme je l'ai remarqué. Si vous m'excusez.

— Poursuivez.

— J'en avais ma claque, comme disent les jeunes. Mais vous, madame la chancelière, j'ai pris confiance en vous par le biais de ma tablette noire. Je pense que vous vous êtes déjà occupée pour le mieux des quatre kilos précédents, et que vous auriez peut-être encore un peu de place pour quatre cents de plus.

Karlsson était bien celui qu'il disait, c'était maintenant certain. Pas en raison des nombreux détails qu'il avait pu restituer, mais parce qu'il s'exprimait de la même manière un peu embrouillée que sur ses serviettes épistolaires. La chancelière fédérale baissa tout à fait sa garde :

— Quatre cents kilos ? s'étonna-t-elle. Ne devait-il pas y en avoir cinq cents ?

Elle a raison, songea Allan. Julius et lui avaient eu beau peser et compter une nouvelle fois les boîtes, il manquait cent kilos. Les trafiquants n'avaient tout de même pas envoyé quatre cents kilos par un chemin et les cent derniers par un autre ? S'ils avaient eu l'intention de limiter les risques, ils auraient sans doute divisé le chargement en parts égales.

— Une observation tout à fait correcte, madame la chancelière, dit Allan, après un instant de réflexion. Cela tient peut-être au manque de sérieux de mes informateurs, ou à des problèmes de livraison. Très probablement aux deux.

Allan médita la question quelques secondes de plus.

— Vous êtes toujours là ? demanda la chancelière fédérale, quand le silence s'éternisa.

— Oui, je suis là. Et j'ai fini mon analyse. Je conclus : problèmes de livraison.

Angela Merkel appréhenda alors sa situation. Les élections avaient lieu dans trois jours, et elle allait se retrouver avec quatre cents kilos d'uranium enrichi sur les bras. L'affaire devait être réglée élégamment et discrètement.

— Vous êtes toujours là ? demanda Allan.

La chancelière le rassura.

— J'aurais voulu vous envoyer le chargement, mais c'était un peu plus léger la dernière fois, le tout rentrait dans une mallette, nord-coréenne ou pas. J'ai besoin d'un avion. Pour l'Afrique, où je me trouve. Et d'une piste d'atterrissage en Allemagne, si madame la chancelière voulait bien tirer quelques ficelles pour que nous ne soyons pas abattus à l'approche. Nous aurions l'air malin. Quatre cents kilos d'uranium qui pleuvent sur Berlin.

461

La chancelière fédérale posa la main sur le front. Une pluie d'uranium sur Berlin quelques jours avant les élections !

Elle se ressaisit et posa les quelques questions qui étaient encore en suspens. Par exemple, où se trouvaient exactement Karlsson et l'isotope. Et s'il collaborait par hasard avec un représentant de la République fédérale. Il y en avait justement un en Afrique, sur cette affaire.

Allan lui apprit qu'il était au Kenya. Il avait envisagé de s'adresser au gouvernement local, mais des élections venaient d'avoir lieu – ils avaient un peu d'avance sur l'Allemagne – et avaient si mal tourné que le gagnant avait perdu juste après, sur décision de la Cour suprême. À présent, il fallait procéder à un nouveau vote. Soit l'opposition avait été flouée par le vainqueur, soit elle avait trompé d'autres personnes pour faire croire qu'elle avait été victime de tromperie. Au bout du compte, l'uranium serait plus sûr entre les mains de la chancelière.

Entre ses mains ou sur ses bras, l'un comme l'autre était grave, mais Angela Merkel suivait son raisonnement. En revanche, l'affaire était certaine de mal finir si cette catastrophe ambulante de Karlsson était autorisée à atterrir en Allemagne, avec ou sans son nouveau chargement.

— Et comment vont vos contacts avec des agents de l'Allemagne, monsieur Karlsson ?

— Bien, merci.

Angela Merkel songea qu'il avait un talent unique pour ne pas répondre aux questions.

— Je crois plus sage que la République fédérale vienne chercher le chargement, dit-elle. Si vous avez l'amabilité de me donner votre position géographique, je verrai ce que je peux faire.

Sa position géographique ? Comment la déterminait-on ? En particulier quand le petit déjeuner était servi.

— Absolument, madame la chancelière. Mais les positions géographiques ne sont pas ma spécialité. Je suis plus doué pour atterrir là où le vent me porte. Me permettez-vous de vous rappeler demain matin à la même heure, pour régler les détails ?

La chancelière fédérale s'apprêtait à répondre, mais Allan avait faim et raccrocha.

— Le petit déjeuner est prêt, Allan, appela Julius.
— J'ai vu. J'arrive.

Kenya

Les ressources financières du groupe s'épuisaient et, avec l'arrivée de Gustav Svensson, ils avaient une bouche de plus à nourrir. Sabine savait, depuis sa période d'entrepreneuse en Suède, qu'elle était douée pour les maths. Elle avait d'abord appris les chiffres négatifs, puis les positifs avec la vente de cercueils. À présent, ils étaient à nouveau dans le rouge, et aucune idée porteuse en matière de divination ne daignait se manifester. Sabine avait presque envie d'essayer un trip au LSD pour se tirer de ce bourbier, mais il n'y avait pas de marché des stupéfiants dans le Masai Mara. De toute façon, elle n'aurait pas franchi le pas. Si sa mère avait pourchassé un spectre jusque sous les roues d'un train, elle risquait de faire la même chose dans la gueule d'un lion.

Dans le foyer, Julius et Frederika n'étaient plus seuls pour parler d'asperges, maintenant que Gustav Svensson les avait rejoints. « Parler » était du reste un euphémisme: Ils vénéraient les asperges.

De l'avis général, le climat à deux mille mètres d'altitude près de l'équateur était parfait ! Elles seraient vertes. Ou blanches. Ou les deux, selon la personne qu'on écoutait. Mais, du même avis général, la tragédie était immense, car le sol était absolument impropre à leur culture, et ce depuis toujours à cause de la terre rouge et aride.

— Achetez du bon substrat, alors, lança Allan depuis la terrasse, le nez dans sa tablette. Ou plutôt non, je viens d'en commander pour vous.

Sabine et les fondus d'asperges avaient-ils bien entendu ?

— Tu as commandé de la terre ? Ici ? Avec quel argent ? s'écria Sabine.

— Tu as commandé de la terre ? Ici ? Quelle sorte ? demanda Julius.

— Quelle sorte ? répéta Gustav.

— Quelle sorte ? renchérit Frederika Langer.

Fatigué par ces jérémiades, Allan avait traîné ses guêtres sur le Web et pris les choses en main. À Nairobi, on ne manquait pas de terre sablonneuse, et en quelques clics il en avait commandé quatre cents tonnes. Ça devrait permettre de démarrer la production, non ?

— Je te repose la question, insista Sabine. Avec quel argent as-tu acheté quatre cents tonnes de terre ?

— Avec aucun, dit Allan. Ça ne fonctionne pas comme ça, en Afrique. Ils envoient une facture.

— Et d'après toi, qui va la payer ?

— Ah, c'est ça qui t'inquiète ? Il ne nous reste plus d'argent de la fabrication de cercueils ?

— Non.

— Dans ce cas, je demande quelques instants pour réfléchir.

Les objections financières de Sabine furent noyées sous les questions pratiques. Frederika Langer était la plus enthousiaste du groupe.

— Bordel de merde ! souffla-t-elle. Avec quatre cents tonnes, nous pourrons couvrir presque tout le champ derrière le potager biologique. Il faudra prévoir une surveillance de nuit, pour que les babouins ne ruinent pas tout le travail.

Le visage de Gustav Svensson rayonnait.

— Quatre cents tonnes ! dit-il, sans trop savoir quel volume cela représentait.

Julius, lui, en était déjà à l'étape suivante.

— Nous verrons comment guider les camions au bon endroit. La pente commence presque derrière le jardin. On ferait peut-être mieux de les envoyer entre la boutique de souvenirs et l'accueil. Vous en pensez quoi ?

En dehors de Sabine, personne ne songeait au fait que leurs moyens financiers ne suffiraient pas à payer la terre. Aucun ne semblait non plus se rappeler qu'ils ne résidaient pas là où ils se trouvaient actuellement et qu'au moins une d'entre eux, Frederika, avait une autre vie, très loin d'ici.

— Qu'est-ce que tu as foutu ? lança Sabine, qui s'était rapprochée du vieil homme sur la terrasse.

— Foutu ? s'étonna Allan. Regarde-les, on dirait des enfants !

— Mais nous n'avons pas d'argent !

— Nous n'en avions pas non plus avant. Détends-toi, Sabine ! On ne vit qu'une fois. C'est la seule chose dont on est sûr. Pour combien de temps, en revanche, ça, ça peut varier.

Kenya, Madagascar

Frederika Langer avait les cartes en mains. Ou plutôt l'uranium. Et le numéro de téléphone de la chancelière fédérale, à n'utiliser qu'en cas d'urgence *absolue*.

« Bah, urgence, pas urgence…, avait dit Allan. Tu veux que je lui parle ? »

Ce qu'il avait fait. Il devait recontacter Angela Merkel le lendemain matin. La situation était aussi surréaliste qu'édifiante.

Son chef l'avait envoyée dans la savane, à des centaines de kilomètres de l'endroit où il attendait l'action, pour se placer lui-même en position idéale. Et c'était l'inverse qui s'était produit. L'agent A pouvait à tout moment l'appeler de Madagascar pour s'assurer qu'elle était bien en route. Pas par inquiétude pour sa subordonnée, non, mais parce que, sans elle, il n'avait personne à qui déléguer toutes les corvées.

Frederika demanda un verre d'eau à John au bar et eut juste le temps de boire une gorgée avant que son téléphone se mette à sonner.

— Frederika Langer, à qui ai-je l'honneur ? dit-elle, afin d'énerver immédiatement son chef.

— C'est moi, espèce d'imbécile. Tu es à Musoma ? Tu pourrais…

Langer l'interrompit :

— Non. Je laisse tomber Musoma. Je reste plutôt où je suis. Avec l'uranium.

L'agent A se demanda s'il avait bien entendu.

— Quoi ? Ne bouge pas ! Je viens tout de suite. Tu es où ?

— Au Kenya.

— Où ça, au Kenya, bordel ?

L'agent Langer regarda autour d'elle.

— Dans la savane, je crois.

— Réponds-moi comme il faut, Langer, sinon je t'étrangle.

— Il faudrait d'abord que tu me trouves.

— Si tu ne veux pas être virée, donne-moi tout de suite ta position exacte !

La menace n'eut pas l'effet escompté.

— Virée ? La chancelière fédérale Merkel a plutôt évoqué une promotion, la dernière fois que nous avons discuté.

L'agent A sentit soudain l'air lui manquer. Cette empotée de Langer avait téléphoné à la chancelière fédérale derrière son dos ? Comment avait-elle eu le numéro ?

— Eh oui, c'est toi qui aurais dû l'avoir, bien sûr. C'est toi le chef, mais tu trouvais trop dégradant de porter le dossier de l'opération. Ce que je peux comprendre, il doit peser presque cent grammes.

— Donne-moi tout de suite le numéro ! C'est un ordre !

L'agent B s'amusait. Une émotion rare.

— Impossible, cette ligne n'est pas sécurisée. Quel dommage que tu m'aies envoyée dans la mauvaise direction. Tu veux que je l'appelle pour toi ? Ah non, bien sûr, je l'ai déjà fait.

Elle entendait son chef suffoquer à l'autre bout du fil.

— La chancelière fédérale a aussi parlé d'une médaille. Pour moi, je veux dire, pas pour toi.

— Maintenant, écoute-moi…, tenta l'agent A.

— Mais que ferais-je d'une médaille ? J'ai préféré démissionner. Je dois avoir un an d'heures supplémentaires à récupérer, je crois que je vais commencer tout de suite. Comme ça, tu ne me verras plus. Et encore mieux, je ne te verrai plus.

Le récit de Frederika Langer n'était pas tout à fait exact, puisque c'était Allan qui avait conduit la conversation avec Berlin. Mais tout ce qui pouvait tourmenter un peu plus l'agent A était bon à prendre. Prétendre qu'elle avait démissionné avait éveillé en elle un sentiment très agréable. Autant en faire le plus vite possible une vérité.

— Mais, s'il te plaît, Langer. Dis… moi… juste… où… tu… es…

Il avait prononcé un mot à la fois, en faisant de son mieux pour respirer dans les intervalles.

— Je te l'ai dit : au Kenya. Je crois. Mais j'ai des choses à faire. Angela va sûrement m'appeler sur l'autre ligne. Une femme extrêmement sympathique. Au revoir.

Puis, elle raccrocha et lança le téléphone dans le ruisseau qui serpentait gaiement du camp à la mare.

— Tout va bien ? demanda Allan, qui l'avait vue faire.

— Oui, merci, dit l'ex-agent Langer. Super.

Kenya, Allemagne

Exactement vingt-quatre heures après sa première conversation, Allan appela de nouveau la chancelière fédérale. Merkel décrocha à la première sonnerie.

— Bonjour, madame la chancelière. Permettez-vous que je vous appelle madame la chancelière le plus souvent possible tant que je le peux ? Qui sait ce qui se passera dimanche ?

— Bonjour, monsieur Karlsson.

— Je vous appelle, madame la chancelière, pour vous dire où venir chercher le colis. Ou plutôt la boîte. Les boîtes. L'uranium, en bref.

— Bien. Espérons que cette fois vous aurez le temps de le faire avant de me raccrocher au nez. Je vous écoute, dit-elle en attrapant un stylo sur le même bureau, dans la même robe de chambre que la veille.

Il s'ensuivit la recommandation à la République fédérale d'approcher à basse altitude et d'atterrir dans le noir sur l'aérodrome de Keekorok, dans le Masai Mara.

— En venant droit de Berlin, si vous tournez légè-rement à gauche au-dessus de Kampala, Keekorok se trouve un peu à l'intérieur des terres, après le lac Victoria. Sinon, en venant de l'autre direction, c'est à droite à partir de Lamu, sur la côte kényane. Après une heure et quelques, Keekorok devrait être en vue.

Karlsson était-il stupide ?

— Une solution un peu plus légale serait d'expli-quer la situation au gouvernement à Nairobi, conti-nua Allan. Mais il faudra espérer qu'il ne soit pas révoqué entre-temps.

La chancelière n'avait pas l'intention de confirmer au téléphone ses projets d'entrée illégale sur le ter-ritoire d'une autre nation, en particulier deux jours avant les élections. À la place, elle dit :

— Je vous ai bien compris. Veuillez me donner vos coordonnées géographiques.

Les coordonnées ? C'était au-delà des compétences d'Allan, mais Meitkini, qui avait suivi la conversation, griffonna rapidement ce que la chancelière fédérale avait demandé.

— On vient de me mettre un papier dans la main. Ah bon, c'est donc ça, des coordonnées ? Ça me fait penser à une fission atomique, au premier coup d'œil.

Allan lut, Angela Merkel nota.

— Quand pensez-vous pouvoir apporter le char-gement sur place, monsieur Karlsson ?

— Je laisse Mme la chancelière en décider. Cette nuit même ou bien la suivante, peut-être ?

Sans accepter expressément le rendez-vous, Angela Merkel dit que la nuit du lendemain pouvait être envisageable. Pourquoi pas à une heure du matin ?

— Devons-nous discuter d'autre chose d'ici là ? demanda-t-elle.

Allan eut une idée soudaine :

— Eh bien, puisque vous avez l'amabilité de demander, madame la chancelière, peut-être bien.

— Oui ?

— Nous avons dû faire face à de petits frais lorsque nous avons empêché l'uranium d'arriver en Corée du Nord.

La chancelière fédérale Merkel sentit qu'il y avait anguille sous roche. Jusqu'ici, Karlsson n'avait pas laissé entendre qu'il voulait être dédommagé.

— Des frais ?

— Nous avons notamment dû acquérir quatre cents tonnes de terre pour la bonne cause.

De la terre ? Quel rapport avec l'uranium enrichi ? Non, elle ne voulait pas le savoir.

— Et combien coûtent actuellement quatre cents tonnes de terre ? demanda-t-elle d'un ton légèrement refroidi.

Madame la chancelière devait d'abord savoir que la terre sablonneuse était de la meilleure qualité qui fût. En plus, la livraison depuis Nairobi nécessiterait un large convoi.

— Environ dix millions, dit Allan.

— Dix... millions d'euros pour quatre cents tonnes de terre ? s'étrangla la chancelière.

Karlsson était bien un escroc, qui jouait maintenant les maîtres chanteurs !

— Non, ça ne va pas la tête ! s'écria Allan. Dix millions de shillings kényans.

Angela Merkel chercha rapidement le cours de la devise sur son ordinateur portable. Ouf ! Le shilling kényan valait 0,0085 euro. La somme demandée par Karlsson représentait l'excédent commercial que la nation florissante percevait toutes les deux minutes. Ils téléphonaient déjà depuis quatre minutes.

— Évidemment, vous serez remboursé pour votre terre, monsieur Karlsson, dit-elle, ne souhaitant toujours pas savoir qui ou ce qu'il avait l'intention d'y ensevelir. Si vous me donnez votre numéro de compte, je m'en occupe immédiatement.

— Un instant, madame la chancelière, dit Allan, avant d'appeler Meitkini à l'aide.

Les versements depuis l'étranger étaient courants au camp. Meitkini nota une série de lettres et de chiffres.

— Merci, dit la chancelière. Si vous voulez bien m'excuser, je dois à présent raccrocher. J'ai quelques petites choses à faire.

Beaucoup de choses, en fait. Elle devait vite arranger le vol à destination de Keekorok avant de retourner à ses inactivité et mutisme habituels. Dans quarante-huit heures, c'était l'ouverture des bureaux de vote.

Allemagne

Les élections avaient commencé depuis plusieurs heures quand un Transall C-160, revenant d'une mission en Afrique, atterrit à la base aérienne du district de Cochem-Zell. Quarante boîtes au contenu inconnu furent transférées dans un véhicule de l'aérodrome et parcoururent trois cents mètres jusqu'au bus blindé qui prendrait le relais. Ce trajet serait le dernier. À neuf kilomètres de là se trouvait une grotte qui abritait déjà, entre autres, quatre kilos d'uranium enrichi. Le bus attendait près du grillage extérieur du côté est de l'aérodrome militaire, partiellement caché par deux grandes affiches électorales. Comme si la chancelière fédérale supervisait en personne le transport. Clamant « Une Allemagne où il fait bon vivre », elle souriait d'un air mystérieux aux soldats qui transféraient l'uranium enrichi d'un véhicule à l'autre.

Elle avait de nombreuses raisons de se réjouir. Les sondages la donnaient gagnante – même si on tablait sur des négociations compliquées pour former son gouvernement. Ses envoyés étaient entrés au Kenya et repartis sans provoquer de chahut. Grâce au ciel, les Kényans avaient assez à faire avec leur propre politique.

Quelques heures plus tard, la grotte était scellée. La chancelière fédérale et son professeur de mari étaient allés voter et dînaient en tête à tête.

— On dirait que ce M. Karlsson n'influera pas sur le processus démocratique allemand, tout compte fait, dit le professeur.

— Hum, les bureaux de vote ne ferment pas avant une bonne heure, il a largement le temps.

Kenya

— Personne n'est parfait, moi encore moins que les autres, s'excusa Allan.

Meitkini et Sabine l'avaient convoqué dans le bureau et avaient exigé des explications sur ce virement de quatre-vingt mille euros effectué depuis l'Allemagne sur le compte en banque du camp. Allan raconta qu'il avait demandé à la chancelière fédérale Merkel une contribution à la facture pour la terre qu'il avait achetée. Dans son infinie bonté, elle avait accepté.

— Mais quatre-vingt mille euros, c'est dix fois le montant de la facture ! s'écria Sabine.

— Oui, je m'en suis rendu compte. C'est qu'il y a tellement de zéros dans les sommes en shillings kényans que j'ai dû m'emmêler les pinceaux.

— Tu nous dis la vérité, Allan ? demanda Sabine d'un ton ferme. On ne soutire pas comme ça de l'argent à la chancelière fédérale allemande.

Julius, qui choisit cet instant pour entrer dans la pièce, n'entendit que les derniers mots.

— Et pourquoi pas ? objecta-t-il. Que s'est-il passé ?

Suède

Margot Wallström n'avait pas encore été congédiée, et de nombreux éléments indiquaient qu'elle garderait son poste. Cela ne l'empêchait pas de ressentir une grande agitation intérieure.

Le nazi de Rosengård, que Karlsson avait promis de maintenir en vie, s'était indirectement suicidé à peine quelques heures plus tard, lors d'une confrontation avec la police près de l'aéroport international de Copenhague. Karlsson n'était toutefois pas responsable. À moins que ? Le chaos indescriptible autour de l'aéroport avait pour origine le corbillard que lui (ou un de ses comparses) avait garé sur le trottoir devant l'entrée du hall des départs. N'importe qui aurait compris que ce geste serait lourd de conséquences.

La ministre des Affaires étrangères s'était tenue informée de l'enquête de la police. Les caméras de surveillance et une reconstitution des événements avaient permis d'établir clairement que le principal suspect était Sabine Jonsson. Karlsson et Julius Jonsson auraient pu être considérés comme complices, mais le procureur, un peu trop relax, s'étant contenté de classer le crime comme « stationnement illégal », il n'y avait donc aucun motif de poursuites contre les deux passagers. Sabine Jonsson, en revanche, écopait de sept mille couronnes d'amende à verser à l'État danois.

Wallström était tout de même soulagée que le trio ait quitté le pays. Elle essayait de refouler ce que lui inspirait le décès du nazi. Dans sa position, on ne souhaitait pas la mort des autres.

Elle se rendait chez le Premier ministre pour analyser avec lui le résultat des élections fédérales allemandes de la veille. Cela signifiait que Karlsson ne viendrait pas la tourmenter pendant les prochaines heures et cela, faute de mieux, était plaisant.

— Bonjour, Margot, assieds-toi, dit le Premier ministre Löfven.

Ils trouvaient tous deux que le résultat des élections allemandes n'était pas aussi bon que souhaité. Au dernier moment, l'extrême droite avait reçu un fort soutien, tandis que les sociaux-démocrates n'avaient pas tenu parole, deux faits qui, l'un comme l'autre, étaient préoccupants.

Selon l'analyse de Margot Wallström, cet important revers essuyé par les forces modérées était dû à une raison terre à terre : les ravages de l'ouragan Irma à Porto Rico et la menace mortelle qu'il avait fait peser sur la Floride quelques jours avant les élections. Pendant la semaine qui avait vu passer l'ouragan, Donald Trump n'avait pas sorti une seule bêtise. En outre, les médias avaient d'autres choses sur lesquelles se focaliser que ses folies passées ou présentes. Pendant une période brève mais cruciale pour les élections allemandes, il fit oublier qu'il était de facto l'opposé manifeste d'Angela Merkel. Dans l'ensemble, les gens ont une bonne mémoire, mais courte. Quand, temporairement, on ne ressentit plus Trump comme la garantie d'un monde moins sûr, Merkel perdit des pourcentages importants, que glanèrent les cousins d'extrême droite du président américain.

Le Premier ministre fut surpris par le ton direct de sa ministre des Affaires étrangères. L'analyse était originale, mais parfaitement plausible. Il décida ensuite de téléphoner à la chancelière fédérale pour la féliciter, même si sa situation parlementaire promettait d'être pénible.

— Reste là, Margot. La chancelière et moi n'avons rien à te cacher.

Dix minutes plus tard, la communication fut établie. Le Premier ministre avait branché le haut-parleur pour permettre à Margot Wallström de suivre l'échange.

Le Premier ministre se réjouit à la fois pour la chancelière et l'Europe en général. La stabilité que représentait Mme Merkel était bonne pour tous.

La chancelière le remercia. Elle avait déjà reçu des appels d'une dizaine de dirigeants et, pourtant, celui-ci était spécial. Après tout, Allan Karlsson, qui avait joué dernièrement un si grand rôle dans sa vie, était suédois.

Ce que la ministre Wallström entendit alors était sensationnel :

— Merci encore, monsieur le Premier ministre, dit la chancelière fédérale. Je profite de notre conversation pour adresser un salut à votre concitoyen, qui a tout fait, de manière exemplaire, pour ne pas aider Kim Jong-un dans l'entreprise où il ne doit pas recevoir d'aide.

Le Premier ministre Löfven fut légèrement surpris par le tour qu'avait pris la conversation. Margot Wallström n'avait pas encore trouvé l'occasion de lui parler de ses récentes aventures avec Karlsson, depuis son retour de New York.

— Je le lui dirai, dit le Premier ministre. Désirez-vous que je lui transmette un message particulier ?

Après sa victoire électorale, Angela Merkel était de bonne humeur. Elle n'avait pas encore pris la pleine mesure des énormes problèmes qui l'attendaient pour la composition de son gouvernement.

— Eh bien, dites-lui de ma part de ne pas hésiter à venir me voir si sa route le menait à Berlin. Je l'inviterai à manger une soupe au chou.

La ministre des Affaires étrangères Wallström n'en crut pas ses oreilles. Allan Karlsson la catastrophe ambulante était un ami de la chancelière fédérale ?!

Quand la communication prit fin, Margot dit à son Premier ministre :

— Je crois que je vais rentrer chez moi. La journée a été longue.

Madagascar, Corée du Nord,
Australie, États-Unis, Russie

Le coursier nord-coréen à Madagascar avait attendu, quatre-vingts millions de dollars à ses côtés, le chargement d'uranium enrichi, qui n'était jamais arrivé. *L'Honneur et Vigueur*, quant à lui, n'avait pas pu rester plus longtemps près de l'île sans risquer d'attirer l'attention des satellites américains. Le coursier, sachant qu'on allait lui faire porter le chapeau, décida de le coiffer de son plein gré, et s'immola par le feu avec les dollars.

Kim Jong-un était fou de rage. Pas tellement à cause de l'uranium – il avait à présent sa centrifugeuse à plutonium. Mais quel gaspillage d'argent ! Le capitaine de l'*Honneur et Vigueur* était certainement impliqué. À son retour, il recevrait l'accueil qu'il méritait.

Mais le capitaine avait anticipé cette réaction. Peut-être était-ce la raison pour laquelle son vraquier subit une soudaine avarie au large des côtes de l'Australie-Occidentale, fournissant ensuite au capitaine l'occasion de demander l'asile politique aux services d'immigration de Perth. Au cours des interrogatoires, il raconta tout ce qu'il savait et ce à quoi il avait été mêlé, y compris la rencontre avec un Suisse de cent un ans qu'il avait trouvé dérivant dans une nacelle au milieu de l'océan Indien. Les Australiens firent suivre ces informations à la CIA, qui avertit le président Trump.

Le récit des aventures d'Allan Karlsson dans l'océan Indien était déjà détaillé dans le rapport aux Nations unies de Margot Wallström, mais le document de soixante-douze pages faisait soixante-douze pages de trop pour que le président Trump ait le courage de s'y plonger. Aussi tira-t-il ses propres conclusions.

— C'est pas possible d'être aussi stupide ! Un communiste suédois se balade dans une nacelle en pleine mer et il est repêché par un camarade nord-coréen ?! Le hasard, mon cul !

Puis il ordonna à la CIA de mettre la main sur Karlsson et de le livrer à la justice.

— Pour quel motif, monsieur le président ? demanda le chef de la CIA.

— C'est pas à moi de le décider, rétorqua Donald Trump.

Le directeur de la CIA prit congé et consigna l'affaire, sachant que d'ici deux semaines le Président aurait tout oublié.

Guennadi Aksakov était plus confus que fâché ; et pourtant, il était déjà dans une colère noire.

— Que t'arrive-t-il, Guenna ? demanda le président Poutine à son ami.

— Par où commencer ?

— Par ce qui te tourmente ? suggéra Volodia.

Leur contact au Congo, Goodluck Wilson, avait failli à sa mission de livrer l'uranium. Le premier indice était le rapport du pilote de l'avion de transport, envoyé par les Russes, qui avait atterri sous le couvert de la nuit sur un aérodrome minuscule dans le Masai Mara. Wilson et l'uranium n'étaient jamais venus. Ni cette nuit-là ni la suivante, à l'heure convenue en cas d'imprévu.

— Il a eu les foies ? demanda le président.

Pire que ça, Guenna pouvait le lui dire. Le foie de Goodluck Wilson et tout ce qu'il y avait autour avaient été dévorés par des hyènes, à environ sept kilomètres de l'aérodrome. La voiture était encore au bord de la route, mais le chargement avait disparu. Visiblement, il avait eu une crevaison.

— Pas de chance, dit Poutine. Et où est l'uranium, maintenant ?

Ça, Guenna l'ignorait. Les contacts au sol du pilote avaient vu un avion non identifié atterrir et redécoller de l'aérodrome de Keekorok, quelques nuits plus tard. Chercher l'uranium au Kenya, voire en Afrique, était futile.

— Ce n'est peut-être pas plus mal, le consola Poutine. Kim Jong-un a déjà ce dont il a besoin, c'est-à-dire plus que ce qu'il devrait avoir.

Guenna était d'accord sur ce point, mais l'histoire ne s'arrêtait pas là. Car il y avait cet Allan Karlsson.

— Celui qui a éliminé tes nazis en Suède ?

— Et au Danemark.

— Qu'est-ce qu'il fait de beau, maintenant ?

— Il cultive des asperges.

Le président Poutine adorait ce légume.

— Intéressant. Où ça ?

— Dans une vallée au Kenya. Dans le Masai Mara. À mi-chemin entre l'aérodrome et les buissons où les hyènes ont dévoré Wilson.

Le président éclata de rire.

— Comment le sais-tu ?

— Le salaud s'en vante sur Twitter !

Poutine s'esclaffa de plus belle.

— On envoie quelqu'un lui régler son compte ? demanda Guenna.

Mais le président Poutine était beau joueur.

— On s'est fait rouler par un type de cent un ans, Guenna. Laisse le bonhomme tranquille. Nous avons une Coupe du monde de football sur les bras. Que les plus dopés gagnent !

Suède, États-Unis, Russie

La première année du retour de la Suède au Conseil de sécurité serait bientôt achevée. « Achevée », voilà le mot, songea Margot Wallström.

Elle avait accompli beaucoup de choses, mais n'avait pu dissiper les tensions entre la Corée du Nord et les États-Unis. Un ego colossal de chaque côté de l'océan Pacifique, ça faisait deux de trop.

Elle aurait aimé faire porter le chapeau à Allan Karlsson pour ses déconvenues, lui qui avait réussi à mettre un bazar pas croyable sur quatre continents en l'espace de quelques mois. Elle n'avait pas entendu parler de lui depuis un moment. Il était sans doute en train de préparer un coup pendable pour le cinquième. Au fond d'elle-même, elle savait néanmoins qu'elle ne pouvait tenir Karlsson pour responsable. Il semblait juste avoir eu le don de se retrouver au mauvais endroit au mauvais moment.

Cent un ans durant.

« La démocratie meurt dans les ténèbres », clamait le *Washington Post*, qui avait dressé la liste de tous les mensonges et approximations de Trump pendant sa première année à la Maison-Blanche. Ce qui signifiait grosso modo : « Que règne la vérité ».

Vers la fin de l'année, le Président avait atteint une moyenne de cinq affirmations et demie erronées par jour. Pour sa défense, il fallait dire qu'il entretenait ce score élevé en répétant ces mêmes mensonges de nombreuses fois. Le *Washington Post* eut l'indélicatesse de comptabiliser chacune de ces contrevérités, même si elles avaient été exprimées trois jours de suite.

Ainsi, le Président avait menti, affabulé ou déformé la vérité plus de soixante fois sur la réforme du système de santé de son prédécesseur. Et quand il avait parlé de la pression fiscale américaine, il avait martelé une erreur cent quarante fois, et avait été corrigé à chaque occasion. Les *fake media* étaient définitivement le mal incarné.

Guenna et Volodia fêtèrent le nouvel an ensemble. La tradition voulait que, au douzième coup de minuit, ils trinquent avec une tasse de thé. Leur mission d'amener la Russie au rang mondial qu'elle méritait (et si possible un peu plus haut) était bien trop importante pour s'enivrer.

Douze mois plus tôt, ils avaient porté un toast aux événements aux États-Unis et à la nomination prochaine de Donald J. Trump. Depuis la nuit du vote, une division entière de l'armée du Net de Guenna avait été employée à effacer les traces, tandis que trois autres divisions modifiaient régulièrement leur position pour que rien n'entrave l'effondrement des États-Unis. Encore douze mois plus tôt, c'était le Brexit que les amis avaient célébré. Deux extraordinaires victoires en autant d'années.

2017 n'avait pas été aussi faste. Le chaos aux États-Unis était bien sûr fantastique, mais aussi effrayant. Il incitait à l'humilité pour la suite. Tout en haut sur le planning figurait la question de se débarrasser de Trump ou non, et, dans l'affirmative, de faire de même avec Kim Jong-un. Il y avait une alternative, mais Volodia et Guenna voulaient y réfléchir à tête reposée.

Du reste, ils devaient reconnaître que, au cours de l'année, ils avaient manqué l'occasion de torpiller l'Europe. Leur déconvenue en France les énervait au plus haut point. Tout avait été préparé pour un duel entre François Fillon et Marine Le Pen. Droite contre très à droite. Guenna gardait dans sa manche une bombe qui aurait pu augmenter les chances de Le Pen. Par malchance, un petit comique du *Canard enchaîné* avait découvert l'information et l'avait publiée bien trop tôt. Merde ! Évidemment, faire payer sa femme à ne rien faire en piochant cinq cent mille euros dans les deniers publics ne passait pas. Fillon partit en fumée, et avec lui les chances des Russes de couler l'Europe en visant Paris.

Les choses se déroulèrent mieux à Berlin. Mais cette fichue Merkel, tel un chat à neuf vies, semblait proche de parvenir à composer un gouvernement, malgré tout.

Bah, il ne fallait pas avoir les yeux plus gros que le ventre. L'ordre relatif au Moyen-Orient subsistait. Ces imbéciles de l'Union européenne et de l'OTAN refusaient de comprendre que Bashar al-Assad serait écarté à terme, avec méthode. Le déloger à coups de bombes reviendrait à chasser la Russie de sa position d'influence, excepté qu'il s'ensuivrait un chaos monumental en Syrie. Pour éviter cela, mieux valait accepter une ou deux petites attaques chimiques. Les quasi-démocraties à l'ouest n'avaient rien appris en Libye, cela était clair. En plus, l'incessant afflux de réfugiés en Europe servait les intérêts russes. Chacun des pauvres hères qui parvenait à obtenir une autorisation de séjour dans un des pays les plus stupides du continent alimentait la xénophobie dans le pays d'à côté. La réticence à aider n'était nulle part aussi élevée que là où on ne l'avait encore jamais fait. Voilà comment fonctionnait la rancœur humaine.

— À ta santé, mon cher ami, dit Vladimir Poutine en levant sa tasse de thé.

— Bonne année, répondit Guennadi Aksakov.

Puis ils échangèrent des *novogodnie podarki* – des cadeaux de nouvel an – et se tournèrent vers l'avenir :

— Où pourrions-nous lancer notre prochain projet, à ton avis ? demanda Guenna. En Italie ?

— Non, ils se débrouillent très bien tout seuls.

L'avantage de trinquer au thé le soir du nouvel an, c'est qu'on avait l'esprit clair le lendemain. Vladimir Poutine ignorait si c'était le cas de Kim Jong-un quand il souleva son téléphone présidentiel pour une conversation directe entre dirigeants.

Poutine avait pris sa décision à cause des sorties de route entre les deux fous à Pyongyang et Washington. Ça suffisait, maintenant ! Chaque jour des quantités grotesques de ravitaillement étaient transportées discrètement de Vladivostok à l'autre côté de la frontière nord-coréenne, pour éviter au petit Chef suprême et à son peuple de mourir de faim pendant qu'ils embêtaient le monde sur consigne russe.

Kim Jong-un répondit après la deuxième sonnerie.

— Bonjour, belle matinée, dit le président Poutine. Ou plutôt belle après-midi, si vous préférez.

— Bonjour, Vladimir Vladimirovitch. Quelle agréable sur...

— La ferme ! coupa Poutine. À partir de maintenant, vous allez faire exactement ce que je dis. D'abord, vous annoncerez que votre fichu pays a l'intention d'assister aux JO à Pyeongchang. Ensuite, vous...

Il n'eut pas le temps d'ordonner de lancer une offensive de charme contre les États-Unis : Kim Jong-un l'interrompit à son tour :

— Avec tout mon respect, Vladimir Vladimirovitch, vous ne pouvez pas décider de ce que...

— Oh si, je le peux, rétorqua Poutine. C'est justement ce que je suis en train de faire.

Kenya

Les « Asperges du pays de Frederika Langer » se vendaient dans toute l'Allemagne en belles bottes entourées d'un ruban noir, rouge et or. Elles coûtaient vingt pour cent de moins que leurs concurrentes, désavantagées par le fait qu'elles étaient réellement cultivées en Allemagne. Les récoltes de Frederika n'étaient d'ailleurs pas aussi « de pays » qu'elle l'aurait désiré, les griffes kényanes avaient besoin de temps pour former des turions. En attendant, les Indonésiennes feraient l'affaire, elles étaient tout aussi allemandes.

La marque Gustav Svensson n'existait plus en Suède, mais cela n'attristait pas Julius Jonsson. On avait toujours grand besoin de Gustav pour l'activité kényane. C'était lui qui connaissait la distance, la profondeur et la largeur nécessaires des tranchées. C'était lui qui parlait patiemment avec chacune des griffes en hindou. Et lui qui, avec la même constance, avait œuvré jusqu'à trouver le mélange d'engrais idéal : deux parts de bouse d'éléphant et une de buffle noir pour les asperges blanches, deux de buffle et une de gnou pour les vertes.

Sabine passait ses journées dans le bureau derrière le restaurant. Il s'avéra qu'elle était toujours une entrepreneuse catastrophique, mais une perle en comptabilité et gestion du travail d'autres entrepreneurs. Elle réinvestit quatre-vingts pour cent des bénéfices en nouvelles commandes de terre. Avec le restant, elle racheta le camp à l'homme qui en avait hérité de son père, mais qui ne montrait jamais le bout de son nez. Il avait besoin d'argent pour continuer à mener un train de vie ravageur à Kinshasa, comprenant vin, femmes et chansons congolaises.

Pendant trois mois, Meitkini réveilla tous les jours Frederika avec un bouquet de roses rouges kényanes, jusqu'à ce qu'elle se laisse attendrir. Cinq mois plus tard, elle s'aperçut qu'elle était enceinte. Si c'était un garçon, Meitkini souhaitait l'appeler Uvuvwevwevwe.

Frederika espérait une fille.

Pendant ce temps, Allan paressait sur la terrasse avec vue sur la mare. Il s'était trouvé un nouveau hobby, Twitter. Non seulement il avait compris son fonctionnement, mais il en était devenu un expert. Cependant, il lui avait échappé qu'en tweetant il révélait au monde entier où il se trouvait.

Il était heureux de voir ses jeunes amis contents de leurs vies. Mais une chose le turlupinait. Il avait commencé à discerner un schéma dans le flux d'informations qu'offrait la tablette noire.

Dans l'ensemble, le monde était meilleur que cent ans plus tôt, même si le développement n'était pas linéaire. Il suivait des cycles.

Pour autant qu'Allan pouvait en juger, l'humanité se trouvait dans une phase descendante. Le risque était que la tendance ne s'inverse pas avant que suffisamment de personnes se soient conduites suffisamment mal envers les autres pendant suffisamment longtemps. C'était généralement à ce moment-là que les gens se remettaient à réfléchir.

Il en avait toujours été ainsi par le passé, mais comment savoir si cela se vérifierait une fois de plus ? Des chercheurs avaient constaté que l'intelligence moyenne régressait. Allan avait lu que ceux qui se servaient trop de leur tablette perdaient leur aptitude à communiquer. Ceux qui surfaient sur le Net laissaient d'autres penser à leur place, au point de s'abêtir.

Allan devint soucieux quand il comprit que lorsque la vérité reculait, l'intelligence aussi. Avant, distinguer le vrai du faux était facile. L'eau-de-vie était bonne. Deux et deux ne faisaient pas cinq. Mais maintenant que les gens ne parlaient plus entre eux, c'était à celui qui affirmait une chose le plus grand nombre de fois. Certains avaient perfectionné cet art à un tel point qu'ils parvenaient à se répéter en l'espace de quelques secondes. De quelques secondes !

Cependant, la plus grande préoccupation d'Allan, c'était le constat qu'il s'en préoccupait. Les choses ne pouvaient pas être telles qu'elles étaient sans que cela fasse des histoires ?

Sabine, qui passait par là, remarqua que le vieil homme avait posé sa tablette noire. Les bras croisés, il observait la savane d'un regard vide.

— À quoi tu penses, Allan ?

— À trop de choses.

Un grand merci à :

- La directrice éditoriale Sofia Brattselius Thunfors, qui est un recueil de sagesse.
- L'éditrice Anna Hirvi Sigurdsson, elle aussi une encyclopédie vivante.
- Mon confrère Mattias Boström, qui n'a pas son pareil pour les recherches.
- Mon agent Carina Brandt, qui diffuse mes romans dans le monde entier.
- Mon cher ami Lars Rixon, qui lit, approuve et aime.
- Mon oncle Hans Isaksson, qui lit, approuve et aime en cachette.
- L'experte ès asperges Margareta Hoas, de la ferme Lilla Bjers, pour ses précieuses connaissances, passablement déformées par l'auteur.
- Le génie de la culture Felix Herngren, parce qu'il est celui qu'il est, et pour avoir inspiré ce récit.

Merci également à :
- La princesse, Jonatan et ma mère. Une envie comme ça.